With all my gratitude to you,
dear Korean reader,

Hernan Diaz

TRUST

에르난 디아스 장편소설
강동혁 옮김

HERNAN DIAZ

트러스트

TRUST

문학동네

일러두기

1. 주석은 모두 옮긴이주이다.
2. 본문 중 이탤릭체는 원서의 표기를 따른 것이며, 고딕체나 볼드체는 원서에서 이탤릭체
나 대문자로 강조한 부분이다.

앤, 엘사, 마리나, 애나에게

차
례

채권

장편소설

해럴드 배너

하나

태어났을 때부터 거의 모든 이점을 누려온 벤저민 래스크가 결코 가질 수 없었던 몇 안 되는 특권 중 하나는 영웅적으로 부상할 특권이었다. 그의 이야기는 회복력과 끈기에 관한 것도 아니고, 티끌로 황금의 운명을 만들어낸 불굴의 의지에 관한 것도 아니었다. 래스크 가족의 성경 뒤쪽 페이지에 적힌 기록에 따르면, 벤저민 래스크의 부계 조상들은 1662년 코펜하겐에서 글래스고로 이주해 식민지산 담배를 거래하기 시작했다. 이후 백 년이 넘는 시간 동안 이들의 사업은 번창했으며, 공급자들을 더욱 잘 감독하고 생산 공정의 모든 측면을 통제할 수 있도록 가족 일부가 미국으로 이주할 정도로 규모가 확장되었다. 그로부터 삼 세대 후, 벤저민의 아버지인 솔로몬이 친척 및 외부 투자자들이 가지고 있던 지분을 전부 사들였다. 솔로몬의 단독 지휘하에 회사는 계속해서 번창했고, 그는 머잖아 미국 동부 연안에서 가장 중요한 담배 무역상 중 한 명이 되었다. 그가 아메리카 대륙 전역에서 가장 뛰어난 공급자들로부터 상품을 공급받은 것은 사실이다. 하지만 솔로몬이 성공을 거둔 핵심 요인은 상품의 질보다는, 물론 담배에 쾌락주의적 측면이 있긴 하나 대부분의 남자들은 다른 남자들과 대화를 하기 위해 담배를 피운다는 명백한 사실을 활용하는 능력이었다. 솔로몬 래스크는 가장 뛰어난 품질의 시가와 시가릴로, 파이프 담배 공급업자였을 뿐 아니라 탁월한 대화와 정치적 연줄을 제공하는 사람이기도 했다(오히려 이런 면이 더 중요했다). 그는 사교성과 흡연실에서 다진 우정 덕분에 사업의 정점에 올라 입지를 다졌다. 흡연실에서는 솔로몬이 그로버 클리블랜드, 윌리엄 재커리 어빙, 존 피어폰트 모건 등 그가 손에 꼽을 만큼 중요하다고 여기는 사람들을 비롯해 대단히 특별한 손님들과 멋들어진 대화를 주고받는 모습이 자주 보였다.

성공의 정점에 이르렀을 때, 솔로몬은 뉴욕 웨스트 17번가에 타운하우스를 지었다. 이 집은 벤저민이 태어날 때에 아슬아슬하게 맞춰 완공되었다. 그러나 솔로몬은 뉴욕에 있는 가족의 집에 모습을 드러내는 적이 거의 없었다. 그는 일 때문에 이 농장 저 농장을 돌아다녀야 했으며 언제나 담배 훈연실을 감독하거나 버지니아주, 노스캐롤라이나주, 카리브해 지역에 있는 거래처 사람들을 만나러 다녔다. 심지어 쿠바에도 작은 별장이 하나 있어서, 매년 겨울의 상당 기간은 그곳에서 보냈다. 이 섬에서의 그의 생활은 여러 소문으로 이어졌고, 솔로몬은 그 소문 덕분에 이국적 취향을 가진 모험가라는 명성을 얻게 되었다. 이것이 그의 업계에서는 자산이었다.

솔로몬의 아내 윌헬미나 래스크는 한 번도 남편의 쿠바 별장에 가본 적이 없었다. 하지만 그녀도 오랫동안 뉴욕의 집을 비우곤 했다. 윌헬미나는 솔로몬이 돌아오는 즉시 집에서 나가 그 계절 내내 허드슨강 동안東岸에 있는 여름 별장이나 뉴포트에 있는 오두막 등 친구들의 집에서 지냈다. 겉보기에 그녀와 솔로몬의 공통점은 담배에 대한 열정뿐이었다. 그녀는 강박적으로 담배를 피웠다. 여성이 쾌락을 얻기에 흡연은 대단히 드문 방법이었으므로, 그녀는 여자 친구들끼리 있을 때만 그 즐거움을 만끽했다. 다만, 늘 친구들에게 둘러싸여 있었으므로 이 점이 딱히 제약이 되지는 않았다. 친구들은 그녀를 윌리라는 별명으로 불렀다. 윌리는 일종의 유목민 부족을 이룬 매우 친한 여성 집단의 일원으로, 그들의 출신지는 뉴욕만이 아니라 워싱턴, 필라델피아, 프로비던스, 보스턴 등으로 다양했다. 심지어 시카고처럼 먼 곳에서 온 사람도 있었다. 이들은 한 무리를 이루어 계절에 따라 서로의 집이나 별장에 머물렀다—웨스트 17번가도 솔로몬이 쿠바의 별장으로 떠나는 9월 말부터 시작해 몇 달 동안 이들 일파의 주거지가 되었다. 아무튼, 이 여성들은 미국 어느 지역에 머물든 외부인이 도저히 뚫고 들어갈 수 없는 변치 않는 집단을 이루었다.

벤저민은 대부분 자기 방과 유모의 방에만 머물러야 했으므로, 어린 시절을 보낸 브라운스톤 저택의 나머지 구역은 어렴풋하게만 알았다. 어머니와 친구들이 저택에 머물 때는, 그들이 밤늦게까지 담배를 피우고 카드를 치고 소테른 와인을 마시는 방에 들어갈 수 없었다. 그들이 떠나고 나면, 저택의 주요 구역은 덧문이 닫힌 창문과 덮개로 덮인 가구, 너울거리는 장막으로 감싸인 샹들리에가 어슴푸레하게 이어지는 공간이 되었다. 벤저민의 모든 유모와 가정교사는 그가 모범적인 아이라고 말했고, 과외교사들도 그 점을 확인해주었다. 이 얌전한 아이처럼 태도와 지능, 순종적인 성품이 조화롭게 결합되어 있는 아이는 없다고 했다. 벤저민의 어린 시절 멘토들이 한참 찾아보고 나서 알아낸 몇 안 되는 결점은 다른 아이들과 어울리기를 꺼리는 그의 성향이었다. 과외교사 중 한 명이 제자에게 친구가 없는 이유는 겁이 많아서라고 하자, 솔로몬은 아이가 그저 자주적인 남자가 되어가고 있을 뿐이라고 말하며 그 걱정을 일축해버렸다.

벤저민은 외로운 어린 시절을 보내 준비가 되지 않은 채로 기숙학교에 입학했다. 첫 학기에는 매일같이 벌어지는 모욕과 사소하지만 잔인한 괴롭힘의 대상이 되었다. 하지만 시간이 지나자, 같은 반 아이들은 괴롭혀도 별다른 반응을 보이지 않는 벤저민을 만족스럽지 않은 희생양이라 생각하고 가만히 내버려두었다. 벤저민은 다른 아이들과 어울리지 않은 채, 무감정하게 모든 과목에서 두각을 드러냈다. 한 해가 끝날 때마다 선생들은 벤저민에게 가능한 모든 칭찬을 퍼부으며 그가 무척 특별한 존재라고 말했다. 한 명도 빠짐없이 그가 학교에 어마어마한 영광을 가져다줄 거라고 말했다.

벤저민이 졸업반일 때 아버지가 심장마비로 사망했다. 벤저민은 뉴욕으로 돌아와 장례식을 치렀는데, 이때 친척과 지인들은 모두 벤저민이 보인 평정심에 깊은 인상을 받았다. 그러나 사실을 말하자면, 죽음을 애도하는 상황이 벤저민의 타고난 성품에 사회적으로 인식 가능한 형태를 부여한 것뿐이었다. 소년은 대단한 조숙함을 과시해 아버지의 변호사들과 은행 직원들을 당황하게 하며, 유언장과 그 유언장에 관련된 모든 재무제표를 살펴봐달라고 요청했다. 래스크 씨는 양심적이고 깔끔한 사람이었기에 그의 아들은 서류에서 한 점의 오류도 발견하지 못했다. 벤저민은 이렇게 일을 마무리 지음으로써 나이가 되어 유산을 물려받을 때 무엇을 기대해야 할지 알게 되었고, 학업을 마치기 위해 뉴햄프셔주로 돌아갔다.

어머니는 로드아일랜드주에서 친구들과 함께 짧은 사별 기간을 보냈다. 그녀는 벤저민이 졸업하기 직전인 5월에 저택으로 돌아왔고, 여름이 끝날 때쯤 폐기종으로 사망했다. 두번째로 열린, 훨씬 더 우울한 장례식에 참석한 가족과 친구들은 겨우 몇 달 사이에 고아가 된 청년에게 무슨 말을 건네야 할지 몰랐다. 다행히도 의논해야 할 실용적인 문제들이 많았다―신탁과 유언집행자 지명, 유산을 정리할 때 발생하는 법적인 문제 같은 것들 말이다.

벤저민의 대학 시절 경험은 학창 시절의 증폭된 메아리와도 같았다. 이때도 벤저민에게는 똑같은 결핍과 재능이 모두 있었으나, 이제는 전자에 대한 냉담한 애정과 후자에 대한 조용한 경멸감을 갖게 된 것처럼 보였다. 그의 혈통에 흐르던 좀더 두드러지는 특징들은 벤저민 대에서 끊긴 것 같았다. 벤저민은 어디에 들어가든 그 공간의 주인이 되어 모든 사람이 자기 주변을 공전하도록 만들었던 아버지와 이보다 더 다를 수 없었으며, 아마 살면서 단 하루도 혼자 보내지 않았을 어머니와도 아무런 공통점이 없었다. 부모와의 이런 차이는 졸업 이후 더욱 두드러졌다. 벤저민은 뉴잉글랜드주에서 뉴욕으로 돌아갔으나 지인 대부분이 성공을 거둔 분야에서 실패했다―그는 서툰 스포츠맨이었고 무감정한 사교가였으며 열정이라고는 없는 음주가에 냉담한 도박사, 뜨뜻미지근한 연인이었다. 그는 담배 때문에 재산가가 되었으면서 담배를 피우지도 않았다. 그가 지나치게 인색하다고 비난하는 사람들은, 사실 그에게 억눌러야 할 욕구가 없다는 점을 이해하지 못한 것이었다.

◆

벤저민에게 담배 사업은 이보다 더 재미없을 수 없는 일이었다. 그는 담배라는 제품도 싫어했고―빨아들이고 내뿜는 그 원초적 행위나 미개인처럼 연기에 매혹되는 일, 썩은 나뭇잎에서 나는 달콤하고 씁쓰레한 악취―담배 주변에서 생겨나는 친화성도 싫어했다. 아버지가 무척 즐기며 잘 활용했던 것이 바로 그 친화성이었는데 말이다. 벤저민은 뿌연 흡연실에서 벌어지는 공모에 무엇보다 심한 혐오감을 느꼈다. 아무리 성실하게 노력해도 디아데마 시가가 론스데일 시가보다 나은 이유를 열정 비슷한 것이라도 담아 주장할 수 없었고, 그의 부엘타 아바호* 농장 담배에서 나는 감칠맛에 대한 찬가를 부를 때도 오직 직접적 경험만이 전해주는 활기를 담지 못했다. 담배농장과 훈련실, 시가공장은 벤저민에게 알고 싶은 마음이 전혀 없는 먼 세상이었다. 그는 회사 입장에서 자신이 경악스러운 대표라는 것을 누구보다 먼저 인정했기에 일상적인 운영을 아버지 밑에서 이십 년 동안 충실하게 일해온 임원에게 맡겼다. 그러나 바로 그 임원의 조언을 무시하고, 아버지의 쿠바 별장과 그 안에 있던 모든 것을 한번 살펴보지도 않은 채 직접 만나본 적도 없는 대리인들을 통해 헐값에 팔아버렸다. 벤저민의 은행 담당자는 남은 저축액과 함께 그 돈을 주식시장에 투자했다.

그렇게 몇 년의 정체기가 흘렀다. 이 시기에 벤저민은 다양한 수집품(동전, 도자기, 친구)을 모아보려고 건성으로 시도했고, 살짝 건강염려증이 있었고, 말에 대한 열정을 키워보려 노력했고, 멋쟁

---

* 쿠바 서부에 있는 담배 산지.

이가 되려다 실패했다.

시간은 지속적인 가려움이 되었다.

벤저민은 진정한 본성을 거슬러 유럽으로 여행을 떠날 계획을 세웠다. 구대륙에서 관심이 가는 부분은 이미 책으로 배운 터였다. 현장 경험은 전혀 중요하지 않았다. 낯모르는 사람들과 배 안에 며칠씩 갇혀 있어야 한다는 점도 전혀 기대되지 않았다. 하지만 언젠가 뉴욕을 떠날 일이 있다면 지금이 적절한 시기라고 자신을 타일렀다. 뉴욕시의 전반적인 분위기는 지난 이 년 동안 미국을 집어삼킨 연쇄적 재정 위기와 그에 따른 경제 침체로 상당히 우울했다. 이런 침체로부터 직접적인 영향을 받지는 않았기에, 벤저민은 그 침체의 이유를 어렴풋하게만 알고 있었다―그는 경기 침체가 철도 산업 버블이 터지면서 시작됐다고 생각했다. 그게 어떤 식으로든 은 가치의 폭락으로 이어졌고, 이어 금 가치가 폭락했으며, 결과적으로 1893년 공황으로 알려진 수많은 은행 파산으로 이어졌다고 말이다. 실제로 일어난 연쇄적 사건이 무엇이든 간에 벤저민은 걱정하지 않았다. 그는 시장은 오르락내리락하기 마련이라는 대략적인 생각을 하고 있었으며, 오늘의 손실이 내일의 수익이 되리라고 자신했다. 경제 위기―이십 년 전 일어났던 장기 불황 이래 최악의 위기였다―는 유럽 여행을 떠나겠다는 생각을 꺾기는커녕 부추기는 가장 큰 이유가 되었다.

여행을 떠날 날짜를 정하려는데, 은행 담당자가 한 가지 정보를 주었다. 당시 미국에서는 금 보유고가 고갈되면서 너무도 많은 은행이 지급불능 상태에 빠졌는데, 이에 금 보유고를 복구하고자 발행된 채권에 어떤 "연줄"을 통해 청약할 수 있다는 얘기였다. 채권은 겨우 삼십 분 만에 전량 매진되었고, 래스크는 일주일 만에 상당한 이익을 얻었다. 행운은 그렇게, 굳이 청하지 않았는데도 유리한 정치적 변화와 시장 변동의 형태로 찾아왔다. 덕분에 벤저민이 물려받았지만 한 번도 신경써서 늘리려 하지 않았던 상당한 규모의 재산은 갑작스럽게, 또 겉보기에는 자연스럽게 불어났다. 일단 우연의 손길을 맛본 벤저민은 허기를 동하게 할 만한 큰 미끼를 보고서야 알게 된 어떤 굶주림이 자신의 핵심에 있다는 걸 깨달았다. 유럽은 미뤄둬야 했다.

벤저민의 자산은 예전부터 래스크 가문의 일을 처리해온 J. S. 윈슬로 회사라는 가족 승계 회사를 통해 보수적으로 관리되고 있었다. 아버지의 친구 중 한 명이 세운 이 회사는 현재 존 S. 윈슬로 2세의 손에 맡겨져 있었는데, 그는 벤저민의 친구가 되어보려 했다가 실패한 인물이었다. 그 결과 두 청년은 상당히 불편한 관계가 되었지만, 그럼에도 긴밀하게 협력했다—비록 메시지를 전달해줄 사람이나 전화를 통하긴 했지만 말이다. 벤저민은 억지스러운 상냥한 태도로 얼굴을 마주보고 해야 하는, 쓸데없이 반복되는 회의보다는 그런 방법을 선호했다.

머잖아 벤저민은 티커를 읽고 패턴을 찾고 그 패턴을 분해하고 겉보기에는 아무 관련이 없는 추세 사이에서 숨겨진 인과관계를 찾는 데 능숙해졌다. 고객이 뛰어난 재능을 가진 학습자라는 것을 알게 된 윈슬로는 일을 실제보다 난해해 보이게 꾸며 벤저민의 예측을 일축했다. 그럼에도 벤저민은 자신만의 결정을 내리기 시작했고, 그런 결정은 대체로 회사의 자문에 배치되는 것이었다. 벤저민은 단기 투자에 이끌렸으며, 윈슬로에게 옵션과 선물 등 투기적인 수단으로 고위험 거래를 하라고 지시했다. 윈슬로는 늘 주의해야 한다며 이처럼 무모한 작전에 반대했다. 위험한 모험을 하다가 벤저민이 자산을 잃는 처지가 되게 두지는 않겠다고 했다. 사실 윈슬로는 고객의 자산보다는 자신이 어떻게 보일지를 더 걱정하는 인물로, 특정한 경제적 품위를 드러내려는 열정을 가지고 있었다—어쨌거나 윈슬로는 그가 언젠가 자기 재치에 얄팍하게 웃으며 말했듯이, 물주가 아닌 경리였고, 도박장이 아닌 금융회사를 책임지고 있는 사람이었으니 말이다. 윈슬로는 아버지로부터 건전한 투자를 추구한다는 명성을 물려받았으며, 이런 유산을 지킬 생각이었다. 하지만 마지막 순간에는 늘 벤저민의 지시에 따라 그가 시키는 대로 일을 처리했다.

일 년이 지나지 않아, 벤저민은 자문가의 융통성 없는 태도와 느릿느릿한 속도에 질려 자기가 직접 거래를 하기로 하고 윈슬로를 해고했다. 두 세대에 걸쳐 무척 긴밀하게 이어지던 가족 간의 관계를 끊어버린 것은, 일을 직접 처리할 권한을 가지게 되며 인생에서 처음 경험한 진짜 성취감에 더 큰 만족감을 더해주었다.

◆

벤저민의 브라운스톤 저택 1층과 2층이 임시 사무실이 되었다. 어떤 계획에 따른 것이 아니라, 예기치 못하게 닥친 필요를 그때그때 충족시킨 결과로 일어난 변화였다. 결국 저택 1층과 2층은 예상치 못하게도 직원으로 가득찬 사무 공간 비슷한 것이 되었다. 시작은 벤저민의 지시로 증권과 채권과 다른 서류들을 들고 뉴욕 이곳저곳을 뛰어다니던 배달부였다. 며칠 뒤 소년은 벤저민에게 도움이 필요하다고 알렸다. 벤저민은 배달부를 한 명 더 고용하면서 전화를 담당할 소녀와 사무원도 한 명 구했는데, 사무원은 머잖아 자기 혼자만으로는 일을 감당할 수 없다고 알려왔다. 사람들을 관리하는 데 사업에 꼭 필요한 시간을 빼앗겼으므로 벤저민은 조수를 고용했다. 장부 기록이 너무 많은 시간을 잡아먹게 되어 회계사도 고용했다. 조수에게 조수가 생겼을 즈음 래스크는 새로 고용되는 이들을 더이상 파악할 수 없었고, 굳이 얼굴이나 이름을 기억하지 않게 되었다.

몇 년 동안 덮개를 씌운 채 손도 대지 않던 가구들을 이제는 비서와 심부름꾼 소년들이 함부로 다루었다. 주식 티커가 호두나무 소형 식기대에 설치되었다. 시세 게시판이 금박이 들어간 나뭇잎 무늬 벽지 대부분을 뒤덮었다. 신문더미를 놓아두는 바람에 긴 안락의자의 밀짚색 벨벳에 얼룩이 졌다. 타자기가 새틴우드 책상에 흠집을 냈다. 검은색과 빨간색 잉크가 장의자와 소파의 자수 덮개를 얼룩덜룩하게 물들였다. 마호가니 책상의 구불구불한 모서리가 담뱃불에 타버렸다. 떡갈나무 가구 다리에는 서두르는 발걸음에 흠집이 생겼고 페르시아 러너*는 영원히 더럽혀졌다. 부모의 방은 온

22

전하게 보전되었다. 그는 꼭대기 층에서 잤다. 어린 시절에는 가본 적조차 없는 곳이었다.

아버지의 사업체를 매수할 사람을 구하기는 어렵지 않았다. 벤 저민은 버지니아주 소재의 제조사와 영국의 무역회사가 서로 입찰 경쟁을 벌이도록 부추겼다. 과거의 기억 중 이 부분과는 거리를 두고 싶었기에, 영국 회사가 이겨 담배회사가 원래 있던 곳으로 돌아가게 된 것을 보니 즐거웠다. 하지만 정말로 큰 충족감을 주었던 건, 이 매각을 통해 얻은 이윤으로 더 높은 차원에서 작업하고, 새로운 수준의 위험을 관리하고, 과거에는 고려할 수 없었던 장기 거래에 돈을 투자할 수 있게 되었다는 점이었다. 주변 사람들은 벤저민의 부가 증가하는 것과 정비례하여 그의 소유물은 줄어드는 걸 보고 혼란스러워했다. 벤저민은 웨스트 17번가의 브라운스톤 저택과 그 안에 있는 모든 것을 포함해, 남아 있던 가족의 소유물 전부를 팔아 치웠다. 옷과 서류는 여행가방 두 개에 딱 들어갔고, 여행가방은 그가 스위트룸에 묵고 있는 왜그스태프호텔로 보내졌다.

벤저민은 돈의 뒤틀림에 매료됐다─돈을 뒤틀면, 돈이 자기 꼬리를 억지로 먹도록 만들 수 있었다. 투기의 고립되고도 자족적인 성질은 그의 성격과 잘 맞았고, 경이감의 원천이자 그 자체로 목표였다. 벌어들인 돈이 무엇을 나타내는지, 또 그 돈으로 무엇을 할 수 있는지와는 상관이 없었다. 사치란 천박한 부담이었다. 새로운 경험에 접근할 수 있다는 것이 그의 고립된 영혼이 갈망하는 바는 아니었다. 정치와 권력 추구도 비사교적인 벤저민의 마음에는 아무 역할을 하지 않았다. 그는 체스나 브리지 같은 전략적인 게임에 한

---

* 가구 위나 바닥에 끼는 길고 가는 천.

번도 흥미를 느껴본 적이 없었다. 누군가에게 질문을 받았다면, 벤저민은 금융계에 끌린 이유가 무엇인지 설명하기를 어려워했을 것이다. 금융계의 복잡성이 한 가지 이유였던 건 사실이지만, 그 밖에도 벤저민에게 자본은 균 하나 없는 생물로 보였다는 이유도 있었다. 자본은 움직이고 먹고 자라고 새끼를 치고 병들며 죽을 수도 있지만, 깨끗하다. 시간이 지나면서 벤저민에게 이 점은 더욱 분명해졌다. 투기의 규모가 커질수록 벤저민은 구체적인 세부 사항과 멀어졌다. 그는 단 한 장의 지폐도 만질 필요가 없었으며, 자신의 거래로 영향을 받는 사물이나 사람들과도 관계를 맺을 필요가 없었다. 그가 해야 하는 일은 생각하고 말하는 것, 그리고 어쩌면 글을 쓰는 것이 전부였다. 그러면 자본이라는 살아 있는 생물이 움직이기 시작해 아름다운 패턴을 그리며 점점 더 추상적인 영역으로 들어갔다. 가끔은 벤저민이 전혀 예상하지 못했던 자본 자신의 식욕을 따라가기도 했다—이 점이, 그 생명체가 자유의지를 행사하려 한다는 게 벤저민에게 또하나의 기쁨을 주었다. 벤저민은 그 생명체가 실망감을 안겨줄 때조차 그놈에게 감탄했고, 그놈을 이해했다.

벤저민은 맨해튼 중심가에 대해 아는 것이 별로 없었다—그저 사무용 건물들로 이루어진 협곡과, 자신들이 얼마나 바쁜지 과시하느라 바쁘게 깡충거리는 사업가들로 가득찬 더럽고 좁은 거리가 싫을 뿐이었다. 하지만 금융가에 있는 게 편해서 사무실을 브로드 스트리트로 옮겼다. 그로부터 얼마 지나지 않아 이윤이 불어나면서는 익스체인지 플레이스에 자리를 얻었다. 벤저민의 직원들은 그가 기쁨의 분출도, 극적인 행동도 싫어한다는 걸 금세 깨달았다. 본질적인 내용만 남겨놓고 살점을 다 뜯어낸 대화가 귓엣말로 이루어졌다. 타자하는 소리가 잠시 잦아들면, 사무실 반대쪽 끝에서 가죽 의자가 삐걱거리는 소리나 실크 소매가 종이에 스쳐 부스럭거리는 소리가 들렸다. 소리 없는 물결이 언제나 공기를 흩뜨렸다. 그곳의 모든 사람은 자신들이 벤저민이 가진 의지의 연장선이며, 그의 욕구를 만족시키고 심지어 예상하되 자신의 욕구를 가지고 그에게 접근하지는 말아야 한다는 것을 명백히 알고 있었다. 벤저민에게 전해야 할 대단히 중요한 정보가 있는 게 아니라면, 그들은 벤저민이 말을 걸기를 기다렸다. 벤저민 밑에서 일하는 것이 수많은 트레이더의 장래 희망이 되었지만, 배울 수 있는 모든 것을 흡수했다고 생각하며 그의 밑에서 나온 사람 중에 옛 고용주의 성공을 복제해낼 수 있는 사람은 아무도 없었다.

벤저민은 무척 탐탁지 않아했지만, 금융계에서 그의 이름이 존경심을 담아 언급되기 시작했다. 아버지의 옛친구 몇 명이 찾아오기도 했다. 벤저민은 그들이 가져온 사업 제안을 일부 받아들였으나 그들이 건넨 팁과 조언은 언제나 무시했다. 그는 금과 구아노*, 다양한 화폐와 목화, 채권과 소고기를 거래했다. 그의 관심사는 더 이상 미국에 국한되지 않았다. 영국, 유럽, 남아메리카, 아시아가 그에게 단일한 영토가 되었다. 그는 자기 사무실에 앉아 세상을 살펴보며 모험적인 고수익 채권을 찾았고, 그의 거래 때문에 빠져나올 수 없을 정도로 운명이 뒤엉켜버린 수많은 국가의 국채를 유동화했다. 때로는 발행된 국채 전체를 독차지할 수도 있었다. 드물게 실패하기도 했으나 그런 뒤에는 늘 엄청난 성공이 뒤따랐다. 벤저민 편에서 거래하는 모든 사람이 번창했다.

벤저민의 뜻과는 반대로 점점 더 그의 "세계"가 되어가던 금융

---

* 비료로 쓰이는 바닷새의 배설물.

계에서 익명성만큼 두드러지는 특징은 없었다. 뒷담화가 그의 귀에 들어가는 경우는 없었지만, 벤저민은—까다로울 정도로 아무 특징 없는 외모와 검소한 습관, 수도승과도 같은 호텔 생활로 인해—자신이 일종의 "캐릭터"로 여겨질 게 틀림없다는 걸 알았다. 괴짜로 여겨진다는 생각만으로도 굴욕감을 느낀 그는 자기가 서 있는 위치의 남자에 대한 사람들의 기대에 부합하기로 결정했다. 그는 피프스 애비뉴와 62번가가 만나는 곳에 석회석으로 만든 보자르 양식의 대저택을 짓고, 오그던 코드먼을 고용해 그 저택을 장식하도록 했다. 그가 이룬 장식적 성취가 모든 사회면에 거론되리라고 확신했기 때문이었다. 저택이 완공되자 벤저민은 무도회를 열려고 시도했지만, 결국은 그러지 못했다—비서와 함께 손님 명단을 살펴보던 중 사회적 노력이란 들이면 들일수록 기하급수적으로 증대되는 존재라는 걸 이해하자마자 이런 시도를 포기했다. 그는 클럽과 위원회, 자선재단, 협회 몇 곳에 가입했으나 그런 곳에 모습을 드러내는 일은 거의 없었다. 벤저민은 이 모든 일을 하면서 불쾌감을 느꼈지만, "창의적인" 인물로 여겨졌다면 그보다 더 심한 불쾌감을 느꼈을 것이기에 결국 부자 역할을 하는 부자가 되었다. 자신이 처한 상황이 자신의 코스튬과 일치한다는 우연에도 벤저민의 기분은 전혀 나아지지 않았다.

◆

　뉴욕은 미래를 추월했다고 생각하는 사람들의 시끌벅적한 낙관주의로 부풀어올랐다. 물론, 이 맹렬한 성장으로 벤저민도 이익을 보았다. 하지만 벤저민에게 이건 엄밀한 숫자상의 사건이었다. 그는 최근 개통된 지하철을 타봐야 한다는 강박감을 느끼지 않았다. 도시 전체에 세워지는 수많은 고층빌딩 몇 곳에 가보기도 했지만, 그런 빌딩으로 사무실을 옮겨야겠다는 생각은 한 번도 들지 않았다. 그는 길가의 자동차든, 대화에서 거론되는 자동차든 모두 짜증나는 존재라고 생각했다. (벤저민에게 자동차는 직원과 거래처 사람들 사이에 만연하는 끝없이 지루한 화제가 되어버렸다.) 그는 피할 수만 있으면 도시를 하나로 묶어주는 새로운 다리들을 건너지 않았고, 매일같이 엘리스섬에 내리는 수많은 이민자들에게도 전혀 상관하지 않았다. 뉴욕에서 일어나는 일 대부분을 신문을 통해서, 또 무엇보다 티커 테이프의 암호를 통해서 경험했다. 그러나 도시에 대한 특정한(누군가는 편협하다고도 할 수 있는) 관점에도 불구하고, 벤저민조차 한 가지만은 느낄 수 있었다. 합병과 인수로 인해 전에 없던 규모의 몇 안 되는 회사로 부가 집중되었으나, 뉴욕에는 역설적이게도 모두가 성공했다는 집단적 느낌이 떠돌았다. 정부 예산 전체보다 가치가 높은, 새로 생겨난 이 같은 독점적 회사들의 어마어마한 덩치 자체가 전리품이 얼마나 불평등하게 분배되었는지를 보여주는 증거였다. 그런데도 대부분의 사람들은 자신이 처한 상황과 관계없이 자기도 떠오르는 경제에 참여하고 있다고 확신했다—아니면, 머잖아 참여하게 될 거라고.

　그러다가 1907년에 니커보커 신탁회사 대표 찰스 바니가 구리

시장을 독점하려는 투기 작전에 연루되었다. 그 시도가 실패하면서 광산 하나와 중개업소 두 곳, 은행 한 곳이 박살나 폐허가 되었다. 그로부터 얼마 지나지 않아, 니커보커가 발행한 수표는 더이상 인수되지 않으리라는 발표가 나왔다. 미국 상업은행은 이후 며칠 동안 예탁자들의 지불 요구를 받아주었고, 결국 바니는 문을 닫아걸고 약 한 달 뒤 자기 가슴을 총으로 쏘는 것밖에는 다른 선택지가 없었다. 니커보커의 실패가 시장 전체에 공포의 물결을 일으켰다. 광범위한 매도로 시장은 대체로 지급불능 상태에 빠졌으며 주가가 곤두박질쳤다. 대출금은 회수되었고, 중개소는 파산을 신청했으며, 신탁회사들은 부도가 났고, 시중 은행은 도산했다. 모든 매매가 멈추었다. 사람들은 떼 지어 월 스트리트를 행진하며 투자금을 인출하게 해달라고 요구했다. 기마경찰관 부대가 공공질서를 유지하겠다고 이리저리 말을 달렸다. 시중에 현금이 돌지 않자 콜금리*가 며칠 만에 150퍼센트 넘게 치솟았다. 엄청난 양의 금괴가 유럽에서 들어왔지만, 대서양을 가로질러 흘러들어오는 수백만 개의 금괴도 위기를 누그러뜨리지는 못했다. 신용의 토대 자체가 무너져내리는 상황에서, 튼튼한 현금 보유고를 가지고 있던 벤저민은 유동성 위기를 이용했다. 그는 공황에 맞닥뜨린 회사 중 어느 곳이 살아남을 수 있을 정도로 탄력성이 있는지 알고 있었으며, 터무니없을 정도로 저평가된 가격에 자산을 골라 챙겼다. 벤저민은 J. P. 모건 사람들보다 한발 앞서 가치를 평가하는 경우가 많았다. 모건 사람들은 벤저민이 장에 들어온 직후에 뛰어들어 주가를 끌어올렸다. 사실, 이런 폭풍의 한가운데에서 벤저민은 모건으로부터 쪽지를 한

---

* 금융 기관 상호 간에 대차되는, 극히 짧은 기간의 고액 자금에 적용되는 이율.

장 받기도 했다. 그 쪽지에서 모건은 벤저민의 아버지를 언급하며 ("솔로몬의 담배는 내가 기쁘게 피워본 엽궐련 중 가장 품질이 좋았다네") 자기 집 도서관에서, 자기가 가장 신뢰하는 사람들과 "우리 나라의 이익을 지키는 데 도움이 될" 이야기를 좀 하자고 벤저민을 초대했다. 벤저민은 핑계도 대지 않고 거절했다.

어느 정도 시간이 지나고 나서야 벤저민은 위기 이후에 오른 새로운 정상에서 자신이 어떤 의미를 갖게 되었는지 알게 되었다. 어디를 가든 웅웅 울리는 후광이 그를 감싸고 있었다. 벤저민은 그 후광이 늘 자신과 세상을 가로막고 있다고 느꼈다. 다른 사람들도 그 후광의 존재를 느낀다는 걸 알 수 있었다. 겉으로 보기에 그의 일과는 변하지 않았다—그는 피프스 애비뉴에 있는, 대체로 사람이 없는 자기 집에만 머물며 강도 높은 사회생활을 하고 있다는 외면적인 착각을 계속 불러일으켰다. 실제로 그 사회생활은 유령 회원으로 참석해도 큰 효과를 낼 수 있을 만한 몇몇 행사에 모습을 드러내는 데 그쳤다. 하지만 공황 시기에 일으킨 쿠데타로 그는 다른 사람이 되었다. 그 자신에게조차 정말로 놀라웠던 점은, 그가 만나는 모든 사람에게서 그를 알아보았다는 기색을 찾기 시작했다는 것이다. 벤저민은 사람들이 그를 둘러싼 웅웅 소리를, 그 떨림을, 그들을 벤저민과 멀어지게 하는 바로 그 존재를 알아챘다는 걸 확인하고 싶다는 욕망에 굶주렸다. 역설적이긴 하지만, 자신과 다른 사람들을 구분 짓는 이런 거리감을 확인하고 싶다는 마음은 그들과 영적 교감을 나누는 한 가지 형태였다. 새로운 감정이었다.

이제 벤저민은 사업에 관한 모든 결정을 일일이 내리기가 불가능해졌기에 어쩔 수 없이 사무실의 젊은 남자와 친교를 맺었다. 사다리를 타고 올라와 그가 가장 신뢰하는 조수가 된 셸던 로이드는 벤저민의 관심이 필요한 매일의 문제를 걸러내, 진짜로 중요한 이슈만이 벤저민의 책상에 오르도록 했다. 셸던은 일일 회의에도 몇 차례 참석했다—셸던의 고용주는 힘을 과시할 필요가 있을 때만 그와 함께했다. 셸던은 여러 측면에서 벤저민이 혐오하는 금융계의 모습 대부분의 화신과도 같았다. 대부분의 사람에게 그렇듯 셸던에게도 돈은 어떤 목적을 위한 수단이었다. 셸던은 돈을 써버렸다. 집, 탈것, 동물, 그림 같은 것을 샀다. 그런 것들에 대해 큰 소리로 떠벌렸다. 여행을 하고 파티를 열었다. 몸에 자기 부를 걸치고 다녔다—셸던의 피부에서는 매일 다른 냄새가 났고, 셔츠는 다려 입은 게 아니라 새것이었다. 코트는 거의 셸던의 머리카락만큼 반짝였다. 셸던은 관습적이면서도 당혹스러운 자질, 즉 "취향"으로 넘칠 듯했다. 벤저민은 오직 남에게 고용된 사람만이 다른 사람이 준 돈을 그런 식으로, 안도감과 자유를 찾아 써버릴 거라고 생각하며 그를 바라보곤 했다.

벤저민이 셸던 로이드를 유용하다고 생각한 이유가 바로 그런 경박함이었다. 그의 조수가 영민한 트레이더라는 건 사실이었다. 하지만 벤저민은 동시에, 고객과 스쳐가는 인연들이 보기에는 셸던이 "성공"이라고 여길 만한 것의 전형적인 모습을 체화한 사람이라는 걸 이해했다. 셸던은 벤저민의 사업에 완벽한 대변인이었다—여러 맥락에서 고용주인 벤저민보다 훨씬 더 효과적인 존재감을 드러냈다. 자본가는 어떤 모습이어야 하는가에 관한 모든 기대치를 셸던이 너무도 충실하게 따랐으므로, 벤저민은 그에게 공식적인 업무 이상의 일을 맡기기 시작했다. 벤저민은 셸던에게 만찬과 파티를 준비해달라고 했고, 셸던은 기꺼이 그 말에 따라 벤저민의 집을 자기 친구들과 벤저민을 기쁘게 해주려고 안달인 이사회 사람들,

투자자들로 북적거리게 만들었다. 진짜 주최자는 어김없이 일찍 자리를 떴지만, 그가 그럭저럭 적극적인 사회생활을 하고 있다는 허구는 강화되었다.

1914년, 셸던 로이드는 도이치뱅크 및 독일 제약회사와의 거래를 마무리하고, 고용주를 대리해 스위스에서 어떤 사업을 수행하고자 유럽으로 출장을 갔다. 벤저민이 새롭게 번창하는 지역 은행의 지분을 인수하려고 셸던을 취리히로 보낸 것인데, 세계대전 때문에 셸던의 발이 그곳에 묶였다.

집에서, 벤저민은 재산을 떠받치고 있는 만질 수 있는 토대, 즉 전쟁으로 인해 하나의 기계장치로 융합된 사물과 사람에게 관심을 돌렸다. 벤저민은 광산업에서부터 제철, 군수품 제조, 조선 등 전쟁과 관련된 분야에 투자했다. 평시에 비행기가 가질 상업적 잠재력을 보고 항공에도 관심을 두었다. 그 시절의 특징이라 할 수 있는 기술적 진보에 매료된 그는 화학회사에 투자하고 엔지니어링 벤처기업에 돈을 댔으며, 세계의 산업을 돌아가게 하는 새로운 엔진 속에 숨겨진 수많은 부품과 윤활유에 특허를 받아두었다. 유럽에 둔 대리인들을 통해 전쟁과 연관된 모든 국가에서 발행한 채권도 유동화했다. 벤저민의 부는 위협적일 정도로 쌓였지만, 이는 그가 이룬 진정한 상승의 시작점일 뿐이었다.

영향력이 커질수록 벤저민은 과묵해졌다. 그가 한 투자가 사회의 더 먼 곳, 더 깊은 곳까지 확장될수록 그는 자기 내면으로 물러났다. 겉으로 보기에, 벤저민은 재산을 이루는 사실상 무한한 매체들 때문에—주식과 채권은 회사에 묶여 있고, 회사는 토지와 장비와 노동하는 다수에게 묶여 있으며, 노동하는 다수는 전 세계의 또다른 다수가 한 노동을 통해 의식주를 제공받고, 전 세계의 또다른 다수는 가치가 매겨진 다양한 화폐로 임금을 지불받으며, 그 화폐는 거래와 투기의 대상이기도 하고 다양한 국가 경제의 운명에 묶여 있으며, 그런 국가 경제는 궁극적으로 주식과 채권에 묶인 회사에 묶여 있다는 무한한 연쇄 때문에—눈앞의 관계들은 전혀 중요하지 않다고 생각하게 된 것만 같았다. 하지만 그는 인생의 중간 지점이라고 생각되는 시기를 지나면서, 혈통상의 책임을 어렴풋하게 느꼈고 사회적 적절함은 그보다 더 어렴풋하게 생각한 끝에 결혼을 고려하게 되었다.

둘

브레보트 가문은 명성은 있지만 그만한 재산은 없는, 올버니*의 오래된 가문이었다. 이 가문은 삼대에 걸쳐 실패한 정치인과 소설가들을 배출한 끝에 품위 있으면서도 불안정한 상태로 전락했다. 펄 스트리트에 있는 이 가문의 저택은 올버니에서 가장 먼지 지어진 건물 중 하나로서 바로 그런 품위를 구현한 존재였으며, 레오폴드와 캐서린 브레보트 부부의 삶은 대체로 그 저택을 유지하는 것을 중심으로 돌아갔다. 헬렌이 태어났을 때, 부부는 손님 접대에 쓰는 공간인 아래층에 온전한 관심을 쏟기 위해 위층을 폐쇄해버렸다. 부부의 응접실은 올버니 사교계의 중심지 중 하나였다. 브레보트 부부는 살림살이가 쪼그라들어가는데도 서머혼, 리빙스턴, 밴렌슬리어 가문의 손님들을 계속 받았다. 부부가 주최한 모임이 큰 성공을 거두었다면, 그건 이들이 가벼움(캐서린에게는 상대에게 대

---

* 미국 뉴욕주의 주도.

화 기술이 뛰어난 사람이라도 된 것 같은 기분을 느끼게 해주는 재주가 있었다)과 진지함(레오폴드는 이 지역의 지식인이자 도덕적 권위자로 널리 인정받았다) 사이에서 보기 드문 균형을 이루어냈기 때문이었다.

부부의 무대에서는 정치에 간여하는 것이 상당히 천박한 일로 간주되었다. 이들의 문학에서는 보헤미안의 냄새가 났다. 하지만 브레보트 씨는 정치철학에 관한 책 두 권을 씀으로써, 조상들이 공직에 대해 보였던 신사답지 못한 사랑과 문어체적 언어를 결합해냈다. 그 작품이 맞이한 완벽한 침묵에 씁쓸함을 느낀 그는 어린 딸에게 관심을 돌려 아이의 교육을 직접 맡았다. 헬렌이 태어났을 즈음 브레보트 씨는 실패해가는 온갖 일에 정신이 팔린 나머지 아이에게 진지한 관심을 기울일 수 없었지만, 교육을 책임지기로 결정한 지금은 아이의 성격 모든 측면에서 기쁨을 느꼈다. 헬렌은 다섯 살 때 이미 독서광이었다. 그녀의 아버지는 아이가 조숙한 대화 상대라는 걸 알고 놀랐다. 두 사람은 허드슨강을 따라 오래도록, 이따금 밤이 이슥할 때까지 걸으며 주변의 자연현상에 대해 토론했다─올챙이와 별자리, 낙엽과 그 낙엽을 실어나르는 바람, 달무리와 수사슴의 뿔 같은 것들에 대해서. 레오폴드로서는 처음 경험하는 기쁨이었다.

레오폴드는 손에 넣을 수 있는 모든 교재가 불충분하다고 느꼈다. 내용도, 교육적 접근 방법도 의문스러웠다. 그러므로 아이를 가르치고 있을 때나 아내가 그를 위해 늘 만들어내는 것처럼 보이는 사회적 의무를 돌볼 때가 아니면, 브레보트 씨는 지침서를 작성하고 딸이 쓸 연습용 교재를 만드느라 바빴다. 이런 교재에는 교육용 게임과 수수께끼, 헬렌이 재미있어하며 거의 틀림없이 풀어내는 퍼즐이 들어 있었다. 둘의 교육 프로그램에서는 과학과 함께 문학도 중요한 자리를 차지했다. 둘은 미국 초월론자의 작품과 프랑스 도덕주의자의 작품, 아일랜드 풍자극, 독일 격언집을 읽었다. 그들은 한물간 사전에 의존하며 스칸디나비아, 고대 로마, 그리스의 이야기와 우화를 번역했다. 이런 노력의 결과로 나온 대단히 우스꽝스러운 작품을 보고 고무된 그들은(브레보트 부인은 자주 두 사람의 작은 서재로 쳐들어와, 손님 접대를 하고 있을 때 "말처럼 히힝거리며" 웃어대지 말라고 부탁해야만 했다) 터무니없는 가짜 신화 모음집을 만들기 시작했다. 아버지의 지도를 받아 공부하던 첫 이삼 년은 헬렌에게 인생에서 가장 행복했던 시절로 남을 터였다. 시간이 지나 기억의 자세한 내용이나 윤곽이 희미해지더라도 신이 나고 풍족했던 대체적인 느낌은 언제나 머릿속에 선명하고 생생하게 살아 있을 것 같았다.

브레보트 씨는 수업 계획표의 범위를 넓혀보려던 중 변덕스러운 연구 방법론에 따라 이미 사라진 과학 이론과 폐기된 철학 체계, 착란에 빠진 심리학 원칙, 불경한 신학적 교리에 이끌렸다. 종교와 과학을 융합하려던 그는 에마누엘 스베덴보리*의 가르침에 빠져들었다. 그때가 레오폴드의 인생에서, 또 딸과의 관계에서 전환점이었다. 스베덴보리의 가르침에 따라, 그는 회개와 두려움이 아니라 이성이야말로 덕에 이르는, 심지어 신성神性에 이르는 길이라고 믿게 되었다. 수학 논문보다 나은 것은 성경밖에 없었다. 브레보트 씨는 예닐곱 살 된 헬렌이 난해한 대수학 문제를 우아하고 쉽게 푸는 모습에 기쁨을 느끼며, 수많은 성경 구절에 대해 자세히 해설을 해주

---

* 스웨덴의 과학자, 신비주의자, 철학자.

기도 했다. 그는 또 헬렌에게 꼼꼼하게 꿈 일기를 적으라고 했다. 그런 다음 둘은 천사들이 보낸 암호화된 편지를 찾아 수비학數秘學적 열정을 가지고 그 일기를 읽었다.

브레보트 씨가 전에 누리던 기쁨 중 어떤 것들은 신학에 대해 새로이 느낀 열정의 그늘에 가려져 시들었다. 그래도 헬렌은 최대한 지난 몇 년 동안의 명랑한 기분을 유지했다. 헬렌은 점점 더 짙어져가는 매일의 수업의 지루함을 덜어보고자 점점 더 멀어져가는 아버지에게 장난을 걸게 되었다. 사실, 브레보트 씨의 강의 계획표는 대부분 즉흥적으로 만들어진 만큼 헬렌이 재미있어하고 몰두하는 과목—산수, 광학, 삼각법, 화학, 천문학—을 상당 부분 포함하고 있었으나, 헬렌은 그중 비교적 신비주의적인 부분을 지루하다고 느꼈다. 그러다가 그런 부분을 이리저리 비틀며 즐기는 방법을 발견했다. 그녀는 성경 속 예언을 활용한 애너그램*을 만들어 가족의 미래를 예언했다. 구약성서에 관해 자기만의 신비주의적 해석을 했다. 이런 해석은 난해한 수학적 논거로 뒷받침되었는데, 아버지는 그런 근거를 이해하든 못하든 늘 인상적이라고 생각했다. 꿈 일기를 충격적인 내용으로 채우기도 했다. 그중에는 점잖지 못한 내용의 경계에 아슬아슬하게 걸친 것도 있었다. 레오폴드는 헬렌에게 꿈 이야기를 할 때는 조금의 타협도 없이 솔직해야 한다고 했는데, 헬렌은 자기가 지어낸 살짝 더러운 이야기들을 읽으며 아버지가 두려움을 제대로 감추지 못한 채 턱을 떠는 모습을 지켜보면서 즐거워했다.

꿈 지어내기는 처음엔 장난으로 시작됐지만, 결국 필수적인 일이 되었다. 아홉 살이 되었을 무렵부터 헬렌은 불면증으로 긴 밤을

---

* 단어나 문장을 구성하고 있는 문자의 순서를 바꾸어 다른 단어나 문장을 만드는 것.

보내기 시작했다. 그녀는 불면증 때문에 꿈뿐만 아니라 평화도 잃었다. 얼음장 같은 불안의 포자들이 머릿속을 잠식하고 그곳을 두려움의 황무지로 바꿔버렸다. 핏줄에는 묽어진 피가 너무 빠르게 흐르는 것처럼 느껴졌다. 가끔은 심장이 헐떡거리는 것마저 느껴지는 듯했다. 두려움으로 가득한 잠 못 드는 밤은 점점 더 자주 찾아왔고, 그런 밤 이후 이어지는 날은 아스라하게만 여겨졌다. 현실을 유지하기 위해 해야 할 몫을 하는 것이 불가능해졌다. 그러나 부모는 이처럼 풀 죽은 모습을 더 좋아했다―아버지는 아무런 영감이 없는 헬렌의 작품에 아주 큰 기쁨을 느꼈으며, 어머니는 그녀가 좀 더 다가가기 쉬운 존재가 되었다고 생각했다.

헬렌은 머잖아 자신이 그저 아버지의 제자가 아니라 연구 대상이 되기도 했다는 걸 깨달았다. 아버지는 자기 교육의 구체적 결과에 관심을 두는 듯했고, 그런 교육이 딸의 정신과 도덕관념에 어떤 영향을 미치는지 추적했다. 아버지에게 검사를 받을 때면, 헬렌은 다른 누군가가 아버지의 눈 뒤에서 밖을 내다보고 있다는 생각이 자주 들었다. 시간이 지나고 나서야 헬렌은 이 모든 캐묻기 때문에 자신이 조용하고 젠체하지 않는 성격을 형성하게 되었다는 걸 깨달았다. 이런 성격은 헬렌이 부모와 부모의 친구들 곁에 있을 때 한 점 오류도 없이, 한결같이 연기해낸 배역이기도 했다―그녀는 소심하게 예의바르고, 최대한 말을 아꼈으며, 가능하면 고갯짓이나 단답형으로만 대답했다. 늘 사람들의 시선을 피했으며, 무슨 대가를 치르더라도 어른들과 함께 있으려 하지 않았다. 이런 페르소나를 한 번도 버린 적이 없던 그녀는 만년에 이르러 이 성격이 늘 자신의 진정한 모습이었는지, 아니면 세월이 지나면서 영혼이 가면에 맞추어진 것인지 궁금해졌다.

집안 형편이 나빠져가는데도 펄 스트리트에서의 모임은 계속 인기가 있었다. 브레보트 부인의 매력과 능란한 솜씨가 이로써 증명된 셈이었다. 브레보트 부인이 내놓는 차의 품질이 떨어져도, 그녀가 도와주던 사람들을 여러 명 저버려도 손님들은 떠나지 않았다. 하는 말이 수수께끼처럼 변해가듯 행동도 별나게 변해가던 그녀의 남편조차 손님들의 발길을 돌릴 수는 없었다. 브레보트 부인은 순전히 매력만으로—여기에 능숙한 정치적 처신도 더해야겠지만—자기 집 응접실을 올버니의 사교계 및 지식인들의 중심으로 남아 있게 했다. 하지만 위층을 다시 개방하고 최선을 다해 가구를 채워 세입자를 받아야 하는 순간이 왔다. 브레보트 부인이라면 공무원들이 자기 집 계단을 쿵쿵거리며 오르내리는 치욕을 피할 방법을 생각해낼 수 있었을 것이다. 하지만 그녀의 단골손님들은 그녀를 위해서라도 다른 곳에서 모이는 게 더 적절한 행동이라고 생각했다. 브레보트 가족이 올버니는 자신들이 지내기에 너무 촌스러운 곳이라고 생각한 건 이즈음이었다.

그들은 뉴욕시에서 한 달을 살고 유럽으로 출발했다. 뉴욕에서는 이스트 84번가와 매디슨 애비뉴에 있는, 브레보트 부인의 친구 집에서 지냈다. 그 집에서 겨우 몇 블록 떨어진 곳에, 아무도 헬렌이 미래에 살게 될 집이라고 생각하지 못했던 저택이 있었다. 사실, 몇 년 뒤 헬렌은 당시 뉴욕에서 보낸 시간을 되돌아보며 어머니와 함께 산책하던 열한 살의 자신이 미래의 남편이 될, 이미 성공을 거둔 사업가를 보았을지 궁금해하곤 했다. 소녀와 남자는 서로를 본 적이 있을까? 어쨌든, 어린 헬렌이 결혼 후 그녀의 관심과 우정을 놓고 경쟁하게 될 수많은 사람과 지루한 시간을 보내곤 했다는 건 확실했다. 어머니는 점심식사, 강연회, 차담회, 시 낭송회 등 한 달 동안 참석할 수 있었던 모든 낮 모임에 헬렌을 데려갔다. 브레보트 부인은 아버지한테서 받는 식물학 수업이나 그리스어 수업보다 이런 행사에서 배울 수 있는 것이 교육에 더 중요하다고 자주 말했다. 습관대로, 헬렌은 이런 모임에서 침묵을 지켰다—십 년 뒤 그들 중 다수의 얼굴을 알아보고 목소리를 알아듣게 되리라는 건 전혀 모른 채로, 누가 그녀를 기억하거나 잊은 체하는지 안다는 게 어른이 된 자신에게 얼마나 큰 도움이 될지 상상조차 하지 못한 채로, 지켜보고 귀기울였다.

◆

브레보트 부인이 아니었다면 가족은 유럽에서 살 수 없었을 것이다. 처음 프랑스에 도착하자마자 그들은 생클루의 초라한 방을 잡았다. 하지만 캐서린 브레보트 부인은 곧 그곳이 파리 중심지와 너무 떨어져 있다는 것을 알게 되었다. 그녀는 할일이 많았으므로 혼자서 며칠 동안 생루이섬에 방문했다. 지인들이나 한번 만나자던 사람들을 찾아가 뉴욕의 소식과 편지, 민감한 메시지를 전해주었다. 첫째 주가 끝나기도 전에 브레보트 가족은 보주 광장에 있는 마거릿 풀먼의 저택에서 지내라는 초대를 받았다. 비슷한 상황이 거의 모든 곳에서 반복되었다. 브레보트 가족은 비아리츠, 몽트뢰, 로마에 도착해서도 시내에 있는, 등급은 좀 떨어지지만 괜찮은 동네의 팡시옹*이나 알베르고**에 자리를 잡았다. 그런 다음 브레보트 부인은 일주일 정도 친구들을 찾아다니며 메시지를 전해주고 미국 동포들을 새로 사귀었다. 그러고 나면 가족은 그중 한명의 손님으로 초대받았다. 게다가 시간이 지나자 역할이 바뀌었다. 처음에는 브레보트 부인이 좀더 사정이 좋은 동포들의 친절함에 의지하는 입장이었지만, 일 년쯤 지나자 브레보트 부인에게 자기 집에 있어달라고 요청하는 사람이 너무 많아져 초청을 거절해야 할 지경에 이르렀다. 그럴수록 그녀는 더욱더 함께하고 싶은 사람이 되었다. 브레보트 가족이 어디에 가든, 그녀는 알아둘 만한 가치가 있는 미국인 방랑자들을 연결해주는 교점이 되었다.

---

* 프랑스의 기숙사형 주택.

** 여관이나 여인숙.

해외에 거주하는 미국인들이 서로를 피하는 건 그리 드문 일이 아니었다. 불문율에 따라 그게 적절한 일이었기 때문만은 아니었다. 그들은 유럽에 친구가 없어서 고향에서부터 알고 지낸 지인들에게 의지하는 촌뜨기로 보이고 싶어하지 않았다. 브레보트 부인은 이런 코드를 잘 알고 있었기에 외로움을 자처한 외국인들 사이에서 일종의 배달부가 되었고, 그들은 다른 미국인과 떨어져 자율성을 유지하고 있다는 허세를 계속 부릴 수 있게 해주는 브레보트 부인의 서비스를 진심으로 환영했다. 다른 사람이 맡았다면 매우 어색해졌을 법한 상황에서도, 브레보트 부인은 미국인들을 서로 무척 알고 지내고 싶어하던 상대에게 자연스럽게 소개해줄 수 있었다. 그녀는 망가진 관계를 고치고 새로운 관계를 만들어냈다. 상류사회에 사람들을 끌어들이는 한편, 그곳이 배타적인 곳이라는 느낌을 유지하는 중요한 일을 해냈다. 모두 그녀가 견줄 상대가 없는 이야기꾼이자 완벽한 중매쟁이라고 생각했다.

(계절에 따라) 산맥과 바닷가, 혹은 도시를 가로질러 여행하며, (편의에 따라) 오래 머물거나, 잠시 체류하거나, 서둘러 지나가면서 브레보트 가족은 자신들만의 독특한 그랜드 투어* 지도를 그렸다. 브레보트 씨는 이 시간을 대부분 딸을 가르치고 여러 신비주의 모임을 찾아다니는 데 썼다―그는 심령술, 연금술, 최면술, 강령술 등 다양한 신비주의에 완전히 몰입했다. 헬렌은 친구이자 유럽에서 유일하게 마음이 맞는 동반자였던 아버지를 잃어 안 그래도 마음이 무거워졌지만, 영혼이 새로운 차원으로 가라앉는 것 같았던 것도 이즈음이었다. 헬렌은 나이를 먹었고 책도 많이 읽었고 교육도 충분

---

* 17세기경 영국의 귀족과 신사들이 유럽을 돌아보던 일종의 관광 여행.

히 받았기에 레오폴드가 헛소리 수집가가 되어간다는 걸 깨달았다. 몇 년 전만 해도 두 사람이 함께 괴이한 이야기를 지어내고 놀 때 영감으로 삼았던 교리와 신념이 아버지의 마음속에서 헬렌의 자리를 대신하고 있었다. 아버지가 멀어져가는 걸 보는 것만 해도 슬펐는데, 아버지의 지성에 대한 존경심이 함께 사라져가는 걸 깨닫자 마음이 무너질 듯했다.

하지만 브레보트 씨가 딸의 재능을 완전히 잊은 건 아니었다. 여행을 시작하고 몇 년이 지났을 때, 브레보트 씨는 언어, 숫자, 성서 해석학에 관한 딸의 적성, 그리고 자신이 신비주의적 직관이라고 부르는 딸의 능력이 그가 감당할 수 있는 선을 넘어섰다는 걸 인정할 수밖에 없었다. 그는 딸에게 더 많은 교육을 해줄 수 있는 다양한 학자들을 중심으로 가족의 여행 일정표 일부를 짜기 시작했다. 그래서 가족은 작은 시골 마을이나 대학가 근교에 있는 호스텔의 초라한 기숙사에 머물러야 했다. 이런 곳에서 어머니와 아버지, 딸은 함께할 사람이라고는 서로밖에 없는 상태에서 시간을 보내야만 했다. 따로 떨어진데다 본래의 활동 영역까지 잃은 브레보트 부부는 다툼이 많아졌고 점점 못되게 굴었다. 헬렌은 점차 내면으로 더 깊숙이 물러났고, 그녀의 침묵은 부모에게 점점 더 신랄한 말다툼을 벌일 전장이 되었다. 하지만 가족이 마침내 저명한 교수나 신비주의 권위자와 만나면, 헬렌은 늘 달라진 모습을 보였다. 갑자기 자신감으로 수정처럼 빛났다─헬렌 안의 무언가가 단단해져 반짝이고 날카로워졌다.

예나* 한복판이든, 툴루즈 근교든, 볼로냐 교외든, 일과는 거의

---

* 독일 남부의 도시.

같았다. 그들은 여관에 방을 구했고, 브레보트 부인은 몸이 좀 안 좋아서 쉬어야겠다고 했으며, 브레보트 씨는 딸을 데리고 그곳을 찾은 이유인 위인을 만나러 갔다. 레오폴드 브레보트가 길고 대체로 알아들을 수 없는 자기소개를 하면, 위인은 어김없이 우려와 안타까움을 담아 레오폴드와 그의 딸을 바라보았다. 레오폴드의 신념은 상당히 신비주의적으로 변했을 뿐 아니라, 거의 허구의 프랑스어와 독일어, 이탈리아어가 뒤범벅된 말로 전달되었다. 학자나 신비주의자 중 일부는 헬렌의 성서에 대한 해박한 지식과 학업 성취, 다양한 밀교의 교리에 대한 유창성에 깊은 인상을 받았다. 브레보트 씨는 그들의 관심을 감지하고 뭔가 말하려 했지만, 상대방은 손을 들어 그의 말을 막거나 면담 내내 그를 무시했다. 교사 중 몇 명은 브레보트 씨에게 방에서 나가달라고 요청하기도 했다. 그리고 일부는 교육적인 온기를 담아 헬렌의 다리를 움켜쥐었다가 그녀의 치명적인 수동성과 물러설 줄 모르고 노려보는 눈에 겁을 먹고 손을 치웠다.

◆

헬렌은 올버니에서의 어린 시절과 결별했다. 계속해서 이사를 다녔기에 또래 여자아이들을 몇 명 만나지도 못했고, 우연히 만나더라도 그런 관계가 온전한 우정으로 꽃필 기회는 없었다. 시간을 보내느라 책을 읽으며 다양한 언어를 독학했고, 이때 읽은 책들을 여러 집과 호텔에 바꿔가며 꽂아두었다―니스의 책장에서『클레브 공작부인』을 가져와 시에나의 도서관에『걸리버 여행기』스페인어판을 꺼낸 자리에 꽂아두고,『걸리버 여행기』로는 뮌헨에서『적과 흑』독일어판을 빌리며 생긴 틈새를 메워놓았다. 불면증이 계속 헬렌의 밤을 지배하려 했기에 그녀는 추상적인 공포의 맹공격을 막을 방패로 책을 사용했다. 책으로 충분하지 않게 되자 일기를 쓰기 시작했다. 아버지가 몇 년간 쓰도록 했던 꿈 일기는 매일 생각을 기록하는 습관을 심어주었다. 시간이 지나 아버지가 더이상 일기를 읽지 않게 되자 헬렌의 글은 꿈에서 벗어나 책에 관한 생각이나 방문한 도시에 대한 인상을 다루게 되었다. 유난히 잠들지 못하는 새하얀 밤이면, 가장 깊은 내면의 두려움과 갈망을 다루기도 했다.

청소년기 초기에 조용하지만 결정적인 사건이 벌어졌다. 헬렌은 부모와 함께 루카*에 있는 오스굿 부인의 별장에서 지내고 있었다. 그녀는 뜨거운 날씨에 정신이 아찔해진 채 별장 부지를 가로질러 걸어가다가 빈 저택을 한 바퀴 빙 돌았다. 손님은 그들뿐이었다. 헬렌의 발소리에 하인들이 서둘러 멀어졌다. 시원한 테라코타 바닥에 쭉 뻗어 있던 개 한 마리는 반쯤 뜬 눈으로 자기 머리통 속을 바라

* 이탈리아의 도시.

보면서 꿈을 꾸며 몸을 움찔거리고 있었다. 헬렌은 응접실을 들여다보았다. 아버지와 오스굿 씨가 안락의자에 잠들어 있었다. 살짝 잔인한 기분이 들었다. 해를 끼치고 싶다는 어렴풋한 바람에 사로잡혔다. 헬렌은 자기가 지루함의 밑바닥 너머를 보고 있다는 걸 깨달았다. 그 너머에는 폭력이 있었다. 그녀는 홱 돌아 정원으로 들어갔다. 어머니와 어머니를 초대한 집주인이 레모네이드를 마시고 있던 그늘진 장소에 이르렀을 때, 그녀는 마을로 산책하러 가겠다고만 말했다. 헬렌의 말투가 너무 위압적이어서 그랬는지, 어머니가 오스굿 부인과 속삭이며 열띤 대화를 나누고 있었기 때문인지, 헤이즐넛과 구리색으로 물든 루카가 그날 오후 자비로운 빛을 뿜어내고 있었기 때문인지는 모르지만 아무도 반대하지 않았다. 그저 브레보트 부인이 힐끗 헬렌을 보며, 딸에게 파세자타*를 즐기되 너무 멀리 가지는 말라고 말했을 뿐이다. 그렇게, 헬렌만 알아챈 인생의 새로운 장이 열렸다. 난생처음으로, 그녀는 혼자 세상에 나섰다.

헬렌은 독립이라는 꿈이 실현된 데 취해 시골길이나 그 주변에는 거의 관심을 기울이지 않았다. 그러나 마을에서 처음으로 마주친, 치장 벽토를 바른 고요함에는 정신을 차렸다. 빈 거리에서 들리는 소리라고는 그녀의 신발이 자갈길에 닿는 건조한 메아리뿐이었다. 헬렌은 몇 걸음 갈 때마다 한쪽 발을 부드럽게 끌었다. 그저 가죽이 돌에 스치는 조용한 소리에 목덜미가 얼얼해지는 즐거움을 느끼고 싶어서였다. 골목을 지날 때마다 작은 도시는 점점 더 활기를 띠었다. 처음의 고요함에서 느꼈던 황홀감을 연장하고 싶어서, 그녀는 자신감에 찬 침착한 태도로 계속 걸어갔다. 멀리 교차로에서

---

* '산책'이라는 뜻의 이탈리아어.

들려오는 요란한 목소리로부터, 광장에서 나는 시장의 달가닥거리는 소리로부터, 모퉁이를 또각또각 돌아가는 물 흐르는 듯한 발굽 소리로부터, 빨래를 걷으며 이 집 창문에서 저 집 창문으로 소리를 질러대는 여자들로부터 멀어져 열기를 막느라 덧문을 내리고 있는 집들이 있는 골목으로 들어갔다. 거기에서는 다시 그녀의 외로운 발걸음소리가 들렸다. 그때 헬렌은 이처럼 엄숙한 형태의 기쁨을, 아무런 내용물이 없기에 너무도 순수하고 다른 누구에게 기대지 않기에 너무도 기댈 만한 그 기쁨을 앞으로도 가지려고 노력하게 되리라는 걸 깨달았다.

무슨 기념식인지 종교 페스타인지가 열리고 있는 광장의 소음을 피하려다가 헬렌은 몇몇 가게가 있는 거리에 들어서게 되었다. 그 가게 중 하나는 이중으로 시대착오적이었다. 에트루리아 시대부터 존재해왔기에 중세 교회가 새롭게 느껴지는 이 작은 도시에, 사진관은 그야말로 어울리지 않았다. 하지만 더 가까이에서 살펴보니, 미래에서 들려오는 불협화음의 유령 같은 이 사진관은 사실 오래된 곳이었다. 창문 안의 인물 사진과 전시된 카메라, 사진관에서 제공하는 서비스 모두가 사진술 초창기로 반송된 듯했다. 어째서인지 헬렌은 그 가게가 쇠퇴해온 삼십 년 혹은 오십 년의 세월이 루카가 세워진 이후 흐른 이천 년의 세월보다 더 민감하게 느껴졌다. 헬렌은 가게로 들어갔다.

미묘하게 깨끗하지 않은 창문으로 쏟아져들어오는 빛 때문에 공기에 분필 가루를 풀어놓은 것만 같은 그 가게에서는 기이한 우유 부단함이 느껴졌다. 처음에 헬렌은 비커와 피펫, 이상한 형태의 유리 기기를 보고, 이름표가 붙은 플라스크와 유리병, 유리로 만든 통과 마찬가지로 그것들이 자전거와 로마 군대의 투구, 파라솔과 박제된 동물, 인형과 선원 복장처럼 그 공간을 어지럽게 채우고 있는 다양한 소품 중 하나일 거라고 생각했다. 하지만 서서히 이곳이 과학과 미술의 영역 사이 어딘가에 붙들려 있다는 걸 알게 됐다. 여기는 과연 화학자의 실험실일까, 화가의 작업실일까? 보기에는 양측이 모두 한참 전에 포기하고, 분쟁을 해결하지 않은 채로 놔둔 것만 같았다.

친절한 표정, 혹은 기진맥진한 표정의 왜소한 남자가 뒤쪽 커튼 너머에서 나왔다. 그는 외국에서 온 어린 아가씨가 이탈리아어를 무척 잘하는 걸 보고 즐거워했다. 짧은 대화를 나눈 뒤, 그는 캐비닛 카드* 앨범을 내밀었다. 앨범에는 헬렌의 어머니가 어렸을 때 수집하던 구식 사진들이 들어 있었다. 헬렌은 사진 속 군인과 사냥꾼, 선원이 들고 있는 여러 물건을 알아보았다. 남자는 헬렌이 인상적인 미네르바가 될 게 틀림없다고 말했다. 그는 파르테논신전 배경을 펼치고 헬렌을 그 앞에 세우더니, 소품을 뒤져 투구와 창, 박제된 올빼미를 찾았다. 헬렌은 거절했다. 하지만 사진사의 얼굴에 실망감이 떠오르기 전에, 사진은 꼭 찍고 싶다고 말했다. 하지만 의상은 입지 않을 것이다. 배경도 쓰지 않을 것이다. 그저 그 자리에, 가게에 서 있는 자기 모습을 찍어달라고 했다. 사진사는 기뻐하는 동시에 혼란스러워하며 헬렌의 새로운 인생 첫날을 기록했다.

---

* 1870년 이후 인물 사진에 주로 사용된 것으로, 108×165밀리미터 크기의 카드에 얇은 사진을 붙인 형태다.

◆

　유럽에 온 지 사 년 만에 브레보트 가족은 미국 이민자들이 자주 가는 수도와 휴양지에 전부 들렀다. 한편, 헬렌에게 더 많은 교육을 시켜주겠다며 이곳저곳을 여행하기도 했다. 지도에서 보면, 그런 목적으로 이동한 길은 정신 나간 오솔길처럼 보였다. 사교적 목표와 학업 목표를 둘 다 좇으며 멀리, 오랫동안 여행했기에 헬렌은 ― 그녀의 내성적인 태도와는 상당히 어울리지 않으나 대체로 가족을 더 성공시켜보겠다는 어머니의 지칠 줄 모르는 노력 때문에 ― 작은 이야깃거리가 되었다. 레오폴드가 특별한 관심사로 운영되는 살롱에 들르거나 강령회에 참석하거나 신지학회 모임에 참가하거나 동료라는 사람들을 만나러 갈 때마다 브레보트 부인은 딸을 데리고 자신의 모임에 참석했다. 이제는 헬렌도 세상이 정말로 어떻게 움직이는지 배울 나이가 됐다는 얘기였다. 하지만 물론, 공식적으로 사교계에 나서기에 헬렌은 아직 너무 어린 나이였다. 그래서 브레보트 부인은 헬렌을 또 한 명의 손님이 아니라 오락거리로 데리고 다녔다.

　브레보트 부인이 부추기면, 의심스럽다는 듯 브랜디 잔을 빙글빙글 돌려대는 남자들과 골무에나 담을 수 있을 만큼 적은 양의 셰리주를 멍하니 홀짝이던 여자들은 책 두 권을 아무렇게나 골라 헬렌에게 읽으라고 했다. 두 책이 다른 언어로 적혀 있을 때도 있었다. 그러면 헬렌은 재빨리 그 내용을 외우고, 토씨 하나 틀리지 않고 읊었다. 저녁식사 후의 오락거리였다. 정신이 팔린 손님들은 이런 오락거리가 상당히 매력적이라고 생각했다. 하지만 브레보트 부인이 첫 시범을 보인 다음 딸에게 두 책의 문장을 번갈아가며 읊으라고 하고, 이어 뒤에서부터 똑같이 해보라고 하면, 잘난 체하며 미소 짓던 손님들은 언제나 놀라서 입을 쩍 벌리곤 했다. 이건 헬렌의 일상적인 묘기 중 첫번째에 불과했다. 그녀의 묘기에는 다양한 정신적 곡예가 포함되어 있었고, 이런 묘기는 늘 웅성거림과 환호 속에 끝났다. 머잖아 사람들은 헬렌을 데리고 와달라고 부탁하기 시작했다. 그녀는 일종의 "아이템"이 되었다. 브레보트 부인이 군이 부탁하지 않아도 헬렌은 가문의 명성에 누가 되는 이런 공연을 아버지에게 비밀로 했다.

하지만 비밀스러운 평판이라는 건 존재하지 않는다. 결국 가족이 파리의 에지컴 가족을 방문하고 있을 때 브레보트 씨는 아내가 딸의 재능을 응접실 묘기로 활용하고 있다는 걸 알고 격노했다. 서로의 성향이 점점 달라지고 그에 정비례해 결혼생활도 악화되어가던 지난 한두 해 동안 캐서린과 레오폴드 브레보트 부부는 대체로 서로에게 간섭하지 않으려고 노력해왔다. 대부분 언쟁으로 끝나게 될 상호작용을 피하고 싶었던 것이다. 하지만 헬렌의 공연에 관한 진실이 드러나자 적개심으로 차곡차곡 쌓이고 단단해져온 분노가 산사태처럼 쏟아져내렸다. 브레보트 부인은 자아도취에 빠진 남편의 헛소리와 의심스러운 과학, 그가 가족의 매우 인간적인 욕구에 대처하지 못하게 만드는 그 모든 천상의 개소리에 신물이 난다고 했다. 애초에 브레보트 가족이 누려온 친구들의 환대도 자기가 재치를 발휘하고 노력(브레보트 부인은 이 단어에 제대로 무게감을 주고자 자기 가슴을 가리켰다)을 기울인 덕분이지만, 만일 가족이 점점 멀어져가는 친구들의 친절에 의존해야만 하는 지점에 이르렀다면, 또 브레보트 부인이 그런 우정을 유지하고 확장하기 위해 헬렌의 재능을 동원해야만 한다면, 그건 브레보트 씨가 자기 가족의 안녕을 보장할 수 있는 믿음직스러운 사람이 아니기 때문이라고 했다. 브레보트 부인은 독사처럼 쉭쉭거리는 소리로 말했다. 에지컴 가족의 손님방에 머물면서 소리를 지르고 싸울 만큼 바보는 아니었기 때문이다. 하지만 브레보트 씨에게는 그런 거리낌이 없었다. 그는 주님께서 딸에게 주신 재능은 주님과 이야기하기 위한 것이지, 세속적인 서커스를 하기 위한 게 아니라고 소리질렀다. 아내가 그토록 즐겨 다니는 경박한 진창에 딸까지 끌고 들어가지는 말라고 했다. 딸이 이런 식의 지적 매춘에 빠져서는 안 된다는 것이었다.

헬렌은 싸움이 벌어지는 내내 자기 발을 보고 있었다. 아버지를 마주볼 수가 없었다. 아버지의 입이 그 무분별한 말을 만들어내는 꼴을 보고 싶지 않았다. 그 꼴을 보면, 이제는 아버지가 말을 하더라도 사실은 다른 누군가가 아버지를 통해 말하고 있을 뿐이라는 의심이 확인될 테니까. 발만 보고 있으면, 그 목소리는 그냥 폭언을 쏟아붓는 목소리일 뿐이었다―아버지와는 아무 상관이 없는, 주인 없는 고함. 위협적인 말투보다 더 무시무시했던 건 아버지의 장광설에 아무 일관성이 없다는 점이었다. 헬렌이 보기에 의미에 가하는 폭력만큼 심한 폭력은 없었으니까.

이런 소란이 벌어진 다음에도(브레보트 부인은 그날 저녁에 입은 피해를 부분적으로나마 복구하기 위해 다음날 아침 에지컴 부인과 당혹스러운 대화를 나누고, 이후 몇 주 내내 파리 전역에서 능숙한 뒷담화 반격 작전을 펼쳐야 했다) 헬렌의 재능은 대단히 희박한 확률을 뚫고, 엄청나게 엄격한 감시를 받으면서도 계속해서 꽃피었다. 그녀는 아버지의 혹독하고 두서없는 교육을 받아야 한다는 게 싫었지만, 아버지의 구속이 어머니의 사교성보다 딱히 더 억압적이라고 생각하지도 않았다.

◆

브레보트 부부의 몇 안 되는 공통점 중 한 가지는, 이유야 완전히 다르더라도 시사를 경멸하며 그에 관해 호기심을 품지 않는다는 것이다. 브레보트 부인은 공적인 일이 사생활을 침범하는 것을 개인적 모욕으로 보았다. 그녀는 자동차 보닛에 들어 있는 엔진이나 증기선 갑판 밑 기관실에 대해 무관심하듯 사회를 계속 움직이게 하는 행정적, 경제적, 외교적 복잡성에 대해서도 무관심했다. "그 것들은" 그냥 "돌아가면" 됐다. 웬 정비공이 기름 낀 피스톤 밸브에 무슨 문제가 일어난 건지 설명해주는 건 바라지 않았다. 브레보트 씨의 경우야 뻔했다. 영원에 정신을 빼앗긴 사람에게 하루하루의 소식이 대체 무슨 의미가 있었겠는가? 그들은 둘 다 정치적 현실의 외곽에 살았기에, 프란츠 페르디난트 대공의 암살이 가지는 심각한 함의를 이해하지 못했다.

모두가 그들에게 스위스에 있었던 게 다행이라며 상황이 확실해질 때까지 그 나라를 떠나지 말라고 조언했다. 취리히로 갔을 때—브레보트 가족은 몇 달 전 취리히에서 친구들을 만난 다음 여름 여행을 계속할 계획을 세운 터였다—그들은 스위스 군대가 동원되는 것을 보았고, 국경에 군대가 모여들고 있다는 소식을 들었다. 그때는 성수기 중에서도 성수기라, 지역 온천 근처의 숙박소에서 저금한 돈을 까먹으며 요양하는 사람들부터 위풍당당한 호텔에서 치료를 받는 뉴욕의 고관까지 수천 명의 다양한 미국인들이 산과 계곡, 호숫가의 온천에 흩어져 있었다. 예컨대 옴 윌슨은 베른에, 촌시 소로굿은 제네바에, 팔리 추기경은 브루넨에, 코닐리어스 밴더빌트는 생모리츠에 있었다. 하지만 브레보트 가족이 이동중에 만난 미국인들은 계급과 상관없이 모두 광기에 사로잡혀 있었다. 전쟁 이야기가 나왔다. 전면전 이야기가.

취리히에 처음 도착했을 때 브레보트 가족은 베털리 가족의 집에서 머물렀는데, 베털리 가족은 방금 주스위스 미국 대사인 플레전트 스토벌 씨와 상의를 하고 온 터였다. 계속 휴양을 해도 될까요, 아니면 집으로 돌아가야 할까요? 스토벌 씨는 유럽에서는 전쟁 불안이 그리 드문 일이 아니라고 말했다. 하지만 노련한 외교관이라면 누구나 공공연한 전쟁 발발의 비참한 결과를 잘 알고 있으므로, 합리적이고 우호적인 개입을 통해 이런 중대한 재앙을 피할 수 있기를 바란다고 했다. 몇 주 안에 오스트리아와 세르비아, 독일, 러시아, 영국이 공식적으로 전쟁을 선포했다. 머잖아 갈등은 유럽 대부분을 삼켰다.

그 이후 몇 달 동안 이어진 이상한 기간에 스위스에 만들어진 즉흥적 미국인 사회는 브레보트 가족이 몇 년 동안 일상적으로 살아오던 현실과 비슷한 현실에 통째로 끌려들어갔다. 쓸 수 있는 현금이나 금은 없었다. 수표는 건실한 미국 은행에서 발행한 것이라도 지급이 거절됐다. 신용장도 거부당했다. 백만장자들이 호텔 주인의 선의에 의지하고 그들에게서 용돈을 받아 써야 했다. 차를 마실 때는 각자 설탕을 가져왔다. 모두가 배급 딱지를 받았고, 디너파티 때는 드레스와 정장을 입은 손님들이 음식을 제공하는 파티 주최자에게 그 딱지를 내밀었다. 어느 곳이나 궁핍하고 불안정했다. 브레보트 부인에게는 살면서 가장 마음이 편한 시기였다.

하지만 전쟁이 다가온다는 현실은 변하지 않았다—알프스를 낮게 스치고 전선으로 날아가는 전투기들이 계속해서 그 현실을 일깨웠다. 대부분의 해운회사들은 배를 묶어두거나 항해를 취소했다.

사람이 버글거리는 작은 배의 표를 구하는 것도 높은 사람과의 연줄이 있어야만 가능한 사치스러운 일이 됐다. 브레보트 부인은 가족이 유럽에서 무사히 빠져나갈 안전한 방법을 확보하려고 최선을 다했지만, 브레보트 씨는 신비주의 음모와 신령의 위계질서, 복잡한 미로 같은 법칙들로 지배되는 머나먼 땅에 영원히 살게 된 것처럼 보였다. 그는 매일 해야 할 일을 도저히 관리할 수 없게 되었고, 아침이 올 때마다 점점 더 방향을 잃어갔다. 그는 밤이고 낮이고 점점 더 가상의 언어들을 뒤섞어서 사용하며 자기가 직접 만든 규칙을 이해하는 데 어려움을 겪었고, 정신을 괴롭히는 이율배반과 역설 속에서 길을 잃었다. 그는 화를 잘 내는 성격으로 바뀌었다.

헬렌은 아무런 길이 없는 섬망이라는 영역에서 아버지와 만나보려 애썼다. 그녀는 아버지와 함께 앉아, 방해하지 않고 아버지의 이야기에 귀기울였다. 때로는 질문을 던지기도 했다. 제대로 된 답을 얻기 위해서라기보다는 관심을 기울이고 있다는 증거를 보이기 위해서였다. 아버지를 이해하려는 헬렌의 노력은 진심이었다. 이성을 한 가닥이라도, 단 한 가닥이라도 발견한다면 그 실을 붙들고 아버지를 미로에서 끌어낼 수 있으리라는 희망이 그 노력의 근거였다. 하지만 헬렌의 노력은 언제나 똑같은 결말로 이어졌다. 레오폴드의 생각은 가만히 놔두어도 휘어지고 비틀어지며, 헬렌은 들어갈 수 없고 아버지는 나올 수 없는 원을 이루었다. 이런 정신적 폐소공포증을 경험하고 나면, 헬렌은 신체적으로 움직일 수 있다는 걸 증명하기라도 하듯 오랫동안 산책을 나서야만 했다.

브레보트 씨의 병증 때문에 가족은 베털리 가족의 손님이라는 위치를 유지할 수 없게 되었다. 근처 여관으로 옮길 수밖에 없었다. 브레보트 씨는 연금술 공식과 자기가 직접 만든 숫자며 기호들로 이루어진 기호로 공책들을 한 권씩 채워나갔다. 얼굴은 언제나 잉크로 더럽혀져 있었고 독백은 한 번도 끊이지 않았으며 고분고분한 손은 언제까지나 그 말을 받아 적는 듯했다. 브레보트 부인은 그런 상태의 남편을 데리고 전쟁이 한창인 대륙을, 그다음에는 대서양을 가로지르는 것이 불가능하다는 걸 점점 더 분명히 깨달았다. 베틸리 부부가 스토벌 대사에게 대신 부탁해준 덕분에, 그녀는 바트 파페르스에 있는 밸리 박사의 의공학 연구소에 브레보트 씨가 입원할 자리를 마련할 수 있었다. 바트 파페르스는 물에 탄산석회와 탄산마그네슘이 풍부한 곳으로, 그곳에서 마사지를 받고 고도가 높은 지역에서 운동도 하면 신경질환이 있는 환자들에게 도움이 된다고 알려져 있었다.

베틸리 부인은 브레보트 부인이 남편을 요양원으로 데려가는 동안 기꺼이 헬렌을 돌봐주었다. 헬렌은 여관에서 아버지에게 작별인사를 했다. 브레보트 씨는 자기가 하는 말을 공책에 받아 적으며 고개 한 번 들지 않았다. 헬렌이 아버지를 본 건 그때가 마지막이었다.

헬렌은 취리히에서 부모 없이 지내던 그 시절에 토스카나에서 산책을 하던 중 처음 느꼈던 직관을 확인하게 되었다—어째서인지, 그녀는 외로움에 고양감을 느꼈다. 그녀는 호수를 스쳐가는 산책로를 행복하고도 평온한 기분으로 거닐었다. 아무 전차에나 올라타고 종점까지 갔다가 느긋하게 걸어 돌아왔다. 구시가지로 가서 박물관과 미술관에 들렀다. 그러다 정신을 차리고 보면 언제나 식물원으로 돌아와 있었다. 그녀는 수목원 그림자 아래에서 책을 들고 앉아 있는 걸 좋아했다. 어느 날 오후, 웬 멋쟁이 미국인이 그녀가 읽던 영어로 된 책을 보고 애매한 원예 평계를 대며 다가온 것도 그곳이었다. 그들은 서로 소개를 했다. 헬렌이 브레보트라는 성을 말하자 그의 눈에 흥미로운 기색이 잠깐 스쳤다—그녀를 알아보았다는 사실을 반쯤 감춘 찰나의 빛. 그건 브레보트 집안을 안다는 걸 조심스럽게 내비치기 위해 수많은 미국인들이 자주 보이는 기색이었다. 그는 이토록 특이한 곳에서 다른 뉴욕 사람을 만났다는 우연에 용기를 얻어 말을 붙였다. 헬렌은 이런 방해에 살짝 짜증을 느끼며, 그의 사교적 인사말에 짧게 대답했다. 잠시 대화가 끊겼을 때, 그는 꽃을 꺾어 하나는 자기 옷깃에 달고 하나는 헬렌에게 내밀었다. 헬렌은 꽃을 보기는 했지만 받지는 않았다. 남자는 잠시 스치는 짜증스러운 혼란을 억누르고 그 꽃으로 도시 이곳저곳을 가리키며 각 장소의 다양한 역사적 측면을 자세히 설명했다. 헬렌이 별 관심을 두지 않을 뿐 아니라, 심지어 그가 이야기하는 장소를 쳐다보지 않는 것도 신경쓰이지 않는 모양이었다. 그는 그저 설명하는 걸 좋아했고, 그걸 구실로 삼아 헬렌이 사는 곳을 알아내고는 가는 길에 있는 도시의 숨겨진 보물들을 보여주겠다며 그녀를 집까지 바래다주겠다고 자청할 수 있었다. 마침내 목적지에 도착했을 때, 셸던 로이드는 브레보트 양이 머무는 집의 주인들에게 자신을 소개했다. 베털리 씨는 아내와 의미심장한 눈길을 주고받더니 셸던에게 다음 날 저녁에 와서 저녁을 먹으라고 한 다음 그를 문까지 바래다주었다. 문 앞에서 두 남자는 소리 죽여 이야기를 나누었다.

셸던은 다음날 실제로 저녁을 먹으러 왔다. 호텔 짐꾼이 식량이 잔뜩 담긴 바구니 두 개를 들고 그를 따라왔다. 그는 이후 오 일인가 육 일 동안 점심이나 저녁 시간에, 혹은 차 마시는 시간에 다시 들렀다. 베털리 부부는 그를 더없이 환영했다. 매번 식사를 하고 나면 그가 헬렌과 시간을 보낼 수 있도록 한 시간 정도 감시를 느슨하게 풀어주었다. 셸던은 이런 시간 대부분을 자신이 이룬 업적과 그 덕분에 영위할 수 있게 된 삶에 관해 이야기하며 보냈다. 전쟁 직전에 자기가 다니는 회사를 대리하여 도이치뱅크와 벌인 영리한 거래와 자신의 아파트에 걸려 있거나 메트로폴리탄박물관에 빌려준 유럽 거장들의 모든 그림, 크루프*의 투자 요청에 관한 상세한 내막, 예상치 못했던 필요에 따라 부분적으로 지었다가 철거하고 다시 짓고 있는 라인벡의 저택, 하버 제약회사의 이사들보다 한 수 앞선다고 생각하는 고용주를 한 수 더 앞선 방법, 마구간에 있는 여러 필의 말과 유리 천장이 덮인 자신의 승마장, 고용주가 취리히에서 꽃피는 금융 산업을 보고 은행을 열기로 했을 때 어쩔 수 없이 따라온 관료주의적인 난해한 문제들, 여름에 허드슨강을 따라 월 스트리트까지 통근하는 데 사용하는 어머니의 요트 등에 대해 하나하나 자세하게 설명했다. 셸던은 헬렌이 딴 데 정신이 팔려 조용해진 것을 너무 경이로워 말을 잃은 것이라고 생각한 모양이었다.

거의 이 주 뒤 브레보트 부인이 요양원에서 돌아왔다. 베틀리 부인은 그녀에게 남편의 병에 대한 슬픔을 과시하고 불확실한 미래를 한탄할 시간을 조금 주고 나서, 헬렌의 새로운 지인에 대해 말해주었다. 브레보트 부인은 셸던 로이드라는 사람이 누구인지 찾아보려고 머릿속을 뒤져보는 것처럼 잠시 시간을 들였다가, 공들여 머뭇거리는 기색을 보이면서 그 청년이 혹시 벤저민 래스크 씨의 오른팔이라고 불리는 사람이 아니냐고 물었다. 베틀리 부인은 굳이 그런 뻔한 질문에 대답해 이 형편없는 연기를 그럴듯하게 포장해주지 않았다. 브레보트 부인으로서는 드문 실패였다.

브레보트 부인은 셸던과 만났을 때, 그가 헬렌의 족보에 깊은 인

---

* 독일의 철강 및 무기 제조 재벌.

상을 받았으며 자신이 새로 벌어들인 돈에 오래된 가문의 이름을 얹고 싶어한다는 걸 재빨리 알아챘다. 셸던은 헬렌의 침묵으로도 어깨가 으쓱했지만, 브레보트 부인으로 인해 더욱 즐거웠다. 그녀가 적절한 순간마다 예상대로 탄성을 내지르고 헛숨을 들이켜는, 뚜렷하게 목소리를 내는 팬이라는 걸 알게 되었기 때문이다. 매일 만찬을 즐길 때마다 브레보트 부인은 셸던이 스스로 생각하는 것보다 더 중요한 사람이 된 것 같은 느낌을 받도록 했을 뿐 아니라 뭔가를 주도하고 있다고 생각하게 만들었다—무엇보다도, 브레보트 부인은 셸던에게 전쟁의 두려운 손아귀로부터 모녀를 담대하게 구출해낼 기회를 주었다. 그녀는 작고 사소한 이야기를 통해 남편의 질환과 딸의 위태로운 상황을 조금씩 조금씩 전했다. 단, 가족의 고통스러운 상황에 대한 이야기는 셸던의 출국일이 겨우 며칠 앞으로 다가올 때까지 기다렸다가 울음을 잔뜩 섞어 털어놓았다. 셸던은 자신의 기사도 정신이 자연스럽게 자극된 것이 아니라 주의깊게 유도된 것이라고 의심할 능력이 없었으므로, 모녀를 제노바까지 태워주겠다고, 그곳에서 뉴욕행 포르투갈 배 비올레타에 함께 타자고 제안했다.

◆

올버니 저택은 여전히 세를 놓은 상태였다. 브레보트 부인이 보기에는 유럽에서 살다 온 헬렌을 그토록 촌스러운 분위기에 빠뜨리는 것도, 브레보트 씨의 친척들과 가까운 곳에 살면서 그가 없다는 사실을 강조하는 것도 사실 전혀 의미 없는 짓이었다. 그래서 그녀는 셸던을 다시 한번 구원자로 기꺼이 맞아들였다. 그가 팔지 않고 방치해두었던, 파크 애비뉴에 있는 돌아가신 고모의 아파트에서 지내라는 너그러운 제안을 받아들인 것이다.

유럽에서 형성된 우정은 브레보트 부인에게 도움이 되었다. 그녀는 도시에 있는 대부분 가문의 문이 그녀에게 열려 있다는 점에 만족하지 않고, 자기 집 문도 도시 사람들에게 열어두고 싶어했다. 새로운 아파트의 파티는 머잖아 고정적인 행사가 되었다. 브레보트 부인은 아무 소란을 떨지 않고도 이런 파티에 헬렌을 내보내기 시작했다. 헬렌의 재능을 모르는 사람들은 브레보트 부인처럼 매력적이고 외향적인 사람에게 어떻게 그토록 내성적이고, 심지어 수심에 잠긴 딸이 있을 수 있는지 궁금해했다―파티를 주최한 브레보트 부인은 이런 소문을 잘 알고 있었고, 그 소문을 조작해 헬렌의 지성과 복잡한 성격에 관한 인상을 더욱 심화했다.

셸던 로이드는 이런 행사에 한 번도 참석하지 않았다. 캐서린과 헬렌이 로이드 가문의 집에 머물고 있는데다, 유럽에서나 그후 대서양을 건널 때 그가 모녀와 가까워졌다는 소문이 돌고 있어서―어느 정도는 브레보트 부인의 조언에 따라―자신이 도움을 준 건 순수한 선의 때문이었음을 보여주고자 신경을 쓴 것이다. 셸던과 헬렌이 산책을 하는 동안, 브레보트 부인은 매의 눈을 가진 샤프

롱*이 되어 둘을 감시하면서도 셸던의 고결한 인품을 잊지 않고 이야기했고, 가장 엄밀하게 따져보아도 모녀의 목숨을 구했다고밖에 할 수 없는 그 영웅적 행동에 자신들이 절대적인 빚을 지고 있다는 점을 일깨워주었다. 이런 식으로 산책을 다닐 때 브레보트 부인은 셸던의 신비주의적이고 눈에 띄지 않는 고용인 이야기를 꺼내고 또 꺼냈다. 다만 태도가 너무 태연해서 그녀의 고집스러움은 거의 눈에 띄지 않았다. 래스크 씨가 전능할 정도로 부자라던데 사실인가요? 정말로 지금까지 결혼을 안 했어요? 대체 왜? 외출을 하긴 하나요? 그렇게 독특한 사람이라면, 취향이나 취미는 뭘까요? 셸던은 유명한 금융가의 거대하고도 별난 전설과 함께 자신의 지위도 높아진다는 것을 알고, 이 모든 질문에 기꺼이 자세히 대답했다. 사실, 셸던이 래스크 씨는 사람을 너무 싫어해서(그게 아니라, 일에 너무 몰두하는 것이라고 셸던은 말을 고쳤다) 집에 누군가를 초대하지 않으며, 주최자가 거의 참석하지 않는 사치스러운 파티를 준비하는 건 셸던 자신의 임무가 되었다고 밝힌 건 허영심 때문이었다. 또 그가 모녀를 래스크 씨의 집에서 열리는 적십자 행사에 초대한 건 오만함 때문이었다. 셸던은 자신이 준비한 파티가 얼마나 성대한지 헬렌이 직접 보기를 바랐다.

헬렌은 어머니의 계략을 너무나도 잘 이해하고 있었으며, 이상적인 구혼자가 발견되는 순간 그를 받아들일 수밖에 없다는 걸 알아차렸다. 헬렌 자신은 결혼생활이나 물질적 생활에 대해 아무런 야심이 없었으나 좋은 결혼을 통해 어머니에게 빚을 갚아야 한다고 생각했다─결혼은 다른 사람들의 돈에 의존하는 생활을 그만두고

---

* 미혼 여성을 따라다니며 돌봐주는 나이든 여성.

마침내 정착할 유일한 기회였다. 하지만 헬렌은 브레보트 부인의 중매 작전에 반기를 들지는 않았어도, 마지못해 승낙함으로써 적극적인 역할을 하지는 않겠다는 점을 분명히 밝혔다. 몇몇 사람들이 토라진 걸 나타내는 행동이라고 오해했던 그녀의 다가가기 어려운 침묵과 많은 사람이 슬픔이라고 오해했던 지속적인 멍한 상태는 불복종의 수동적 형태가 아니라 지루함의 구현이었다. 그녀는 단지 어머니의 결혼 작전을 진행하는 데 필요한 의례적 인사말과 상투적 예의를 구사할 수 없었을 뿐이었다. 바로 이런 무능력 덕분에 헬렌은, 상대방이야 어떻든 자기 생각에만 푹 빠져 있는 셸던 로이드 유의 허풍선이들이 역설적으로 어느 정도 자율성을 줄 수 있다는 걸 깨달았다. 하지만 브레보트 부인은 안달이 난 게 뻔한 로이드 씨에게 청혼하라는 마지막 압박을 주는 대신 그와 신중하게 거리를 유지하면서도 여러 미묘한 방식으로 계속 그를 부추겼다. 헬렌은 어머니의 책략이 지나치게 오래 이어진 끝에, 자신이 결혼하기에는 너무 나이가 들어 역효과가 나기를 바랐다.

부의 신을 섬기는 신전—성찬식과 우상, 예복까지 모두 갖춘—은 한 번도 헬렌을 더 높은 영역으로 이동시켜주지 못했다. 그녀는 황홀감에 빠지지 못했다. 벤저민 래스크 씨의 허세 가득한 집에 처음 도착했을 때도 그녀는 욕망의 꿈틀거림을 전혀 느낄 수 없었다. 심지어 모든 물질적 제약으로부터 벗어난 인생에 관한 일시적인 전율조차 간접적으로도 느낄 수 없었다. 셸던은 계단으로 쏟아져 인도를 가로질러 흘러가는 레드카펫 가장자리에 선 하인 옆에서 헬렌과 그녀의 어머니를 기다리고 있었다. 그 계절 가장 화려한 행사의 대리 주최자라는 역할에 용기를 얻은 그는 팔짱을 끼고서 헬렌을 안으로 안내했고, 브레보트 부인은 에스코트 없이 남겨져 짜증이 난 채로 그 뒤를 따랐다—다만, 브레보트 부인의 짜증은 반짝이는 주변 환경을 보고 곧 녹아내렸다. 그들이 문 앞의 하인에게 망토를 건네자, 집사가 조용하지만 잘 들리는 목소리로 보이지 않는 곳의 가장자리에 서 있는 늘씬한 남자에게 그들의 도착을 알렸다. 브레보트 부인은 거의 알아볼 수 없을 정도로 살짝 고개를 끄덕여 인사를 전할 수 있었다. 벤저민 래스크는 마주 고개를 끄덕인 것일 수도 있었고, 그냥 아래를 본 것일 수도 있었다. 브레보트 부인은 숙녀 대기실에서 딸의 머리를 매만지며 래스크 씨가 자기 예상보다 훨씬 젊어 보이더라고 말했다. 거기다 자기 집에서 그렇게 불편해 보이다니 이상하지 않느냐고. 하긴, 브레보트 부인은 그게 자연스러운 일이라고 생각했다—이렇게 거대한 공간을 채우려면 어마어마한 개성이 필요할 테니까. 그녀의 독백은 다른 손님들이 도착하는 바람에 끊겼다. 모녀는 응접실로 나갔고, 그곳에서 브레보트 부인은 파티 주최자라 해도 손색이 없을 정도였다. 셸던은 한 무리의 남자들에게 무언가 이야기를 속삭여 그들의 웃음을 끌어냈다. 헬렌은 응접실의 그늘진 가장자리로 물러나, 집사가 셸던에게 저녁이 준비되었다고 말할 때까지 그 자리에 가만히 있었다.

　헬렌과 캐서린은 식탁의 서로 다른 쪽 끝으로 안내받았는데, 각각 로이드 씨와 래스크 씨 옆이었다. 자리에 앉자 셸던은 브레보트 부인이 파티 주최자를 얼마나 만나고 싶어했는지 안다며 그녀가 래스크 씨와 이야기를 나눌(그리고 래스크 씨의 오른쪽이라는, 모두가 탐내는 자리에 앉아 사람들의 부러움을 살) 이 드문 기회를 고맙게 여길 게 틀림없다고 말했다. 셸던은 생선 요리가 나오기까지 내내 대화가 헬렌을 중심으로 돌아가도록 우아하게 손을 썼고 주위에 앉은 사람들에게 그녀의 여행과 언어적 재능, 전쟁이라는 위험을 마주했을 때 보인 용감함에 관해 늘어놓았다. 그 용기는 저명한 독립전쟁 시대의 조상들에게서 물려받은 게 틀림없다면서 말이다. 하지만 구이 요리가 나왔을 때쯤, 그는 친구들과 동료들을 웃기는 데 다시 정신이 팔리고 말았다. 그는 친구들 쪽으로 시선을 돌린 채, 헬렌이 주변 여자들한테서 받은 선의의 질문을 단답으로 마음껏 쳐버리게 놔두었다. 긴 식탁의 반대쪽 끝에서는 헬렌의 어머니가 래스크 씨의 관심을 독점했다. 헬렌은 멍한 표정으로 고개를 끄덕이는 래스크 씨의 동작을 너무 잘 알고 있었다. 그랬기에 디저트를 먹는 도중, 어머니가 이제는 목소리를 낮추어 풀어놓는 이야기를 들으며 래스크 씨가 진짜 관심의 흔적을 보이자 놀랐다. 마침내 신사들은 시가를 피우고 숙녀들은 응접실에 모일 시간이 왔다. 헬렌은 이때를 노려, 몰래 빠져나가 혼자 저택을 돌아다니기로 했다.

저택은 파티의 소음과 셸던이 해둔 번쩍번쩍한 장식으로부터 멀어질수록 달라져갔다. 헬렌은 질서정연하고 신중한 세상으로 들어갔다. 그곳의 침묵에는 침착한 자신감이 있었다. 마치 조금만 노력하면 침묵이 언제나 이길 수 있다는 걸 아는 듯했다. 공기에 배어 있는 미약한 서늘함은 향기롭기도 했다. 헬렌이 인상적이라고 느낀 건 네덜란드 유화나 프랑스식 샹들리에가 그리는 별자리, 모든 모퉁이마다 버섯처럼 피어나는 중국 도자기 같은 부유함의 뚜렷한 증거가 아니었다. 그녀는 보다 사소한 것에 감명받았다. 문고리. 어둑하고 우묵한 공간에 자연스럽게 녹아든 의자. 소파와 그 주변의 빈 공간. 그 모든 것이 존재감을 드러내며 그녀에게 손을 뻗었다. 그것들은 평범하기 짝이 없는 물건이었지만 진짜 물건이기도 했다. 쓰레기투성이 세상이 망가진 사본을 만들 때 참조한 진품들.

거실로 이어지는 문 앞에 이르렀을 때 누군가의 그림자가 그녀의 그림자 바로 옆에서 머뭇거렸다. 헬렌은 바닥에 비친 자신의 검은 그림자도 똑같이 망설이고 있다는 걸 알아챘다—다른 사람의 눈에 띈 데 대한 유감과 그 자리를 떠나지 못하는 용기의 부족, 앞으로 나서기를 꺼리는 마음. 얼굴 없는 실루엣이 서로를 바라보는 것만 같았다. 주인을 귀찮게 하지 않고 자기들끼리 이 상황을 해소하고 싶어하는 것만 같았다. 벤저민 래스크가 거실에서 나왔을 때, 헬렌은 놀라지 않았다.

그들은 뻣뻣하게 의례적 인사를 몇 마디 주고받았다. 이어진 침묵 속에서 동시에 발을 바꿔 짚었다. 벤저민은 결례를 용서해달라며 창문을 마주보는 소파를 가리켰다. 그들은 자리에 앉았다. 서 있을 때보다도 더 불편했다. 방 건너편 창문의 둥근 어둠에 반쯤 가라앉은 그들의 그림자가 그들을 마주보았다. 벤저민은 브레보트 부인에게 여행 이야기를 들었다고 말했다. 헬렌은 천천히 신발 끝을 실크 카펫의 결 반대 방향으로 움직여 조그만 자국을 남겼다. 벤저민은 꼭 필요할 때가 아니면 그녀가 대답하지 않으리라는 걸 아는 듯했다. 그는 잠시 침묵을 지키다가 자신이 한 번도 여행이라고 할 만한 걸 해본 적이 없으며 동부 연안을 떠나본 적도 없다고 말했다. 자기 말뜻이 불명확하다고 느낀 듯 계속해서 말을 하다가 결국 입을 다물었다. 방을 군데군데 살피는 헬렌이 자신의 혼란스러운 설명에 귀기울이지 않는다는 걸 깨달은 모양이었다.

헬렌은 신발을 반대 방향으로 끌며 카펫에 남겨놓은 자국을 지웠다. 벤저민이 그녀를 보았다가 시선을 돌려 창문을 바라보았다.

"나는."

그의 침묵이 결정적일 만큼 길어지자 헬렌은 그를 돌아보았다. 그가 하려던 나머지 말이 궁금했다. 벤저민은 문장을 맺을 수 없어서 표정이 굳어졌다.

그렇게 조용해진 방안의 석양 속에 앉아, 헬렌은 어머니가 이겼다는 걸 즉시 알아차렸다. 그대로 가만 놔두기만 하면 벤저민 래스크가 자신을 아내로 맞아들이리라 확신했다. 그리고 바로 그 자리에서, 그렇게 놔두기로 결정했다. 벤저민이 본질적으로 혼자라는 걸 알았기 때문이다. 벤저민의 어마어마한 고독 속에서 그녀도 자신의 고독을 찾게 될 터였다―고독과 함께, 고압적인 부모가 늘 허락하지 않았던 자유도 찾게 될 것이다. 벤저민의 외로움이 자발적인 것이라면 그는 헬렌을 무시할 테고, 타의에 의한 것이라면 헬렌이 좋은 동반자가 되려고 노력한다는 점에 고마움을 느낄 터였다. 어느 쪽이든, 헬렌은 남편에게 영향을 끼침으로써 그토록 갈망하던 독립을 손에 넣는 데 성공하리라고 확신했다.

셋

평생 자족적으로 살아왔다는 점을 자랑으로 삼던 사람이 문득 세상을 완전하게 만드는 건 친밀함이라는 걸 깨달으면, 친밀함은 참을 수 없는 짐이 될 수 있다. 축복을 발견하면 그 축복을 잃을지도 모른다는 두려움을 느끼게 되니 말이다. 그런 사람들은 자신에게 과연 행복을 다른 사람에게 맡길 권리가 있는지 의심한다. 사랑하는 상대가 자신의 숭배를 지루하다고 느낄지 모른다고 걱정한다. 상대에 대한 갈망이 그들로서는 직접 확인할 수 없는 일그러진 표정으로 드러났을지 몰라 두려워한다. 그리하여, 그들은 이 모든 의문과 걱정의 무게에 허리가 굽어져 자신의 내면을 보게 되고, 동반자 관계에서 새로 발견한 기쁨 탓에 이제는 떨쳐버렸다고 생각했던 고독을 더욱 깊이 표현하게 된다.

헬렌은 결혼식이 끝나고 얼마 지나지 않아 남편에게서 바로 이런 두려움을 감지했다. 무력함은 종종 적의로 변하고, 자신의 가치를 평가절하하는 사람은 결국 그런 가치 절하를 남 탓으로 돌린다는 걸 알기에 헬렌은 벤저민의 불안을 해소해주려 최선을 다했다. 벤저민의 평화를 보장하는 것이 결국 그녀 자신의 평화를 지키는 것이라 해도, 헬렌의 동기가 오로지 이기적인 것만은 아니었다. 그녀는 머잖아 벤저민과 그의 조용한 습성에 진정한 애정을 느끼게 되었다. 다만 그녀 자신도 조용한 성품이었기에 적절한 단어와 딱 맞는 몸짓, 심지어 친절한 감정을 표현할 충분한 수단을 찾아내기는 어려웠다. 그런 헬렌의 감정은 어느 모로 보나 벤저민의 소심한 열정에 상대가 되지 못했다(헬렌은 이 점이 둘의 관계에서 가장 큰 장애물이라는 걸 알고 있었다).

간략한 약혼식에 뒤이어 상당히 색다른 겨울의 결혼식이 치러졌다. 브레보트 부인은 이 모든 일을 최소한 초봄까지 늦추고 싶어했으나 아무 일도 할 수 없었다. 결혼식과 피로연 문제에 있어서도 그녀의 분노에 찬 외침은 무시당했다. 벤저민과 헬렌은 서로 처음 이야기를 나눈 거실에서 결혼했다. 이 자리에 참석한 사람은 캐서린 브레보트와 셸던 로이드밖에 없었으며, 셸던은 자기가 전에 신부에게 비공식적으로 구애한 적이 있다는 모든 소문을 떨쳐버리려고 열을 올렸다. 결혼식 후 점심식사에 초대받은 몇 안 되는 손님들은 캐서린이나 셸던의 친구였다. 약혼이 발표된 이후로 헬렌은 그들 모두의 태도가 전반적으로 변화했다는 걸 알아챘다. 과거에도 헬렌이 세상과 두던 거리를 메워보려고 애쓰는 사람들은 있었지만, 그런 사람들은 격의 없이 구는 방법으로 그 거리를 메우려 했다. 하지만 이제 그 거리는 헬렌의 새로운 지위와 그들 사이의 간극을 문자 그대로 상징하게 되었다. 사람들은 까치발을 들고 그 틈을 건너며, 머뭇머뭇 한 걸음 내디딜 때마다 정말로 그녀에게 접근해도 되는지 확인해보려 했다. 헬렌은 종종 수줍음이나 오만함으로 오인되던 자신의 침묵이 이제 그녀 같은 지위에 있는 사람에게 어울리는 태도로 간주된다는 걸 알게 되었다. 게다가 그녀가 잘 감추지 못하던 지루함도 갑자기 세련된 거리 두기의 방법으로 환영받았다―헬렌 같은 사람이 무엇에든 관심을 보이는 건 천박한 일이었다. 다들 그녀가 위압적일 거라고 예상했고, 그러기를 바랐다. 헬렌은 남은 평생 이처럼 고상한 아첨에 둘러싸여 살게 되었지만, 래스크 부인으로서 처음 모습을 드러낸 결혼식 점심식사 때에야 그런 아첨이 끼치는 영향의 범위를 비로소 온전히 이해하게 되었다.

다음날 아침, 신혼부부는 만나서 거의 한마디도 나누지 않고 아침을 먹었다. 헬렌은 식탁 맞은편의 남편을 힐끗 보았다. 어젯밤 같은 밤이라면 신체적, 도덕적 고통 없이 견딜 수 있으리라는 걸 알게 되어 마음이 놓인 터였다. 벤저민은 아내의 시선을 느끼고 달걀 까는 데 더욱 집중했다. 아내의 침실을 나설 때만큼 지금도 혼란스럽고 겸연쩍다는 점을 감추고 싶었다.

그들은 여행을 떠나고 싶은 마음이 전혀 없었다. 그래서 벤저민은 집에서 짧게나마 신혼을 즐기기 위해 이 주의 휴가를 냈다. 집이 두 사람 모두에게 충분히 낯선 곳이어서 그럭저럭 휴가 분위기가 났다. 기자들이 늘 집밖을 맴돌았다. 그중 일부는 부부가 창밖을 내다볼 때를 대비해 길 건너편에 삼각대를 세워 카메라를 설치해놓았다. 헬렌과 벤저민은 이 방 저 방을 돌아다니며 그 방들을 어떻게 쓸지에 관해 모호하고도 성의 없는 계획을 세우다가 3층으로 가게 되었다. 응접실과 서재, 침실 몇 곳을 살펴본 다음 그들은 복도를 반쯤 따라가다가 잠시 멈추었다―그곳은 모든 작은 소리를 증폭시키지만 그들의 목소리만은 무디게 해주는 나무와 다마스크 카펫으로 이루어진 터널이었다. 벤저민은 복도 끝에 있는 문 반대쪽으로 헬렌을 데려가려 하면서 그 방만은 들어가면 안 된다고 말했다. 헬렌은 눈을 가늘게 뜨고 고개를 갸웃함으로써 그 이유를 물었다. 벤저민은 그 문이 자기 사무실로 통하는 옆문이라고만 말하고 입을 다물었다. 그녀는 살짝 조바심이 깃든 한숨을 굳이 참지 않았다. 벤저민은 문에서 돌아서며, 일단 그 방에 들어가면 나가기가 어렵다고 말했다. 하지만 헬렌은 벤저민을 돌아가 문을 열었다. 안에는 저택에서 가장 큰 공간이 있었다. 깊은 인상을 남기고 위압감을 주도록 설계되었지만, 안에 있는 모든 것이 기력이 없고 사용되지 않은 것처럼 보였기에 깊은 인상을 남기지도, 위압감을 주지도 못하는 곳이었다. 큰 방인 것은 사실이었으나, 안에는 서류나 파일, 타자기 등 실제 작업의 흔적이 전혀 없었다. 어쩌다보니 방이 정돈되어 있었던 게 아니다. 자세히 살펴보면 방안에 정돈할 만한 것이 아무것도 없다는 게 분명했다. 헬렌은 어떻게 이런 곳이 벤저민이 떠날 수 없다는 사무실이 될 수 있는지 알 수 없었다. 하지만 그때 작은 방 크기의 난로 옆 눈에 띄지 않는 구석에서 테이블 하나를 발견했다. 테이블 위에는 전화기 옆에 유리 돔이 하나 놓여 있었다. 헬렌은 처음에 유리 돔 안에 들어 있는 장치가 시계나 기압계인 줄 알았으나, 곧 그게 주식 티커라는 걸 알게 되었다. 테이블 앞 카펫은 반들반들하게 닳아 있었다.

다시 한번, 벤저민은 볼 게 아무것도 없다며 사무실을 나가려 했다. 다시 한번, 헬렌은 자리를 지켰다. 벤저민은 늘 아내를 마주보지 못하는 사람이었지만, 이번만큼은 감히 용기를 내 그녀에게 새로운 집과 상황이 억압적으로 느껴지지 않겠느냐고 물었다. 혹시 이 집에 그녀만의 변화를 일으킨다면 새로운 삶에 편히 적응하는 데 도움이 되지 않겠느냐고 말이다. 헬렌이 침묵을 지키자 벤저민은 확실히 몇 가지를 조정해야겠다고 확신했다. 인테리어를 새로 해야겠다고. 헬렌은 벤저민의 어깨를 어루만지며 미소 지었고, 평온한 온기를 담아 둘 중 누구도 그런 일에는 딱히 신경쓰지 않는다고 말해주었다. 벤저민은 그녀의 애정이라는 예상치 못한 선물을 어떻게 받아들여야 할지 알 수 없었다. 헬렌은 티커를 고갯짓으로 가리킨 다음 저녁식사 때 만나자며 그를 방에 남겨놓고 나갔다.

◆

전쟁 기간에 헬렌은 스위스 밸리 박사의 병원에 있던 아버지와 연락할 수 없었다. 하지만 결혼식을 하고 얼마 지나지 않아 일반 통신선이 복구되었다. 그녀는 아버지에 관한 정보를 달라며 편지를 보냈고, 그중 가장 최근에 보낸 서신에 대한 답장으로 온 짧은 독일어 편지를 통해 브레보트 씨가 입원한 지 얼마 되지 않아 시설을 떠났다는 걸 알고 충격을 받았다. 브레보트 씨는 아무 예고도 하지 않고 한낮에, 정원 활동을 하던 도중에 갑자기 사라져버렸다. 직원들이 주위를 광범위하게 수색했지만 그를 찾지는 못했다. 편지에 서명한 의사는 이처럼 슬픈 소식을 뒤늦게 전하게 되어 유감이라면서, 전쟁 때문에 우편에 문제가 생기지 않았더라도 래스크 부인의 편지를 받기 전까지는 편지를 보낼 만한 보호자 주소를 몰라 어쩔 수 없었다고 설명했다.

헬렌은 언제 마지막으로 울었는지 기억나지도 않았지만 울음이 나왔다. 처음에는 자기가 흐느끼는 이유를 이해할 수 없었다. 슬픔에 영향을 받지 않은 마음속 일부로는 부모를 잃고 슬퍼하는 것은 자연스러운 일이라는 걸 알았다. 눈물이 감정과 아무 상관이 없는 본능적 반사작용의 결과라는 생각이 들 정도였다. 그 마음은, 굽힐 줄 모르는 신념과 부담스러운 광기를 품은 아버지가 떠났다는 점을 알고 확실한 안도감을 경험하기도 했다. 하지만 어디로 떠났다는 걸까? 이 질문과 함께, 슬픔이 그녀를 통째로 집어삼켰다. 아버지는 포격으로, 혹은 유탄에 맞아 사망했을지 몰랐다. 얼어죽었을 수도, 굶어죽었을 수도 있었다. 하지만 살아 있을 수도 있었다. 헛소리를 중얼거리는 바보가 되어 시골을 헤매고 다니거나, 말 한마디 못 알아듣는 도시를 돌아다니며 구걸을 하고 있을지도 몰랐다. 아니면, 어떤 식으로든 회복해서 딸에 대한 혼란스러운 기억을 아플 때 그를 괴롭혔던 환각 중 하나로 치부하고 새로운 가정을 꾸렸을 수도 있을 것이다. 가장 절대적인 의미에서, 헬렌은 아버지를 잃었다.

벤저민은 브레보트 씨가 실종되었다는 사실을 알자마자 유럽의 관계자들에게 연락해, 탐정을 고용해서 유럽 대륙 전체를 샅샅이 뒤지라고 지시했다. 헬렌은 그 모든 일이 헛되다는 걸 알았지만, 벤저민이 도움을 주고 있다는 감정을 느낄 수 있도록 놔두었다. 헬렌은 그에게 고맙다는 인사를 전하면서, 너무 오랜 세월 불확실성에 시달려온 끝에 이제야 행복하고 안전한 삶을 살게 된 어머니에게는 아버지 소식을 알리지 말아달라고 부탁했다. 하지만 헬렌의 숨은 의도는 브레보트 부인이 남편 이야기를 다시 꺼내는지 보려는 것이었다. 그런 일은 일어나지 않았다.

캐서린 브레보트는 파크 애비뉴 아파트에 영구적으로 거주하게 되었다. 벤저민이 그녀를 위해 셸던 로이드로부터 그 아파트를 매입해주었다. 브레보트 부인의 사회적 지평은 헬렌의 결혼식 이후 상당히 넓어졌으며, 그녀가 주최하는 모임은 더할 나위 없는 성공을 거두었다. 그녀의 파티에 새로 참석하는 사람들 대부분은 브레보트 부인의 만나기 어려운 사위를 만나고 싶어 오는 게 분명했다. 래스크 부부를 그 집에서 만날 일은 결코 없다는 걸 확실히 알게 된 다음에도 그 손님들이 브레보트 부인의 살롱을 계속 드나들었다는 점은 캐서린에게 인정해줄 만한 부분이었다. 헬렌은 벤저민과 함께 살기 시작한 이후로 어머니의 모임에 더는 참석하지 않았다. 원래 사교 행사를 싫어하기도 했지만, 약혼 이후 어머니가 점점 더 까다로워진다고 느꼈기 때문이기도 했다. 헬렌은 브레보트 부인에게 새로 생긴 괴짜 같은 성미와 더욱 심해진 경박스러움, 계산된 무례함, 쓸데없이 화려한 행동이 그저 고삐 풀린 기쁨의 표현만이 아니라, 헬렌을 직접 겨냥한 의례적 형태의 공격, 도발이자 교훈이라는 걸 알았다. 브레보트 부인은 "이것이야말로 바로 네가 살아야 할 인생"이라는 가르침을 주려 했다. 어머니가 입 밖에 내지 않은 독백을 가장 유창하게 선언한 것은 청구서와 영수증이었다. 브레보트 부인의 파티(그리고 옷장과 가구, 꽃장식, 렌터카)는 사치스러운 것 이상이 되었고, 모든 청구서는 벤저민의 사무실로 전달되었다. 벤저민은 그런 청구서를 한 번도 거부하지 않았고, 의문을 표현한 적도 없었다. 그러나 헬렌은 늘 결제된 청구서를 자신에게 달라고 했으며, 어머니가 보낸 일방적 편지 모음이라도 되는 것처럼 그것들을 간직했다.

결혼식 이후 처음 몇 년 동안 벤저민의 재산은 비범할 정도로 증식했다. 벤저민과 부하 직원들은 상상할 수 있는 가장 광범위한 기관들을 상대로 충격적인 규모의 거래를, 벤저민의 동료 다수가 기묘하다고 느낄 만큼 정확하게 하기 시작했다. 이런 거래가 반드시 극적인 성취로 이어진 것은 아니다. 하지만 전부 합쳐보면, 얼마 안 되던 수익률이 더해져 어마어마한 숫자가 되는 경우가 많았다. 월스트리트는 벤저민의 정확성과 체계적 접근법에 혼란을 느꼈다. 그의 접근법은 꾸준한 소득으로 이어졌을 뿐 아니라 대단히 엄격한 수학적 우아함과 비인간적 형태의 아름다움을 보여주는 모범 사례이기도 했다. 동료들은 벤저민에게 선견지명이 있다고 생각했다. 그가 도저히 실패할 수 없는 초자연적 재능을 가진 현자라고 말이다.

벤저민이 오래전에 깨달은 사실을 헬렌이 알게 된 건 이즈음이었다—그 사실이란, 사생활을 누리려면 공적인 겉모습이 필요하다는 것이었다. 사교생활 비슷한 것을 해야만 하는 상황은 피할 수 없는 것처럼 보였다. 그래서 헬렌은 그것을 제대로 활용하기로 했다. 당대의 즐거운 분위기와 무척 어울리던 어머니의 발걸음을 좇는 대신, 그녀는 수많은 인도주의적 실천에 참여했다. 명판에 래스크의 이름이 새겨진 병원과 콘서트홀, 도서관, 박물관, 쉼터, 대학 건물이 이후 몇 년에 걸쳐 온 나라에 생겨났다.

처음에 인도주의는 헬렌이 내세운 사회적 가면의 일부에 불과했다. 하지만 시간이 지나면서, 그녀는 문화적 후원에 진정한 관심을 품게 되었다. 결혼한 이후로, 그녀는 아버지로부터 물려받은 뒤 유럽 여행 기간에 계발된 문학에 대한 사랑을 자유롭게 추구할 수 있었다. 작품과 작가 사이의 거리는 오직 실망으로만 채워질 수 있다는 걸 알았기에 처음에는 작가들을 만나지 않으려 했으나, 그녀는 살아 있는 작가들에게 특히 관심이 있었다. 이런 작가 중 다수는 그녀의 후원에 대한 보답으로 조언을 해주고 그녀가 너그러운 관심을 쏟을 만한 가치 있는 명분들을 제시했다. 그들의 조언에 귀기울이지 않는 건 비이성적인 일로 보였다. 헬렌은 그들의 도움을 받아 인도주의적 노력에 최선을 다했고, 그 과정에서 활동 반경이 넓어졌다. 그녀는 당대에 가장 뛰어난 미술가와 음악가, 소설가, 시인 들을 소개받았다. 그리고 대단히 놀랍게도, 이처럼 새로운 지인들과의 만남을 고대하게 되었다. 헬렌은 대화를 즐거워한 적이 한 번도 없었다. 그러나 지금은 알맞은 대화 상대와의 상호작용에서 나타나는 언어적 노련함과 빠르게 드러나는 학식, 즉흥적 재능을 즐겼다—비록 그런 대화에 참여하기보다는 가만히 귀기울이는 편을 더 좋아하긴 했지만 말이다(이렇게 귀기울인 까닭은 가장 생기 있고 생각거리를 던져주는 순간들을 일기에 기록하기 위해서였다. 당시에 그녀의 일기는 두꺼운 책 몇 권 분량으로 불어나 있었다). 미술에 대한 열정을 자선과 결합함으로써 아버지의 지적 열정을 어머니의 사교적 기술과 결합하고 있다는 점도 의식하게 되었다.

헬렌은 예술가들과의 작업을 무척 즐겼지만, 그녀의 마음에 가장 가까웠던 명분은 정신병 연구와 치료였다. 모든 분야에서 너무도 큰 진보를 이루어낸 의과학이 정신질환과 관련해서는 그토록 방임에 가까운 상태로 뒤처져 있다는 것이 그녀에게는 당혹스러우면서도 도저히 용서할 수 없는 일이었다. 이런 면과 관련해 그녀는 언제나 화학 및 제약 분야에 깊은 관심을 보여왔으며 전쟁 기간에도 많은 투자를 해온 남편과 밀접하게 보조를 맞추었다. 벤저민은 미국 제약사 두 곳의 대주주였으며, 독일의 하버 제약 지분도 많이 보유하고 있었다. 셸던 로이드가 취리히에서 헬렌을 만나기 직전에 벤저민을 도와 취득한 지분이었다. 지금까지는 모르핀과 클로랄 수화물, 브롬화칼륨, 바르비탈로만 치료되던 다양한 범위의 정신질환에 효과적인 약물을 개발하는 것이 이 회사의 주안점이었다. 깊은 심리적 상흔과 정신적외상의 명백한 징후를 품은 채―이런 증상을 다스릴 충분한 치료법은 없는 채로―전선에서 돌아온 수많은 군인들 때문에 이런 연구가 유독 시급해졌다.

헬렌과 벤저민은 그들이 소유한 회사에서 보내온 보고서를 자세히 읽고 과학자들과 만나는 데 상당한 시간을 투자했다. 둘 다 (유연하고 빠르고 게걸스러운) 육식동물의 정신을 가지고 있었기에 배움은 빨랐다. 머잖아 그들은 상당히 난해한 논문과 학술지를 읽고, 그에 관해 유창하게 대화를 나눌 수 있었다. 화학 분야에서 이루어진 최근의 발전상에 관해 배우겠다는 그들의 바람은 진정성 있는 것이었다. 하지만 둘이 이런 목표에 매달린 것은 약리학을 통해 마침내 공통의 관심사를, 열정적으로 토의하는 한편 서로의 지적 능력에 감탄할 수 있는 화제를 찾았기 때문이기도 했다.

교제 초반부터 둘은 서로의 지성을 존경해왔다. 그리고 그보다 더, 두 사람 모두 번영하는 토대였던 침묵과 공백에 대한 서로의 이해력에 감탄했다. 벤저민이 일이라는 세계로 다시 움츠리고 돌아가 있는 동안 헬렌은 문학적 세계의 지평을 얼마든지 넓힐 수 있었다. 헬렌은 매주 책으로 가득한 상자와 박스를 받았고, 이런 책들을 보관할 곳을 만들어야 했다. 그녀는 집에서 딱 두 군데를 바꾸었는데, 그중 한 곳은 도서관이었다. 개조는 책등이 도금되어 있으나 한 번도 펼쳐보지 않은, 장식적인 모로코가죽 장정 책들을 치우면서 시작되었다. 헬렌은 그 책들이 놓여 있던 책장을 자기 책으로 채우고 진짜 열람실을 만들었다. 더이상 공간이 없게 되자 그녀는 벽 두 곳을 무너뜨렸다. 장서를 더이상 관리할 수 없게 되자 사서를 고용했다. 이렇게 커진 도서관에서 그녀는 독서회와 강연회, 비공식 모임을 열었다.

저택에 일어난 또 한 가지 변화는 응접실 하나를 작은 콘서트홀로 바꿔놓은 것이었다. 거의 우연한 기회에 헬렌과 벤저민은 그들이 콘서트를 좋아한다는 걸 알게 되었다. 일종의 타협으로 시작됐던 일이—그들은 음악 공연이 불편한 틈새를 채우기 위해 무의미한 대화를 하지 않고도 "외출한" 모습을 보여줄 수 있는 완벽한 방법이라는 걸 알게 됐다—열정으로 변했다. 둘 다 실내악에 대한 취향이 생겼다. 둘은 이 원칙을 서로와의 관계에 맞게 변주했다. 그들은 집에서 비공개 연주회를 열었다. 이런 행사 때면, 서로 때문에 일어난 것도 아니며 서로와 직접적 관련도 없는 감정을 고요한 가운데 나눌 수 있었다. 통제되고 조정되었다는 점에서, 이런 연주회는 벤저민과 헬렌의 가장 친밀한 순간이 되었다.

둘이 여는 저녁 콘서트는 음악 공동체를 넘어 사교계에까지 일종의 전설이 되었다. 둘이 워낙 우수한 연주자를 끌어들였기 때문이기도 하고, 관객이 대단히 소수의 선별된 인원이라는 점 때문이기도 했다. 월간 연주회에 한 번이라도 초청받은 사람은 겨우 스물네 명뿐이었지만, 뉴욕 사교계의 많은 사람들은 그 연주회에 정기적으로 초대받는다고 주장했다. 손님 중에는 주최자가 수다 떨기라는 고통을 견디지 않아도 되도록 브람스의 음악을 견뎌내야만 했던 사업가들도 있었다. 하지만 대부분의 관객은 헬렌이 새로 사귄 지인, 즉 다른 음악가와 작가들이었다. 처음에는 계절이 몇 번 바뀌는 동안 연주회 이후 사교 행위를 하지 말 것이 분명하게 권장되었다. 갈채가 잦아들고 나면, 헬렌은 연주자와 손님들에게 감사 인사를 전한 뒤 남편과 함께 가장 먼저 자리를 떠났다. 그러나 헬렌의 인도주의 활동이 확장되면서부터는 그런 활동이 콘서트와 교차할 수밖에 없었다. 가곡 연주가 끝나면 관객 중 작가 한 명이 도서관 프로그램에 관해 토의를 마저 하자며 헬렌에게 다가오곤 했다. 첼로 소나타를 한 사이클 연주하고 나면, 연주자 중 한 사람이 인터미션 때 그녀에게 다가와 후원이 필요한 오케스트라에 관해 알려주었다. 클라리넷 사중주가 끝나면, 다시는 헬렌의 집에 발을 들일 일이 없으리라는 걸 안 젊은 작곡가가 용기를 내 후원을 요청했다. 시간이 지나면서 이런 대화는 연주회의 일부가 될 만큼 길어졌다. 헬렌은 연주가 끝날 때마다 과일주스를 대접하기 시작했고—이 집안은 태생적으로 절제하는 습관을 가지고 있었으므로, 딱히 금주법의 영향을 받은 것은 아니었다—사람들은 자정이 될 때까지 머물렀다. 벤저

민은 콘서트만큼이나 신비주의적인 행사가 된 이 금욕적 칵테일파
티에 남아 있었던 적이 한 번도 없었다. 그는 늘 누구보다 먼저 모
두에게 작별을 고했다.

◆

　벤저민이 거둔 새로운 차원의 성공에는 절제력과 창의력, 기계
같은 일관성이 가장 중요한 요소였다―하지만 그것이 유일한 요소
는 아니었다. 그의 번영은 당대의 맹렬한 낙관주의와 짝을 이루었
다. 1920년대 미국의 경제성장은 세계사에 전례가 없는 일이었다.
제조업은 사상 최대 호황이었고 수익도 마찬가지였다. 이미 상승
조짐이 보이던 취업률도 더욱 올라가고 있었다. 자동차 업계는 전
국을 휘어잡은, 속도에 대한 도저히 만족시킬 수 없는 수요를 간신
히 따라잡고 있었다. 그 시대의 산업적 기적은 모두가 가지고 싶어
하는 라디오로 미국 대륙 전체에 광고되었다. 1922년부터 평가되
기 시작한 주가는 수직상승하는 것으로 보였다. 1928년 이전에는
하루에 뉴욕 증권거래소에서 오백만 주의 주식이 거래될 수 있다
고 생각하는 사람이 별로 없었다. 하지만 그해 하반기 이후에는 한
때 거래량 천장으로 여겨지던 그 수치가 거의 바닥으로 여겨졌다.
1929년 9월, 다우지수는 역사상 가장 높은 종가를 기록했다. 미국
의 선구적 경제학 권위자인 예일대학교 교수 어빙 피셔는 주가가
"영구적인 고원에 이른 것으로 보인다"고 선언했다.
　정부의 너그러운 감독과 이처럼 놀라운 집단적 꿈을 방해하고 싶
어하지 않는 소극적 태도 덕분에, 기회를 잡으려는 사람에게는 얼
마든지 기회가 열려 있었다. 예컨대 벤저민은 뉴욕 연방준비은행
에서 5퍼센트 이율로 현금을 빌린 다음, 자신이 소유한 은행을 통
해 최소 10퍼센트에서 20퍼센트까지 이자를 붙여 콜시장에서 빌려
주었다. 우연히도 당시에는 신용 매매―매입할 주식을 담보로 증
권사에서 돈을 빌려 주식을 매입하는 방법―거래액이 약 10억 달

러에서 70억 달러로 치솟았다. 이는 대중이 모여들었으며 대부분 주식에 대해 전혀 모르는 사람들이 있지도 않은 돈으로 투기를 하고 있다는 명백한 신호였다. 그런데도 벤저민은 매번 상황이 반전될 때마다 한발 앞서나가는 것처럼 보였다. 그의 증권사는 20년대 후반에 비슷한 회사들이 우후죽순 나타난 시기보다 최소 오 년은 빨리 세워졌다. 그는 금융 천재라는 명성에 프리미엄을 붙여, 자기 포트폴리오에다 그 안에 들어 있는 주식의 시장가를 훨씬 상회하는 값을 매겼다. 그뿐 아니라, 그는 증권사 사주인 동시에 몇몇 신탁의 보증인이라는 이중 지위를 활용하여 자기가 파는 주식 일부를 직접 발행할 수 있었다―그렇게 그는 통째로 매수할(혹은 자기가 좋아하는 투자자들에게 분배할) 보통주를 반복적으로 발행한 다음 최초 매입가보다 최대 80퍼센트까지 높은 가격으로 시장에 내놓았다. 그는 뉴욕 증권거래소의 감시를 피하고 싶을 때마다 샌프란시스코, 버펄로, 보스턴에서 거래했다.

　남녀 할 것 없이 모두가 전쟁 이후 십 년을 지배했던 번영에 참여하고, 그와 함께 찾아온 기술적 기적을 즐길 자격이 있다고 느꼈다. 그리고 벤저민은 매력적인 조건으로 현금을 제공하는 새로운 대부업체와 은행을 세워, 이처럼 무한한 가능성이 있다는 느낌에 기름을 끼얹는 데 일조했다. 이런 은행들은(이 은행들은 가끔 고객을 끌어들이기 위해 가짜로 경쟁을 벌였다) 여러 세대에 걸쳐 고객에게 위압감을 주던, 빳빳한 셔츠를 입은 사무원들이 앉아 있는 위풍당당하고 대리석으로 장식한 기관과는 전혀 달랐다. 오히려 상냥한 은행원들이 있는 친근한 공간이었다―이런 은행에는 자동차나 냉장고, 라디오를 살 돈을 빌릴 방법이 늘 한 가지쯤 있었다. 또한, 벤저민은 신용거래나 할부 등의 지불 방법을 손님들에게 직접적으로 제공할 수 있도록 상점이나 제조사에 신용 한도액 및 할부 대금을 대주는 실험도 했다. 이처럼 무수하고 가끔 사소하기까지 한 채권은(이런 대출은 벤저민의 대출 서비스와 소규모 은행, 다양한 신용 벤처회사를 통해 이루어졌다) 한데 묶여 증권으로 통째 거래되었다. 간단히 말해, 벤저민은 고객과의 관계가 상품 구매에서 끝나지 않는다는 걸 알았다. 그 거래에서 뽑아낼 이윤이 더 있었던 것이다.

그는 오직 노동자만을 위한 신탁도 만들었다. 초라한 계좌에 들어 있는 수백 달러의 소액이면 시작 자금으로 충분했다. 신탁재단에서 이 예금액과 동일한 금액을 낸 다음(때로는 두 배, 세 배의 금액을 내기도 했다) 그 총액을 포트폴리오에 넣고 그 주식을 다시 담보로 잡았다. 그러면 교사나 농부도 편리하게 월부로 대출금을 갚을 수 있었다. 모두에게 부자가 될 권리가 있다면, 다름 아닌 벤저민이 그 권리를 실현해줄 터였다.

이런 호황의 정점과 저점, 그러니까 낙관주의나 공황 때문에 불붙은 주식 매매의 광기 동안에는 티커가 시장에 뒤처지는 경우도 드물지 않았다. 거래 물량이 많아지면 티커에 두 시간 이상의 시차가 발생해, 기계에서 출력된 테이프에 아무 의미가 없었다. 하지만 벤저민이 정말로 날아오른 순간은 바로 이처럼 극도로 어두운 순간이었다. 그는 눈을 가린 채 날아오를 때에만 가장 높은 곳까지 날아오를 수 있는 듯했다. 그가 전설적 위치까지 올라가는 데는 이런 현상이 적잖은 기여를 했다.

벤저민이 재산을 불려가는 속도와 헬렌이 그 재산을 나눠주는 현명함은 둘의 긴밀한 유대가 공개적으로 표현된 결과로 여겨졌다. 여기에 둘의 신비주의까지 더해지자, 부부는 그들이 절대적으로 경멸하는 뉴욕 사교계의 신비로운 생물이 되었다. 둘의 엄청난 위상은 둘이 보이는 무관심 때문에 더욱 높아져만 갔다. 하지만 그들의 가정생활은 화목한 부부라는 이미지에 완전히 부합하지는 않았다. 벤저민이 헬렌에게 느끼는 존경심은 경외감에 가까워졌다. 그녀를 이해할 수 없고 위압적인 존재라고 여기게 된 그는 신비롭고 대체로 정숙한 성욕을 품은 채 그녀를 원했다. 결혼식 전에는 한 번도 그를 찾아온 적이 없던 의심이라는 감정은 세월이 갈수록 커졌다. 직장에서 늘 확신에 차 있고 결단력 있는 그가 집에서는 우유부단하고 소심해졌다. 벤저민은 헬렌을 둘러싼 복잡한 추측의 그물을 짰고, 드넓은 의심의 그물로 금방 팽창하게 될 억지스러운 일상의 연결고리를 꿰어나갔으며, 그 그물을 풀어서 다른 무늬로 다시 짜냈다. 헬렌은 벤저민의 망설임을 느끼고 그의 요구를 들어주려 애썼다. 하지만 아무리 노력해도(그녀는 정말로 노력했다) 벤저민의 감정에 온전히 화답할 수 없었다. 그녀는 벤저민의 업적에 깊은 인상을 받았고 그의 헌신에 감동했다. 또 벤저민에게 늘 친절하고 관심이 많았으며 애정까지 깃든 태도를 보여주었다. 하지만 자석의 같은 극이 서로를 밀어내듯, 그의 친밀함에 정비례해 그녀를 움츠러들게 만드는 작지만 피할 수 없는 힘이 있었다. 헬렌은 한 번도 벤저민에게 잔인하게 굴거나 그를 무시하지 않았다ㅡ오히려 그녀는 상냥할 뿐 아니라 애정이 많은 동반자였다. 그런데도 처음부터 벤저민은 뭔가가 빠져 있다는 걸 알았다. 그리고 벤저민이 그 사실을 안다는 점을 알았기에, 헬렌은 사려 깊지만 불충분한 여러 가지 방식으로 그 무언가를 보상하려 했다. 그럴 때마다 벤저민은 불완전한 전율을 경험했다.

핵심에 이처럼 고요한 불편함이 있었지만, 둘은 그 주위에 강한 혼인 관계를 만들어내는 데 성공했다. 어쩌면 불협화음과도 같은 공백과 그 공백을 메우려는 둘의 의지에서 혼인 관계를 유지할 힘이 나온 것인지도 모른다. 하지만 둘 사이에 어떤 연결이 존재했다는 것 또한 사실이다. 둘은 이런저런 차이에도 불구하고 서로가 서로에게 유난히 잘 어울린다는 걸 알았다. 서로를 만나기 전까지, 두 사람은 각자의 특이함을 아무 의문 없이 받아들인 사람을 만난 적이 없었다. 세상 밖에 나가서 하는 모든 행동에는 늘 어떤 형태의 타협이 깃들어 있었다. 이제야 둘은 생전 처음으로, 대부분의 상호작용에 내재되어 있는 부담과 절차에 적응할 필요 없이, 혹은 그런 관습에 따르지 않을 때마다 팽배해지는 어색함에 관심을 기울일 필요 없이 안도감을 경험했다. 더 중요하게, 둘은 이 관계에서 서로를 향한 고마움이라는 기쁨을 찾았다.

가까운 주변 사람들에게 래스크 부부는 늘 관심을 사로잡는 수수께끼였다. 하지만 대중의 관심은 중심부와의 거리에 정비례해 줄어들었다. 사회면과 타블로이드 신문에 실리는 이들 부부의 생활에 관한 순전히 지어낸 이야기는 점점 짧아지고 드물어지다가 마침내 사라졌다. 집 주변에 벌떼처럼 몰려들던 사진기자들도 흩어졌다. 상상으로 써낸 기사에서 계속 활용되던, 극도로 화질이 낮은데다 수도 얼마 없는 신혼 때의 사진 역시 뉴스에서 사라졌다. 벤저민은 계속해서 확장되는 사업적 관심사 때문에 언론에 정기적으로 모습을 드러냈지만, 래스크 부인에 관한 언급은 일 년 안에 자선행사와 관련된 내용을 제외하고 전부 사라졌다. 혼자 집에 있으면서(벤저민이 사무실에서 보내는 시간은 길어지기만 했다), 거리에 나가도 대체로 알아보는 사람이 없게 되면서, 생전 처음으로 우정을 쌓을 수 있는 비슷한 마음의 사람들을 찾은 헬렌은 이제야 절대 살 수 없을 것만 같았던 삶을 살게 되었다.

처음에 벤저민은 후계자가 생기길 바랐지만, 둘은 아이가 생기지 않는 이유를 따져 묻거나 이야기할 필요를 전혀 느끼지 못했다.

◆

사람들은 대부분 각자가 승리에 있어서는 적극적 주체이지만 실패에 있어서는 수동적 객체일 뿐이라고 믿고 싶어한다. 승리하는 건 우리지만, 실패하는 건 우리가 아니다—우리의 통제력을 벗어난 힘 때문에 망가지는 것뿐이다.

1929년 10월 마지막 주, 맨해튼 중심가의 영향력 큰 금융업자에서부터 샌프란시스코 증권거래소에서 거래하는 아마추어 주부에 이르는 대부분의 투기꾼들이 오직 자신의 감각과 가차없는 의지 말고는 감사할 대상이 없는 성공의 주체였다가, 그들의 몰락에 유일한 책임이 있는, 결함이 있는데다 부패하기까지 한 시스템의 피해자가 되기까지는 단 며칠밖에 걸리지 않았다. 지수 하락, 공포라는 전염병, 비관주의에 떠밀리는 매도의 광기, 마진 콜에 대한 광범위한 응답 불능…… 결국 공황으로 이어진 침체를 일으킨 것이 무엇이든 한 가지만은 분명했다—버블을 키우는 데 일조했던 사람 중 누구도 그 버블이 꺼진 것에 책임을 느끼지 않았다는 점이다. 그들은 거의 자연재해와 가까운 규모의 재난을 당한, 아무 죄 없는 사상자였다.

1907년 공황과 무척 비슷하게도, 주식시장이 붕괴한 1929년의 한 주 내내 미국에서 가장 큰 은행의 은행장들은 뉴욕 연방준비은행 총재와 주요 신탁회사 및 증권사의 회장, 사장들과 함께 시장을 부양할 최선의 대책을 찾고자 비밀회의를 열었다. 1907년에 그랬듯 이번에도 밤새도록 이어진 대담은 모건의 도서관에서 열렸는데, 이번에 회의를 주관한 사람은 피어폰트의 아들인 잭이었다. 이번에도 벤저민이 호출되어 조언과 물질적 원조를 요청받았다. 이번에도 벤저민은 거절했다.

　은행의 조직적인 지원과 산업가들의 개입, 시장 상황의 "펀더멘털"이 건전하다고 반복적으로 주장하는 정치인들과 학자들의 설득에도 주가는 계속 곤두박질쳤다. 10월 21일 월요일에는 약 육백만 주가 매도되었다. 온 나라의 주식 티커를 두 시간 뒤처지게 한 절대적인 기록이었다. 이런 역사적인 규모도 이후 며칠 동안 벌어진 광란의 거래에 비하면 보잘것없었다. 24일 목요일에는 거의 천삼백만 주가 거래되었다. 29일 화요일에는 거래량이 천육백만 주를 넘었다. 티커는 거의 세 시간의 시차가 났다. 군중이 월 스트리트를 행진했고, 전국의 은행과 증권사 문 앞에 사람들이 모여들었다. 투자신탁회사가 침몰해 자기잠식 상태에 빠지면서 매도 주문이 파도처럼 밀어닥쳤지만 매수자는 없었다. 불가피하게 그 파도는 부서졌고, 판매할 수 없는 주식과 망가진 시장이 떠다니는 고인 바다만이 남겨졌다.

　이런 대재앙에 아무 영향을 받지 않은 사람은 단 한 명뿐인 것으로 보였다. 당황한 벤저민의 동료들은 며칠이 지나고 나서야 벤저민의 상황을 제대로 파악했다. 언론도 머잖아 그 뒤를 따랐다. 벤저민은 아무 상처를 입지 않고 폭풍우 속을 항해한 것만이 아니라 그 폭풍을 통해 어마어마한 수익을 올렸다. 그는 시장 붕괴로 이어진 여름의 몇 달 동안 자회사를 통해 가지고 있던 자산을 신중하게 유동화하고 금을 매수해왔다. 그러는 동안 금이라는 자산은 투기꾼들을 끌어들이고 그들에게 잡아먹힘으로써 월 스트리트에서도 런던에서도 희소해졌다. 정밀 조사가 더 많이 이루어진 이유는 나중에 유독 심각한 피해를 입고 심지어 위기로 완전히 무너져내린 바로 그 회사들의 주식을 그가 엄청난 양으로 정확하게 공매도했기 때문이었다. 그는 아직 정점에 있던 수많은 중개사의 대여 주식을 조금씩 조금씩 유동화했고, 아직 꼭대기에 있던 그 주식을 즉시 매도했다. 마치 시장이 곤두박질칠 것을 미리 알고 있었던 것처럼, 바로 그 주식이 밑바닥으로 주저앉기를 기다렸다가 헐값에 다시 사들였다. 그리고 이제는 아무 가치가 없어진 주식을 중개사에 반환했다. 그 과정에서 어마어마한 이득을 냈다. 목표 회사 설정부터 타이밍과 은밀한 거래에 이르기까지, 벤저민이 일을 진행한 체계적 엄격성에는 어딘가 소름 끼치는 구석이 있었다. 한편, 이런 작전이 진행되는 동안 그는 한데 묶어 주식으로 팔았던 채권을 전부 청산했다―이 모든 채권은 얼마 지나지 않아 부도 처리됐다. 벤저민은 심지어 노동자들을 위해 설계했던 신탁을 포함해 가지고 있던 모든 신탁을 처분해버렸다. 10월 23일 수요일, 예상치 못한 매도 주문이 어마어마한 홍수를 일으키며 거래소 입회장을 침수시켰다. 아무도 이런 급작스러운 흐름의 원인을 알지 못했지만, 겨우 두 시간 뒤 월스트리트가 문을 닫았을 때 지수는 20포인트 이상 하락한 뒤였다. 그다음날은 검은 목요일로 기억되게 된다. 오 일 후, 검은 화요일에는 다우지수가 80포인트 떨어졌다. 이 시점에서는 국내총생산과 맞먹는 액수의 시가총액이 증발한 상태였다.

전반적인 황량함 속에서, 그 폐허 한가운데에서 서 있는 사람은 벤저민뿐이었다. 게다가 그는 어느 때보다도 높이 서 있었다. 대부분 투기꾼들의 손실이 그의 소득이었으니 말이다. 티커 지연 발생 때 보여준 그의 능수능란한 작전이 반복해서 입증했듯, 그는 혼란과 소요에서 늘 이득을 얻었다. 하지만 1929년 마지막 몇 달 동안 일어났던 일은 전례가 없는 것이었다.

그림이 분명해지자 대중은 빠르게 반응했다. 사람들은 애초에 그 모든 시장 붕괴를 설계한 사람이 벤저민이라고 말했다. 교활하게도, 그는 처음부터 절대 갚을 수 없다는 걸 알면서 채권에 대한 무분별한 욕망에 불을 댕겼다. 미묘하게도, 그는 주식을 버려가며 시장을 끌어내렸다. 교묘하게도, 그는 소문을 퍼뜨리고 편집증을 부추겼다. 무자비하게도, 그는 월 스트리트를 전복시키고 검은 목요일이 오기 바로 전날, 매도 대잔치를 통해 월 스트리트를 엄지로 눌러 죽이려 했다. 모든 것이—시장의 파열, 불확실성, 공포 매도로 이어진 하락장, 끝내 수많은 사람을 망가뜨린 붕괴에 이르기까지—벤저민이 설계한 것이었다. 그가 보이지 않는 손 뒤의 손이었다.

  격앙된 연설, 잡지와 신문에 실린 만평(여기에서 벤저민은 대체로 흡혈귀나 독수리, 돼지로 묘사됐다), 그리고 그의 경력에 관해 흐릿하거나 노골적으로 조작한 폭로가 만연했음에도, 제정신인 사람이라면 단 한 사람이 한 나라의 경제 전체를 무너뜨릴 수 있다고, 또 그렇게 함으로써 세계 경제 대부분을 무너뜨릴 수 있다고 아무도 생각하지 않았다. 하지만 거의 모든 사람이 희생양을 두는 게 편리하다고 생각했고, 반쯤 은둔자로 살아가는 괴짜는 그런 목적에 완벽하게 들어맞았다. 아무튼 벤저민 래스크가 직접 위기를 설계하지는 않았다 하더라도 그로부터 계산할 수도 없는 이익을 올렸다는 데는 의심의 여지가 없었다. 이로써 그는 전 세계 금융업계에서 신적인 지위에 올라섰다. 새로 얻은 수많은 적들 사이에서도 그랬다.

◆

헬렌에게,

제가 일에 얼마나 정신이 팔려 있었는지는 아시겠지요―강연에, 도서 검토에, 신문기사에, 지루한 일들이 많았습니다. 만물이 제가 글 쓰는 걸 방해하려고 음모를 꾸미는 것 같아요. 하지만 이 원고만은 정말로 끝내야 합니다. 너무나 죄송하지만, 이번 계절이 끝날 때까지는 당신의 사랑스러운 도서관에서 열리는 독서회에 참가할 수 없다는 말씀을 정중히 올립니다. 이 망할 소설을 쓸 수 있도록 행운을 빌어주세요!

위니

―

래스크 부인에게,

이 짧은 편지를 보내며 부인이 건강하시기를 빕니다. 저는 약 삼 년 동안 노동자, 농부, 학생에게 세계 최고의 독주자와 지휘자를 소개해줄, 카탈루냐 노동자를 위한 콘서트를 준비해왔습니다. 비공개 연주회를 통해 노동자 콘서트 연합에 후원하고 있지요. 제가 다음주 부인의 집에서 열기로 했던 것과 비슷한 연주회입니다. 지난 몇 달 동안 부인의 나라를 뒤흔든 끔찍한 위기에 대해 최근 대단히 자세히 알게 된 저는 음악보다 침묵이 더 적절하겠다고 생각했습니다. 저는 이런 침묵을 통해, 다음주 연주회의 궁극적인 청중이었을 카탈루냐 노동자들의 미국인 형제자매들이 겪고 있는 고통을 기리고자 합니다. 뒤늦게 약속을 취소하지만, 부인과 부인의 손님들께서 용서해주시기 바랍니다.

진심을 담아,
P. 카살스

———

래스크 부인에게,

부인께 대단히 감사하며 지난 일이 년간 보내주신 성원에 보답하고 싶습니다. 하지만 부인께서 아시다시피, 저와 계약한 출판사가 파산해버린데다 전반적으로 경기도 엉망이어서요. 생각해보니, 어쨌든 제가 부인께 이미 보답한 것 같네요.

농부가 되어 제가 먹을 음식을 직접 길러내는 것도 그리 나쁜 생각 같지는 않습니다. 그게 안 되면 벽돌공이 되지요. 그게 안 되면 할리우드에 가서 영화 시나리오를 쓰든지요. 하지만 어쩌면, 그보다는 혁명이 먼저 일어날지 모르겠습니다.

부인과 남편의 행운을 빌며,
펩

래스크 부인,

혹시 일전에 제가 동료 시인들과 벌인 말다툼을 해결할 수 있
도록 도와주실 수 있을까요? 단테는 월 스트리트의 귀재들을 어
디에 두었을 것 같으십니까? 지옥의 4층, 혹은 8층에 두었을까
요? 탐욕의 지옥이었을까요, 사기의 지옥이었을까요? 사실, 이
것이 다가오는 부인의 독서회에서 다뤄볼 만한 자극적인 주제가
될 것 같습니다. 혹시 시간이 나시면 부디 부인의 생각을 알려주
십시오. 도저히 시간을 내실 수 없다면 돈으로 주셔도 됩니다.

여러모로 부인의 사람인
셸비 윌리스

H,

너무 늦게 약속 취소해서 미안해. 끔찍한 감기에 걸려서. 내일
독서회 잘되길 바랄게.

언제나처럼,
모드

◆

　시장 붕괴 이후 몇 달 동안, 저택에서는 공기가 빨려나가고 팽팽하게 긴장된 공백만이 남았다. 마치 현실 자체가 그 누구의 인지와도 관계없이 어지러워진 것 같았다. 헬렌 주변에서는 사람들이 그냥 사라져버렸다. 모두가 사라진 건 아니었다. 벤저민에게 접근하려고 헬렌에게 다가오던 사람들은 대중의 분노를 기회라고 생각했다. 그들은 모함을 당하고 있는 친구 옆에 서서 폭풍을 함께 견뎌낼 용감하고 충실하고 확고한 지지자 행세를 했다. 헬렌은 늘 그랬듯 이 아첨꾼들에게 별 신경을 쓰지 않았다. 대규모로 떠난 사람들은 그녀의 새로운 지인들, 지난 몇 년간 그녀의 세상을 넓혀주었던 작가와 음악가들이었다. 그들이 사라지자 헬렌은 어린 시절과 청소년기에 안식처가 되어주었던 조용한 내면의 피난처로 되돌아갔고, 과거의 외로운 습관인 독서와 일기 쓰기, 산책에서 위안을 얻었다. 과거에 그녀는 내면의 이런 공간이 광활하고 조화로운 우주처럼 평온하되 불가해한 곳이라고 생각했다. 이제는 그곳이 좁고 밋밋하게 보였다. 그녀의 독서회에 참석하고 콘서트를 열던 사람 중 진정한 의미에서 친구가 된 사람은 한 명도 없었다. 하지만 그들 모두는 함께, 한 집단으로서 그녀의 인생에 필수적인 존재가 되었다. 그녀는 외로움에 대한 취향을 잃었다.

　도시가 시장 붕괴에 뒤이은 불황에 빠지면서, 헬렌은 집에서 나서기가 점점 힘들어졌다. 그녀는 가난한 가족들과 식량 배급을 기다리는 실업자들, 문 닫힌 가게들, 점점 야위어가는 모든 사람들의 얼굴에 어린 절망을 외면하는 것은 역겨운 형태의 방종이라는 걸 알았다. 하지만 이처럼 삭막한 현실을 마주했을 때 느끼는 고통조차 또하나의 사치라는 것도 알고 있었다. 헬렌은 산책을 나갈 때마다 이런 역설을 인정해야만 했다—그녀는 공원 남쪽으로 외출한 어느 날을 끝으로 더이상 산책을 하지 않았다. 그날 오후, 그녀는 뭔가 다른 것을 경험했다. 처음에 그것은 가슴을 오목하게 눌러오는 느낌, 공기의 흔들림이었다. 그녀는 왜 그런 두려움이 드는지 이해하지 못하다가 그게 누군가가 지켜보는 듯한 느낌이라는 걸 깨달았다. 시선. 눈총. 수군거림. 모든 곳. 비웃음. 중상모략. 쉿 소리. 모든 곳. 사람들 중 일부가 그녀를 알아보고 경멸하리라는 건 그럴 법한 일, 심지어 예상되는 일이었다. 하지만 모두가 그런다니? 모든 소리에서 증오심이 울렸다—모든 경적, 모든 휘파람, 모든 고함이 욕설이었다. 모든 창문에서 증오가 흘러나왔다—헬렌은 모든 커튼 너머에서, 햇빛에 수은 빛으로 변한 모든 유리창 너머에서 가늘게 뜬 눈이 자신을 쫓고 있다고 느꼈다. 모든 찡그린 얼굴과 손짓에 증오가 욱여넣어져 있었다—지나가는 모든 사람이 자비심 없는, 터무니없는 판사였다. 헬렌이 길을 건널 때 네모난 여행가방을 들고 가던 여자가 발치에 침을 뱉었던가? 호외라는 말과 특종이라는 말 사이에, 신문팔이 소년이 그 잔인한 단어를 중얼거린 걸까? 저 사람들은 헬렌을 따라가자고 서로에게 손짓하는 걸까? 처음으로, 대낮에, 헬렌은 어린 시절 이후 종종 밤을 채우곤 했던 공포에 사로잡혔다. 그녀는 렉싱턴 애비뉴를 따라 걸어가면서 느낀 적대감의 일부가—잠들지 못하는 밤에 그러듯—그저 머릿속에만 존재하는 것임을 알고 있었다. 하지만 그중 상당 부분은 의심의 여지 없는 현실이었다. 그 둘을 구분할 수 없다는 게 두려움의 가장 큰 원인이었다. 세상의 화질이 떨어지는 것 같았다. 모든 소리가 메아리처럼 들렸다. 피는 너무 묽어진 듯했고, 공기의 밀도는 너무 높아진 것만 같았다. 공기가―모든 것이―얼얼했다.

나중에 헬렌은 서둘러 집으로 달려갔던 일을 어렴풋이 기억하게 된다. 그녀는 치마와 신발 때문에 비효율적으로 종종거리며 물웅덩이를 건널 수밖에 없었다. 웃음.

헬렌은 그날 오후 자신을 빨아버릴 것만 같았던 솟구치는 두려움의 진짜 원인을 받아들이고, 심지어 그에 관해 속죄할 준비도 마쳤다. 사람들의 고통으로 남편이 상상할 수 없을 만큼 부유해졌으니 그 대가를 치를 생각이었다. 집에만 갇혀 지낸 것도 처벌의 일종이었다―물론, 이런 고립 역시 상당 부분 두려움과 치욕 때문에 일어난 것이니 이기적이라고 할 수 있겠지만 말이다. 헬렌은 집을 거의 나서지 않으면서도 멈추지 않고 애쓰며 인도주의적 사업에 전념했다. 전국에 새집을 지어 무수히 많은 일자리를 만들어냈고(그런 뒤 그녀는 이렇게 지은 집을 집 없는 가족들에게 사실상 무상으로 나눠주었다), 공장과 공방을 다시 열고 이따금 그곳에서 나오는 제품을 전부 구매했으며(그런 뒤에는 공짜로 나눠주었다), 문을 열어두겠다고 약속한 사업체에는 무이자로 돈을 빌려주었다(한 번도 돈을 갚으라고 강제한 적은 없었다). 그녀는 이 모든 행동을 최대한 익명으로 했다.

벤저민의 부는 별 생각 없이 아내의 이타주의적 사업에 돈을 댈 수 있을 만큼 엄청났다. 주변 현실에 전혀 영향을 받지 않는 그는 누군가를 도와야 할 필요성이나 도덕적 의무를 전혀 느끼지 않았다. 늘 사무실과 집에 한정된 그의 인생은 변함없었다. 경기 침체는 그에게 단지 건강한 열 발작에 불과했다. 열병을 치르고 나면, 경제는 그 어느 때보다 강해져 되살아날 터였다. 벤저민이 생각하기에 시장 붕괴는 종기에 댄 칼이었다. 시장이 진짜 바닥을 찾고 단단한 토대 위에 재건될 수 있도록 부기를 빼내려면 상당한 피를 흘리는 일이 꼭 필요했다. 심지어 그는 위기의 결과로 도산한 은행이 하나도 없는 만큼 공황이란 그저 건강한 숙청의 일환이었을 뿐이라고 말했다고 전해진다.

벤저민이 헬렌의 노력에 도움을 주었다면 그건 단지 헬렌의 행복을 걱정했기 때문이다. 지난 몇 달에 걸쳐 그녀는 변화했다. 심지어 눈에 띄게 쇠약해졌다. 헬렌은 자기가 하는 일만이 유일하게 위로가 된다며 벤저민을 설득했고, 벤저민은 망설임 없이 그녀가 하는 일에 계속 자금을 대주는 한편 그녀가 쇠약해진 건 잠과 휴식이 부족해서라고 말했다. 그의 말도 부분적으로는 옳았다. 헬렌이 거의 잠을 자지 못하는 건 사실이었다. 하지만 자선 활동에 몰입해 있어서 그런 건 아니었다. 오히려 사업은 불면증의 진짜 원인에서 눈을 돌리게 해주는 반가운 존재였다. 어둠 속에서 그녀의 정신을 할퀴어대는 두려움은 더이상 추상적이지도, 일관성이 없지도 않았다. 게다가 햇빛에도 사라지지 않았다. 불안의 비교적 구체적인 원인에 대처하기 위한 지칠 줄 모르는 인도주의적 의무조차 위로가 되지 않았다. 왜냐하면 렉싱턴 애비뉴로 산책을 갔던 그날 이후 헬렌이 두려워한 건 아버지를 사로잡고 변형시키고 갉아먹은 그 질병이 그녀의 뇌에도 작용하고 있을지 모른다는 사실이었기 때문이다. 그녀는 자신이 다르게 생각한다는 걸 느낄 수 있었다. 이런 감정이 현실에 토대를 두었는지, 공상에 토대를 두었는지는 결국 중요하지 않았다. 중요한 건 자신의 생각에 관해 생각하는 걸 멈출 수 없다는 점이었다. 의구심들이 나란히 놓아둔 거울처럼 서로를 비추었다— 그 아찔한 터널 안쪽의 모든 이미지는 끝없이 옆의 이미지를 바라보았다. 모두가 자신이 원본인지 사본인지 의아해했다. 헬렌은 이

것이 광기의 시작이라고 자신을 타일렀다. 정신 자체가 살점이 되어 정신의 이빨에 뜯어먹히는 광기.

헬렌은 자신의 뇌라는 새로운 폭압적 구조물 속에서 점점 더 길을 잃어갔기에, 또한 자신의 생각이나 기억을 더이상 믿지 않았기에 일기장에 의지하기 시작했다. 그녀는 매일 엄격하게 일기를 써나갔다. 그녀는 미래의 자신이 일기를 읽고, 그 글들을 활용해 망상이 얼마나 진전됐는지 측정할 수 있기를 바랐다. 미래의 그녀는 이 페이지에서 그녀 자신을 보게 될까? 헬렌은 일기를 쓸 때 끊임없이 자신에게 말을 걸며, 과거의 그 단어들을 적은 사람이 정말로 자신임을 믿어달라고 부탁했다―미래의 자신이 그 말을 믿지 않으려 한다 해도, 글을 읽는 그녀조차 자신의 글씨를 알아볼 수 없다 해도.

헬렌은 가장 내밀한 걱정을 벤저민과 나눈 적이 없었다. 이제 와서 그런 일을 시작할 생각도 분명 없었다. 그녀가 느끼는 불안의 깊이를 생각해봤을 때, 벤저민이 우연히도 자신만의 관심사에 전적으로 빠져 있다는 것은 오히려 다행이었다. 시장 붕괴 이후 상원에서는 은행 화폐 위원회 공청회를 열어 "상장증권의 매수, 매도, 대여에 관한 증권거래 관행 및 그러한 증권의 가치와 상기 관행의 효과를 철저히 조사"하기로 했다. 72대 의회에 벤저민 래스크가 모습을 드러낸 일은 공개적인 기록을 남길 만한 문제였다. 418페이지짜리 두꺼운 책에 포함된 벤저민의 진술은 굳이 그 책을 살펴보고 싶어하는 사람이라면 누구나 쉽게 읽어볼 수 있도록 인쇄되어 있다. 공청회는 분노한 시민에게 몇몇 뻔한 악마를 제시함으로써 사람들이 신문 1면에 실린 그 악마의 얼굴을 보며 고개를 젓고 몇 마디 욕설을 내뱉은 다음 전부 잊어버릴 수 있도록 하는 의례적 기능을 했다. 누군가 실제로 그 속기록을 읽으리라고 예상한 사람은 아무도 없었다. 하지만 속기록을 읽어본 소수는 벤저민의 거래에 관한 수많은 가정이 진실에서 그리 멀지 않았음을 알게 되었다. 상원의원들의 비난 섞인 복잡한 질문에 대한 벤저민의 대답은 대체로 "네, 그렇습니다" 혹은 "아니요, 그렇지 않습니다"로 축약되었지만, 그것만으로도 벤저민이 붕괴 이전 몇 달 동안 가장 변동성이 큰 기관들을 매각했다는 점과 검은 목요일 전날에 그가 매도 주문으로 시장에 홍수를 일으켰다는 점, 그리고 이어진 붕괴 국면에서 대단히 극적인 공매도를 했다는 점이 확인되었다. 취조자들은 불을 뿜으며 화려한 말을 쏟아냈지만, 벤저민이 한 행동 중 불법행위가 하나도 없었다는 점은 명확했다.

◆

기이한 대칭 구조에 따라, 벤저민이 새로운 정상에 올라서면서 헬렌의 상태는 나빠졌다. 그녀는 잠을 잘 수 없어 집안을 떠돌아다니며 밤을 보냈다. 벤저민은 이런 산책에 동행하려 했지만, 그녀가 거부했다. 벤저민은 밤에도 저택의 모든 사람을 근무하게 했지만, 그녀는 모든 하인들을 뿌리쳤다. 벤저민은 헬렌이 유럽에서 보던 책들을 상자째로 가져왔지만, 헬렌은 책장을 한 번 펼쳐보지도 않았다. 자선사업에 관한 지시도 일관성이 없고 모순적으로 변해갔다. 한 가지 패턴만이 한결같이 보였다. 헬렌이 조바심을 내며 조력자들과 주고받는 모든 대화는 그들이 충분히 해내고 있지 못하다는 결론으로 끝났다. 그녀는 터무니없는 숫자가 적힌 수표를 쓰고, 현실과 동떨어진 비용을 결재해주기 시작했다. 벤저민은 이 모든 거래를 중간에 가로막고, 헬렌이 조수들에게 중요하지 않은 명령을 계속 내리도록 해주었다. 하지만 결국 그녀는 주눅든 것처럼 보였다. 어마어마한 숫자와 그녀가 혼자 만들어낸 복잡한 사업에 거의 무너져내릴 지경이 된 그녀는 상상 속 작업을 내려놓고 물러났다. 그녀는 흥분이 뒤섞인 피로에 마비되었고, 자기 방에서 식사하기 시작했다. 하지만 매번 음식을 들여갔던 손수레는 그릇에 덮개가 덮인 채 그대로 수거되었다. 그녀는 칵테일파티의 시그니처 메뉴였던 과일주스만 마셨다.

벤저민과 헬렌은 정신과 질환을 다스릴 더 나은 치료법을 찾느라 내과의사와 제약화학자들과 오랫동안 협력해왔다. 이제 벤저민은 아내가 이타주의나 아버지에 대한 기억만으로 행동한 것이 아닐지도 모른다는 점을 깨달았다. 그래도 가족이 아닌 사람을 개입시키고 싶지는 않다. 헬렌이 앓는 조용한 형태의 광증이 과거에 읽어보았던 어떤 질환의 증상과도 일치하지 않았기에 더욱 그랬다. 때로 벤저민은 문에 귀를 대고 헬렌의 소리를 들었다. 방안의 적극적 침묵은 무시무시했다. 고요함을 깨는 것은 이따금 종이가 부스럭거리는 소리뿐이었다. 그 소리는 헬렌이 잠들어 있는 것이 아니라 일기를 쓰고 있다는 것을, 두꺼운 공책의 페이지를 한 권 한 권 채워가고 있다는 것을 확인해주었다. 벤저민은 그녀의 사생활을 존중했기에 꼬치꼬치 캐묻지는 않았으나, 헬렌이 저택 반대편 끝에 있다는 걸 알았던 어느 날에 그녀의 일기를 살펴보았다. 독일어, 프랑스어, 이탈리아어, 그리고 아마도 다른 언어들이(벤저민은 그게 정말 제대로 된 언어인지 의문이었다) 한 문장 안에 뒤얽혀, 영어밖에 모르는 벤저민으로서는 풀 수 없도록 땋여 있었다. 어느 공책에서, 벤저민은 한 번도 본 적 없는 젊은 헬렌의 사진을 발견했다. 그녀는 아무 공통점이 없는 소품과 박제 동물들이 뒤섞인 곳 한가운데에 서서 카메라를 똑바로 응시하고 있었다. 눈이 반항심으로 흔들리는 듯했다. 벤저민은 이상하리만큼 오랜 시간 동안 그 사진을 보았다. 아내의 눈을 그렇게 오랫동안 들여다본 적이 없었다. 그녀도 벤저민의 눈을 그렇게 오랫동안 들여다본 적이 없었다. 벤저민은 최면에서 깨어나 사진을 주머니에 넣고, 모든 페이지가 처음 본 상태 그대로인지 확인한 다음 방을 나섰다. 하지만 문을 닫고 나오려다 발걸음을 멈추고 다시 문을 연 다음 책상으로 돌아갔다. 그는 사진을 일기장 속 자기가 발견한 자리에 놓아둔 뒤 그제야 힘차게, 조용히 걸어나갔다.

헬렌이 모든 일기장을 숨기고 걸어다니면서 글을 쓰기 시작한 게 이즈음이었다. 벤저민은 일기를 훑어보았던 걸 헬렌에게 들켰다는 생각을 하지 않을 수 없었다. 때로 그녀는 뭔가를 중얼거리는 것처럼 보였는데, 꼭 자기가 하는 말을 받아 적는 것 같았다. 그녀가 저택에서 어슬렁거리는 범위는 점점 더 좁아졌고, 결국 그녀의 침실이 있는 층으로만 국한되었다. 어느 날 아침, 벤저민은 그녀가 계단 위를 바라보는 것을 보았다. 그녀는 천장 너머 하늘을 보는 것 같았다. 조심스럽게 첫번째 계단에 발을 올리더니 즉시 뒤로 뺐다. 꼭 발가락을 살을 에는 듯한 얼음물에, 혹은 피부가 벗겨질 것처럼 뜨거운 물에 담근 것처럼. 그녀는 잠시 멈추어 같은 행동을 반복했다. 멈추었다가 또 했다. 그러더니 아래층 응접실로 이어지는 계단에서 시도해보았다. 시선은 아래층 층계참 너머의 깊은 곳에서 길을 잃고 있었다. 아무리 노력해도 슬리퍼 끝이 첫번째 계단 모서리를 넘어가지 못했다.

벤저민은 비교적 행복하던 시절에도 그녀에게 다가가는 것이 어렵다고 느꼈으나, 이제는 완전히 방향을 잃고 말았다. 그가 서툴게나마 그녀에게 닿아보려고 노력하면 할수록 그녀는 더 멀리 물러났다. 벤저민이 지나치게 고집을 부리거나 걱정하는 기색을 조금이라도 내비치면 그녀는 자기 방으로 물러났고, 며칠 동안 완전히 혼자 놔두는 방식으로 구슬려야만 나오게 할 수 있었다. 어느 날 그런 시도를 하고 나서—벤저민은 그녀에게 새 책 몇 권을 읽어주겠다고 하는 방법을 떠올렸다—헬렌은 유난히 오랜 시간 방에 틀어박혔다. 문 앞에 놓아둔 주스도 손댄 흔적 없이 고스란히 남아 있었다. 하녀들의 간청에도 대답하지 않았다. 발소리와 종이 부스럭거리는 소리가 안에서 들려왔다.

헬렌은 아무것도 먹지 않은 채 꼬박 이틀을 보냈다. 이때 벤저민은 행동하기로 했다. 그는 닫힌 문 너머로 당장 문을 열지 않으면 억지로 자물쇠를 따고 들어가겠다고 말했다. 망설이는 소리가 들리더니 그녀가 문을 열었다. 벤저민은 한 걸음 물러섰다. 처음에는 냄새에, 그다음에는 눈앞에 보이는 모습에 충격을 받았다. 썩어가는 악취보다도 고약했던 것은 그 냄새를 감추기 위해 뿌린 수많은 향수의 들척지근한 꽃냄새였다. 벤저민은 눈을 깜빡여 냄새를 떨쳐버리려 했다. 이어서 눈이 방안의 석양에 적응하자 헬렌의 팔과 가슴에 묻어 있는 피가 보였다. 상처의 기원은 의심할 여지가 없었다. 그녀는 그 자리에 서 있으면서도 진액이 흘러나오는 물집을 멈추지 않고 긁어댔다. 수척하고 멍한 모습이었다. 습진에서 떨어져나온 각질과 물집이 목까지 올라와 있었다. 붉은 이끼처럼 보이는 그것은 이미 헬렌의 아래턱에도 자리잡고 있었다.

이 모습에 벤저민의 영혼이 무너져내렸다. 그제야, 표면으로 드러난 폭력을 보고서야 그는 내면에서 일어나는 혼란을 이해했다. 그는 사무실에서 혼자 울었다.

벤저민은 할 수 있는 최선의 행동이 브레보트 부인과 이야기하는 것이라고 생각했다. 브레보트 부인은 딸의 상태를 자기 남편의 병과 비교할 수 있는 유일무이한 위치에 있으므로, 헬렌의 질병이 유전되는 것인지 판단할 수 있을 터였다.

세월이 지나면서 어머니와 딸은 멀어진 상태였다. 아버지의 실종에 대해 알게 된 이후 헬렌은 브레보트 부인의 시끌벅적한 생활방식을 참아주려는 노력을 더이상 하지 않았다. 그녀는 어머니의 아파트를 거의 찾지 않았고, 집으로 부른 적은 한 번도 없었다. 대신 헬렌은 일주일에 한 번 정도 전화를 걸었다. 그러면 브레보트 부인은 늘 명랑하고 가볍게 온갖 이야기를 보글보글 피워냈다. 하지만 브레보트 부인이 전화를 걸어온 적은 한 번도 없었고, 그래서 헬렌은 시험삼아 전화 걸기를 그만두었다. 둘이 마지막으로 이야기를 나눈 지 거의 일 년이 지났다. 그때 브레보트 부인은 낄낄 터져나오는 웃음 때문에 말이 끊겨가면서도 모자를 판매하는 여성에게 친구들과 함께 친 장난에 대해 아주 자세하게 설명했다. 하지만 이번에 벤저민이 전화를 걸어 집안 상황을 알리자 그녀는 슬픈 목소리를 내며 당장 딸을 봐야겠다고 했다. 그녀가 찾아가면 헬렌이 더 동요할 수 있다는 설득은 도무지 받아들이려 하지 않았다. 브레보트 부인은 벤저민이 오지 말아달라고 애원하는데도 전화를 끊고, 몇 분 뒤 그의 집 문 앞에 나타났다. 그녀는 이 모든 일의 드라마적 요소에 현기증이 나는 듯했고, 괴로워하며 약간 숨을 헐떡이는 것을 즐기는 티가 났다.

벤저민은 헬렌을 직접 마주하는 것이 과연 현명한 일인지 의심된다고 다시 한번 말했다―그가 원하는 것은, 헬렌의 증상을 그녀의 어머니에게 설명하고 남편의 병이 연상되는지 확인하는 것뿐이었다. 브레보트 부인은 전혀 들으려 하지 않았다. 코트와 모자도 벗지 않고 고통스러워하기로 작정한 채 딸의 방으로 이어지는 계단을 달려올라갔다. 벤저민이 뒤따랐다. 브레보트 부인은 문 앞에서 멈추지도 않았다. 그녀는 노크 없이, 단 한 번의 갑작스러운 동작으로 문을 획 열어젖혔다. 브레보트 부인과 벤저민은 눈앞의 형상을 보고 충격에 얼어붙었다.

헬렌이 방 한가운데에 서서 문을 마주보고 있었다. 그녀가 입은 잠옷의 그리스적 단순함에는 위엄이, 헝클어진 머리카락과 흉터에는 호전적 느낌이, 승리의 고요함에는 천사 같은 무언가가 있었다.

잠시 후, 그녀는 한 발짝 앞으로 나서 어머니의 눈에 비친 자기 모습을 보더니 그녀에게 종이 한 장을 내밀었다. 브레보트 부인은 일단 새끼 염소 가죽으로 만든 자신의 장갑에 새로 떨어진 잉크 얼룩에 초점을 맞추더니 종이에 서둘러 적은 글귀를 읽었다.

당신의 향기를 맡았어.
당신의 뽐내는 발소리를 들었어.

의공학 연구소.
날 스위스에 입원시켜야 해.

넷

헬렌은 실제로 의공학 연구소에 입원했다. 하지만 그녀의 어머니는 입원 수속을 하고 스위스로 이동하는 데 전혀 관여하지 않았다. 사실, 그녀는 그토록 쇠약해진 딸의 상태를 보고 서둘러 저택을 나섰으며 다시는 딸을 만나러 오지 못했다—흘러내린 눈물을 닦지도 않은 채 딸을 만나는 일이 너무나 고통스럽고 그야말로 마음이 무너져내리는 것 같다고 말했다.

입원 준비를 직접 챙긴 사람은 벤저민이었다. 처음에 그는 바트 파페르스로 데려가달라는 헬렌의 부탁이 어머니의 갑작스러운 등장에 대한 반응이라고 생각했다. 어머니를 봄으로써 지금 그녀를 차지하려는 질병에 아버지를 잃었던 고통이 더욱 날카롭게 느껴졌을 테니 말이다. 벤저민은 헬렌의 요구가 단지 브레보트 부인을 공격하기 위한 것이며, 그렇게 치면 매우 성공적인 공격이었다고도 생각했다. 하지만 이어지는 몇 주 동안 헬렌은 단호하게 요청을 이어갔다. 그녀는 바트 파페르스에서만 평화로워질 수 있다고, 그곳에서라면 치료할 수 있을 거라고 확신했다.

벤저민과 베를린 하버 제약의 관계자들은 연구소의 모든 측면을 검토했다—재정 상태와 기반 시설에서부터 모든 직원의 기록과 환자들의 프로필까지. 처음에 벤저민은 헬렌을 그곳에 데려가면 짧은 기간 그녀의 변덕을 만족시켜줄 수 있으리라 생각했으나(고통스러운 장소에 방문한 충격에 그녀가 기적적으로 치료되는 모습을 보고 싶다는 비밀스럽고 아무 근거 없는 희망을 품기도 했지만), 하버 제약의 보고서를 받은 뒤로는 바트 파페르스가 실제로 아내에게 딱 맞는 곳일지 모른다고 생각하게 되었다.

헬렌의 아버지를 입원시켰던 소장 밸리 박사는 전쟁이 끝나고 나서 오 년쯤 뒤에 죽었다. 현재는 헬무트 프람 박사가 시설의 책임자였다. 벤저민의 직원들이 한 말에 따르면, 프람 박사의 지도하에 연구소는 정신질환, 특히 다양한 형태의 신경증, 공포증, 급성 우울증 등 감정 장애의 치료로 탁월한 명성을 얻고 있었다. 전쟁 이전에 이 병원은 휴식 요법과 수치료법*에 의존하는, 신경질환에 대해 전면적이고 상당히 모호한 접근법을 취하는 온천과 비슷한 곳이었다. 하지만 지금은 연구소에서 보다 집중적인 임상 치료를 제공했고, 리튬염을 정신과적으로 적용하는 연구를 선구적으로 진행하고 있었다. 하버 제약에서 엄청난 관심을 가지고 그 연구를 추적하는 중이었다. 간단히 말해, 프람 박사의 자격은 흠잡을 데 없었다. 하버 제약의 보고서에는 프람 박사의 현대적 기법에 대한 설명과 그가 해온 계통의 약리학 논문 사본이 실려 있었으며, 이런 연구 성과는 수많은 동료 연구자들의 검토를 거친 의학 저널에 독일어로 공

---

* 물의 온도와 자극을 이용하는 치료법.

개되어 있었다. 요약하자면, 벤저민의 정보원들은 의공학 연구소가 평판이 좋은 시설이라는 결론을 내렸다. 하지만 그들은 프람 박사가 정신분석학 쪽으로 약간 편향되어 있다는 점에 부정적 의견을 내며, 외람되지만 베를린에 있는 라디슬라스 아프투스 박사를 대신 추천한다고 적었다. 아프투스 박사의 연구에 관해서는 자신들이 직접적으로 안다는 것이었다. 아프투스 박사는 하버 제약사를 위해 전도유망한 신약을 개발하고 있었으며, 래스크 부인은 이처럼 혁신적인 치료법으로 틀림없이 혜택을 볼 수 있는 환자로 보였다.

벤저민은 프람과 연구소에 관한 보고서를 보고 용기를 얻었다. 잠깐은 아프투스 박사와 그의 신약을 써볼 생각도 했다―헬렌의 질환을 벤저민 자신이 통제하는 하버 제약이라는 환경 안에 두면 편리할 것 같았다. 하지만 그는 이처럼 미묘한 가족 문제를 사업과 연관시키기가 꺼려졌다. 게다가 헬렌이 바트 파페르스와 연구소를 강하게 고집하기도 했다. 어쩌면 그 장소 자체가 치료하는 데 중요할지도 몰랐다. 벤저민도 자기 나름의 이유로 그곳이 마음에 들었다. 바트 파페르스는 어느 대도시와도 가깝지 않았고, 이 지역에서 여름휴가를 보내는 지인들이 선의로 찾아올 생각을 하지 못할 만큼 불편했다. 언론과는 확실히 멀었다.

벤저민은 늘 독일인 중재자들을 통해 의공학 연구소에 연락했다. 병동 하나를 통째로 내달라고 요청했다. 요양원의 청사진을 자세히 살펴본 뒤, 예배당이나 온천과 멀리 떨어져 있는 연구소 단지의 북쪽 지역이 사생활을 누리기에 가장 좋은 곳이라고 판단했다. 벤저민의 대리인들은 그의 요청을 개략적으로 정리해 연구소에 보낼 제안서 초안을 잡았다. 래스크 씨는 환자들이 있는 별관을 즉시 비우기를 바라고 계시며, 빈 병실에서 발생할 입원료, 식대, 치료비 전체에 해당하는 금액을 필요한 기간 내내 지불하기로 약속하셨습니다. 단, 별관의 직원은 현수준으로 유지되어야 하며 아내의 상태에 관한 자문을 구하기 위해 언제든 외부 의사를 데리고 들어올 권리를 바라십니다. 별관을 연구소 나머지 구역과 완전히 독립적인 곳으로 만들고 래스크 부인의 안녕을 보장하기 위해 일부 사소한 개조 공사를 신속히 진행해야 합니다. 래스크 씨가 자금을 댈 (이 점은 굳이 언급되지 않았다) 모든 변경 사항은 청사진에 표시되고 설명되었다. 문서는 이러한 조치로 인해 발생할 수 있는 모든 불편을 보상하는 의미로 소장에게 상당한 액수를 제안하며 끝을 맺었다.

프람 박사는 벤저민의 대리인들에게 단 몇 줄의 건조하지만 정중한 문장을 보내 이 제안을 거절했다. 연구소는 개조할 필요가 없고, 외부 의사의 지원을 구하고 있지 않으며, 다행히 금전적 보조가 필요한 상태가 아니라는 것이었다. 이에 벤저민은 개인적인 편지로 답했다. 이 상황의 긴급성과 바트 파페르스가 아내에게 지니는 개인적 함의를 알림으로써 소장의 마음을 움직이려 했다. 편지를 마치며, 그는 자유롭게 쓸 수 있는 후한 액수의 기부를 약속했다―소장이 적절하다고 보는 분야의 연구를 위해 완전히 새로운 건물을 짓는 데도 돈을 대겠다고 했다. 프람 박사는 답장을 보내지 않았다. 벤저민의 편지가 도착하고 이 주 뒤, 〈주간 독일 의학〉에는 과학자들 사이에 잘 알려지지 않았고 논란이 많은 리튬염 등의 새로운 물질을 임상적으로 사용하는 프람 박사의 연구 절차에 의혹을 제기하는 짧은 글이 실렸다. 이 저널은 프람 박사의 방법론에 관한 조사가 이루어지고 있다고 보도하며, 후속 보고서가 나오는 대로 기사를 쓰겠노라고 약속했다. 기사가 나오고 얼마 지나지 않아 연구소에서는 치료에 매우 중요한 수많은 약품이 부족해졌다. 모두 하버 제약이 특허를 보유한 약품이었다.

그 달이 다 가기 전에, 북쪽 병동에서 환자들이 비워지고 개조공사가 시작됐다.

아내가 끊임없이 자선사업을 벌임으로써 초기 증상을 생각하지 않으려 했듯, 벤저민도 연구소에 관한 모든 세부 사항에 집착하는 방법으로 슬픔에서 도망쳤다. 별관에 가구를 새로 채우고, 최고의 직원들을 확보하고, 헬렌이 여행에 대비하도록 하는 것만이 벤저민의 관심사였다. 살면서 처음으로, 사업은 나중에야 생각나는 일, 잡일이 되었다─벤저민은 매일의 운영을 셸던 로이드에게 위임했으며, 누가 다가와 일과 관련된 질문을 하면 짜증을 냈다. 오직 아내의 질병에 능동적으로 대처할 때에만 위안을 느꼈다. 그는 예전부터 헬렌을 잃을까봐 걱정해왔다─그녀의 관심을 잃을까봐, 그녀를 다른 사람에게 잃을까봐. 그리고 이제 그런 일이 일어나고 말았다. 헬렌은 사라졌다. 저항할 수 없는 맹렬함으로 그녀를 부르는 무언가를 위해 그를 버렸다. 벤저민은 그녀의 관심과 에너지를 요구하고 얻어내는 질병을 자기도 모르게 질투하고 있었다─그리고 어둠의 주인이 명령하는 모든 것을 하는 헬렌에게 화가 난다는 걸 인정할 수밖에 없어 부끄러웠다.

벤저민은 이처럼 비합리적이고 모호한 적개심에 몰입하지 않으려고 애썼다. 그런 적개심이 솟아오를 때마다 억누르고 절대로 그 적개심이 헬렌과의 관계에 영향을 끼치지 못하도록 했다. 그는 사랑이 억제를 통해 가장 잘 드러난다는 것을 아는 다정한 간호사였다─자리를 지키되 눈에 띄지 않았으며, 세심히 배려하면서도 거리를 두었다. 오랜 굶주림과 가차없는 광증에 허약해진 헬렌은 거의 침대를 벗어나지 않았다. 피부를 긁아대는 무자비한 붉은색의 납작한 괴물은 늘 그녀의 눈에 눈물이 맺히게 했다. 의사와 간호사들도 이제는 그녀의 치료에 관여했다. 대체로 영양실조를 치료하고 압박붕대로 습진을 처치하며 그녀를 조금이나마 차분하게 만들어주는 모르핀을 투여하기 위해서였다. 그녀는 몽롱한 상태에 빠져 늘 꾸벅꾸벅 졸거나 막 잠에서 깬 상태였다. 그러면서도 진짜로 휴식을 취하기에는 너무 흥분해 있거나 말이 많았다. 헬렌이 벤저민에게 함께 있어주기를 청하거나 벤저민이 그 자리에 있다는 걸 알아본 몇 안 되는 경우에, 벤저민은 그녀의 알아듣기 어려운 독백을 따라가는 재능이 있음을 보여주었다. 그는 알맞은 때에 미소 지었고 적절한 때에 공감어린 분노를 보여주었으며 깔보는 기색을 전혀 내비치지 않고 그녀의 질문에 대답했다. 대화를 나눌 때면, 그는 늘 그녀의 손을 잡았다. 이따금 헬렌은 먼 곳에서 시선을 떼지 못하면서도 엄지로 그의 엄지를 어루만지곤 했다.

◆

아침이 되자 계곡 양옆의 높다란 봉우리를 덮은 만년설에서 더 깊은 흰색이 우러나왔다. 나중에 오후의 햇빛을 받으면 그 흰빛은 눈이 멀 듯 길쭉한 가시가 될 터였다. 작고 단단한 구름떼로 얼룩진 하늘에는 목장의 종소리가 울려퍼졌고, 눈에 보이지 않는 새들은 이번에도 겨우 두 가지 혹은 네 가지 음밖에 내지 못하는 속박에서 풀려나지 못하고 있었다. 공기에는 물과 돌, 오래전에 죽어 이슬에 젖은 흙 속 깊은 곳에서 다시 생명을 향해 나아가는 것들의 향이 깃들어 있었다. 인적이 드문 그 시간에 건물들은 더이상 기술과 산업의 대상이 아니게 되어 그 안의 화석화된 자연을 드러내고 광물로서의 존재감을 띤 채 앞으로 나섰다. 산들바람이 비교적 고요한 공기 중에 녹아들었다. 너무 푸르러서 하늘의 파란색을 배경으로 검게 보이는 숲의 꼭대기도 흔들리기를 멈추었다. 잠시 아무것도 몸부림치지 않았고 모든 것이 휴식을 취했다. 시간이 결국 목적지에 이른 것만 같았다.

그때 압박붕대를 든 간호사와 견인기를 든 간병인, 클립보드를 든 의사와 주사제를 든 근무자가 모든 것을 다시 움직이게 했다. 가려움과 심한 피로, 헛소리와 그 헛소리 너머의 생각, 헬렌의 존재가 내는 소음. 소음은 세상에 비해 훨씬 더 시끄러웠다.

헬렌은 의공학 연구소에 입원하자마자 아버지의 병실을 찾아갔다. 두 개의 깎아지른 절벽 사이에 있어 한 번도 그늘에서 벗어나는 적이 없는, 이끼가 끼어 있고 축축하고 비교적 수수한 동쪽 병동에 머무는 모든 환자는 헬렌이 남편과 프람 박사와 함께 시설을 돌아볼 수 있도록 정원으로 내보내졌다. 헬렌은 아버지가 쓰던 좁은 병실에서 정신이 산만해지는 것 같았다. 그녀의 시선은 각 물체의 조금 뒤쪽에 초점을 맞추었다. 공간과 관계를 맺은 건 손가락이었다. 그녀의 손가락은 모든 표면을 부드럽게 쓸고 지나가거나 머뭇거리며 대야 혹은 의자 등받이를 만져보았다. 사물의 단단함이나 온도를 확신하지 못하는 듯했다.

프람 박사는 벤저민에게 병실에서 나가라고 손짓했다. 벤저민의 얼굴에 분노가 일렁였다. 그는 의사를 등지며 그 손짓을 못 본 척했다. 하지만 벤저민의 어깨에 올려놓는 프람의 손과, 독일어 억양이 심하게 섞인, 잠시 시간을 달라는 요청은 무시할 수 없었다. 벤저민은 자기 어깨에 놓인 부드러운 손을 보았다. 프람 박사가 그 손을 들어 문을 가리켰다. 벤저민은 격분한 눈을 내려뜨고 밖에서 기다리겠다고 했다.

둘만 남자 프람은 헬렌에게 침대에 누워달라고 하더니, 쇠로 된 머리판 뒤쪽에 의자를 놓고 앉아 그 방에서 떠오른 아버지는 어떤 사람이었느냐고 독일어로 물었다. 그녀의 어린 시절을 주관한 남자였는지, 아니면 청소년기의 병약한 사람이었는지.

독일어로 말할 때 헬렌은 좀더 차분해 보였다. 그녀는 놀라울 정도로 쉽게 독일어를 썼지만, 되는대로 언어를 독학한 사람들이 보통 그러듯 커다란 빈틈도 보였다. 자주 멈추어 문법적 공백과 어휘의 빈틈을 우회할 말을 찾아야 했다. 그래서 그녀는 말하는 속도를 늦추었고 어느 정도 불안을 다스리는 방법을 익힌 것 같다는 인상을 주었다. 하지만 그녀가 쓰는 독일어는, 그녀의 모든 외국어가 그렇듯, 시대에 뒤떨어진 책이나 재산을 잃은 귀족과 응접실 외교관들의 부자연스러운 수다처럼 일상적인 언어와는 거리가 먼, 특이한 원전에서 유래한 것이었다. 그래서 헬렌의 언어에는 바로크적이고 연극적인 느낌이 있었고, 말이 느려지며 생겨난, 그녀가 온전한 정신을 되찾았다는 환각은 그로 인해 망가졌다. 헬렌은 타고난 우아함의 소유자이면서도 지나치게 짙은 화장을 한 형편없는 배우처럼 말했다.

그녀는 의사의 질문에 조용히 웃었다. 그런 식으로 과거와 현재를 구분하는 건 바보뿐이에요. 우리가 결정을 내릴 때마다 실현되기를 원하는 미래가 난입하죠. 미래는 최선을 다해 과거가 되려고 해요. 미래를 단순한 공상과 구분해주는 건 바로 이 점이에요. 미래는 일어난다는 것. 주님은 아무도 지옥으로 던져버리지 않으세요. 스베덴보리에 따르면, 영혼이 스스로를 내던지는 거지요. 영혼이 각자의 자유의지로 지옥에 떨어지는 거랍니다. 그렇다면 선택이란 현재라는 가지에 접붙으려는 미래의 잔가지일 뿐 아닌가요? 과거의 아버지라고 하셨나요? 미래의 아버지요? 헬렌은 다시 웃더니, 연금술과 비교한 원예를 주제로 이야기를 이어나갔다. 하지만 프람 박사는 스베덴보리가 그녀의 교육에 중요한 역할을 했다는 걸 알고 있었기에 그녀의 어린 시절로 들어가는 이 접근 지점을 온화하지만 집요하게 공략하며 아버지가 직접 지옥을 선택했다는 헬렌의 함축적 주장을 따라갔다. 헬렌은 검은 모란을 닮은 천장의 곰팡이 무늬에 시선을 고정한 채 말을 이었다.

헬렌이 연구소에 도착하고 얼마 지나지 않아 프람 박사는 그녀에게 투여되던 약물을 끊기 시작했다. 순수한 형태로, 아무 간섭도 받지 않고 증상을 관찰하고 싶다고 했다. 그런 다음 리튬염을 소량 써보겠다는 것이었다. 점차 약물을 줄여간 끝에 진정제를 완전히 끊자 그녀의 광증은 정점에 이르렀다. 벤저민은 아내에게 다시 약을 투여하라고 요구했다. 정신과의사는 벤저민의 위협적인 목소리에도 동요하지 않고 며칠이 더 필요하다고 말했다. 약 일주일 뒤, 벤저민의 가장 심한 두려움이 잘못된 것이었음을 증명하듯 약간 차도가 보였다. 헬렌은 여전히 헛소리를 했고 장광설을 늘어놓았지만, 언어로 만들어진 미로에서 나갈 방법을 찾는 일에 반복적으로 실패하자 기진맥진해졌고, 그 결과 어느 정도 차분해졌다. 프람 박사는 광증 자체로 병을 이길 생각이라고 설명했다. 헬렌의 불면증과 격렬한 정신 활동이 특정 호르몬 및 물리적 상황의 자연적 감소와 결합하면 결국 수면 효과를 내리라는 것이었다. 헬렌은 에너지를 모두 써버려야 했다. 운동이 필요했다. 바람을 쐬어야 했다.

그래서 헬렌이 헤어네트를 쓴 말없는 간호사들에게 이야기를 하느라 잠을 자지 않은 채 하룻밤을 보내고 나면 해가 뜨자마자 그녀를 정원으로 내보내 산을 마주보는 긴 의자에 홀로 남겨두었다. 침대에서 그녀는 팽팽하게 덮어놓은 이불 밑에서 빠져나오려 하면서도 독백을 계속했다. 하지만 해가 뜨면, 그 독백은 잦아들어 산발적인 중얼거림이 되었고, 결국 녹아내려 침묵이 되었다. 그녀는 한 시간 정도 비인격성이라는 축복을 즐겼다―순수한 인식이 되는 즐거움, 산꼭대기를 보고 종소리를 듣고 공기의 냄새를 맡는 형태로만 존재하는 축복을.

◆

벤저민은 붕 떠버렸다. 몇 겹의 소외 때문에 본거지에서 멀어지고 말았다. 그는 한 번도 외국인으로 살아본 적이 없었고, 가장 가까운 하인들(그리고 전담 요리사와 가구, 뉴욕에서 그를 둘러싸고 있던 대부분의 부속품)을 데리고 와 미국에서의 인생을 거의 흠 없이 복제해냈음에도 그런 거름망을 뚫고 와닿는 "유럽적" 특이함에 매번 짜증과 불쾌감을 느꼈다. 해석할 수 없는, 컥컥대는 소리가 나는 독일어라는 언어는 벤저민을 해치려는 광범위한 음모의 일부였다. 사람이 살지 않는 언덕들과 알프스의 수직적인 지평선, 연구소를 둘러싼 거의 길들여지지 않은 자연 때문에 벤저민은 조난자가 된 기분이었다. 아내는 지금도 그의 최우선 관심사였지만, 사업과 거리를 두고 있자니 신체적으로 피해가 나타나기 시작했다―머리가 땅한 느낌과 약간 숨막히는 듯한 느낌이 뒤섞였다. 연구소에는 아직 전화선이 깔리지 않았고 높은 산맥에 둘러싸인 그 깊은 골짜기에서는 무선 신호도 너무 약했다. 뉴욕과 런던에서 바트 파페르스까지 정보를 전송하도록 벤저민이 고안했던 시스템은 지나치게 느렸다. 시장 상황은 오직 "뉴스"로만 전해졌다. 그리고 뉴스란 다른 사람들이 가까운 과거에 내린 결정에 대해 언론이 말하는 방식일 뿐이었다.

사업이라는 영역에서 한가로운 구경꾼으로 전락한 벤저민은 아내의 치료에 온전히 관심을 돌렸다. 협상을 시작할 때부터, 그러니까 벤저민이 연구소의 병동 하나를 통째로 확보하려 했을 때부터 소장은 금융업자의 돈에 위축되지 않는 사람이라는 걸 분명히 보여주었다. 당시 알랑거리며 묵묵히 복종하는 아첨꾼과 예스맨들에게 질려 있던 벤저민은 이런 반응을 신선하다고 느꼈다. 심지어 힘이 났다. 그는 프람 박사가 자신의 기술에 대해 가지고 있는 열정과 외부의 요구에 굴하지 않겠다는 결기, 돈이라는 천박한 유혹에 대해 보이는 무관심을 존중했다. 이 모든 이유로 그는 헬렌을 제대로 된 사람의 손에 맡겨두었다고 믿었다. 하지만 집중할 대상이라고는 매일의 치료밖에 없게 된 지금, 그가 존경했던 의사의 단호함과 도덕적 정직성은 지속적인 좌절과 분노의 원천이 되었다. 프람은 벤저민을 피했고 만날 때도 짧고 이해하기 어려운 보고를 할 뿐이었다. 게다가 그 보고는 헤어 디렉토어*의 주목을 요하는 간호사나 동료 때문에 늘 끊겼다—뉴욕에서도 모든 비서에게 가르치는 한심한 계략이었다. 벤저민의 제안과 부탁, 제약 세계와의 연줄은 모두 거절당했고 벤저민은 그런 거절에 어느 정도 경멸이 실려 있다고 확신했다. 아내와의 접촉은 아내가 "바람"을 충분히 쐴 수 있도록 최소한으로 줄어들었다. 이 의사라는 자의 방법이 다 뭐란 말인가? 약을 안 쓴다고? 그럼 그놈의 리튬염인지 뭔지는 대체 뭐람? 수많은 상담도 그렇고. 무슨 얘기를 하는 걸까?

프람 박사의 접근법은 전혀 규칙적이지도, 예측 가능하지도 않았다. 그는 하루 오후를 잡아 헬렌을 여러 번 만나거나 뚜렷한 이유 없이 며칠 동안 면담을 중지했다. 상담 장소도 딱히 정해지지 않았고—헬렌의 병실, 연구소 부지, 박사의 사무실, 체육관—시간 또한 겨우 몇 분 만에 갑자기 끝나기도 했다. 벤저민은 이 모든 비정상적인 상황이 당혹스러웠다. 벤저민은 이런 일이 전문가답지 못하게 변덕스럽고 전반적인 방법론이 부족하기 때문이라고 생각했다.

* '소장님'을 뜻하는 독일어.

답답함을 느끼고 프람 박사에게 문제를 제기하며 설명을 요구했다.

프람 박사의 영어는 학술적이었고 완벽하지 않았으며 퉁명스러웠다. 그는 자유롭게 흘러나오는 래스크 부인의 헛소리를 억눌러 정상적인 범주로 방향을 돌리도록 하는 대신(또는 진정제를 써서 그녀를 입다물게 하는 대신), 그런 독백을 더욱 부추기고 싶다고 말했다. 래스크 부인이 말을 멈출 수 없는 이유는 자기 병을 설명하려는 시도를 멈출 수 없기 때문이고, 질병을 이해하려는 그 마음은 상당 부분 질병 자체입니다. 제가 귀를 기울이고 래스크 부인에게도 듣는 방법을 가르친다면 그녀의 끝없는 헛소리에 암호화된 지시 사항이 가득하다는 걸 알게 될 것입니다. 증상과 질병, 치료법이 삼위일체를 이루고 있습니다. 프람 박사는 래스크 부인의 말에서 그처럼 많은 정보를 얻을 수 있는 순간을, 질병이 질병 자체를 비추는 순간을 맞닥뜨릴 때 갑자기 간섭하면 순간의 깨달음이 더욱 부각되어 래스크 부인이 본인이 하는 말을 잘 들을 수밖에 없다고 했다. 수많은 면담이 그토록 짧게 끝나는 이유가 그래서였다. 게다가 그런 상담이 아무데서나(아무때나) 일어나는 건 헬렌에게 자가 치료란 진료실에서만 일어나는 것이 아니라 지속적인 절차라는 생각을 심어주기 위해서였다. 이런 "기습적" 진료를 통해, 프람 박사는 래스크 부인에게 자기 자신을 갑자기 공격하는 방법을 가르치고자 했다.

벤저민은 의사가 프로이트주의적이라고 비난하며, 아내를 그런 헛소리에 노출시키지 않겠다고 말했다. 프람은 웃으며 손을 한 번 내젓는 것으로 그런 비난을 일축했다. 그가 프로이트 교수를 만난 적이 있다는 것이나 대화 요법에 대한 프로이트 교수의 접근법에서 한두 가지 배운 점이 있다는 건 사실이었다. 하지만 그는 간호사에게 불려나가면서, 연구소가 신체에 두는 강조점을 벤저민이 무시하고 있다고 설명했다. 온천욕, 체조, 약물을 통한 휴식, 산책, 전류 및 유도전류를 활용한 치료, 루프틀리게쿠어*, 엄격한 채식주의 식단, 신체조절학, 동종요법. 게다가 이 모든 것보다 중요한 리튬염도 사용하고 있습니다. 헤어 래스크도 분명히 아시겠지만, 의공학 연구소에서는 신체를 단순한 비유의 대상으로 환원하지 않습니다. 바트 파페르스는 빈**이 아닙니다.

헬렌은 습관대로 오랫동안 산책을 할 뿐 어떤 규칙적인 운동도 하지 않았었다. 하지만 모든 진정제를 끊자마자 그녀의 일과는 프람 박사가 남편에게 열거했던 활동을 중심으로 돌아가기 시작했고, 그녀는 온 마음을 담아 그런 활동에 참여했다. 몸을 움직일수록 정신은 조용해졌다. 그녀는 특히 신체조절학 시간에 이어지는 권투 수업을 재미있어했다. 스파링을 하면서 내면의 혼란스러운 어둠 속에서 가끔 번쩍이는 자신의 옛 모습을 느꼈다. 매일 오후, 저녁을 먹기 전에는 온천 치료를 하며 뜨끈하게 그녀를 치료해주는 온천에서 따뜻해진 근육이 녹아내리는 동안 꾸벅꾸벅 졸곤 했다. 몸은 조금씩 조금씩 그녀에게 다시 조용해지는 방법을 가르쳐나갔다. 이따금 괜찮은 하루를 보내고 나면 헐떡이는 고요함만 존재하기도 했다. 피부도 진정됐다. 아마 온천욕의 결과이겠지만, 피부의 땀구멍 하나하나를 비명을 지르는 작은 입으로 만들어놓았던 습진은 가라앉았다. 그녀는 더이상 압박붕대를 감거나 늘 찜질을 할 필요가 없었고, 심지어 장뇌유나 금잔화 연고를 직접 바를 수도 있었다.

헬렌은 바쁜 일과 때문에 두 시간밖에 면회 시간을 내지 못했는

---

* '호흡 조절법'이라는 뜻의 독일어.
** 프로이트가 주로 활동하던 오스트리아의 수도.

데, 그중 한 시간은 아침식사 이후였고 또 한 시간은 차 마시는 시간이었다. 그녀는 두 시간을 모두 남편과 보냈다. 처음에 벤저민의 존재는 그녀에게 아무 영향도 미치지 않는 것 같았다. 그녀는 벤저민을 거의 알아보지 못한 채 혼잣말을 계속했고, 보통은 그러면서 글을 썼다—프람 박사가 그녀의 일기장에 대해 알고 나서 다시 일기를 써보라고 부추겼던 것이다. 시간이 지나고 마음이 진정되는 것처럼 보이자 헬렌은 언어의 해자로 자신을 둘러싸지 않고도 안전하다고 느끼기 시작했다. 그녀의 문장은 여전히 거친 연상 작용으로 이루어진 소용돌이로 변하는 경향이 있었으나 나름대로 합당한 근거가 있었으며 일종의 결론에 이르는 경우도 많았다. 심지어 그런 결론이 잠깐의 침묵 뒤에 이어지기도 했다. 그녀와 대화 비슷한 것을 나누는 일이 가능해졌다. 이런 식의 호전은 헬렌을 늘 벤저민에게서 갈라놓던 거리감을 되살렸다. 어쩌면 거리감이 더 커졌을 수도 있다. 헬렌이 벤저민을 알아본 건 사실이었다. 심지어 그녀는 벤저민에게 예의를 지키기도 했다. 하지만 벤저민은 그 방식이 소름 끼치게 느껴졌다. 둘 사이의 간격을 줄여보려던 헬렌의 옛 노력은 이제 멈춰버렸다. 그런 애정어린 시도야말로 둘의 결혼생활의 토대였는데 말이다. 벤저민은 지난 세월 동안 그녀의 노력에 감동을 받았었다. 심지어 그런 노력이 자연스러운 사랑보다 값진 것이라고 느꼈다(그는 자연스러운 사랑이란 선택이나 노력의 결과가 아니라, 단지 피해자를 수동적 최면 상태에 빠뜨리는 치명적 저주의 일종일 뿐이라고 믿었다). 하지만 이제 아내가 제정신인 순간에 보이는 것이라고는 예의바른 태도와 정중한 배려뿐이었다. 어쩌면 아내의 위태로운 요양생활에 너무 많은 걸 바라는 것일지 몰랐다. 하지만 벤저민이 보기에는 질병 이면의 어떤 흐름이 그녀를 먼 곳으로, 벤저민에게는 그저 윤곽선으로만 보이는 새롭고도 머나먼 해변으로 데려간 것만 같았다.

헬렌이 누구에게나 무관심했다면, 벤저민은 그녀의 거리 두기를 치료 과정의 일부라거나 심지어 그녀가 제정신을 차리는 영구적 조건으로 받아들였을 것이다. 하지만 상태가 나아지면서 그녀의 냉담함은 오직 벤저민에게만 향하는 것으로 보였다. 최근에 벤저민은 그녀가 간호사들과 독일어로 대화를 나누며 미소 짓는 모습을 보았다. 간호사들에게 말할 때 그녀의 말투는, 독일어라는 거친 언어를 쓰는데도 더 부드러워졌다. 그녀는 그들의 눈을 들여다보았다. 손짓 때문에 말에 생기가 돌았다. 한번은 짧은 산책을 하고 돌아오던 벤저민이 프람 박사와 함께 풀밭에 앉아 있는 그녀를 보았다. 그녀는 키득거리고 있었다.

◆

　조용히, 래스크의 미국인 하인들은 대서양 건너에서 가져온 여행가방과 상자들을 꾸리기 시작했다. 벤저민은 바트 파페르스에서 거의 두 달을 보냄으로써 아내의 부탁을 들어주었으며, 이제는 자신이 다시 통제권을 갖고 그녀의 치료 방법을 결정해야 한다고 판단했다. 헬렌이 바트 파페르스를 떠나지 않으려 하리라는 걸 느꼈기에(또 프람 박사도 그러지 말라고 조언하리라는 걸 알았기에) 이런 준비는 비밀리에 진행했다. 떠나기 하루 전에야 모두에게 결정을 알릴 생각이었다. 벤저민은 이미 하버 제약의 관계자들에게 헬렌을 독일로 데려가 검사받게 하고, 그들이 추천하는 의사에게 진단받도록 하겠다는 생각을 전한 터였다. 모든 것이 거의 준비를 마쳤다. 가구를 갖춘 베를린의 집, 그들이 가져갈 몇 안 되는 물건들, 그들의 소지품 상당 부분을 뉴욕의 집으로 돌려보낼 준비 등등. 떠나는 날을 겨우 며칠 앞두고 있을 때, 벤저민은 헬렌이 사라졌다는 말을 들었다.
　그녀가 첫 온천욕을 하는 시간과 아침을 먹는 시간 사이의 삼십 분 동안, 영어를 할 줄 모르는 당직 간호사와 독일어를 할 줄 모르는 심부름꾼 사이에 오해가 발생했다. 둘 다 헬렌을 상대방이 돌보게 될 줄 알았다. 머잖아 래스크 부인이 몰래 빠져나가려고 일부러 이런 혼란을 일으켰음이 분명해졌다. 프람 박사는 보고를 받자마자 간호사, 간병인, 직원 들로 여러 조를 짜서 북쪽 병동을 살펴보라고 했다. 그런 다음 나머지 건물과 병동 부지로 수색을 확대했다. 그녀가 연구소 단지를 떠났다는 걸 확인한 다음에야 그는 래스크 씨를 불렀다.

벤저민은 어느 때보다 필요한 순간에 평정심을 잃는 멍청이가 아니었다. 그는 뉴욕 사업계의 수많은 사람들이 따라 하려 했지만 실패했던 가라앉은 목소리로 연구소 북쪽과 남쪽의 마을들에 차량을 보내라고 했다. 그곳 주민들을 수색 작업에 동원하라는 명령(그리고 현금)과 함께 말이다. 헬렌이 동쪽과 서쪽에 불쑥불쑥 솟아 있는 산맥을 넘었을 리는 없었다. 아마 어느 길을 따라가다가, 길 주변의 비교적 완만한 언덕을 헤매고 다녔을 것이다. 마을 사람들이 연구소로 이어지는 두 길과 그 주변을 샅샅이 뒤지면 그녀를 찾을 수 있을 터였다. 몇 시간 뒤 농부와 우유 짜는 여자, 양치기 들이 산비탈과 숲, 협곡으로 부채꼴을 그리며 퍼져나갔다.

벤저민은 소식을 기다리며 프람 박사를 자기 방으로 불러 아내와 함께 떠나겠다고 알렸다. 소장은 방으로 들어와 짐꾸러미를 둘러보더니, 그들이 떠난다는 소문이 사실이라는 걸 알게 되어 슬프다고 말했다. 벤저민은 염탐을 당하고 소문의 대상이 되었다는 사실에 분노했다. 그 소문이 아내에게 흘러들어가 도망치는 계기가 된 게 틀림없었다. 벤저민은 아내가 사라진 것이 직원들의 무분별함과 소장의 방임 때문이라고 했다.

프람 박사는 이런 비난을 무시했다. 무감정하지만 침착한 몇 마디 말로 헬렌이 큰 진전을 이루어냈으며 리튬염에도 매우 잘 반응하고 있었고, 자신과의 면담 덕분에 질병을 훨씬 더 잘 이해하게 되었다고 설명하려 했다. 그는 헬렌이 연구소에 남아 끝까지 치료를 받는 것이 반드시 필요하다고 했다. 이상하게 보일지 몰라도, 그녀가 아버지의 탈출을 재현하고 있다는 건 호전의 징조라고 했다.

벤저민은 프람 박사를 이야기꾼이자 돌팔이라고 했다. 소장은 자신과 벤저민이 서로에게 느끼는 혐오가 래스크 부인의 행복에 방해가 되어서는 안 된다고 말했다. 바로 그 순간 누군가 문을 두드렸다. 운전기사 한 명이 방으로 들어왔다. 래스크 부인이 발견됐다는 것이었다. 농장 일꾼이 시냇물을 마시는 그녀를 찾았다. 벤저민이 달려나가는데, 운전기사는 래스크 부인의 얼굴에 심한 물집이 잡혀 있다고, 물집이 정말로 심하다는 걸 알아야 한다고 말했다.

◆

북쪽 병동은 연구소와 관계를 끊었다. 연구소 단지의 나머지 구역으로 이어지는 대문들은 잠겼다. 현지의 간호사와 요리사부터 수위에 이르는 직원들이 전부 해고당했다. 벤저민은 미국인 직원들을 건물 끝에 있는 몇 개의 방에 배치했다. 그는 헬렌의 침대 곁 자기 자리로 돌아가, 뉴욕에서 데려온 간호사들과 간병인들을 도왔다. 하지만 헬렌은 이제 아주 많은 진정제를 맞고 있었으므로 할일은 별로 없었다. 벤저민은 과거의 경험을 토대로 자기가 생각하기에 적절한 양의 진정제를 투여하기로 결정했다. 안전한 범위에서 가장 많은 용량을 쓰기로 한 것이다. 헬렌을 한번 깨우면 진정시키기가 불가능했다. 그녀가 독일어와 영어를 섞어 시끄럽게 늘어놓는 소리를 듣고 알 수 있는 건 그녀가 하는 말이 생각의 속도를 따라가지 못한다는 것뿐이었다. 그녀는 아무도 자기 몸에 손을 대지 못하게 했으며, 아프고 나서 처음으로 공격적인 태도를 보였다. 강박적으로 긁어대는 바람에 얼굴에서는 피가 흘렀다. 그녀는 상처를 드레싱하지도 못하게 했다. 사람들이 그녀를 억지로 붙잡고 진정제를 투여해야만 했다.

헬렌을 다시 연구소로 데려온 이후로 프람 박사는 그녀를 볼 수 없었고 북쪽 별관에 발을 들일 수도 없었다. 원래 벤저민은 짐을 싸고 독일로 옮기는 것을 준비함으로써 상황을 장악하려 했지만, 마지막에 벌어진 헬렌의 탈출 사건 때문에 단호한 모습을 완전히 되찾을 수 있었다. 미신과 정량화할 수 없는 추측에 근거한 치료는 더이상 없을 것이다. 비공개 "면담"도 더이상 없을 것이다. 염탐도, 소문도 없을 것이다. 벤저민이 이해할 수 없는 것은, 그의 권위에서 빠져나가는 것은 아무것도 없을 것이다. 다시 통제권을 쥔 지금, 그는 아픈 아내의 결정을 온순하게 받아들이고 프람의 협잡질에 놀아났던 지난 몇 주를 정돈되지 않은 꿈이라도 되는 것처럼 돌아보았다. 그는 당장이라도 스위스를 떠나고 싶었지만 헬렌이 이동할 상태가 아니었다. 그래서 수행원을 베를린으로 보내 하버 제약의 관계자들에게 지시를 전했다. 돈을 아끼지 말고 최고의 전문가들을 찾아—장비와 비품과 함께—즉시 바트 파페르스로 보내라는 것이었다.

헬렌은 하루의 거의 대부분을 누운 채로 보냈다. 무의식에 잠겨 혼잣말을 중얼거리며 떠다니는 듯했다. 눈은 어쩌다 우연히 뜨여 있는 것만 같았다. 결국, 계속 중얼거리던 그녀가 한참 만에 잠결에 휩쓸리면 눈꺼풀이 천천히 처지곤 했다. 그러면 그녀는 아주 잠깐 잠들었다. 그녀는 늘 내면의 어둠 속에 더이상 들이쉴 공기가 없어져 발장구를 치며 수면으로, 다시 세상으로 나왔다는 듯 숨을 들이켜며 잠을 깼다. 마취성 무기력에서 휴식을 취하기보다는 점점 더 깊은 피로를 느끼는 것 같았다. 물집이 잡히고 습진 때문에 각질이 잔뜩 일어난, 약물로 부풀어오른 가면 밑에서 그녀의 얼굴은 거의 보이지도 않았다. 압박붕대는 증상을 잠시 약화시킬 뿐이었다. 벤저민은 이 모든 것이—헬렌의 혼란과 신체적 쇠약이—베를린에서 도와줄 사람들이 오는 순간 개선될 거라고 확신했다. 그가 괴로운 이유는 헬렌의 손목 때문이었다. 그 모습은 언제까지나 그의 머릿속을 떠나지 않을 것이었다. 헬렌은 자기 내면으로 파고 들어갈 것처럼, 얼굴을 감은 압박붕대를 풀어내고 매우 공격적으로 딱지를 긁어댔다. 간호사들이 그녀의 손에 장갑을 끼우고, 꼭 맞는 이불로 단단히 싸서 움직이지 못하게 하려 했으나 아무 소용이 없었다. 결국 벤저민은 헬렌의 가운을 찢은 다음 눈물을 삼키며 그 비단 끈으로 헬렌의 손목을 침대 난간에 묶었다. 헬렌은 정신을 차릴 때마다 자기가 묶인 것을 보고 놀랐고, 그다음엔 분노했다가 가눌 수 없는 슬픔을 느꼈다. 간신히 진정하고 나서는 중얼거리다 다시 졸기 시작했고 그렇게 다시 주기가 시작됐다.

이처럼 초조한 단조로움 속에 시간은 흐릿하게 뭉개졌다. 지나가는 날이 남긴 흔적은 벤저민의 제재로 점점 쌓여가던 방임의 흔적뿐이었다. 미국인 간병인들은 한정된 자원을 최대한 활용하기 위해 더러운 이불과 붕대, 세면대를 놔둔 채 헬렌을 휠체어에 태워 매일 새로운 방으로 데려갔다. 운전기사들은 매일 이웃 마을로 가서 농작물과 유제품 등 필수품을 구해왔다. 하지만 벤저민은 거의 먹지 않았다. 살면서 처음으로 턱수염을 길렀다. 턱수염이 싫었지만, 어째서인지 턱수염이 있어야 할 것만 같았다. 일종의 달력이랄까. 그는 독일인들이 오면 수염을 깎기로 했다.

그러다가 독일인들이 왔다. 벤저민은 쥐색 트럭 두 대와 검은색 세단 한 대로 이루어진 소규모 수송대를 마중하러 나갔다. 트럭에는 비품과 의료 장비, 간호사 여섯 명이 실려 있었다. 세단에서 아프투스 박사가 나왔다. 간호사들이 종이상자와 나무함을 내려 건물로 가지고 들어가는 동안 벤저민은 의사를 자기 방으로 안내했다. 몇 마디 의례적 인사를 나눈 뒤, 아프투스 박사는 벤저민에게 하버 제약의 이사회 사인이 들어간 편지를 건넸다.

존경하는 래스크 회장님,

건강하시길 기원하며 다음의 내용을 전합니다.

이 편지로 라디슬라스 아프투스 박사를 소개하게 되어 기쁩니다. 이력서를 보면 아시겠지만(첨부서류 참조), 학계에서 아프투스 박사의 신뢰도는 최고 수준입니다.

아프투스 박사가 현재 진행하는 계통의 연구는 조현병 치료에 펜틸렌테트라졸을 사용하는 것이 핵심입니다. 이 약물은 본디 특정한 호흡 질환 및 순환 질환을 치료하는 자극제로서 효과가 있는 것으로 알려져 있으나, 아프투스 박사가 새로운 용법을 발견했습니다. 아프투스 박사는 주의깊은 통계적 연구를 통해 뇌전증이 조현병과 상극이며 사실상 공존할 수 없음을 알아냈습니다. 아프투스 박사가 내린 결론에 따르면, 뇌전증 환자의 뇌에서 발견되는 고농도의 교질 세포가 조현병의 발생률을 낮춘다고 합니다. 나아가 아프투스 박사는 인위적으로 뇌전증 발작을 일으키면 조현병 환자의 뇌에서 교질 세포를 증가시켜 조현병을 치료할 수 있다는 결론을 내렸습니다. 또한 펜틸렌테트라졸을 기본으로 하는 특별한 화합물로 그러한 뇌전증 발작을 일으킬 수 있다는 것도 알아냈습니다. 펜틸렌테트라졸을 고용량으로 사용하면 대발작과 다르지 않은 발작이 일어납니다. 최근 저희가 부다페스트의 정신과 의원에서 수행한 임상 시험에서 높은 성공률이 확인되었습니다.

하버 제약이 특허출원중인 경련 요법은 정신의학의 미래입니다. 저희는 래스크 부인이 이 요법을 적용할 이상적인 후보라고 믿습니다. 당연한 말씀이지만, 아프투스 박사는 세부 내용을 저희보다 훨씬 더 자세히 설명하고 모든 염려에 대해 답할 수 있을 것입니다.

어려운 시기에도 회장님과 부인을 잊지 않겠습니다.

진심을 담아,
로렌츠 란차우
빌헬름 폰빌칭슬뢰벤
디터 엘츠
율리우스 비르크
라인하르트 리베차이트

◆

　아프투스가 "완연한" 증상을 볼 수 있도록 헬렌의 진정제를 끊는 대기 기간이 한번 더 있었다. 이 시기에 아프투스와 벤저민은 서로를 잘 알게 되었다. 하버 제약 이사회로부터 주요 투자자에게 특별히 신경쓰라는 지시를 받았기 때문인지, 아프투스 박사는 언제든 벤저민의 질문을 받아주었으며 치료법의 모든 측면을 대단히 상세하게 의논했다. 벤저민은 이해하기 어려운 프람 박사의 수수께끼 같던 헛소리와 대조되는 이런 상황에 기분이 좋았다. 그는 모든 식사를 아프투스와 함께했으며 약물의 화학적 구성과 그 대사 작용에 관해 교육받았다. 아프투스 박사는 유창하지만 공들인, 인위적이고 귀족적인 영어로, 처음에는 장뇌유로 실험해보았으나 장뇌유가 경련 유도제로서는 반응이 느려 폐기했다는 이야기를 해주었다. 장뇌유가 일으키는 느린 반응은 환자에게나 의사에게나 무시무시한 것이었다. 반면 새로운 화합물은 신속했고 그래서 인도적이었다. 이 점이 아프투스 박사의 치료법과 전반적 의료 철학의 모든 면에서 중심적인 요소였다. 벤저민은 공감과 친절을 강조하는 이런 모습을 보고 헬렌이 새로운 정신과 요법을 개발하는 데 투신하던 시기에 보인 원칙적 열정이 생각나 감동했다. 아프투스 박사는 임상 시험에서 얻은 철저한 통계를 차트와 그래프, 도표로 제시하기도 했다. 경험적 사실에서 유래한 이런 계산은—이런 숫자는—벤저민에게 안전하다는 느낌을 주었다. 이것이야말로 관찰과 실험, 타협을 모르는 자연법칙에 토대를 둔 치료였다. 이것이야말로 객관적 기준으로 측정할 수 있는 과학적 작업이었다.

　처음으로 약물을 주사할 날이 다가왔다. 벤저민은 헬렌의 병실에 들어갈 수 없다는 말을 듣고 놀랐다. 그는 간호사 중 한 명에게 아프투스 박사를 데려오라고 했다. 몇 분 뒤, 그들은 비어 있는 옆 병실 중 한 곳에서 소곤소곤 대화를 나누고 있었다. 아프투스는 벤저민이 무슨 말을 하기도 전에 두 손을 들고 눈을 감으며 애원했다. 전에는 래스크 씨와 이런 이야기를 하기가 꺼려졌지만 경련을 목격하는 건 쉬운 일이 아니라고 했다—특히 일반인에게는 말이다. 래스크 씨가 치료법의 가장 불쾌한 측면을 지켜보다가 그 어마어마한 이점을 의심하게 된다면 개탄스러운 일이 될 것이다. 무엇보다도, 래스크 부인에게 남편의 불안과 걱정을 감당하는 수고를 덜어주는 게 좋지 않을까? 치료 과정은 짧을 것이고, 래스크 씨는 치료가 끝나고 아내가 휴식을 취하자마자 그녀를 만날 수 있을 터였다.

벤저민은 미국으로 돌아가는 여정의 세부 사항을 살펴보며 그날 아침을 보냈다. 아프투스 박사는 그들이 곧 떠나게 되리라고, 아마 앞으로 열흘 안에 떠나게 될 것이라고 그를 안심시켰다. 경련 요법의 효과는 거의 즉각적이라고 했다. 래스크 부인은 허약해질 것이다. 하지만 아프투스 박사는 대서양을 건너는 동안에도 그녀를 따라와 돌봐주고 뉴욕에서도, 집이라는 편안한 환경에서도 치료를 이어가겠노라고 자원했다. 벤저민에게 이보다 기쁜 일은 없었다. 그는 사무실로 돌아가 다시 한번 사업을 통제하고 싶은 마음이 굴뚝같았다. 수많은 프로젝트 중 가장 중요한 것은 하버 제약을 완전히 인수하는 작업이었다. 아프투스 박사의 혁명적 발견을 생각해보면 그 회사야말로 전도유망한 투자처로 보였기 때문이다.

간호사가 문을 두드리더니 래스크 부인이 면회할 준비가 되었다고 말하고 떠났다. 벤저민은 넥타이를 고쳐 매다가 자기가 여전히 덥수룩하게 턱수염을 기르고 있다는 걸 깨달았다. 그는 셔츠를 벗고 아내를 위해 서둘러 면도했다.

복도를 반쯤 지났을 때 아프투스 박사가 그를 맞이하며 헬렌의 병실로 가는 동안 짧게 보고를 했다. 헬렌은 치료법에 기대 이상으로 바람직한 반응을 보였다. 아프투스 박사는 헬렌의 내성을 평가하기 위해 저용량부터 약물을 사용하기 시작했다. 치료법이 너무도 큰 성공을 거두어, 그는 매 세션을 최대한 활용하고 치료 기간을 단축하기 위해 약물 용량을 늘리는 방법을 고려하고 있었다. 병실에 이른 아프투스 박사는 문손잡이를 돌리기 전에 잠시 망설였다. 부인이 경련 통제에 쓰는 페노바르비탈의 영향을 받고 있으므로 약간 혼란스러운 모습을 보일 수 있다는 걸 기억하셔야 합니다. 아무 말도 하지 않을 수도 있습니다. 무엇보다도, 이미 여러 차례 말씀드린 내용을 기억하십시오—경련 요법이 충격에 토대를 두고 있는 만큼, 래스크 부인이, 뭐랄까, 당연하게도 충격을 받았다는 것 말입니다.

벤저민은 경건하고도 조심스럽게 침대로 다가갔다. 헬렌은 벽쪽으로 얼굴을 돌리고 있었다. 그녀의 가슴이 가쁘게, 약간은 너무 빠르게 오르내렸다. 벤저민은 일부러 타일에 신발을 부딪치는 소리를 내며 자기가 왔다는 걸 알리려 했다. 헬렌이 그를 돌아보았다. 그녀의 얼굴은 적막한 폐허와도 같았다. 무언가 망가지고 버려졌다. 존재가 소진되었다. 그녀의 눈은 벤저민을 보지 않았다. 그저 벤저민이 안쪽의 잔해를 들여다볼 수 있도록 존재하는 것만 같았다. 벤저민은 허리를 숙이고 그녀의 그을린 이마에 입을 맞춘 뒤 그녀가 무척 용감했다고, 잘해냈다고 말했다. 그는 자기가 미소 짓고 있는 것이기를 바랐다.

아무 소리도 나지 않는 진공. 밀폐된 침묵 속에서, 감히 아무도 몸을 가누지 못하는 헬렌의 침묵을 방해하지 못했다. 그녀가 아무 말도 하지 않았기에 모두가 침묵을 지켰다. 그녀가 움직이지 않았기에 모두가 고요했다. 간호사와 간병인들은 흰 그림자가 되었다. 벤저민은 자기 방에서 초라한 식사를 했으며 모든 시간을 그곳에서 보냈다. 연구소의 다른 구역에서 흘러오는 소리에는 물속에서 나는 소리 같은 느낌이 있었다―환자들이 온천욕을 하러 가는 길에 다양한 언어로 농담을 나누는 소리, 신체조절학 강사의 지시에 따라 일제히 발을 구르고 쿵쿵대는 소리, 이따금 들리는 음악과 잡역부들이 내는 달그락거리는 소리. 삶이 여는 불협화음의 콘서트가 북쪽 병동의 격리된 주민들을 약 올리며 그들이 한 침묵의 맹세를 깨라고 도발하는 것만 같았다.

아프투스 박사는 벤저민에게 무척 자세하게(하지만 그런 정보를 전달할 엄밀한 필요성이 생긴 다음에야) 펜틸렌테트라졸의 첫번째 투여 이후 발생할 후유증에 대해 설명했다. 설명은 불분명하지 않았다. 오히려 잔인했다. 아프투스 박사는 의료계 일각에서 그의 치료법을 정신병 환자에 대한 처벌적 행위로 오인한다는 개탄스러운 사실도 언급했다―애석한 일이시만, 그의 치료법에 꼭 필요한 경련이 그만큼 강렬하다는 것이었다. 그러나 벤저민이 들은 어떤 말도, 헬렌이 첫번째 치료 이후에 빠져버린 긴장증적 최면 상태에 그를 대비시킬 수 없었다. 그동안 벤저민은 아무리 고통스럽거나 혼란스럽더라도 아내의 모든 면을 주저하지 않고 마주보아왔다. 결혼생활 내내 그녀가 보여준, 다정하지만 사랑 없는 태도 역시 정면으로 마주보았다. 그를 외면하고 작가와 음악가들을 바라보는 모습도 지켜보았다. 질병에 사로잡혀 망가진 그녀의 새로운 자아조차 눈 한 번 깜빡이지 않고 마주보았다. 하지만 헬렌이 치료를 받은 뒤 보게 된, 살아 숨쉬는 시체는 도저히 받아들일 수 없었다. 공백은, 헬렌이 신체적으로는 여전히 그 자리에 있는데도 존재하는 그 공백은 그녀가 떠난다는 두려움을 가장 불길하게 문자 그대로 현실화했다. 아프투스 박사가 헬렌의 현재 상태를 예측했다는 사실이나 그가 이런 상황이 경련 치료에서 예상되는 표준적 반응이라고, 미래에는 "교과서적"이라고 여겨질 만한 반응이라고 설득했다는 사실도 별로 위안이 되지는 않았다. 확실한 결과를 보기까지 보통 세 번의 투약이 필요했으며, 그 결과는 그야말로 기적적일 거라고 아프투스 박사는 다시 장담했다. 그는 헬렌이 마치 오랜 꿈에서 갑자기 깨어난 것처럼 보일 거라고 말했다. 때로는 두번째 주사만으로도 약간의 차도가 보일 수 있었다. 벤저민은 마음이 아팠지만 아프투스에 대한 신뢰를 온전히 간직한 채 다음 치료를 허가했다.

벤저민은 건물 정문 옆 벤치에서 기다렸다. 희미한 반달이 낮의 하늘에 새겨져 있었다. 알프스산맥의 벽이 더 높게 느껴졌다. 희박하고 전류가 흐르는 듯한 공기에 머리가 띵해졌다. 학창 시절을 제외하면 이렇게 오랫동안 뉴욕시를 떠나 있었던 적이 없었다. 외국인이 된 기분에 신물이 났다—자연에도, 스위스에도, 한가함에도, 의사들에게도, 설명을 듣는 것에도, 거부감이 들든 말든 그런 설명에 굴복하는 것에도. 약 일주일 뒤면 집에 간다는 걸 알았기에 주변 환경을 더더욱 견딜 수가 없었다. 그는 불쾌감을 느끼며 엉뚱한 곳에 떠 있는 달을 다시 올려다보았다.

문이 왝 열리더니 미국인 간호사 한 명이 흐느끼며 비틀비틀 밖으로 나왔다. 그녀는 갑자기 멈추어 허리를 숙이더니 손바닥으로 무릎을 짚은 채 울부짖고 숨을 헐떡였다. 그녀는 땅에 대고 안 된다고 말하며 고개를 젓다가 벤저민을 보았다. 간호사는 짧은 순간에 놀라움과 당혹감을 극복했지만, 벤저민은 그녀의 눈에 증오심이 번뜩였다고 장담할 수 있었다. 하지만 그 모든 일이 너무 빠르게 일어났다. 간호사는 거의 즉시 벤저민에게서 돌아서서 간호사 병동으로 달아났다. 그로부터 얼마 지나지 않아, 그는 헬렌의 병실로 불려갔다.

벤저민이 헬렌을 마지막으로 본 지 이틀이 지났다. 그는 문 앞에 잠시 멈추어 다음번 주사와 그 주사를 통해 나타난다는 눈에 띄는 호전을 기다려야 할지 고민했다. 결국 그는 안으로 들어갔다. 이번에 헬렌은 베개를 받친 채, 문을 여는 그를 마주보고 있었다. 그 기진맥진한 표정에 희미한 승리감이 배어 있었을까? 자기도 모르는 사이에, 벤저민은 이것이야말로 아이를 낳은 뒤 여자의 얼굴에 떠오르는 표정이 틀림없다고 생각했다. 슬픈 미소의 흔적도 보였을까? 그는 앞으로 몇 발짝 다가갔다가 아내가 입 모양으로 그의 이름을 말하는 것을 틀림없이 보았다. 그는 침대 옆에 무릎을 꿇고 그녀를 끌어안으며(쇄골, 날개뼈, 척추) 흐느꼈다. 병이 그녀를 차지한 이후 처음으로 그녀가 치료되리라고 믿으면서 말이다.

이후 사흘 동안 헬렌은 움직이지 않았다. 조용했다. 그녀의 침묵은 왠지 의문을 제기할 수 없는 것으로 느껴졌다. 꼭 동물이 말을 하지 않는 것과 비슷했다. 그러나 벤저민이 보기에 그녀는 의심의 여지 없이 나아지고 있었다. 헬렌은 혼란스럽고 피로해하면서도 정신이 있었고, 주변 환경에 온전히 참여하고 있지는 않아도 최소한 그 존재를 약하게나마 인식하고 있었다. 짧은 면회 시간에—아프투스 박사는 그녀가 휴식을 취해야 한다고 단호하게 말했다—그녀는 벤저민을 보았다. 그를 알아보는 것 같았고, 시선으로 부드러운 애정의 신호들을 보내는 것처럼 보이기까지 했다. 쉬려고 눈을 감을 때면 벤저민의 손을 잡은 손아귀에 살짝 힘을 주었다. 잠시 작별 인사를 하는 것만 같았다.

벤저민은 아프투스 박사의 지시에 따라 헬렌이 돌아갈 수 있도록 뉴욕의 집을 준비하며 대부분의 짐을 꾸리고 트럭을 구해 실어 보냈다. 그들은 다음 투약 후 사흘이 지나면 떠나기로 했다. 벤저민은 헬렌의 회복에 대한 믿음을 완전히 회복했기에 자기 일로 다시 관심을 돌렸다. 직접적인 정보를 얻은 것은 아니었지만(그는 여전히 신문을 읽어야만 하는 치욕을 당하고 있었다), 미국에서 일어나는 금융 관행의 변화에 수많은 기회가 있다고 느꼈다. 시장 붕괴 이후 떠오르는 새로운 질서에 편입하기에는 완벽한 시간이었다. 물론, 그는 하버 제약 인수 작업도 진행하고 있었다. 자신의 의도를 밝힌 편지를 전하고자 이미 베를린으로 대리인을 보낸 터였다.

벤저민은 미신을 믿는 사람이 아니었지만, 집으로 떠나기 전 헬렌의 세번째이자 마지막 투약이 이루어지던 오후에는 다시 정문 옆 벤치에 앉았다. 그는 아무것도 하지 못하고 너무도 여러 주를 보낸 다음이었기에, 일에 몰두해 있을 때 발생하는 시간의 축약을 경험하고 기뻤다. 누가 물어봤다면 그 시간에 한 생각이 정확히 무엇이었는지 대답할 수 없었을 것이다. 하지만 벤저민의 생각에는 말로 옮길 수 없는 어떤 선명함이 있었다. 훌륭한 사업 아이디어가 떠오르기 전에 늘 나타났던 이처럼 집중된 모호함의 시간에, 어째서인지 세상은 그의 감각에서 사라졌다. 자아조차 비인격적 생각의 흐름 속에 녹아내렸다. 천천히 다가오는 아프투스 박사의 모습을 눈으로 보았으면서도 그의 존재를 즉시 받아들이지 못했던 이유가 그것이었다. 아프투스가 현실의 단단함을 획득한 건 벤저민 옆에 앉은 다음이었다.

아프투스 박사는 두 손바닥을 맞대고 모든 손가락이 반대편 손가락을 정확하게 비추는지 확인하더니 두 손을 떼고 깊은 숨을 들이쉰 다음 어떤 경우에는 숫자도, 통계도 아무 의미가 없다고 말했다. 모든 상실은 절대적인 것이며 과거나 미래의 승리로 덜어낼 수 없다고 말이다.

벤저민은 의사의 말에 눈을 깜빡였다.

또 한번 한숨을 쉰 다음, 아프투스 박사는 전에 무척 좋은 반응을 보이던 래스크 부인의 심장이 굴복하고 말았다고 말을 이었다. 자신의 위로가 언제까지나 불충분하리라는 점을 알고 있으며, 래스크 씨가 조사를 하기로 결정한다면 당연히 처분에 맡기겠노라고 했다.

산맥과 땅, 벤저민의 몸에서 실체감과 무게가 빠져나갔다. 모든 것이 텅 비어버렸다.

그가 일어선 게 아니었다. 지구가 가라앉았다.

벤저민은 건물로 들어간 다음 복도를 지나 헬렌의 병실로 향했다. 두 발이 움직이는 것도, 손이 문손잡이를 돌리는 것도 놀라웠다.

간호사들이 얼어붙었다. 그는 침대로 다가갔다. 간호사들이 물러났다.

벤저민은 문드러지기 쉬운 과일의 껍질이라도 되는 것처럼 이불을 들어올렸다. 헬렌의 얼굴에 평화로운 부분은 하나도 없었다. 모든 고통이 그 안에 갇힌 채 봉인되었다. 그녀의 몸은 어쩐지 뒤틀려 있었다. 벤저민은 그 몸을 머릿속에서 바로잡으려고 애쓰며 한발 물러났다.

누군가 헬렌의 쇄골에 대해 말했다. 벤저민이 돌아보았다. 며칠 전 눈물을 흘리며 건물에서 뛰쳐나온 미국인 간호사였다. 그녀는 래스크 부인이 너무 심한 경련을 일으켜 쇄골이 부러졌다고 말했다.

◆

　벤저민이 뉴욕으로 돌아갔을 때는 위로와 위문 카드를 전하고 장례식을 하기에 너무 늦어버렸다. 감히 그에게 말을 거는 사람은 거의 없었다. 조언을 해줄 배짱이 있는 사람은 그보다도 더 적었다. 조언을 하는 사람들은 늘 그에게 집을 팔아야 한다고 했다—그 집에는 너무 많은 기억이 어려 있으며, 그렇게까지 과거의 유령에 사로잡힌 집에는 어떤 사람도 살 수 없다고 했다. 그 유령이 아무리 친절하거나 사랑이 많은 존재라 하더라도 말이다. 벤저민은 한 번도 굳이 대답하지 않았다. 그 어떤 방에도 손을 대지 않았다. 그 방들을 박물관처럼 보존한 건 아니었다. 고통 때문에 나사가 풀린 채, 그 방들에서 무언가 기적적인 일이 일어날 것을 기다린 것도 아니었다. 사실, 그는 자기 침실과 사무실에서 나오는 일이 거의 없었다. 다른 방을 보존한 건 단지 그 방들이 없으면 우주가 더 빈약한 공간이 되기 때문이었다. 지금의 저택에는 헬렌의 방이 있었다.

　하지만 저택은 벤저민의 생각에서 그리 두드러지는 자리를 차지하지 않았다. 슬픔이 어딘가에 반영됐다면 다시 일을 시작한 그의 배가된 열성에 반영됐다고 할 수 있었다. 그는 은밀하면서도 결정적으로 시장에 개입하고자 했으며 주로 통화 조작에 집중했다. 긴급은행법에 따라, 연방준비은행에서는 1933년 예금 인출 사태 이후로 모든 인출을 감당할 수 있을 만큼 많은 화폐를 찍어냈다. 거의 동시에, 정부에서는 금본위제도를 중지하고 달러화가 외국 시장에 떠돌아다니게 놔두었다. 벤저민은 전 세계에 걸쳐 있는 어마어마한 금 보유량을 활용해(그리고 금 거래를 규제하는 행정명령을 예측하면서), 달러 가치 하락에 큰돈을 걸었다. 정부에서 발행하는 엄청난 통화량으로 달러 가치가 떨어지리라고 생각했던 것이다. 그는 영국 파운드와 라이히스마르크*, 더 나아가 엔화에까지 많은 돈을 투자했다. 잠시 시장은 그의 영향력에 반응을 보였다. 하지만 시간이 지나면서, 경제는 정부의 정책에 우호적으로 반응했다. 벤저민이 거둔 수익은 미미했다. 그는 뉴딜 정책이 실패할 수밖에 없으며, 월 스트리트가 증권법 때문에 생겨난 일련의 규제로 어려움을 겪을 거라고 판단했다. 이런 직관에 근거해 1929년의 장난질을 또 한번 하기로 결정하고 대규모로 공매도를 쳤다. 이 작전을 절반쯤 진행했을 때, 그는 자기가 틀렸다는 걸 깨달았다. 시장은 정책에 순조롭게 반응하고 있었고, 벤저민은 자신이 취했던 조치를 철회해야 했다. 금전적 손해보다는 평판에 입은 피해가 더 컸다. 월 스트리트 사람들은 그의 통화 투기가 처음부터 당황스러운 것이었으며, 과거의 성공을 흉내낸 주식 쿠데타 시도는 그가 소매에 감춘 카드가 닳아 빠진 것 딱 한 장뿐임을 보여주는 것이라고 했다. 전반적으로 대중은—최소한 신문 금융면을 읽는 평균적인 독자들은—래스크 씨가 국가가 회복하지 못할 것이라는 데 도박을 건 것을 보고 분노했다.

이 시기에 브레보트 부인은 열정적으로 슬퍼하며 애도의 가능한 모든 사회적 가능성을 탐사하고 있었다. 그녀는 가장 짙은 검은색 옷을 입었을 때 예상치 못하게 빛났으며, 자신이 "위엄 있다"고 부르는 오만한 형태의 슬픔을 강조할 수 있도록 유난히 구슬프게 눈물을 흘리는 친구들로 주위를 둘러쌌다. 그녀가 주변 사람들에게 보여주려고 꾸며낸 우스꽝스러운 애도의 장면 이면에서 진정한 고통을 느꼈을 가능성이 없지는 않다. 어떤 사람들은, 자신들이 보이

---

* 1948년까지 독일에서 사용하던 화폐.

는 과장된 만화적 태도가 그 태도로 감추고자 했던 감정의 강도를 정확하게 드러낸다는 걸 깨닫지 못한 채 과장과 허풍으로 진짜 감정을 숨기기도 하니 말이다.

벤저민이 돌아온 직후 브레보트 부인은 그가 집에 있든 없든 매일같이 그를 찾아왔다. 집안을 이리저리 정리하고 도우미들에게 폭군처럼 굴면서, 자기가 이 집을 책임지고 있음을 과시했다. 하지만 벤저민은 브레보트 부인의 과시를 전혀 모른 채, 그녀에게는 거의 시간을 내주지 않고 일에만 파묻혀 있었다. 그 시기에 나눈 몇 번 안 되는 대화중에 브레보트 부인은 자기가 저택으로 이사해 들어올 수 있다는 가능성을 한 번 이상 내비쳤다—오직 헬렌과 가까웠던 사람만이, 헬렌을 알고 벤저민을 이해하는 사람만이 벤저민에게 위안과 동지애로 도움을 주리라는 것이었다. 벤저민은 이런 식의 암시를 못 알아들은 체했다. 머잖아 브레보트 부인과 벤저민은 멀어졌고, 결국 둘의 관계는 브레보트 부인이 계속 벤저민의 사무실로 보내는 청구서로만 남게 되었다.

시간이 지나면서 벤저민은 두려운 사실을 인정할 수밖에 없었다. 헬렌의 죽음이 그의 인생에 아무 영향을 끼치지 않았다는 사실이었다. 본질적으로 변한 것은 아무것도 없었다—정도의 차이만 있을 뿐이었다. 애도는 결혼생활에 대한 좀더 근본적인 표현일 뿐이었다. 애도도 결혼생활도 사랑과 거리감의 기이한 조합에서 나온 결과였으니까. 헬렌이 살아 있을 때, 그는 헬렌을 자신과 나눠놓는 심연을 도저히 건널 수 없었다. 그는 실패한다고 해서 화를 내거나, 그 틈을 건너갈 새로운 방법을 찾는 시도를 포기한 적이 한 번도 없었다. 지금도 그의 사랑은 변함없었다. 거리감만 절대적인 것이 되었을 뿐.

그는 계속해서 헬렌의 자선단체에 돈을 댔으며, 오케스트라, 도서관, 미술재단에 반복적으로 기부금을 냈다. 기부금이나 장학금에 붙은 그녀의 이름은 탁월함을 의미하게 되었다—"헬렌"이라는 말은 작곡가나 작가가 꿈꿀 수 있는 가장 큰 영예가 되었다. 벤저민은 이 점에 끝없는 기쁨을 느꼈다. 하지만 새로운 정신과 치료법 연구와 관련된 자선 활동은 중단되었다. 그 세계는 벤저민이 다시 찾고 싶지 않은 세계였다. 결국 하버 제약을 인수하지는 않았지만, 그는 그 회사의 주식을 계속 보유했다—감정 때문에 사업적 판단력이 흐려진 적은 한 번도 없었고 이번에도 예외는 아니었다. 아프투스 박사가 실패하기는 했지만, 벤저민은 하버의 수익성이 좋으리라는 믿음을 버리지 않았고, 실제로 하버 제약은 꾸준하고 인상적인 수익을 냈다. 경련 요법은 몇 년 뒤 전기충격법이 된 치료법의 토대가 되었다. 하지만 그때쯤 벤저민은 하버를 아예 제약 분야와 거리가 먼 쪽으로 선회시켜 산업 화학과 다양한 국가의 정부 계약을 따내는 데 집중하도록 했다(그리고 '하버 제약'이라는 이름의 뒷부분은 지워버렸다).

벤저민이 자산을 보수적으로 관리하는 데만 만족했다면, 그의 재산은 지금까지도 작은 국가의 경제 규모에 필적했을 것이다. 하지만 헬렌이 죽은 뒤로도 여러 해 동안 돈의 근친상간적 계보에—자본이 자본을 낳고 그 자본이 또 자본을 낳는—매료되는 그의 성향은 전혀 변하지 않았다. 그는 계속해서 중요한 투자자로 남아 있었고, 여전히 이따금 창의적 솜씨를 부릴 수 있었다. 그러나 포트폴리오가 계속 성장했음에도 그가 노골적인 몰락의 길을 걷고 있다는 인식은 만연해졌다. 그의 접근법에 뭔가 퀴퀴한 면이 있다는 것이었다. 그는 황금기에 거두었던 수익에 견줄 만한 수익을 거두지 못했다. 결국, 그토록 많은 돈으로 돈을 버는 데에는 특별한 재능이 필요하지 않다고 모두가 의견 일치를 보았다. 어떤 사람들은 그가 새로운 정치적 현실과 보조를 맞추지 못한다고 생각했다. 또 어떤 사람들은 그가 아내를 잃은 상실감에서 회복하지 못했다고 생각했다. 많은 사람들은 그냥 그가 늙은 것이라고 했다. 하지만 대부분이 동의하는 건, 그가 영향력을 잃었다는 점이었다. 신비로운 후광이 흐릿해졌다. 모두가 파산하는 곳에서 이익을 발견했던 천재는 사라졌다. 벤저민 래스크의 시대는 끝났다는 게 대중의 생각이었다.

하지만 그는 여느 때처럼 사업에 매진했다. 노년기도 웨스트 17번가에 있는 부모님의 집에서 처음 일을 시작했던 초창기와 다르지 않았다. 그가 하는 건 일하고 잠자는 것밖에 없었다. 두 가지를 같은 장소에서 하는 경우도 많았다. 즐거운 일 따위는 만들지 않았다. 필요할 때만 말했다. 친구는 없었다. 정신을 팔 만한 일도 없었다. 몸이 느려지고 자잘한 병이 조금 생긴 걸 빼면, 그의 예전 모습과 변한 모습 사이에 중요한 차이는 한 가지뿐이었다. 젊은 청년은 자기 부름에 응답하는 모든 것과 관계를 끊겠다고 생각했지만, 늙어가는 이 남자는 자신이 삶을 제대로 시험해보았노라고 확신했다.

나의 인생

앤드루 베벨

차례

서문

내 이름을 아는 사람은 많지만, 내 업적을 아는 사람은 적고, 내 삶을 아는 사람은 거의 없다. 나는 한 번도 이 점에 괘념치 않았다. 중요한 건 우리가 거둔 성취의 총계이지, 우리에 관한 이야기가 아니니까. 그러나 최근에 나는 나의 과거가 우리 나라의 과거와 여러 차례 중첩되었던 만큼 내 이야기의 결정적인 장면 일부를 대중에게 공개할 책임이 있다고 생각하게 되었다.

솔직히 말해서 나는 내 나이의 남자들에게 너무도 자주 나타나는, 자기 이야기를 늘어놓고 싶은 욕망을 마음껏 충족하고자 이 글을 쓰는 것이 아니다. 기나긴 세월 내내 나는 어떤 식으로든 말하는 것을 싫어했다. 이 점만으로도 내가 나의 행위를 공개적으로 거론하는 성향이 아니라는 충분한 증거가 될 것이다. 내 인생 대부분은 소문에 둘러싸여 있었다. 나는 그런 소문에 익숙한 채로 어린 시절을 보냈으며 굳이 뜬소문이나 이야기를 부정하려 들지 않는다. 부정은 언제나 긍정의 일종이다. 하지만 나의 사랑하는 아내, 밀드레드가 세상을 떠난 이후로 이러한 허구에 대처하고 반박하고자 하는 충동을 유난히 억누르기 어렵게 되었다는 점을 고백한다.

밀드레드는 내가 이룬 수많은 성취를 가능하게 한, 내 삶의 조용하고도 꾸준한 존재였다. 나는 그녀의 기억이 희미해지지 않게 하고 그녀의 잔잔한 도덕적 모범이 시간을 버텨내도록 하는 것이 나의 의무라고 본다. 나는 아내의 품위와 순결함, 우아함을 온전히 기리는 것은 불가능함을 알고 포기했지만, 이 글에서 내 아내의 사랑스러운 모습을 되도록 그려보고자 한다.

내가 생각과 기억을 이 책에 모으게 된 이유가 한 가지 더 있다. 지금까지 약 십 년 동안 나는 우리 나라의 산업뿐 아니라 이 나라 사람들의 정신에도 애석한 퇴조가 일어나는 것을 목격했다. 한때 끈질김과 독창성이 있던 곳에 지금은 무관심과 절망이 떠돈다. 과거에는 자립이 군림했으나, 지금은 걸인의 굴종이 쭈그리고 앉아 있다. 노동자가 거지로 전락했다. 잔인한 악순환에 사지 멀쩡한 사람들이 붙들려 있다. 이들은 정부가 만든 비참함에 빠져 있으면서도, 바로 그 정부가 자신들을 구제해주리라 믿으며 점점 더 심하게 정부에 의존한다. 이런 의존성이 그들의 유감스러운 상황을 영속화할 뿐이라는 것은 깨닫지 못한 채로 말이다.

내 바람은 이 책이 지금껏 우리 국민의 특징이었던 지칠 줄 모르는 대담성을 일깨우는 데 일조하는 것이다. 또한 내가 하는 말이 우리 시대의 유감스러운 상황뿐 아니라 모든 형태의 과잉보호에 저항할 수 있도록 독자들을 단련시키길 바란다. 어쩌면 내 동포들이 이 나라가 다른 모든 나라보다 높은 곳으로 솟아오른 이유는 대담한 개인적 행동의 총합 때문이며 우리의 위대함은 오직 특출한 의지의 자유로운 상호작용에서만 유래한다는 점을 기억하는 데 이 책이 도움이 될지 모르겠다. 내가 나의 인생 이야기를 대중에게 공개하는 것은 바로 이런 생각에서다.

앞으로 내게 남은 나날이 이미 지나온 날에 비해 적다는 걸 알고 있다. 회계 장부의 가장 기본이 되는 이 같은 사실을 피해갈 방법은 없다. 우리 모두에게는 각자 정해진 시간이 할당된다. 그 시간이 얼마큼인지는 신만이 아신다. 우리는 시간을 투자할 수 없다. 어떤 형태의 수익도 기대할 수 없다. 우리가 할 수 있는 건 시간이 전부 소진될 때까지 일 초씩, 십 년씩 지출하는 것뿐이다. 그러나 이 땅에서 보낼 우리의 날에 한계가 있다 하더라도, 우리는 늘 노력과 성실함을 통해 미래에 대한 영향력을 확장하기를 기대할 수 있다. 그리하여 나는 후세의 삶이 향상되기를 바라고 후대에 시선을 둔 채 살아온 사람으로서, 이미 지나간 것에 대한 향수가 아니라 아직 다가오지 않은 것에 대한 흥분되는 마음을 품고 남아 있는 나의 세월을 맞이한다.

1938년 7월, 뉴욕에서

I

가문

나는 금융업자들이 지배하는 도시의 금융업자다. 내 아버지는 기업가들이 지배하는 도시의 금융업자였다. 아버지의 아버지는 상인들이 지배하는 도시의 금융업자였다. 아버지의 아버지의 아버지는 대부분의 지방 귀족들이 그렇듯 게으르고 건방진, 긴밀한 집단이 다스리는 도시의 금융업자였다. 여기에서 말한 네 도시는 모두 같은 도시, 즉 뉴욕이다.

뉴욕은 미래의 수도이지만, 그곳에 사는 사람들은 본성상 향수에 사로잡혀 있다. 모든 세대가 저마다 "옛 뉴욕"에 대해 생각하며 자신들이 그 뉴욕의 적법한 후계자라고 주장한다. 당연한 얘기지만, 그 결과로 과거는 끊임없이 재발명된다. 그리고 결과적으로 늘 새로운 옛날 '뉴요커'가 존재하게 된다.

이 지역에서 귀족 행세를 할 수 있었던 네덜란드와 영국 출신 정착민의 초창기 후손들은 덫 사냥꾼이 되었다가 모피 장사꾼이 되었다가 결국 부동산 거물이 된 독일인 이민자와 전혀 섞이고 싶어하지 않았다. 운송업계와 철도계의 거물이 된 스태튼섬의 나룻배 사공도 그저 경멸할 뿐이었다. 하지만 이런 장사꾼과 건축업자들도 사회 상류층에 가담하기만 하면, 피츠버그와 클리블랜드에서 재투성이에 기름이 잔뜩 묻은 재산을 모아온 신참들을 깔볼 뿐이었다. 그들이 쌓은 부는 그때까지 상상한 어떤 재산보다도 어마어마한 규모였지만, 바로 그런 이유로 그들은 비웃음을 당하거나 심지어 강도 취급까지 당했다. 그러나 도시를 점령한 뒤에는 이런 기업가들도 어김없이 미국 금융의 지도를 새로 그리고 번영의 새 시대를 이끌어나가는 금융업자들을 무시하며 그들을 투기꾼이자 도박사라고 못박았다.

오늘의 신사는 어제의 벼락부자다. 하지만 이처럼 변화하는 인물들 이면에 꾸준히 존재해온 사람이 있으니, 바로 금융업자다. 투자, 대출, 대여 등 폭넓게 말하자면 자본의 효율적 관리는, 무엇이 제조되고 판매되든, 이 모든 시기에 도시를 지탱해온 존재였다. 그러나 이 도시가 세대에 따라 변화해가면서 "금융업자"라는 단어의 의미도 변화했다.

나는 역사학자가 아니며 미국 금융의 진화에 대해 학술적으로 설명할 생각도 없다. 그렇다고 내가 우리 가문의 과거를 세세히 캐내려는 계보학자도 아니다. 오히려 이 글은 이 두 원이 교차하는 지점에서 발견되는 사건과 인물들만을 다룰 것이다.

윌리엄

나의 조상들은 여러 면에서 이 나라 전체에 은행업이 정말로 자리 잡기 전에 활동하던 1인 은행가였다. 우리 가문 사업가들의 계보는 독립선언이 이루어지고 얼마 지나지 않은 시점에 시작되는데, 그 시기에는 1791년에 인가된 미합중국 제일은행을 제외하면 민간 금융기관이 오직 네 곳밖에 없었다. 나는 조상들의 발걸음을 따라 걸으며 그들의 이름을 드높이는 의무를 겸손히 이어가는 것을 영광으로 생각한다.

나의 증조부인 윌리엄 트레버 베벨은 가업을 확장하겠다는 뜻을 품고 출신지인 버지니아주를 떠나 뉴욕으로 향했다. 증조부의 아버지는 소규모로 담배 농사를 지었다. 벌이가 나쁘지 않았지만, 윌리엄은 사업에서 더 큰 가능성을 보았다. 미국에서 생산된 상품을 수출하는 데만 갇혀 있을 이유가 무엇인가? 번영하는 지역의 지주들이 유럽산 수입품에 대해 보이는 점점 높아지는 수요도 만족시켜주면 안 되는가?

윌리엄의 계획은 1807년 토머스 제퍼슨이 취한 금수조치에 잠시 방해를 받았다. 제퍼슨의 금수조치는 목표했던 대로 영국을 무릎 꿇리기보다는 우리 경제를 굴복시키는 결과를 낳았다. 프랑스와 전쟁을 벌이는 과정에서, 영국은 미국의 상선을 나포하여 화물을 압수하고 선원들을 강제로 영국 해군에 복무시키는 방법에 의존했다. 제퍼슨은 그에 대한 대응으로 무역 전쟁을 벌이기로 했다. 영국 제품이라면 그 무엇도 미국으로 수입할 수 없다는 것이었다. 더 중요하게는, 그 어떤 미국 제품도 우리 해변을 떠나 영국 해변으로 갈 수 없었다. 제퍼슨이 기대했던 건 우리의 천연자원에 크게 의존하던 영국 산업계를 휘청거리게 만드는 것이었다. 그러나 가장 큰 괴로움을 겪은 건 우리 나라였다. 수확물 전체가 낭비되었다. 농장주들은 창고에 쌓아둔 노력의 결실에 먼지만 쌓여가는 꼴을 지켜볼 수밖에 없었다.

이처럼 끔찍한 형태의 정부 개입이 인기를 얻지 못했던 것은 분명하다. 거리마다 정책의 효과에 관한 토론이 이루어졌고 가정마다 그 영향이 느껴졌다. 윌리엄은 이런 상황이 오래갈 수 없다는 걸 알았다. 또한 금수조치가 1808년 대통령 선거를 위해 해제되리라는 걸 알았다. 하지만 그 시기까지는 일 년이 남아 있었다. 그래서 그는 계획을 세웠다.

윌리엄은 아버지의 부동산을 담보로 상당한 대출을 일으킨 뒤, 그 돈을 담보로 더 많은 돈을 빌렸다. 그는 자기 부모처럼 상품을 팔 수 없게 된 사람들로부터 물건을 사들일 의도로 많은 빚을 졌다. 하지만 제대로 저장할 수 없는 담배 대신, 더 먼 남부의 면화나 새로 생긴 영토인 루이지애나의 설탕 등 보존이 쉬운 상품을 매입했다. 이런 모험은 금수조치가 해제되자마자 유럽에 상품을 팔고 빚을 청산하는 한편 수익을 올릴 수 있으리라는 가정에 바탕을 둔 것이었다.

사방의 생산자들은 가문의 재산을 유지하는 데 급급했다. 겨우 스물여섯 살이던 윌리엄은 구원자 대우를 받았다. 그와 거래하려고 대농장주들이 서로 싸움을 벌이면서 가격이 떨어졌다. 윌리엄은 최대한 오래, 최대한 많은 사람들을 도우려고 최선을 다했다. 그는 무수히 많은 가족에게 대단히 필요하던 구원의 손길을 건넸다.

이 모든 일은 빠르게 일어났다. 윌리엄의 사업은 몇 달 만에 더 이상 좋은 사업이 아니게 되었다. 다른 매입자들이 윌리엄의 선례를 따랐고, 머잖아 더는 흥정할 여지가 없어졌다. 하지만 그때쯤 윌리엄은 인상적인 수준의 재고를 확보하고 있었다. 얼마 지나지 않아 금수조치가 풀렸다. 유럽에 재고 전체를 매각했을 즈음 그는 상당한 자본을 축적한 상태였다.

나의 증조부는 거의 하룻밤 사이에 금융계의 권위자가 되었다. 사람들은 조언을 구하고 돈을 빌리려고 증조부를 찾아왔다. 증조부의 이율은 소수의 기존 은행이 제시하는 것보다 늘 낮았다. 그리고 이런 대출 거래의 건수가 기하급수적으로 불어나자 증조부는 문득 채권을 거래해야겠다는 생각을 떠올리고 파생시장이라는 번창하는 시장을 거의 혼자서 만들어냈다. 이로부터 수익성 높은 새로운 관계와 투자 기회가 발생했다.

증조부는 혁신가이자 확실한 비전의 소유자였다. 예컨대 유럽에서의 거래를 위한 화폐 실험은 시대를 앞서나간 것이었다. 그는 선물 계약(아직 파종하지 않은 곡물 등 특정 시점에는 존재하지도 않았던 상품을 놓고, 매수자와 매도자가 시장 변동에 영향을 받지 않는 가격을 미리 정해두는 것)을 시도한 사람이 거의 없던 시절에 이처럼 낯선 금융 도구를 선도했다. 그는 1812년 전쟁 자금을 대기 위해 발행된 국고 증권을 매수하여 개인적으로 그리고 국가를 위해 엄청난 수익을 올렸다. 이때의 국고 증권이 1815년에 유통된 우리나라 최초의 지폐가 되었다.

증조부의 사업적 통찰력을 보여주는 더 많은 사례.

증조부의 개척자 정신을 보여줄 것.

당시 뉴욕에는 이미 상인 계급이 자리잡고 있었고, 뉴욕이라는 도시도 상당 부분 사업을 중심으로 돌아갔다. 그럼에도 돈 이야기를 하는 건 저급한 취향으로 여겨졌다. 게다가 어떤 형태의 산업이든 산업에 관여하는 것은 눈살을 찌푸릴 만한 행동으로 취급당했다. 진정한 신사는 여가를 즐기는 사람이어야 했다. 그러나 그런 여가를 즐길 수 있게 해주는 금융업은 사교계에서 입에 담아서는 안 될 화제였다. 그래서 나의 증조부는 어색한 처지에 놓였다. 사람들은 증조부의 서비스를 무척 고맙게 여겼지만, 증조부는 그로 인해 혜택을 보는 사람들에게 기피 대상이 되었다. 이런 위선적 경향을 교정하는 데 삼 세대의 시간이 걸렸다. 지금도 그런 경향이 완전히 극복된 것은 아니다.

윌리엄은 모든 노력을 기울여, 제퍼슨의 금수조치가 이루어졌던 때의 초심을 기억하고자 했다. 당시의 경험은 윌리엄의 마음 깊이 두 가지 교훈을 남겼다. 첫번째 교훈은 사업을 벌이기에 이상적인 상황은 절대로 그냥 주어지지 않는다는 것이었다. 그런 기회는 만들어야만 했다. 처음에는 금수조치가 증조부의 꿈을 산산이 조각냈으나 증조부는 이런 상황을 자신에게 유리하도록 바꾸는 방법을 찾아냈다. 두번째 교훈이자 가장 큰 깨달음은, 제대로 방향을 잡기만 한다면 이기심이 공동선과 꼭 분리되는 것은 아니라는 생각이었다. 증조부가 평생 해온 거래를 보면 이런 생각이 유려하게 입증된다. 나는 이 두 가지 원칙(기회는 자신이 만드는 것이다, 개인의 이익은 공공의 자산이 되어야 한다)을 따르려고 늘 노력해왔다.

내 조상과 나의 비슷한 점은 이것만이 아니다. 우연히도 나의 증조부에게는 예술적 취향이 있었다. 사실, 우리 집안에서 나를 제외하고 이런 성향을 드러낸 사람은 증조부가 유일했다. 증조부는 공식적인 순수 미술 교육을 받아본 적이 없는데도 데생 솜씨가 훌륭했다. 나는 목탄이나 잉크를 다루는 실력이 전혀 없지만, 증조부의 안목을 물려받았다고 믿고 싶다. 앞으로 이야기하게 될 나의 미술품 수집이 이 점에 대한 증거가 되기를 바란다. 하지만 우리 사이에는 그 이상의, 문자 그대로의 유사성이 있다. 윌리엄의 수많은 스케치 중에는 자화상이 몇 점 있다. 지금 이 순간에도 내 눈앞에 그런 초상화가 있다. 초상화를 보고 있노라면 거울을 보는 것 같다.

클래런스

성공을 거두었는데도, 아니 어쩌면 성공을 거두었기에 뉴욕은 윌리엄에게 단 한 번도 열린 태도를 보여주지 않았다. 그래서 윌리엄은 필라델피아에 있는 지인의 친척과 결혼했다. 루이자 포스터는 윌리엄을 사랑하는 반려자였다. 그녀는 웨스트 23번가에 지은 저택을 꼼꼼히 하나하나 감독한, 뛰어난 취향의 현실적인 여성이기도 했다. 그들은 처음 낳은 두 아이를 희귀한 호흡기 질환으로 잃었다. 1816년에 부부의 셋째 아이로 태어난 클래런스가 다른 사람과 거의 접촉하지 않고 살게 된 것이 그래서다. 어린 시절에 클래런스는 거의 집을 떠나지 않았고, 집안에서는 돌풍이나 꽃가루, 먼지 등 그의 폐에 위협이 될 만한 상상할 수 있는 모든 요소로부터 보호되었다.

클래런스는 수학적 사고력이 뛰어났다. 격리된 어린 시절을 보내는 동안 수에 대한 그의 열정이 활짝 꽃피었다. 그러나 외로움과 학구적인 성품 때문에 그는 일종의 은둔자가 되었다. 조부에 대한 기억은 거의 없지만, 나는 그가 심하게 말을 더듬었다는 걸 알고 있다. 당연한 일이지만, 이런 특징 때문에 조부에게 사회적 상호작용은 더욱 어려운 일이 되었다. 그는 지적 재능을 가진 사람 대부분에게 공통적으로 있다고 여겨지는 모든 자질을 가지고 있었다. 공상에 빠지곤 했으며 내성적이었고 가장 기초적으로 하는 매일매일의 잡무에 방해가 될 만큼 일에 집중했다. 조부는 매력적이게도 그런 잡무에 솜씨가 없었다.

아내의 바람과 달리, 윌리엄은 아들을 예일대학교에 보냈다. 비바람이 들이치지 않는 학계라는 세상은 클래런스에게 잘 맞았다. 이때 그는 처음으로 지적인 동료들과 함께하게 되었다. 그는 기하학, 대수학, 미분에서 출중한 실력을 보였다. 조부는 수줍음이 많고 대체로 친구가 없었으면서도 교수진의 관심을 끌고 일종의 학문적 전설이 될 수 있었다.

조부의 수학 논문. 제목. 요약.

졸업 즈음에 그는 학교에 남아 공부를 계속하면서 수학 교수가 되면 어떻겠느냐는 제안을 받았다. 수학과 교수라는 직함은 예일대학교의 카탈로그에 이제 막 생겨난 것이었다. 조부는 그 제안을 받아들일 뻔했다. 하지만 뉴욕에, 집안에 문제가 벌어지고 있었다.

노동자들의 식량인 밀의 가격이 형편없는 작황으로 인해 치솟은 가운데 면화 가격이 곤두박질쳤다. 면화는 대부분 대출금의 담보물로 사용되었으므로 지급불능 사태가 홍수처럼 벌어졌다. 여기에 이율 상승이 동반되어 1837년의 공황이 일어났다. 윌리엄이 투자금을 리밸런싱하는 데에는 엄청난 힘과 꾀가 필요했다. 윌리엄은 어마어마한 솜씨를 동원해서야 유산을 지키고 거의 온전한 상태로 클래런스에게 물려줄 수 있었다. 하지만 유감스럽게도, 여기에는 대가가 따랐다. 윌리엄을 다음해의 죽음으로 몰아간 심장마비가 이런 위기와 전혀 관계가 없었다고 생각하기는 어렵다.

공황에 이어진 경기 침체를 애도할 시간은 없었다. 클래런스는 기이할 정도로 수를 다루는 재능이 뛰어났다. 그에게는 아버지의 인맥도 있었다. 평판도 좋았다. 자본도 있었다. 하지만 그에게 부족한 것이 하나 있었으니, 바로 능숙한 사교술이었다. 인간 행동을 진정으로 이해하지 못하면 그 어떤 사업도 완전한 성공을 거둘 수 없다. 그러나 클래런스에게 금융은 순전히 수학적이고 추상적인 존재였다. 그의 지시에 따라 가족이 확장보다는 안정성을 지향하는 시기에 접어든 것은 그 때문이다.

클래런스의 독특하고 신중하며 창의적인 접근법. 자유 은행업 시대. 화폐 변동에서 찾은 기회 등. 사례 2~3가지.

내성적인 성격에도 클래런스는 어린 나이에 결혼했다. 아마 그것이 클래런스의 인생에서 가장 운좋은 사건이었을 것이다. 나의 조모인 토마시나 홀브룩은 다름 아니라 클래런스를 세상과 떼어놓는 그 모든 성품 때문에 그를 사랑했다. 가까운 사람들에게 토미로 알려졌던 그녀는 늘 클래런스를 잘 돌보았으며, 그의 괴짜 같은 성미도 다정하게 웃어넘겼다. 토미는 그런 성격이 사랑스럽다고 생각했다.

토미에 관한 더 많은 이야기.

에드워드

남북전쟁 이후로 우리 가문의 사업은 역사상 가장 큰 도전 의식을 불러일으키는 시기를 마주했다. 클래런스는 극적 전환이 필요하다는 걸 알았다. 그는 가문의 면화, 담배, 설탕 사업을 처분했다. 가격이 떨어졌다거나 전쟁 때문에 농장이 망가졌다거나 연방 정부가 농장을 압류했기 때문이 아니라 그렇게 하는 것이 옳은 일이었기 때문이다. 이런 면에서 그는 아버지의 가르침에 따른 셈이었다. 그 가르침에 따르면, 개인의 이득은 국가의 선과 일체를 이루어야 했다. 그런 다음 클래런스는 자리에서 물러나 자신의 아들, 그러니까 나의 아버지에게 횃불을 넘겨주었다.

에드워드는 거의 모든 면에서 자기 아버지와 정반대였다. 클래런스는 내성적이었으나 에드워드는 개방적이었다. 클래런스가 철저한 계산을 통해서만 움직였다면 에드워드는 충동에 따라 행동하면서도 결코 틀리지 않는 직관력을 가지고 있었다. 아버지는 키가 작았고 온화한 영혼을 반영하는 듯한 온화한 인상의 소유자였던 반면, 아들은 강인한 성격을 대변하는 듯 키가 크고 근육질이었다.

유모도, 가정교사도 에드워드를 통제할 수 없었다. 거의 모두가 그는 반항적인 아이라고 했다. 그는 웨스트 23번가의 저택 계단을 뛰어서 오르내렸고, 놀이를 하겠다며 온 방을 헤집었으며, 벽에는 별난 장면들을 잔뜩 그려놓았고, 요새를 만든답시고 가구를 부쉈다. 타고난 리더인 그는 다른 아이들은 물론이고 어른들까지 동원해 자기가 시키는 일을 하도록 했다. 이 모든 것이 보여주는 사실은, 아주 어린 시절부터 그에게는 세상이 자신의 의지에 따르도록 하는 능력이 있었다는 것이다.

언제나 직관력이 뛰어났던 토미는 문제가 아들의 행동이 아니라는 걸 알았다. 문제는 단지 아들의 주변 환경이 너무 좁다는 것뿐이었다. 그래서 토미는 더치스 카운티에 여름 별장을 지었다. 허드슨강에 바로 면해 있는 웅장한 피렌체식 별장인 라 피에솔라나에서 에드워드는 물 만난 고기 같았다. 그곳에서 에드워드는 얼마든지 거칠게 굴 수 있었고, 에너지를 해소할 수 있도록 자유재량권을 받았다. 그는 상상할 수 있는 모든 스포츠를 했고 그 모든 스포츠에서 두각을 나타냈다. 크면서 그는 타고난 승마 선수라는 게 밝혀졌고, 청소년기에는 사냥이라는 종목을 발견했다. 사냥은 결국 그가 가장 좋아하는 취미가 되었다. 나는 그가 미국 전역에서 모아온 트로피를 지금도 가지고 있다. 머잖아 라 피에솔라나는 단순한 여름 별장 이상이 되었다. 그곳은 마지막 순간까지 내 아버지의 진정한 집이었다.

클래런스는 별로 내켜하지 않는 아들을 예일대로 보냈다. 운동을 좋아하고 위압적이며 시골 소년 같은 매력을 가지고 있던 내 아버지는 머잖아 모든 게임과 모임에서 관심의 중심이 되었다. 그는 딱히 그럴 의도가 없어도 예의범절과 에티켓의 모든 규칙을 뒤엎는 한편, 모든 사람이 그런 상황을 더 편안하다고 느끼게 하는 몇 안 되는 사람 중 한 명이었다. 그는 최소한의 노력으로 공부를 그럭저럭 해냈음에도 진짜 세계로 나가 흔적을 남기고 싶은 마음에 조바심이 났다. 게다가 사실대로 말하자면, 나의 아버지에게는 정규교육이 필요 없었다. 아버지의 재능은 출생시에 완전히 형성되어 있었으니 말이다.

클래런스는 여름방학이 끝나고 아들이 뉴헤이븐으로 돌아가 3학년이 되는 대신 라 피에솔라나에 계속 머물겠다고 선언하자 실망했으나 놀라지는 않았다. 타협이 이루어졌다. 나의 조부는 에드워드에게 매일 자기 사무실로 나오라고 했다. 내 아버지는 마지못해 그 말에 따랐으나 곧 사무실 분위기에 동참하게 되었다.

사업의 경쟁적 속성과 아버지가 거둔 즉각적인 성공은 에드워드 내면에 있던 스포츠맨에게 만족감을 주었다. 아버지의 삶과 유산을 다룬 내 글을 보면 입증되겠지만, 그는 타고난 사업가였다. 오래지 않아 그는 사업체가 내세우는 얼굴이 되어 기업을 더욱 성공적인 길로 나아가게 했다. 자세한 내용.

그는 참석해야 했던 수많은 행사 중 하나에서 그레이스 콕스를 소개받았다. 많은 사람은 그녀가 당시에 일등 "배우잣감"이었다고 생각했다. 에드워드에 대해서 똑같이 생각하는 사람들도 있다. 그래서 둘의 첫 만남이 연애로 이어진 것을 보고 놀란 사람은 아무도 없었다. 둘의 연애는 빠르게 약혼으로, 또 결혼으로 이어졌다.

어머니에 대한 내용 추가.

그레이스는 에드워드의 새로운 삶을 완성했다. 부부는 몇 번의 계절이 지나는 동안 뉴욕 사교계의 중심에 있었다. 그리고 여름에는 뉴욕을 싣고 라 피에솔라나로 갔다. 허드슨강의 그쪽 지류가 번창해 오늘날의 모습이 되었다면, 그건 부분적으로 내 부모님의 친구와 관계자들이 두 분과 가까운 곳에 있고 싶다는 이유만으로 인근에 집을 지었기 때문이다.

어머니의 훌륭한 성품에 대해서는 다음 장에서 더 다루겠다. 지금은 그레이스가 '우아함'이라는 뜻의 이름에 걸맞은 사람이었다고 말하는 것으로 충분하다. 그녀의 아름다움과 우아함, 태평함은 그녀에게 온화한 권위라는 분위기를 부여했다. 보편적으로 추앙받음. 또한 어두운 시절에 그녀는 사람들이 각자의 가장 뛰어난 자질과 고귀한 꿈을 다시 떠올리게 해주는 믿음직한 등대였다.

1873년에도 그런 어두운 시절이 왔다. 부모님이 결혼하고 사 년이 지났을 때였다. 그해 봄, 유럽 전체의 시장이 붕괴했다. 머잖아 당시 미국 최고의 투자회사였던 제이 쿡이 도산했다. 예금 인출 사태가 뒤따랐다. 한편, 통화량 부족과 남북전쟁 이후의 폭발적 제조업 성장으로 인한 상품의 과잉 공급이 맞물려 예기치 못한 수준의 디플레이션이 발생했다. 1870년대가 끝나기까지 이후 몇 년 동안은 대공황 시기로 알려져 있다. 창의력 없는 언론인들이 이 이름을 가져다가 최근에 우리가 겪은 경기 침체를 설명하는데, 최근의 침체는 1873년의 원본에 비하면 거의 무해한 것으로 보이는 시련이다.

그레이스가 부모님의 친구들만이 아니라 위기의 타격을 무마하기 위해 생겨난 몇몇 자선재단에도 고동치는 심장이 되어준 것이 바로 이 시기였다. 엄숙한 가운데 명랑함을 품고 있으면서도 침착한 그녀는 주변 사람 중 가장 불안해하는 사람조차 위로하고 밝아지게 했다. 일화 몇 가지.

한편 에드워드는 실패를 모르는 직관력을 통해 공황이 닥치기 전에 대출금을 회수하였으며 뉴욕 센트럴 철도회사의 채권을 성공적으로 유동화했다. 이 결정을 비롯해 내가 나중에 설명할 대담하면서도 기민한 판단으로 나의 아버지는 돈이 희소하던 시기에 언제든 쓸 수 있는 현금을 확보하게 되었다. 이제 그는 경제의 위축을 해소하는 데 도움을 줄 수 있는 특별한 입장이 되었다. 그리고 이번에도 그는, 그의 조상들이 그랬듯, 개인의 이익과 공동선이 서로 어긋나는 것이 아니라 능력 있는 사람의 손에서는 동전의 양면이 될 수 있음을 증명했다.

나는 이런 사건들이 벌어지고 나서 몇 년 뒤인 1876년에 태어났다. 어느 모로 보나 이 시기는 내 부모의 인생에서 가장 행복한 시기의 시작이었다. 그들은 가정생활의 기쁨을 발견하고 가족끼리의 삶으로 물러났다. 몇 달 뒤 우리는 나의 조부모 클래런스와 토미와 함께 라 피에솔라나로 이사했다. 나의 아버지는 주말이면 직장에서 돌아왔다가, 매주 월요일이면 쓸쓸하게 집을 나서곤 했다. 아버지는 도시에 가서 한바탕 쇼핑을 하고 나와 내 어머니에게 줄 선물을 가지고 돌아옴으로써 자리를 비운 것을 보상했다. 그 시절을 기억할 수 없다는 건 내게 슬픈 일이지만, 나는 아버지가 보낸 마지막 몇 년의 세월이 그에게 가장 축복받은 시절이었다는 확신에서 위로를 찾는다.

아버지의 생명을 끊어놓은 질병은 꽤 오랜 시간 눈에 띄지 않은 채 심해졌다. 아버지가 퇴근을 준비하던 어느 오후에 동맥류가 파열됐다. 건강의 표본과도 같던 아버지에게 어떻게 이런 일이 일어날 수 있었는지는 오늘날까지도 내 머리를 떠나지 않는 의문이다. 나의 가족은 최근에야 얻은 행복을 순식간에 강탈당했다. 나는 네 살이었다.

얼마 지나지 않아 다시 비극이 닥쳤다. 나의 조부 클래런스는 아들의 갑작스러운 죽음에서 비롯한 슬픔을 이기지 못했다. 원래 내성적인 성향이었던 그는 이제 모든 상호작용을 거부하고 오래된 떡갈나무 아래 앉아 멍하니 강을 바라보며 세월을 보냈다. 무너져내린 그의 심장이 바로 그곳에서 멈추었다.

나의 어머니는 슬픔을 극복하고, 가정을 운영하고 나의 존재를 형성한 사랑 많은 존재가 되었다. 어머니는 나의 초기 교육에 적극적으로 참여하여 가정교사와 과외교사들을 감독했고 그들의 교육 프로그램을 면밀히 살폈다. 내가 수학에서 비범한 적성을 보인 시기가 이때다.

나의 어머니는 이러한 재능을 키워줄 수 있는 최고의 교사들을 찾아냈고, 뉴욕에서 최고의 자격을 갖춘 선생들을 고용했다. 모성애로 더욱 증폭되었을 게 분명한 내 재능에 대한 믿음으로 케임브리지 출신의 젊은 학자를 데려다 나를 가르치도록 했을 정도였다. 하지만 어머니는 이조차 불충분하다고 생각했고, 내가 여덟번째 생일을 맞이하고 얼마 지나지 않아 나를 뉴햄프셔주에 있는 학교로 보냈다.

여러모로 그건 적절한 결정이었다. 수를 다루는 나의 정확성과 수월함은 겉으로는 자연스러워 보이지만, 어린 시절 내내 받은 엄격한 훈련 덕분에 생긴 것이다. 내가 뉴햄프셔주로 떠나지 않았으면 좋았을 뻔했다고 생각하는 이유는 한 가지뿐이다. 3학년 중반이 됐을 때 어머니가 중환을 얻었다. 나는 제때 집으로 돌아가 마지막 작별인사를 하지 못했다. 이 일은 내 삶의 가장 괴로운 일 중 하나다. 언제나처럼 건실하게, 토미는 내가 대학에 입학할 때까지 사랑을 품고 내 곁에 머물렀다. 나는 내가 올바른 인생 항로에 올랐다는 걸 확인하고 나서야 토미가 마음을 놓고 눈을 감을 수 있었다고 생각한다.

II

교육

나의 학창 시절과 대학 시절에서는 흥미로운 계보학적 혼합이 발견된다. 아버지의 기질과 조부의 영혼이 내 안에서 융합된 것이다. 나는 캠퍼스를 휘젓고 다니는 존재는 아니었지만 적극적인 사회생활을 했다. 또한 나는 은둔하는 학자가 아니었지만, 학업적으로 출중한 성적을 거두었다. 수학 분야에서 특히 그랬다. 어머니 덕이다. 어머니는 일찌감치 숫자에 대한 내 타고난 적성을 알아보고 내가 물려받은 대수학, 산수, 통계학적 재능을 키워준 첫번째 인물이다.

모든 금융업자는 팔방미인이 되어야 한다. 금융이란 인생의 모든 측면을 관통하는 실이기 때문이다. 정말이지 금융은 인간 존재의 이질적인 가닥들이 모두 엉키는 매듭이다. 사업은 모든 활동과 산업의 공통분모다. 따라서 사업가에게 아무 상관이 없는 일이란 존재하지 않는다. 사업가에게는 모든 것이 중요하다. 사업가는 진정한 르네상스적 인간이다. 그것이 내가 역사와 지리학에서부터 화학과 기상학에 이르는, 상상할 수 있는 모든 영역의 지식을 얻고자 한 이유다.

나는 사업에 과학적으로 접근한다. 모든 투자에는 수많은 구체적 세부 사항에 대한 심오한 지식이 필요하다. 사업적 모험에 성공하려는 사람은 그 모든 측면에서 전문가가 되어야 한다. 하루아침에 그렇게 되어야 할 때도 있다. 나는 내 진짜 일이 장이 마감된 후에, 산업 관련 기록과 세계의 시사에 관한 자세한 요약문, 최근의 기술적 발전에 대한 보고서를 몇 권씩 읽어나가며 시작된다는 이야기를 늘 해왔다. 나의 학창 시절은 이런 식의 규율된 호기심에 단단한 토대가 되어주었다.

이번 장에서는 교육만큼 높은 배당금을 낳는 투자는 없음을 보여줄 것이다. 나는 지금도 이 기준에 따라 살고 있으며, 나 자신을 영원한 학생이라고 여긴다. 또한 밀드레드와 나는 다른 이들도 내가 누렸던 기회를 누릴 수 있도록 여러 해에 걸쳐 지치지 않고 노력해왔다.

어린 시절

아버지. 아버지에 대한 어린 시절의 기억 설명. 아버지는 요새를 짓고 숲에서 장난을 하고 모험을 하는 등 다시 어린아이가 되었다. 강둑에서의 일화.

에드워드는 정말이지 토미의 아들다웠다. 기발한 전략가. 73년 대공황 당시에 아버지가 형성한 연합체. 가족 사업을 추스름. NYCRR 채권 전부 발행: 트로피.

어머니

수학. 매우 자세하게. 조숙한 재능. 일화.

대학

진정한 자아 발견.

오래 함께할 친구들을 사귀고 뭐든 검증해보는 성격을 형성함. 사업에서는 이런 성격이 숫자에 대한 높은 이해력만큼 중요.

친구 놈들. 다채로운 일화. 아치, 케이저, 딕, 프레드, 페퍼 등. 사교계에 들어갈 조짐. 전반적으로 유쾌하게. 유머러스하게?

승마 사고. 몸져누움. 관점과 초점 찾음. 청소년기 기분전환 끝.

미술에 눈을 뜸.

수학 분야의 진정한 첫 스승 킨 교수. 그가 재능과 잠재력을 알아봄. 칭송하는 글.

동창생, 도서관 등.

수습 기간

III

사업

증조부와 내가 사업에서 돌파구를 만들어낸 시점 사이에는 정확히 백 년의 시간 차이가 있다. 윌리엄은 1807년 금수조치에서 기회를 찾았다. 나는 1907년 공황에서 기회를 잡았다. 우리 둘 다 이러한 위기에 수완을 발휘해야 한다는 걸 알았다. 당시에 윌리엄은 망설임 없이 가족 부동산의 몇 배나 되는 담보대출을 일으켰고 그 돈 전부를 모험적인 사업에 투자했다. 윌리엄과 똑같이, 나도 윌리엄이 획득했고 나의 조상들이 수십 년에 걸쳐 늘려온 자본을 활용하는 데 주저하지 않았다.

새로운 관계를 맺기 위한 기회로서의 공황. (1873년 에드워드의 선례를 따라서.)

파트 전체: "사업에 대한 합리적 접근"?

킨 교수 밑에서 개발한 어떤 수학적 모형의 확장. 공식을 사업에 적용하기. 일반 독자가 읽을 수 있도록.

"신사업" 파트?

통합.

자유방임주의의 종말, 정부 규제의 시작: 독점금지 소송, 통화정책, 중앙은행 제도, 전국 화폐 위원회.

언론과의 첫 언쟁. 여론. 침묵의 가치.

베벨 투자회사 포트폴리오. 활용 가능한 주식의 숫자를 제한하여 주주 이익 보호.

국가의 미래를 지킴. 예방적 조치.

파트 전체: "짙어지는 구름"?

지킬섬 이야기. 연방준비은행에 관한 의견 불일치로 자리를 박차고 나옴.

연준. 누구보다 먼저 연준의 방향을 예측, 그 결과에 따라 행동.

미술. 수집 등.

1920~21년의 경기 침체. 연준.

IV

밀드레드

밀드레드가 처음으로 내 삶에 들어와 내 인생을 영원히 바꿔버린 지 거의 이십 년이 되었다. 나는 밀드레드에게서 위안과 지지만이 아니라 영감을 발견했다. 나는 서정적인 표현에 별 취향이 없지만, 밀드레드가 나의 뮤즈였다고밖에 말할 수 없다. 밀드레드 덕분에 이미 성공적이던 나의 경력은 새로운 경지로 날아올랐다. 내가 가장 번영하던 시절이 내가 가장 행복한 시절이기도 했다는 건 단순한 우연이 아니다.

세상에는 예외적으로 눈이 밝은 사람들이 있다. 그들에게 지나치게 복잡하거나 불가사의한 일이란 존재하지 않는다. 대부분의 사람에게 보이지 않는 해답이 이처럼 개명된 소수에게는 빤히 보인다. 세상에 대한 이들의 접근법은 아주 쉽고 간단하면서도 틀림없이 옳다. 이들은 거짓된 복잡성을 꿰뚫어보고 인생의 단순한 진실을 발견한다. 밀드레드는 바로 그런 명석함이라는 축복을 받았다. 게다가 어린 시절의 시련과 언제나 허약했던 건강 때문에 그녀는 어린아이나 노인처럼, 존재의 경계선과 가까운 곳에 있는 사람들의 천진난만하면서도 심오한 지혜를 갖추고 있었다.

그녀는 이 세상에 어울리기에는 너무도 약하고 너무도 착한 사람이었고, 너무 이른 시기에 세상을 떠나버렸다. 내가 그녀를 얼마나 깊이 그리워하는지 말로는 표현할 길이 없다. 내가 살면서 받은 가장 큰 선물은 그녀의 곁에서 보낸 시간이었다. 그녀가 나를 구원했다. 달리 표현할 방법이 없다. 그녀는 인간성과 온기로 나를 구원했다. 아름다움에 대한 사랑과 친절함으로 나를 구원했다. 나에게 가정을 만들어줌으로써 나를 구원했다.

새로운 인생

1919년 가을, 사업 관계자의 아내가 만찬회를 열어 유럽에서 오래 지내다가 최근 돌아온 애들레이드 홀랜드 여사와 그녀의 딸을 소개해주었다. 그들은 뉴욕에 아는 사람이 거의 없었으며, 그들을 환영하는 만찬은 둘의 사교 반경을 넓혀주기 위한 것이었다.

모녀가 여행을 해나간 상황은 상당히 특이했다. 아이의 더 나은 교육을 위한 즐거운 여행으로 시작되었던 것이 점점 연장되어서, 거의 영구적인 해외생활로 끝난 것이다. 처음에는 홀랜드 씨가 폐질환으로 시름시름 앓다 결국 슬프게도 사망해서, 그다음에는 세계대전이 발발해서 모녀는 몇 년 동안 구대륙에 묶여 있었다.

원래 올버니 출신인 어머니와 딸은 1919년 봄에 도착한 뉴욕에 머물기로 했다. 두 사람은 뉴욕에 친구가 몇 명밖에 없었지만, 홀랜드 부인은 딸이 새 출발을 하기를 원했고 뉴욕이 외국인에게 더 우호적이리라고 생각했다. 성장기를 해외에서 보낸 아이는 거의 외국인이나 다름없었으니 말이다. 심지어 아이에게는 어느 곳 억양이라고 특정하기 어렵지만 듣고 있자면 즐거운 억양이 살짝 배어 있었다. 세월이 가면서 희미해지기는 했지만, 다행히도 그녀는 그 억양을 잃지 않았다.

밀드레드의 얼굴을 묘사하는 건 내 언어적 능력을 넘어서는 일이다. 어떤 말로도 그녀의 섬세한 우아함을 충분히 담아낼 수 없다. 하지만 처음 소개를 받은 순간 그 우아함에 충격을 받았다는 이야기는 할 수 있겠다. 이 첫인상은 한 번도 사그라지지 않았다. 그 반대였다. 그녀를 알면 알수록 그녀의 아름다움은 깊어져갔다. 그녀의 매력과 태도는 밖으로 표현된 그녀의 영혼이었으니 말이다. 그림 관련 1,000단어: 이 자리에 피에솔라나에 걸려 있는 벌리의 밀드레드 초상화를 실을 것.

밀드레드의 어머니는 내가 그녀와 함께 센트럴파크를 산책하도록 허락해주었다. 이렇게 산책하면서 우리가 서로를 더 잘 알게 되었다고 할 수는 없다. 오히려 우리는 처음부터 서로를 잘 아는 것처럼 느꼈다. 그럼에도 그해 봄 내내 우리는 과거에 대한 자세한 이야기와 미래에 대한 희망을 나누었다. 그렇다고 서로를 소개하는 사람들이 으레 하는 방식을 따른 건 아니었다. 그보다는 오히려 오랜 친구 두 명이 한동안 떨어져 지내다가 다시 만난 것 같았다. 친밀감도, 이제야 다정한 조력자를 찾았다는 나의 확신도 즉시 생겨났다.

밀드레드는 부모님이 질병과 전쟁이라는 고난에 시달리는 상태였으므로 대체로 독학을 해왔다. 그녀는 미술에 이끌렸고, 타고난 훌륭한 취향이 그녀의 조언자이자 스승이 되었다. 어떤 작품이 이어받아온 평가는 그녀에게 아무 의미가 없었다. 그녀는 비평가들의 의견을 무시했으며 학계의 신조가 무가치하다고 생각했다.

그녀는 회화 외에도 문학을 사랑했다. 그녀는 취향의 안내자들이 결정하는 규칙보다는 자신의 성향에 따라 지치지 않고 글을 읽어나가며 자신만의 길을 만들었다. 내용 추가.

하지만 모든 예술 가운데 그녀의 마음에서 가장 높은 자리를 차지하고 있던 것은 음악이었다. 그녀가 살면서 가장 후회한 것은 피아노나 바이올린을 연주하는 방법을 배워본 적이 없다는 것이었다. 어린 시절 내내 이리저리 옮겨다녔기에 그녀는 정기적으로 레슨을 받을 수 없었고, 악기를 연습하는 데 도움이 되는 환경에 있었던 적도 거의 없었다. 이런 장애물을 극복하는 것도 가능했겠지만, 밀드레드의 부모는 그녀의 예술적 경향을 북돋는 걸 꺼렸다.

우리집에서 밀드레드가 사랑스러운 존재감을 드러냈던 건 음악을 통해서였다. 늘 축음기에서 재생되던 그녀의 아름다운 음반이 없었다면, 우리가 친구 몇 명을 상대로 이따금 열었던 작은 연주회가 없었다면, 우리집은 박물관처럼 차가웠을 것이다. 그녀에게서 뿜어나오는 온기는 그녀의 가장 놀라운 자질이자 내 삶에 대한 그녀의 가장 위대한 공헌이었다. 그녀는 세상에서 아름다움을 보았고, 연약한 몸에 힘이 남아 있는 한 다른 사람들도 그 아름다움을 볼 수 있게 하는 것을 사명으로 삼았다.

밀드레드가 우리 곁에 있었던 시간은 너무도 짧지만, 그녀는 우리에게 지울 수 없는 흔적을 남겼다. 친절함과 너그러움으로 모두에게 감동을 선사했다. 사례. 그리고 나는 그녀의 상냥한 손길이 내가 떠나고 한참이 지난 미래의 후손들에게도 미치리라는 것을 알고 있다.

집

결혼식 몇 년 전에 나는 피프스 애비뉴 근처 이스트 87번가의 타운 하우스를 취득했다. 그 집은 늘 비어 있었지만, 나는 처음부터 그 집을 어떻게 쓰겠다는 계획을 가지고 있었다. 시간이 지나면서, 나는 근처에 있는 부동산들을 매입했다. 내가 사는 블록의 서쪽 구역 나머지와 모퉁이를 돌면 나오는 피프스 애비뉴의 북쪽 방향 동일한 구역을 소유할 생각이었다. 그렇게 하면 센트럴파크를 마주보는 저택을 지을 수 있었다.

결혼식이 끝나고 얼마 지나지 않아, 우연히도 나는 이 퍼즐의 마지막 조각을 나도 모르는 사이 손에 쥐게 되었다. 그제야 우리 구역이 통합된 것이다. 뉴욕 부동산에 대해 조금이라도 아는 사람이라면 이처럼 비교적 소소한 꿈을 실현하는 것이 내가 사업상 거둔 최고의 승리 중 하나였다는 걸 알 것이다!

조지 캘버트 레이턴의 회사에서 건축설계도를 그렸다. 늘어선 집들은 빠르게 철거되었고, 우리는 즉시 공사를 시작했다. 프로젝트의 이 단계에서 밀드레드와 나는 라 피에솔라나로 이사했다. 그녀는 기뻐했다. 토스카나에서 아주 오랜 시간을 보낸 그녀는 나의 조모인 토미가 더치스 카운티에 이탈리아의 가장 좋은 모습을 복제해둔 것에 진심으로 고마워했다.

밀드레드가 집에 들어와 모든 방에 그 작은 손길로 생기와 온기를 불어넣자마자 나는 맨해튼에서 다시 일을 시작했다. 바쁜 시기였다. 세계대전 이후 우리 나라의 목을 조르던 경기 침체 밖으로 경제가 선회하게 하는 데 일조하고 있었기 때문이다. 이에 관해서는 Ⅲ장에서 설명했다. 월요일부터 금요일까지, 일을 마치고 나면 나는 공사장 근처를 지나가곤 했다. 그리고 정신을 차리고 보면, 주말마다 자리를 비운 것을 보상하는 의미에서 자동차 가득 선물을 싣고 라 피에솔라나로 향하고 있었다. 나의 아버지와 똑같았다.

저택은 이 년 뒤 완공됐다. 이사한 이후 밀드레드가 느낀 기쁨은 결국 내가 경험했던 가장 압도적인 기쁨이 되었다. 그녀는 가장 사소한 일에도 즐거워했으며 삶의 가장 단순한 기쁨에서 가장 큰 만족감을 느꼈다. 그녀가 누린 가장 큰 사치가 하루가 끝날 때 마시는 한 잔의 코코아였다는 점은 겸손하고도 젠체하지 않는 그녀의 성품을 잘 드러낸다.

소소한 일상 이야기.

잔인한 운명은 밀드레드가 우리의 새로운 집에 자리를 잡고 얼마 지나지 않아 질병이 그녀를 공격하도록 했다. 기나긴 괴로움으로 이어진 그 병의 첫 증상은 끊임없는 피로였다. 의사들은 침대에서 쉬고 영양가 높은 식사를 할 것을 처방했지만, 아무리 쉬고 먹어도 밀드레드는 원기를 회복하지 못했다. 처음에 그녀는 우리의 사회적 참여에 보조를 맞출 만큼 힘을 끌어내지 못했다. 하지만 그녀는 허약해진 상태에서도 저택에서 활동을 이어나갔다. 그럼에도 머잖아 그녀는 마음 깊이 사랑하던 음악 공연에 참석할 수 없는 처지가 되었다.

그녀는 콘서트홀에 갈 수 없었으므로 우리집 도서관에서 작은 연주회를 여는 방식으로 음악을 집에 들였다. 수수하고 비공식적인 모임이었다. 독주자나 실내악 앙상블이 음향이 훌륭한 2층 응접실에서 연주하곤 했다. 저녁식사 후의 이런 프로그램에는 친구 몇 명이 자주 함께했다. 밀드레드의 아쉬워하는 미소와 황홀해하는 눈빛, 지휘라도 하는 것처럼 무릎 위에서 가만히 맴돌던 두 손이 지금도 눈에 선하다.

우리만의 작은 공연을 열기 시작한 이후로 얼마 지나지 않아 그녀는 좋아하던 공원 산책을 그만둘 수밖에 없었다. 하지만 그렇다고 자연에 대한 그녀의 사랑이 식은 것은 아니었다. 그녀는 아침의 시원한 시간을 우리집 온실에서 보내며 화초에 대한 큰 관심을 키웠다. 그해 내내 그녀는 세계 다양한 지역의 이국적인 품종들을 받아들였다. 화가의 안목을 가진 그녀는 모든 크기와 형태의 꽃다발을 만드는 데서 한없는 즐거움을 느꼈다. 그런 꽃다발 중에는 우리집 벽에 걸려 있는 미술품에서 영감을 얻은 것이 많았다.

그녀의 유독 매력적인 취미는 우리가 가진 그림에 나오는 꽃을 마지막 세부 사항 하나까지 그대로 재현하는 것이었다. 앵그르 작품의 배경에 있는 화병, 프라고나르의 정원과 모든 꽃다발이며 코르사주, 판틸런의 생생한 화환과 부케, 부셰의 폭포수 같은 꽃송이들…… 밀드레드는 이 모든 것을 문자 그대로 실물로 만들었다. 그녀의 열정에 나는 밀드레드가 매력적인 소일거리에 마음껏 탐닉하도록 더헤임, 라위스, 판알스트 등 꽃을 전문적으로 그리는 네덜란드 화가들의 그림 몇 점을 사들이기도 했다.

가정과 관련된 내용 추가. 밀드레드의 소소한 손길. 일화.

힘이 약해지면서 밀드레드는 어느새 자기 방이나 중앙 화랑의 안락의자에만 머물게 되었다. 그녀는 화랑에서 대부분의 오후와 저녁 시간을 보내는 걸 즐겼다. 책 한 권과 코코아 한 잔을 가지고 그 자리에 앉아 음악과 미술, 꽃에 둘러싸여 있었다. 그녀는 열성적인 독서가로서 이탈리아 시에서 위대한 프랑스 고전에 이르기까지 모든 장르의 책에 끌렸으며, 이 둘을 모두 원전으로 읽었다. 하지만 건강이 약해지면서부터는 추리소설에 대한 취향이 생겼다. 밀드레드는 늘 명성이 확립된 작품들을 전적으로 무시해왔으나, 처음에는 귀엽고 장난스러운 어린아이처럼 새로 찾은 흥미를 내게 비밀로 했다. 그런 다음에는 추리소설이 그저 기분전환을 위한 것이라거나, 약간 창피한 오락거리라고 일축했다. 그녀는 그런 책들이 진짜 문학이 아니라고 했다. 아마 그 말이 맞을 것이다. 하지만 진실을 말하자면, 그녀가 약해지면 약해질수록 우리 둘은 추리소설에서 즐길 만한 부분을 발견하게 되었다.

이 시절에 관해서 내가 가장 좋아하는 기억 중에는 밀드레드가 읽은 책에 대해 말해주곤 하던 저녁식사 시간이 있다. 처음에 그런 대화를 나누게 된 계기는 생각나지 않지만, 우리는 일종의 의례가 된 그 시간에 점차 빠져들었다. 마음에 드는 소설을 다 읽고 나면, 그녀는 저녁식사 시간에 내게 그 이야기를 전해주곤 했다. 그녀는 기억력이 비상했고 미스 마플*처럼 현명했다. 그녀가 정보의 조각을 하나하나 분석하는 방식을 보면 상상할 수 있는 가장 철저한 탐정조차 부끄러워질 정도였다. 첫번째 요리부터 디저트가 나올 때까지 그녀는 책 전체를 나한테 이야기해주곤 했다. 그런 이야기에는 추측과 예상이 주석으로 달려 있었다. 나는 그 작은 수수께끼들을 정말이지 즐기게 되었다. 다만, 그런 수수께끼가 즐거웠던 건 그녀가 열정적으로 연출해줄 때뿐이었다. 이야기를 전하는 데 몰두해 반짝이는 그녀의 모습을 보는 건 너무도 사랑스러운 일이었다. 그녀는 줄거리에 무척 매혹되었고, 나는 그녀에게 무척 매혹되었다.

---

* 애거사 크리스티의 소설에 나오는 탐정.

우리 둘의 접시에 있는 음식이 차갑게 식을 정도였다. 그걸 알고 우리가 얼마나 웃었던지! 그녀는 늘 내게 살인자가 누구인지 맞혀보라고 했지만, 나는 그녀를 바라보는 데 너무 정신이 팔려 있었다. 내가 주요 용의자로 제시한 집사나 비서가 범인인 경우는 한 번도 없었다. 그러면 우리는 더욱 심하게 웃었고, 그러는 동안 나는 음식을 식게 만들었다며 그녀를 나무라는 척했다.

그녀는 가장 힘든 시절에도 불평하지 않았고 명랑함을 유지했다. 게다가 내 주변의 보이지 않으나 경이로운 소소한 것들을 돌보는 일도 멈추지 않았다. 이 모든 소소한 섬세함이 내 삶을 나아지게 했다. 내가 완전히 깨닫지도 못하는 사이에 말이다. 나는 처음 만난 순간부터 그녀를 사랑했고 그녀의 진가를 알아보았으나, 그녀가 떠난 뒤에야 그녀가 내 일상에 끼치는 영향이 얼마나 광범위하고 구석구석 스며 있었는지 알아차렸다……

후원자

밀드레드가 인도주의적 활동을 시작한 시기가 건강이 나빠지기 시작한 때와 겹친 것은 우연이 아니다. 그녀는 직관적인 지혜를 통해 모든 순간이 중요하다는 걸 깨달았다. 그리고 자기가 나을 수 없다면 세상을 나아지게 만들기로 했다.

밀드레드가 예술 전반, 특히 음악을 적극적으로 후원하기 시작한 건 더이상 콘서트에 참석할 수 없다는 걸 알게 되었을 때였다. 나는 이 점이 대단히 감동적이라고 늘 생각해왔다. 밀드레드가 그 너그러움의 과실을 즐길 수 없다는 걸 알게 된 바로 그 순간에 그토록 지칠 줄 모르는 후원자가 되기로 했다는 점은 그녀의 극기심을 보여주는 반박 불가능한 증거다.

밀드레드의 정신에 관한 내용 추가.

1921년에 그녀는 메트로폴리탄 오페라에 상당한 선물을 전달하며 후원자가 되었다. 감사의 표시로, 단장인 가티-카사차 씨가 합창단을 보내 우리집 창문 밑에서 크리스마스캐럴을 부르도록 했다. 오직 밀드레드만을 위해 준비한 절묘한 성탄절 장기자랑을 하느라 완전한 의상을 갖추어 입은 합창단원들을 내려다보며 밀드레드가 고맙기도 하고 도저히 믿을 수 없어서 흘리던 눈물을 나는 영영 잊지 못할 것이다. 이 일은 다양한 예술 기관과 예술인들이 보내온 비슷한 손짓의 첫번째 사례였을 뿐이다. 밀드레드가 공개 공연에 참석할 수 없을 만큼 허약하다는 걸 알았기에 일부 음악가들은 직접 찾아와 경의를 표했다. 그들은 주로 내가 일을 하느라 나가 있는 티

타임에 찾아왔다. 아마 그렇게 하는 게 최선이었을 것이다. 내가 자리를 비우는 게 밀드레드에게는 수줍음을 극복하고 자신의 인생에서 너무도 중요하게 여겼던 예술가들과의 우정을 키우는 데 도움이 되었으니 말이다.

그 시절에 밀드레드는 뉴욕 심포니 오케스트라와 뉴욕 필하모닉 오케스트라의 지속적 후원자가 되어 두 악단의 악장에게 후원을 해주었다. 그녀는 필하모닉 오케스트라의 청년 콘서트에도 많은 일을 해주었다. 청년 콘서트란 온 가족을 위한 낮 시간 공연 시리즈로, 밀드레드가 1924년 그 창설에 도움을 주었다. 밀드레드는 청년들에게 그녀는 받지 못한 음악교육을 받게 해주는 것을 무엇보다도 중요하게 여겼다. 같은 해 이스트 52번가에 있는 밴더빌트 가문의 게스트하우스를 취득해 줄리아드음대를 만들려는 음악 예술 교육 기관에 밀드레드가 도움을 주었을 때 내가 개입한 것도 그래서다.

밀드레드가 음악을 사랑했다고 해서 독서에 대한 열정을 방치한 것은 아니었다. 그녀는 공공도서관을 열렬히 후원했다. 도시에 있는 곳만이 아니었다. 산업은 발달했으나 문화가 그만큼 따라가지 못하던, 고향 올버니 근처의 제조업 기반 소도시들의 도서관도 마찬가지로 후원했다. 전국적으로도. 개소식 때 어린이에게 자기 대신 리본을 잘라달라고 하던 밀드레드. 건물에 가족의 이름을 붙이지 않으려고 함. 자신의 너그러움을 공개적으로 자랑하지 않음.

돈을 준다는 건 힘든 작업이다. 계획과 전략이 아주 많이 필요하다. 제대로 관리하지 못하면, 인도주의는 주는 사람에게도 해가 되고 받는 사람의 버릇도 망친다. 더 자세히. 너그러움은 배은망덕의 어머니다.

밀드레드의 자선 노력이 커질수록 나는 그런 노력을 합리적 방식으로 정리할 필요를 느꼈다. 1926년에 내가 밀드레드 베벨 자선기금을 설립한 것이 그런 연유에서다. 나는 기부를 충분히 했을 뿐 아니라, 기부라는 행위가 체계적 접근법에 따라 이루어져 자본을 고갈시키지 않도록 기금을 관리했다. MBCF의 전반적인 재정구조. 그 구조가 왜 혁신적이었는지. 획기적이었음.

내가 출근하기 전 아침마다 밀드레드와 나는 온실에서 정기적으로 만나 기금을 어떻게 배분해야 할지 의논했다. 아, 밀드레드가 어찌나 흥분하던지! 너무도 많은 여성이 과도한 쇼핑을 통해 느끼는 전율을 밀드레드는 기부를 통해 두 배나 크게 느꼈다. 그녀는 억누를 수 없는 열정을 품고서 명분을 고르고 기관을 선택했으나, 이성에 귀기울이라는 내 요청도 귀담아듣고 자신이 내린 선택이 재정적으로 불건전할 때마다 내 안내에 따랐다. 나의 질서 있는 접근법이 그녀의 이해할 만한 열정을 통제했다. 나는 그녀의 고귀한 노력이 최대한 먼 곳까지 최대한 큰 영향력을 미치도록 했다. 수혜자와 명분 일부 열거.

밀드레드 베벨 자선기금이 거둔 성공의 증거는 이 재단이 오늘날까지도 번창하면서 전국의 신인 및 기존 예술가들의 삶을 개선하고 있다는 점이다. 그리고 나는

작별인사

밀드레드의 병을 헤쳐나가는 것은 아마 내 인생에서 가장 큰 도전이었을 것이다. 밀드레드의 상태가 나빠지면서, 나는 미국에서 가장 뛰어난 의사들을 불러왔다. 매번 새로 진찰을 받을 때마다 그들과 비밀리에 상담했지만, 이전 진료에서 알아낸 내용을 재확인할 뿐이었다. 의사들은 모두, 밀드레드의 병증이 진행된 상태를 생각했을 때 그녀가 이만큼이나마 비교적 건강하게 보이는 것이 놀랍다고 입을 모았다. 우리는 그것이 전부 밀드레드의 긍정적인 정신과 삶에 대한 낙천적 시각 덕분이라고 생각했다.

내가 최대한 오래 그녀에게 예후를 알리지 않는 한편, 늘 쾌활한 태도를 보이며 그녀의 삶을 이루는 모든 작은 의식들과 기쁨을 온전하게 남겨두었던 이유가 그것이다. 나는 그저 밀드레드에게 진실을 견딜 힘이 없을까봐 두려웠다. 힘겨운 사실들은 여태껏 그녀를 지탱해왔던 기쁨 넘치는 태도를 망가뜨릴 테니 말이다. 내 생각이 틀리지 않았다는 건 괴로운 일이다. 내가 마침내 진단명을 말해주자 그 단어 자체가 밀드레드를 두려움으로 가득 채웠고, 그 결과 그녀의 쇠약은 가속화되었다.

밀드레드의 빠른 쇠약에 관한 짧고 품위 있는 서술.

뉴욕과 유럽 양쪽에 있는 의사들과 광범위한 상담을 한 이후, 나는 불치병으로 알려진 병을 앓다 거의 기적적으로 회복한 환자들이 있다는 스위스의 한 요양원을 찾아냈다. 나의 관심을 끈 그곳은 취리히와 생모리츠 사이 어딘가에 있는 외딴 휴양지였다. 하지만 나는 밀드레드와 불필요하게 나쁜 소식을 공유하고 싶지 않았듯 그녀에게 거짓된 희망을 주고 싶지도 않았다. 아픈 사람한테 실망만큼 나쁜 것은 없으니 말이다.

머잖아 밀드레드는 여행을 감당하기 어렵게 될 터였다.

밀드레드의 불안. 시간과의 경주.

뉴욕에서 밀드레드의 일을 정리함. 떠나 있는 동안에도 뉴욕 사무실이 돌아가도록 함.

친구들이 쾌유를 빌어줌. 배를 탐. 여행에 대한 짧은 서술.

요양원은 세상과 격리되어 숲이 무성한 환경 속에 멋지게 자리 잡고 있었다. 산비탈을 반쯤 올라간 계곡에 가면 아래쪽 목장의 매력적인 풍경이 훤히 보였다. 강하고 기운을 돋우는 공기가 강장제처럼 작용했고, 나는 처음부터 그 공기가 밀드레드에게 생기를 불어넣는다는 걸 알 수 있었다. 밀드레드는 안색을 되찾았고, 발걸음에는 다시 활기가 돌아왔다.

유럽의 시골은 밀드레드에게 어린 시절을 떠올리게 했다. 밀드레드가 부모와 함께 유럽에서 보낸 시간에 관한 짧은 내용.

그녀는 즉시 자리잡았다. 의사와 간호사들은 모두 그녀에게 매료됐다 등등.

검사. 일과. 온천욕. 식단, 운동, 가벼운 산책 등등. 고통.

우리가 도착하고 얼마 지나지 않아, 의사들이 모든 검사를 하고 나서, 요양원 원장이 내게 만나자고 했다. 그는 아무 말도 할 필요가 없었다. 나는 나쁜 소식을 가져온 사람이 어떤 표정을 짓는지 너무도 잘 아니 말이다. 일상적인 머뭇거림과 심각한 서론을 쭉 늘어놓은 다음, 그는 내게 솔직하게 말해주는 호의를 베풀었다. 치료는 과학의 범위를 벗어난 일이었다. 나도 내가 충격받았다고 말할 수 있었으면 좋겠다. 단, 원장은 밀드레드를 자신에게 맡기겠다는 결정은 올바른 것이었다고 나를 안심시켰다. 요양원과 그 주변이 이 어려운 시기에 최선의 환경을 제공해줄 터였다. 그 말은 사실로 밝혀졌다.

밀드레드는 자신의 병이 고칠 수 없는 것임을 느꼈거나 추측한 게 틀림없었다. 그녀는 언제나처럼 상냥했지만, 쾌활함과 유쾌함은 새로 찾은 평온함과 침착함에 자리를 내주었다. 그녀의 일부는 이미 더 높은 곳으로 올라간 뒤였다.

이 시기에 밀드레드가 보여준 천진난만한 지혜의 사례들. 자연과 신에 대한 밀드레드의 생각. 숲에서 한 마지막 산책. 동물과 만났던 귀여운 사건.

내가 그녀의 조용한 일과를 감히 방해했던 건 단 한 번뿐이었다. 그때 나는 생모리츠 그랜드 호텔 현악사중주단을 요양원으로 불러와 깜짝 콘서트를 열었다. 원장과 의사 몇 명이 그 잊을 수 없는 저녁에 우리와 함께했다. 나는 사중주단에게 밀드레드가 가장 좋아하는 음악을 몇 곡 연주해달라고 부탁해두었다. 곡명 몇 가지. 그녀가 황홀해하는 것처럼 보였다 해도 과장은 아닐 것이다. 연주회가 끝났을 때 그녀는 생명과 활기로 가득했다. 거의 마법처럼 나은 것만 같았다. 음악이 밀드레드에게 끼치는 영향은 그렇게 컸다.

이처럼 미약한 호전을 보고 나서, 나는 막 발생한 위태로운 상황을 처리하기 위해 마지못해 하루 출장을 떠나게 되었다. 요양원에서 겨우 100킬로미터 거리에 있는 취리히는 스위스 증권거래소가 있는 곳으로, 말할 필요도 없이 세계 은행업의 수도 중 한 곳이다. 급박한 사업상의 문제로 나는 그곳에 있어야만 했다. 내가 밀드레드의 곁을 떠난 건 그때 한 번뿐이지만, 그 호출에 귀기울이지 않았다면 좋았을 것이다.

나는 떠나기 전 밀드레드가 내 이마에 손등을 댔던 일을 언제까지나 기억할 것이다. 또한 그 특이한 몸짓이 그녀의 작별인사라는 걸 알아채지 못한 나 자신을 영영 용서하지 않을 것이다. 내가 취리히에서 돌아왔을 때, 밀드레드는 더이상 우리 곁에 없었다.

V

번영과 그 적

모든 인생은 우리를 앞으로 나아가게 하거나 삐걱거리다 멈추게 하는 소수의 사건을 중심으로 정리된다. 다음번의 강력한 순간이 찾아오기 전까지, 우리는 그런 사건들의 결과로 혜택을 보거나 괴로워하며 그 사건들 사이의 세월을 보낸다. 한 사람의 가치는 자신이 직접 만들어낼 수 있었던, 이처럼 결정적인 상황의 수에 따라 정해진다. 늘 성공을 거둘 필요는 없다. 패배에도 위대한 영광이 있을 수 있기 때문이다. 하지만 인간은 살아가는 동안 서사시든 비극이든 결정적인 장면의 주연이어야 한다.

과거가 우리에게 무엇을 건네주었든, 정해진 형태가 없는 미래라는 블록으로부터 현재를 조각해내는 건 우리들 각자에게 맡겨진 일이다. 우리 베벨 가문 사람들은 1807년, 1837년, 1873년, 1884년, 1893년, 1907년, 1920년, 1929년 등 수많은 위기와 공황, 경기 침체를 거치며 살아왔다. 우리는 그런 위기에서 살아남았을 뿐 아니라 더 강하게 솟아올랐으며 우리 나라에 가장 좋은 것이 무엇인지를 늘 심려했다. 만약 나의 조상들도 그리고 나도 만인을 위해 번영하는 건전한 경제를 지켜야 한다는 점을 이해하지 못했다면 우리의 경력은 정말이지 매우 짧았을 것이다. 이기적인 손길은 닿는 범위가 좁다.

내가 나의 사업을 모략하는 아무 근거 없는 비난에 분노를 느끼는 건 그래서다. 우리의 성공 그 자체가 우리가 이 나라를 위해 한 모든 일에 대한 설득력 있는 근거가 되어야 하지 않는가? 우리의 번영은 우리가 선행을 해온 증거다.

이 글을 통해 내가 반박할 수 없을 만큼 자세히 밝히겠지만, 1920년대에 내가 했던 행동은 우리가 20년대 내내 경험해온 성장을 만들어냈을 뿐 아니라 연장시키는 데도 도움을 주었다. 게다가 나의 행동은 우리 나라 경제의 건전성을 지키는 데도 일조했다. 언론인과 열정이 과한 역사학자들은 그 시절을 "버블"이라고 부른다. 이 단어를 씀으로써, 풍요로웠던 그 시기가 터질 수밖에 없는 위태로운 공상의 시대였다고 암시하는 것이다. 그러나 사실 1929년이 오기 전 우리가 즐겼던 그 번영의 시기는 신중히 설계된 경제정책의 결과였다. 역대 정부는 바로 그런 경제정책으로 적절한 조치를 취해 시장에 간섭하지 않는 분별력을 발휘한 것이다. 이것은 "붕괴"할 수밖에 없는, 잠깐 지나가는 "일시적 호황"이 아니었다. 미국의 운명이 실현된 것이었다.

실현된 운명

구세계가 파괴 직전까지 스스로 처박히자 미래가 미국의 것이라는 점이 자명해졌다. 유럽은 빚에 허덕이며 세계대전으로 깊어졌을 뿐인 민족주의적 증오로 갈가리 찢겼지만, 미국은 위대한 번영의 십년에 접어들었다.

발명품들이 넘쳐나는 시대, 새로운 르네상스였다. 전쟁이 끝난 시점에 전기로 구동되는 미국의 제조회사는 4분의 1에 불과했다. 십 년 뒤 증기기관은 말 그대로 사라져버렸고, 우리의 생산은 거의 완전히 전기로만 이루어졌다. 형광등이 보편화되었다. 세탁기, 진공청소기 등의 가전제품이 미국 주부의 4분의 3을 돕게 되었다. 영화와 라디오가 수백만 명이 여가 시간에 즐길 새로운 오락거리가 되었다.

자동차 대량생산은 놀랄 만한 번영의 원을 만들어냈는데, 그 안에서 소비와 고용이 서로의 연료가 되었다. 정유에서 고무 제조에 이르는 수많은 연관 산업이 자동차를 중심으로 번영했다. 수백만 킬로미터의 도로가 포장되었다. 트럭 부대가 상업을 촉진시켰다. 그 세기가 시작할 때는 미국에 등록된 자동차가 8,000대를 좀 넘었다. 1929년에는 그 숫자가 거의 30,000,000으로 불어났다.

하지만 당시 미국 산업 중에서 가장 위대했던 것은 금융업이었다. III장에서 설명한 1920년의 디플레이션 이후로 전례 없는 경제적 성장기가 시작되었다. 물가상승률이 제로였기에 이율도 낮게 유지되었다. 주가는 낮았고 수익성은 좋았다. 우리 역사에서 국민 소득 대비 투자금의 비율이 이 시기처럼 높았던 적은 없다. 이 시기의 십 년 중 상반기의 수익률은 75퍼센트에 이르렀으며, 이런 잉여자금 대부분이 주식시장으로 흘러들어가 증권 가격을 엄청나게 높였다. 기준을 잡을 수 있도록 말하자면, 경기 침체 직후인 1921년에는 다우지수가 최저점인 67포인트에 이르렀다. 1927년에는 지수가 처음으로 200을 돌파했다. 이것이 미국 제조업의 동력이 되는 힘이었다. 이것이 그 모든 아찔한 기술적 혁신과 소비에 자금을 댔다. 쿨리지 대통령만큼 잘 표현할 수도 없을 것이다. "미국의 사업은 사업이다."

이런 풍요의 시대는 어떻게 시작된 걸까? 1921년의 경기 침체 이후, 번영을 위한 계획에 도움을 줄 한 가지 방법으로써 나는 시장을 부양하고 경기 침체가 지워버린 자신감을 회복시켜야 한다는 의무감을 느꼈다. 1922년 3월 말에 나는 일련의 자동차, 철도, 고무, 제강 주식을 매수했다. 이후 며칠 동안 나는 유나이티드스틸 보통주 주가를 97 5/8이라는 기록적인 수치로 끌어올렸다. 이에 동조해 개별 제강회사의 주가도 상승했다. 볼드윈 로코모티브, 인터내셔널 니켈, 스튜드베이커 등도 마찬가지였다.

〈뉴욕 타임스〉조차 다음날 다음과 같이 인정할 수밖에 없었듯, 시장이 1922년 4월 3일의 규모에 이른 경우는 "증권거래 역사상 한 번뿐이었다". 〈뉴욕 타임스〉에서는 늘 그렇듯 나의 공을 인정하고 싶지 않아서 시장의 활황을 이끈 힘이 "알 수 없는 움직임"이라고 했다.

내가 1922년 초의 구체적 거래를 인용하는 이유는 단지 이런 거래가 역사적으로 중요한 단계이기 때문이다. 4월의 그날은 "버블"과는 아무 상관이 없는 기간의 개시를 알렸으며, 어마어마하게 풍요로운 미래의 토대를 만들었다. 이후 몇 년간 나는 이와 비슷한 여러 작업을 수행함으로써 수많은 미국 기업과 제조사, 회사들이 발행주식을 늘려 자본화할 수 있도록 했다. 이것이 나의 이력이다. 그리고 독자는 바로 이런 배경에 비추어 1929년을 바라보아야 한다.

재정 건전성: 구체적 사실과 수치 추가. 일반 독자가 읽을 수 있도록.

나는 늘 정치를 피해왔으며, 제안받은 모든 공직을 거절했다. 그러나 이 시기에 요청받을 때마다 비공식적 조언을 해줌으로써 공식 화폐 및 무역 정책을 올바른 방향으로 이끌어가는 데 도움을 주었다는 점은 자랑으로 여긴다. 정부와의 이런 우호적 관계는 워런 G. 하딩 대통령이 나를 비롯한 기업가들을 백악관으로 불러 "미국 우선주의" 방침을 통해 우리 국민에게 번영을 가져다주겠다는 선거 공약을 이행하도록 도와달라고 하면서 시작되었다.

세금을 줄이고 우리가 너무도 오랫동안 주장해온 대로 보호관세를 매긴 덕분에 생산량은 그 어느 때보다 높았으며 전국에서 취업률이 꾸준히 상승했다. 1921년에, 한계 세율은 77퍼센트였다. 1929년에 우리는 그 수치를 22퍼센트까지 끌어내리는 데 성공했다. 이 돈은 워싱턴의 금고를 채우는 대신 기업으로 다시 흘러가 성실한 미국인들을 위한 새로운 일자리를 만들어냈다. 나는 이와 같은 통화 및 재정 정책을 만드는 데 손을 빌려줄 수 있었던 것과 시장이 올바른 길로 나아가도록 지도하는 데 도움을 준 것을 기쁨으로 여긴다.

1926년의 굉장한 성공. 따를 자가 없는 승리. 역사적.

이 시기에 나는 우리의 위대한 국가만이 아니라 나 자신의 운명까지 실현되는 것을 보았다. 밀드레드와 나는 그로부터 겨우 몇 년 전에 이스트 87번가에 있는 우리의 새로운 집으로 이사했다. 밀드레드가 질병의 첫 증상인 피로로 타격을 입기 전의 짧은 기간 동안, 인생은

　짧은 문단, 밀드레드, 가정생활의 기쁨. 정신없이 행복하던 이 시절에 위로가 되었던 가정.

방법론

시장에서 내가 한 역할에 관해서는 허구적인 글이 많이 나왔다. 게다가 대중은 너무도 오랫동안 주가 변동에 관한 나의 "통찰력"에 대해, 특히 1926년에 내가 거둔 역사적 성취와 삼 년 후 펼쳐진 사건에 관해 이야기해왔다. 그런 만큼, 내가 여기에서 잠시 멈추어 사실을 밝히는 것도 이해할 수 있으리라.

한 아이의 교육은 아이가 태어나기 몇 세대 전에 시작된다는 말이 있다. 나는 이 말이 사실이라고 믿는다. 나의 금융 교육은 백 년도 더 전에, 나의 증조부인 윌리엄으로부터 시작되었다. 나는 증조부에게서 기업가적 대담함을 물려받았다. 이런 가르침은 내게 수학적 사고를 물려준 조부에게 이어졌으며, 틀림없는 직관력을 일부 전해준 나의 아버지에게서 끝을 맺었다. 1922년까지 나는 이처럼 풍요로운 지적 유산을 내가 직접 고안한 방법론을 중심으로 정리했다.

나의 진정한 작업은 장 마감 이후, 내가 연구와 분석을 할 때 시작된다. 나는 몇 년 동안 전 세계의 금융 및 산업 움직임을 철저히 기록하고 도표화해왔다. II장에서도 썼지만, 진정한 사업가는 팔방미인이기도 하다. 그러나 내 관심사는 범위가 너무 넓어서, 수집된 풍부한 정보를 도저히 관리할 수 없을 정도였다. 그래서 나는 통계학자와 수학자들을 고용해 진정한 두뇌 집단을 만들었다. 이 연구자들은 나의 직접적인 감독을 받으며 주가 기록을 연구하고 산업보고서를 평가했고, 과거의 경향으로부터 미래의 추세를 예측하고 대중 심리의 패턴을 탐지했다.

그런 다음 나는 이 모든 사실을 수학적으로 철저하게 분석하고 내가 지난 세월 동안 개발해온 통계적, 확률론적 패턴과 대조했다. 이 작업의 시작점은 내가 예일대학교의 킨 교수 밑에서 수행했던 초기의 연구로, 이에 관해서는 이전 장에서 설명했다. 경력을 이어가는 내내 나는 그때의 발견을 확장하고 금융업의 구체적 요구에 맞게 조정했다. 그 결과는 근본적으로 새로우며 다양한 시황에 적용할 수 있는 계산 알고리즘 망이다.

독자는 이런 이야기를 할 때 신중해야 한다는 점을 이해하고, 이런 특정한 지점에 관해 더이상 자세히 다루지 않는 나를 용서하리라 믿는다. 이런 절차를 거친 끝에 도달한 결론이 나의 주식거래와 매일의 작업, 장기 계획에 영향을 끼친다는 점만 언급해도 충분할 것이다. 증권거래소 입회장에서 일어나는 나머지 일은 그저 그런 결정의 실행일 뿐이다.

주식거래량을 티커 테이프가 따라가지 못하던 시기에는 "눈을 가린 채 날아다니는" 나의 능력이 상당 부분 활용되었다. 내가 경력을 쌓는 내내 직관은 늘 큰 도움이 되었으며, 내가 명성을 얻은 건 많은 부분 그 덕분이다. 그러나 지속적인 성공을 거두려는 투자자는 규칙을 따라야 한다. 나의 이익은 직관에 과학과 어마어마한 양의 데이터에 대한 객관적 해석을 더한 데서 나왔다. 그 결과는 너무도 자주 "예지력"으로 여겨지지만, 사실은 내가 늘 티커 테이프보다 한발 앞서도록 해준 방법론과 본능의 독특한 조합이다. 숨막히는 규제 때문에 방해를 받는, 비교적 조용해진 요즘에도 나는 여전히 이런 나만의 공식 덕분에 번영하고 있다. 내가 이룬 현재의 성취에 관해서는 이 책의 마지막 장에서 다루기로 한다.

배신당한 운명

시장은 언제나 옳다. 시장을 통제하려는 자는 절대로 옳지 않다. 그러나 1920년대 후반, 미국이 어렵게 얻어낸 합당한 성공의 정점에 판단력이 흐린 두 세력이 다름 아닌 시장을 통제하겠다는 의도를 가지고 현장을 덮쳤다. 한편에는 빌린 돈으로 가격을 무모하게 부풀림으로써 빠르게 돈을 벌려 했던 단기 매매 투기꾼들과 악덕 자본가들이 있었다. 다른 한편에서는 연방준비은행이라는 실수투성이 기관이 인위적이고 착상부터 틀렸으며 타이밍도 좋지 못한 행동을 통해 그 도박꾼들을 제지하려는 비효율적인 시도를 했으나, 정당한 투자자들에게 상처만 입혔다. 탐욕스러운 아마추어들과 실수투성이 관료들이 한데 모여 번영하는 시장을 끝끝내 망가뜨리는 데 성공했다.

1929년의 대실패로 이어진 여러 사건은 앞선 몇 년 동안 위대했던 모든 것을 왜곡한 것에 불과했다. 유연한 신용대출과 높은 취업률, 참신한 상품의 충분한 공급은 서로 떼어놓을 수 없이 엮여 있었다. 일정한 급료와 1920년대 전반의 풍요에 용기를 얻은 사람들은 빚을 겁내지 않게 되었고, 할부로 자동차와 가전제품을 사기 시작했다. 그 결과 신용대출이 지나치게 확장되었으나 멈춘 사람은 없었다.

노동자는 소비자가 되었다. 그리고 머잖아 소비자들은 "투자자"가 되었다. 빚에 따라붙던 낙인이 사라지면서, 대중은 실제로 자기 것이 아닌 돈으로 도박하는 걸 망설이지 않았다. 이 새로운 수완가들은 자기 것도 아닌 주식으로 모험을 걸었다. 이들이 하는 거래의 많은 부분은 당좌대부금을 통해, 신용으로 이루어졌다. 재할인율이 낮았기에, 부도덕한 대출 기관은 낮은 금리로 일반인들을 꾀었다. 1924년 이전에는 티커를 본 적조차 없는 사람들이 하룻밤 사이에 금융 전문가가 됐다. "부자가 되는" 일이 이렇게 쉬워 보인 적이 없었다. 아무도 이처럼 무모한 도박이 우리가 어렵게 일구어낸 번영의 토대를 갉아먹는다는 걱정은 하지 않았다.

주식 매매는 미국인들이 가장 좋아하는 스포츠가 되었다. 레버리지를 활용한 투기라는 방탕이 큰 꿈을 품은 개미들을 끝없이 끌어들였고, 이들은 늘 시장에서 가장 무책임한 행위자가 되었다. 소소한 백만장자들은 스스로를 속인 끝에 "한탕 해냈다"고, 자신들의 약탈물을 무한정 증식시킬 수 있으리라고 믿게 되었다. 규율이라고는 모르는 벼락부자 떼거리와 투기 성향을 가진 구경꾼, 부도덕한 딜러 때문에 헛바람 든 좀도둑들이 성실한 사업가의 성공 뒷자락에 올라탔다.

모두가 장난감 돈으로 금융 놀이를 하고 있었다. 심지어 여자들까지 시장에 뛰어들었다! 타블로이드 신문에는 자수 도안, 레시피, 요즘 여자들의 마음을 두근거리게 하는 할리우드 배우에 관한 뜬소문과 함께 투자 "힌트"와 "팁"이 실렸다. 〈레이디스 홈 저널〉은 금융업자들이 쓴 평론을 실었다. 과부와 파출부, 신여성과 어머니가 똑같이 "주식 놀이"를 했다. 평판이 좋은 대부분의 중개소에서는 엄격한 정책에 따라 여성 고객을 받지 않았으나 여성을 위한 거래소가 뉴욕 전역에 생겨났고, 그보다 작은 도시에서는 "육감"이 있다는 주부들이 가정에서의 의무를 소홀히 하면서 동네 와이어하우스*를 통해 시장 상황을 추적하고 하루가 끝날 때쯤 전화로 주식을 매매했다. 1920년대가 시작될 때 취미로 투기를 하는 사람 중 여성의 비율은 1.5퍼센트에 불과했다. 1920년대가 끝날 때에는 여성의 수가 거의 40퍼센트에 이르렀다. 재앙이 닥치리라는 지표로 이보다 분명한 것이 있을 수 있을까? 집단적 환각에서 히스테리로 후퇴하는 건 그저 시간문제였다. 나는 이런 상황을 바로잡기 위해 내가할 수 있는 일을 하는 것이 의무라는 걸 알았다.

하지만 앞서 지적했듯, 이 시기에 작용하던 두번째 세력이 있었다. 바로 연방준비은행이었다. 나는 III장에서 내가 늘 이런 규제기관의 창설을 반대해왔다는 점을 충분히 밝혔다. 하지만 이미 연준이라는 짐이 생겼으니, 연준이 최소한 투기라는 집단 난교라도 막아주기를 기대해야 했다. 그러나 연방준비은행 이사회는 망설이느라 고삐를 제대로 당기지 못했고, 그다음에는 앞선 실수를 바로잡는 데 급급해서 고삐를 너무 세게 잡아당겼다. 1928년 1월과 7월 사이에, 이사회에서는 기준 금리를 3.5퍼센트에서 5퍼센트로 상향 조정했다. 이런 행동은 주식 분배에서 신용을 활용하는 일을 축소시키기에는 너무 약한 것이었으나 이 나라의 경제적 건전성에는 지나치게 숨막히는 것이었다. 그냥 자유롭게 작동하도록 놔두기만 하면 시장이 자연스럽게 교정할 상황을 인위적으로 교정하려는 국가적 시도의 전형적인 사례다.

경기 둔화와 그 결과로 일어날 붕괴의 징조는 모두가 볼 수 있었다. 꽤 오랫동안 자동차 산업의 둔화와 다른 내구재의 과잉생산 등 사업 침체의 증거들이 있었다. 자동차나 냉장고, 라디오를 살 수 있는 사람은 이미 산 뒤였다. 상품 가격은 하락했다. 게다가 연준 이

---

* 본점과 지점 사이에 통신 설비를 두고 있는 증권거래소.

사회에서 당시 도입한 높은 금리는 유럽의 통화 상황을 불안정하게 만들어 미국의 무역에 해를 끼칠 뿐이었다. 주가 교정은 피할 수 없었다.

그러나 1929년에 투기꾼들의 미신적 축제는 전례 없는 수준에 이르렀다. 그해 여름, 다우지수는 200포인트에서 기록적인 수치인 381.17포인트까지 상승하며 거의 두 배가 되었다. 그건 성장이 아니었다. 광기였다. 1929년 9월 3일, 월 스트리트는 중개 대출의 정점을 기록했다. 바로 그즈음, 더 큰 압력을 행사하겠다는 마구잡이 시도로서 연준 이사회는 금리를 6퍼센트까지 1퍼센트나 추가로 인상했다.

더욱이, 연준은 은행이 당좌대부금에 돈을 대지 못하도록 막으며 주식에 대한 수요를 끝장내버렸다. 연준은 정말로 새로 발행되는 엄청난 양의 주식이 현금으로 매수되리라고 믿은 걸까?

이런 상황을 이해한 나는 9월 5일부터 배를 비우기 시작했다. 〈타임스〉에서는 "월 스트리트의 맑은 하늘에서 매도의 폭풍이 몰아치기 시작"하여 "증권거래 역사상 가장 정신없는 시간"으로 이어졌다고 보도했다. 1922년을 떠올리게 하는 쓸쓸한 아이러니지만, 나는 제강 보통주부터 매도하기 시작했고, 이것이 제너럴모터스와 제너럴일렉트릭, 이어 라디오, 웨스팅하우스, 아메리칸 텔레폰을 끌어내렸다. 급격한 하락은 머잖아 우량주 너머에까지 영향을 미쳤다. 티커는 계속 돌아갔고, 오후 다섯시가 되어서야 그날 유동화된 2,500,000주를 따라잡았다.

나의 행동으로도 시장이 정신을 차리지 못한 것은 유감이다. 그보다 극단적인 조치가 필요했다. 나는 내 행동이 공익에 역행하는 것처럼 보일 때도 늘 공익의 수호자였다. 미국의 성장을 이끈 기업에 오랫동안 투자해온 기록 자체가 그 증거다. 하지만 1929년에는, 한편으로는 증권거래소 일을 혼란스럽게 하는 타락한 탐욕에 역겨움을 느끼고 한편으로는 연방준비은행의 무절제한 간섭주의에 동요하여 공매도를 해야 한다는 의무감을 느꼈다. 단지 사업가로서 합리적인 일이기 때문만은 아니었다. 이 나라를 걱정하는 시민으로서 시장을 교정하고 숙청하려는 시도이기도 했다. 나의 조상들과 마찬가지로, 나 역시 책임감을 가지고 만들어낸 수익은 공동선과 함께 간다는 점을 증명했다.

내가 예측했듯 연방준비은행의 간섭은 결국 은행과 대출업자들을 공황에 빠뜨렸다. 중개대부금은 회수되었다. 상승장이 하루아침에 하락장으로 전환되었다. 머잖아 당좌대부금의 담보로 쓰였던 주식은 주가가 인쇄된 종이만큼의 가치도 없어졌다.

10월 23일에 바닥이 무너졌다. 장 마감 전 마지막 두 시간 동안 다우지수는 전일 가치의 7퍼센트를 잃었다. 아찔할 정도의 추가 증거금 청구가 이루어졌다. 다음날 아침, 〈뉴욕 타임스〉는 갑작스러운 유동화의 파도가 "과열된 대중의 매수 때문에, 평균 가격 수준의 재조정이 필요"해서 나타난 것이라고 선언했다. 그것까지는 좋았다. 하지만 그러고 나서, 신문기사는 허위와 음모론으로 미끄러져들어간다. 대실패의 진짜 이유를 짚어내는 데서 만족하지 않고 자극적인 맛을 더한 것이다. 방금 비난한 "과열된 대중"을 달래기 위해, 〈타임스〉는 "매점 조작"과 "대량 매도를 통해 취약 지점을 공략한 여러 강력한 공매자들이 벌인, 주가 하락을 위한 전략적 매도"에 관계된 비밀 작전이 있었을 것으로 추정된다고 언급했다.

셜록 홈스가 아니라도 이런 문장이 나를 겨냥한 것임을 추론할 수 있다. 그러나 전문가라면 누구나 확인해주겠지만, 단 한 사람이

나 집단이 시장을 통제한다는 것은 불가능하다. 시가를 피워대는 음모 집단이 응접실에서 월 스트리트를 꼭두각시처럼 조종한다는 상상은 우스꽝스럽다. 검은 목요일로 알려진 10월 24일에는 경악스럽게도 12,894,650주가 뉴욕 증권거래소에서 매도되었다. 28일 월요일에도 주가는 계속 곤두박질쳤다. 다우지수는 역사상 가장 극적인 낙폭을 경험했다. 하루 개장 시간 동안 13퍼센트, 즉 38.33포인트가 무너진 것이다. 다음날인 검은 화요일에는 16,410,030주가 바닥에 내팽개쳐지면서 모든 기록을 박살내버렸다. 폐장 시간에는 테이프가 두 시간 삼십 분이나 지연되었다. 이 엄청난 숫자는 시장이 한 사람이나 연합, 어떤 협회보다 큰 힘을 마주보고 있었음을 확인해준다.

이 모든 사태가 끝났을 때 다우지수는 180포인트 하락했다. 이 수치는 정신 나간 여름에 올라갔던 수치와 거의 정확하게 일치한다. 중개대부금의 절반 이상이 회수되었다. 가격과 상관없이, 이런 유동화의 산사태에서 뭔가를 가져간 사람은 아무도 없었다. 그때 나는 모든 매매를 중지하였으며, 환매를 통해 시장에 끼어들어 매수자가 극심하게 필요하던 다수의 매도자들에게 최소한의 안도감을 줄 수 있었다고 말할 수 있어 어느 정도 만족감을 느낀다.

나의 행동이 미국의 산업과 영업을 수호했다. 나는 우리 경제를 비윤리적 투기꾼들과 신뢰를 파괴하는 자들로부터 지켜냈다. 나는 또한 연방준비은행이라는 독재적인 존재로부터 자유 기업을 보호했다. 내가 이런 행동으로 이익을 얻었느냐고? 당연하다. 하지만 장기적으로는, 시장의 해적질과 국가의 간섭으로부터 해방된 우리 나라도 혜택을 볼 것이다.

VI

우리의 가치관을 회복하자

1932년 7월 8일, 다우지수가 41포인트에서 바닥을 침.

나의 동료 중 가장 뛰어난 사람들까지 연방준비은행의 창설을 지지했던 1907년 공황 이래 나는 늘 이 제도에 반대해왔다. 동료들이 예방적 시스템이라고 생각했던 것이 내게는 규제라는 족쇄가 만들어질 용광로로 보였다. 30년이 지난 지금, 무제한적인 정부 간섭이 이루어지는 이 시대에 역사는 내가 옳았음을 증명하고 있다.

황폐화로 이어진 형편없는 수많은 결정이

1933~35년의 은행법. 업계를 괴롭힌 불안 요소. 미국 이상주의의 적. 권력 강탈. 대중에 대한 마키아벨리적 기만. 무모한 공격으로 금융이
"연방 공개시장 위원회." 웃기지도 않는다! "공개시장"이 있거나,

"연방 위원회"가 있거나 둘 중 하나다. 하지만 전자를 후자로 가둘 수는 없다!

밀드레드가 떠난 이후 최근의 성과. 슬픔과 적대적인 정치 환경에도 불구하고 번영하고 있음. 열거.

VII

유산

우리의 행동은 하나하나 경제의 법칙에 지배된다. 아침에 처음 눈을 뜨는 것은 이익과 휴식을 교환하는 것이다. 밤에 잠자리에 드는 건 이윤이 발생할 수 있는 잠재적 시간을 포기하고 힘을 회복하는 것이다. 우리는 이처럼 하루종일 무수히 많은 교환에 참여한다. 노력을 최소화하고 소득을 높일 방법을 찾을 때마다 우리는 사업적 거래를 하는 셈이다. 상대가 우리 자신이라도 말이다. 이런 협상은 우리의 일상에 너무도 깊이 배어 있어 거의 눈에 띄지도 않는다. 하지만 사실, 우리 존재는 이윤을 중심으로 돌아간다.

우리 모두는 더 큰 부를 열망한다. 그 이유는 단순하며 과학적으로 밝힐 수 있다. 자연에서는 아무것도 안정적이지 않으므로, 인간은 자기가 가진 것을 그냥 간직하기만 할 수 없다. 살아 있는 다른 모든 생명체가 그렇듯 우리는 번창하거나 쇠퇴한다. 이것이 삶이라는 영역 전체를 다스리는 근본적 법칙이다. 그리고 모든 인간이 욕망하는 이유는 생존 본능 때문으로 스미스, 스펜서 등등.

부의 복음, 미국의 개인주의, 부로 향하는 길, 개인과 그의 의지 등등.

철학적 증거.

기타 등등.

회고록을 기억하며

아이다 파르텐자

I

수십 년 동안 대부분의 세상 사람들에게 닫혀 있던 양판문이 지금은 화요일에서 일요일, 오전 열시부터 오후 여섯시까지 개방된다.

나는 매디슨 애비뉴와 피프스 애비뉴 사이에 있는 87번가의 베벨 저택 현관을 몇 년째 피해왔다. 때로는 공원을 가로질러 가며 나뭇잎 사이로 그 건물의 꼭대기 층을 힐끗 보곤 한다. 계절에 따라 점점 어두워져가는 석회암. 계절이 어떻든 늘 닫혀 있는 블라인드.

하지만 약 육 년 전에, 나는 덧문이 달린 창문들이 열려 있는 걸 보았다. 그로부터 몇 주 후 〈타임스〉에 기사가 하나 실렸다. 그 부지를 놓고 오랫동안 계속되던 소송이 끝나고, 앤드루 베벨이 사망한 이후의 계획에 따라 저택을 박물관으로 바꾸는 작업이 마침내 시작됐다는 내용이었다. 얼마 지나지 않아 저택 주변에 비계가 설치되었고 건물은 철망으로 둘러싸였다. 개조 공사가 시작되었다. 약 이 년 뒤, 1981년 봄에 뉴욕의 모든 간행물은 이 도시에 최근에 세워진 "보석"이자 역사적 "보물", 문화적 "보배"인 베벨 저택에 관한 기사를 냈다. 〈뉴요커〉에서 내가 한때 이 저택과 관련되어 있었다는 걸 모르고 내게 저택의 재개방에 관한 글을 써달라고 했다. 나는 거절했다.

사 년이 지났다. 베벨 저택을 둘러싸고 몰아치던 관심은 잦아들었고, 그 건물은 뮤지엄 마일에서 들러봐야 할 또하나의 장소가 되었다. 나 역시 베벨 저택에 대해 잊었다. 다운타운에 살기 때문에 그 건물을 쉽게 피할 수 있고, 심지어 머릿속에서도 그 모습을 몰아낼 수 있다. 하지만 때로는 무작위적인 연상 작용으로 생각이 그 저택으로 돌아가 다시 내 호기심을 깨우곤 한다. 어퍼이스트사이드로 친구를 만나러 가거나 잡일을 처리하러 갔는데 우연히 피프스 애비뉴의 그 구역에 가게 되면, 나는 멀찍이 떨어져 있는 정원과 인도를 구분해둔 정교한 울타리 근처에 잠시 멈추어 창문을 올려다본다. 그 새 페이즐리 장막이라니. 나는 그러면서도 말없는 미신에 이끌려 늘 이스트 87번가의 입구와 거리를 둔다.

그러다가 몇 달 전 일흔번째 생일 즈음에 나는 〈스미스소니언 매거진〉에서 베벨 재단이 최근 앤드루와 밀드레드 베벨 부부의 개인 서류를 소장품에 추가했다는 글을 우연히 읽게 되었다. 그 짧은 기사에는 "이 서류에는 서신, 일정이 적힌 달력, 스크랩북, 물품 목록, 공책 등 베벨 부부의 인생을 기록한 내용이 포함되어 있다"고 적혀 있었다. "이러한 자료는 오늘날까지도 그 인도주의적 유산으로 미국의 대중적, 문화적 삶을 이루고 있는 부부의 역사에 대한 독특한 통찰력을 제공한다"는 것이다.

어쩌면 내가 막 일흔 살이 되었기 때문이겠지만, 이 소식은—그런 서류를 볼 수 있다는 걸 알게 되었다는 점은—내게 심대한 영향을 끼쳤다. 나는 본디 기념일이라든지, 숫자 10에 대한 집착 같은 것에 별다른 신경을 쓰지 않았다. 그러나 작가로 살아온 거의 오십 년 동안의 내 삶을 형성한 사건들에 관해서는 생각을 멈출 수가 없었다. 그리고 베벨 부부의 서류는 그 모든 일의 시작이었다.

그토록 오랫동안 내가 베벨 저택과 거리를 두게 했던 바로 그 힘이 이제는 나를 베벨 저택으로 끌어당겼다. 방향이 바뀐 메아리라도 되는 것처럼, 내 머릿속에서 희미해졌던 질문들이 침묵 밖으로 고집스럽게 되돌아와 한 번 반복될 때마다 점점 시끄러워졌다. 내가 잊고 있던 사건과 장면, 사람 들이 내 주변의 물리적 현실에 도전장을 내밀 정도로 생생하게 되돌아왔다. 어쩌면 너무도 먼 곳에서, 너무도 빠르게 돌아왔기에 그 질문과 기억들은 지난 세월 동안 단단해져온 나의 자아상 자체에 영향을 주었고, 심지어는 그 자아상을 관통하기도 했다.

여러 가지 면에서, 내가 작가가 된 것은 베벨 부부 때문이다. 내가 처음 앤드루를 만난 건 밀드레드가 세상을 떠난 지 몇 년이 지났을 때였지만 말이다. 그러나 나는 한 번도 나를 그들과 연결시키는 이야기를 감히 한 적이 없었다. 어쩌면 내가 지금도 앤드루의 복수를, 심지어 무덤 너머에서 뻗어올 복수의 손길을 두려워하고 있기 때문인지 모른다. 하지만 그보다 더 가능성이 큰 이유는 내가 언제나, 어떤 불분명한 방식으로, 나와 베벨 부부의 관계야말로 내가 쓴 모든 글의 두세 가지 원천 중 하나라고 느껴왔기 때문이다―이런 원천 중 다른 하나는, 뻔하지만 내 아버지다. 지난 수십 년간 내가 써온 글 중 아주 많은 부분은 베벨 부부의 관계에 대한 암호화된 이야기다. 때로는 프로젝트를 진행하는 중에―거리의 사진사에 대한 소설이나, 천문학 관찰에 관한 기사, 마르그리트 뒤라스에 관한 에세이에서―나는 그 글이 또 베벨 부부에 관한 것임을 깨닫게 된다.

물론, 내가 아닌 사람은 누구도 이런 연결을 눈치채지 못할 것이다. 그러나 암호화되어 있고 많은 경우 비자발적으로 일어난 이런 암시는 처음부터 내 작업의 원동력이 되었다. 그래서일까? 정확한 이유는 모르겠지만, 오랫동안 나는 그 샘에 직접 발을 담그면 샘이 오염되거나 심지어 말라버릴 거라고 생각해왔다. 일흔 살이 된 지금은 다르다. 지금은 충분히 강해진 느낌이 든다.

그것이 바로 오늘 같은 가을 아침에, 내가 나도 모르는 사이 현실 같지 않게 열려 있는 그 문을 마주보게 된 까닭이다. 내가 작가가 된 장소를 다시 찾아오다니. 내 작품의 먹이로 쓰려면 해결하지 않고 놔두어야 한다고 생각했던 수수께끼에 대한 답을 찾으러 오다니. 그리고 마침내, 오직 서류를 통해서이긴 하지만, 밀드레드 베벨을 만나게 되다니.

안은 어둑어둑하다. 두 여자가 어둠의 가장자리에서 머뭇거리며 지도를 들여다보다가 마침내 사라진다.

건물 정면을 한동안 바라본 뒤, 나는 내가 보고 있는 것이 그 건물이 아니라 투사지처럼 그 건물을 덮고 있는 나 자신의 기억임을 깨닫는다.

나는 한때 이 저택에서 일했다. 하지만 정문으로 드나든 적은 없었다. 나는 늘 직원용 출입구만 사용할 수 있었다.

그게 거의 반세기 전이다.

양판문 너머로 보이는 것은 그림자뿐이다.

나는 안으로 들어간다.

2

신문광고에 실린 정확한 주소를 확인할 필요는 없었다. 나는 거의 한 시간 일찍 왔지만, 익스체인지 플레이스에 이르렀을 때는 건물 밖에 줄지어 서 있는 젊은 여자들이 이미 브로드 스트리트의 모퉁이를 돌아 거의 월 스트리트까지 이어져 있었다. 지나가는 몇몇 남자들이 속도를 늦추고 여자들을 살펴본 다음 완전히 멈추지는 않은 채 농담을 하고 평가했다. 그중 거의 대부분은 넥타이를 정돈하거나 재킷 주름을 펴며, 외설적인 말을 던지기 전에 자신들이 깔끔하고 정중한 모습인지 확인했다.

잿빛 고층빌딩은 그 블록 대부분을 차지하고 있었다. 나는 브루클린 강가에서 그 피라미드형 꼭대기 부분만을 보았기 때문에 잠시 멈추어 쳐다보고 싶은 마음을 누를 수 없었다. 근엄하고 깔끔한 선들이 석회암 판을 타고 올라갔다. 그 흐름을 끊는 건 지나치게 장식적인 트레이서리가 있는 구리 돌림띠와 고딕식 아치, 미래주의적으로 보이는 검투사들의 흉상뿐이었다. 탐욕스럽고 우스꽝스럽게도,

건물은 역사 전체를 자기 것이라고 주장했다―과거만이 아니라 앞으로 다가올 세상까지.

모퉁이를 돌면, 새로운 고층빌딩이 세워지고 있었다. 각진 골조가 근처의 모든 건물에 덤벼들 태세로 보였다. 어째서인지 그 구조물은 텅 비어 있어서 더 웅장해 보였다. 존재할 수 없는 카누라도 되는 듯, 보이지 않는 와이어에 걸려 있는 강철 들보가 하늘을 항행했다. 그 아래에서는 들보가 드리운 웅장한 그림자가 거리를 흘러가, 혼란스러움을 느낀 행인 몇 명이 잠깐의 일식을 올려다보았다. 나는 위에 떠 있는 들보 중 하나에 사람들이 점점이 달라붙어 있는 걸 보고 갑작스러운 현기증을 느꼈다.

목에 뭔가 닿는 느낌이 들어 뒤를 돌아보았다. 벽을 따라 줄을 서서 기다리던 여자들의 시선이었다. 아마 내가 이 동네에 처음 와서 경이감에 사로잡힌 사람인 줄 알았을 것이다.

나는 줄 맨 끝에 섰다. 이와 비슷한 다른 줄에서 마주쳤던 얼굴들이 몇몇 눈에 띄었다. 그때도 그랬듯, 우리는 모두 가장 좋은 옷을 입고 있었다. 누군가에게 그 옷은 헤링본 트위드 정장이고, 어떤 사람에게는 이브닝드레스였다. 여름 아침이었는데도 말이다. 내 치마는 약간 꼭 끼었다. 티가 나지는 않았지만 불편했다. 재킷은 단추를 풀어둘 수밖에 없었다. 변화하는 유행에 전혀 영향을 받지 않았다는 게 명백히 드러나는 이 옷은 모두 우리 엄마의 것이었다.

몇 명씩 모여 활기차게 수다를 떠는 친구들을 제외하면, 우리 대부분은 서로 어울리지 않았다. 나는 주머니에서 거울을 꺼내 립스틱을 고쳐 발랐다. 거울을 통해 내 뒤의 여자도 똑같이 하는 모습이 보였다. 내가 소지품을 다시 핸드백에 넣었을 때쯤에는 최소 다섯 명의 여자가 줄 뒤에 섰다. 나는 광고가 실린 신문을 훑어보았다.

그레이엄 그린의『브라이턴 록』에 대한 비평이 실려 있었다. 들어본 적도 없고, 읽어본 적은 더더욱 없는 책이었다. 이 점이 기억나는 건, 비평에 따르면 주인공의 이름이 아이다였기 때문이다. 나는 이것이 좋은 징조라고 생각했다.

이런 소소한 사항은 내가 수십 년 뒤 그날 아침의 날짜를 확정하기 위해 〈뉴욕 타임스〉의 마이크로필름을 훑어볼 때도 일을 쉽게 해주었다. 그날은 1938년 6월 26일이었다.

나는 스물세 살이었고, 지금은 캐럴 가든스로 불리는 브루클린 남쪽의 철도 주변 아파트에서 아버지와 함께 살고 있었다. 위태로울 정도로 월세가 밀렸고, 우리가 아는 모든 사람에게 빚을 진 상태였다. 콩그레스 스트리트와 캐럴 스트리트 사이의 강가에 있는 작은 이탈리아인 거주지에 사는 이웃들은 연대감이 강했지만(그곳은 가로로 여덟 골목, 세로로 세 골목밖에 되지 않았다), 우리의 친구와 지인 중 많은 사람들이 우리처럼 어려운 처지였고 이웃들 사이에서 우리 신용은 거의 바닥인 상태였다. 아버지가 인쇄공으로서 벌어들이는 돈으로는 기본적인 생활비도 댈 수 없다는 걸 알게 된 어린 시절의 나는 근처 가게에서 일자리를 찾았다―청소를 하고, 물건을 정리하고, 심부름을 했으며, 나이가 좀더 들어서는 계산대에서 일했다. 하지만 이런 것은 모두 임시직이었고, 내가 벌어들인 돈으로 식자공 아버지가 버는 빈약한 소득을 메울 수 있는 경우는 거의 없었다.

그 시절의 수많은 젊은 여성들이 그랬듯, 나는 비서가 되면 당시 레밍턴에서 내건 인기 있는 광고의 표현대로 "경제적 독립을 향해 조금씩…… 조금씩……" 나아갈 수 있으리라고 생각했다. 나는 도서관에서 대출한 책 몇 권과 빌린 타자기를 가지고 도시 전체의 온갖 일자리에 지원하는 한편, 경리 일과 속기, 타자의 기초를 익혔다. 처음에는 1차 시험도 통과하지 못했다. 하지만 그렇게 망쳐버린 면접은 하나하나 값진 교훈이 되었고, 시간이 지나면서 나는 고용되는 길에 점점 가까워졌다. 약 일 년간 나는 임시 인력 센터에서 일했고, 그 기간이 끝날 때쯤 익스체인지 플레이스의 고층빌딩으로 이어지는 움직이지 않는 줄에 서 있게 되었다.

3

단편소설을 모은 내 첫번째 책은 내가 아홉 살 때 출간됐다. 그
중 한 편은 물고기들이 인간을 쫓아내고 육지를 차지하려는 음모를
세웠다가 실패하는 내용이었다. 다른 이야기에 나오는 불행한 주인
공은 눈 하나만 남을 때까지 몸이 부분 부분, 사지가 하나하나 죽어
가는 여자아이였다. 아버지와 단둘이 산꼭대기에서 사는 아홉 살짜
리 아이의 이야기도 있었다. 그 이야기 속 아버지는 보석 도둑으로,
아이는 아버지를 감옥에서 반복적으로 탈옥시켜주었다.

나는 그 책의 유일한 사본을 여기, 눈앞에 두고 있다. 8절판으로
만들어진 작고 빽빽한 책이다. 책이라기보다는 사실 소책자에 가
깝다. 세월이 지나면서 표지의 푸른색이 희미해져, 검은색으로 적
힌 글자들이 최초 디자인에서 의도했던 것보다 두드러진다. 내 생
각에, 그 글씨체는 보도니체의 한 계열인 듯하다. 단어들이 그 작고
빛바랜 하늘을 배경으로 서로 멀찍이 떨어져 있다.

일곱 가지 이야기
아이다 파르텐자

아버지가 책을 인쇄하고 장정했다. 단 한 권밖에 없는 책이었다.

아버지는 내 생일이나 학년이 끝나는 날에 쓸 축하용 포스터를 만들기도 했다. 이런 포스터는 초보적인 목판 삽화로 장식되는 경우가 많았다. 때로는 아무 이유 없이 이상한 직함이 붙은 명함을 만들어주기도 했다. "메조소프라노 아이다 파르텐자" "기상학자 아이다 파르텐자" "우정 장관 아이다 파르텐자" 같은 것들 말이다. 그 시기에 내가 학교 숙제로 쓴 보고서가 몰래 수집되어, '에세이'라는 제목의 책으로 묶이기도 했다.

같은 시기에 아버지와 나는 한동안 〈주간 캐럴 가든스〉라는 인쇄물을 함께 편집하고 인쇄했다. 제호와 달리 이 인쇄물은 주간지와는 거리가 먼, 접힌 종이였다. 나는 이야깃거리를 찾아 가게 주인과 경찰관, 이웃 들을 인터뷰했다―보통은 출산, 잃어버린 반려동물, 근처 건물로 이사를 오거나 나간 사람 등등에 관한 이야기였다. 뉴스에서 따온 주요 소식(인쇄물을 내는 사이사이 나는 스크랩북에 기사를 모아두었다), 연재소설(내가 캐럴라인 킨케이드라는 필명으로 쓴 것이다), 별자리 운세(완전히 지어냈다) 등 잡다하고 일관성 없는 코너들도 있었다. 단명한 이 신문은 사본이 하나도 남아 있지 않다.

『일곱 가지 이야기』의 페이지를 획획 넘기다보면 늘 같은 질문이 떠오른다. 아버지가 내 수많은 철자 오류를 그냥 둔 건 내 글을 존중했기 때문일까, 그런 오류를 보지 못했기 때문일까? 나는 후자라는 생각에 감히 아버지에게 물어보지 못했다. 아버지가 돌아가신 이후로 줄곧 나는 그런 철자 오류가 우리를 더욱 가깝게 해준다는 설명할 수 없는 느낌을 받았다. 우리가 그런 철자 오류를 통해서 만난다고 말이다.

아버지가 돌아가시고 몇 년 뒤인 1966년경에 나는 아버지에 관한 에세이를 썼고, 이 에세이는 나의 네번째 책 『돌풍 속 화살들』에 포함되었다. 책 제목은 아르투로 조반니티의 시집 제목에서 빌려온 것이다(약간 변형했다). 에세이에서 이야기했듯, 조반니티는 아버지와 내가 끈끈한 관계를 맺는 데 도움을 주었다. 내가 열 살인가 열두 살 때, 우리는 보통 저녁을 먹고 난 다음 조반니티의 작품을 읽으며 눈물이 날 때까지 웃던 시기를 거쳤다. 아버지는 조반니티의 착한 마음과 그보다 착한 의도에도 불구하고 그 시인을 강렬하게 싫어했다. 아버지는 그 이유가, 최악의 문학은 늘 최선의 의도를 가지고 쓰이기 때문이라고 말했다. 그래서 나도 그 시들을 싫어하는 법을 배웠다.

"주인"에게 쓴 「유토피아」라는 시의 마지막 연을 보면 조반니티의 스타일을 잘 알 수 있다.

황금이 그대를 노예로 만들지 못하는 날이,
절도와 살인이 더이상 그대의 규칙이 아니게 되는 날이 올 것이다.
지금 그대를 친구라고 부르는 내가 그대를,
정말이지, 진실하고 똑바른 사람을, "그대, 어리석은 자여!"라고
부르게 될 날이.

아버지의 요청에 따라, 나는 그 모든 구식 단어들과 의심스러운 운율을 광대 같은 이탈리아어 억양과 생생한 손짓으로 확실히 강조

해가며 흥분해서 열변을 토하듯 이런 시를 읊곤 했다. 그러고 나면 우리는 숨이 막히도록 웃었다.

아버지에 관한 에세이를 펴내고 몇 년이 지난 지금, 나는 아버지와 함께한 삶을 다시 한번 돌아보게 된다. 그러면 조반니티의 시를 함께 읽었던 일이 또다시 떠오른다. 그러나 무언가가 바뀌었다. 부엌 식탁에서 하던 우리의 패러디가 다른 각도에서 보인다. 나의 광분한, 거의 폭력적인 웃음에는 다른 울림이 있었다. 지금의 나는 내가 비웃던 사람이 그 시인이 아니라는 걸 안다.

조반니티는 1884년에(아버지가 태어나기 겨우 오 년 전이다) 몰리세 지방에서(아버지가 살던 캄파니아 지방 바로 옆이다) 태어나 1900년에(아버지보다 그리 이르지 않은 때다) 이탈리아를 떠난 뒤 처음에는 캐나다로 가서 잠시 탄광에서 일했고(아버지도 이탈리아 북부의 대리석 채석장에서 아주 잠깐 일한 적이 있다), 미국으로 옮겨 즉시 이민자들을 위한 정치적 신문을 만드는 데 협력하다가 머잖아 그 신문을 편집하게 되었다(아버지는 그와 비슷한 신문의 식자를 맡았다). 그는 활동가가 되었다가, 대부분 이탈리아인으로 이루어져 있던 공장 직원들이 미국 양모회사 때문에 처한 가혹한 상황에서 일으킨 1912년 로런스 직공 파업을 조직하는 데 도움을 주었다는 이유로 매사추세츠에서 부당하게 투옥되어 전국적 유명 인사로 부상했다―로런스 직물공장에서는 열세 시간의 교대근무가 손가락 절단이나 사지 절단으로 이어지는 경우가 많았다. 미성년 노동은 일반적 관행이었다. 여성들은 관리자에게 지속적으로 성추행을 당했고, 임신해도 출산 직전까지 일하는 경우가 많았다. 때로는 방직기 사이에서 아이를 낳기도 했다. 기대 수명은 이십오 세였다. 점점 길어지는 파업 당시에 조반니티는 열정적으로 연설하며 노동자들에게 자기 시를 읊어주었다. 이런 시 중 일부는 종교적 연설의 형식을 취했는데, 그중 가장 잘 알려진 것이 「보통 사람들에게 하는 설교」로, 이 시 역시 나와 아버지가 비웃었던 책에 담겨 있었다.

파업이 시작되고 거의 한 달이 지났을 때 방직공 애나 로피조가 경찰관에게 살해당했다. 조반니티는 유혈사태로 이어진 파업을 선동했다는 혐의를 받았다. 당시 그는 로피조가 총을 맞은 현장과 수 킬로미터나 떨어진 곳에 있었는데 말이다. 두 달간의 재판이 뒤따랐고, 그동안 그는 동지 두 사람과 함께 철창에 갇힌 채 전시되었다. 그는 이 경험에 대하여 긴 산문시인 「철창」을 썼다. "추락해 불구가 된 독수리처럼 철창 속에는 세 남자가 있었다…… 그들은 더이상 드높은 둥지로 날아오르지 않을 것이다…… 죽은 자들이 낡은 책에 써놓은 내용 때문에 그곳에 있어야 한다니 그들에게는 이상하게만 보였다." 미국 전역의 노동자들이 그의 변호를 위한 기금을 모금하고, 그를 노동권과 언론 자유의 상징으로 삼자 그는 사면되었다. 약 일 년 뒤, 그는 『돌풍 속 화살들』을 출간했다. 이 시집에는 헬렌 켈러가 쓴, 마음을 뒤흔드는 서론이 붙었다.

나는 성인이 된 뒤 쓴 책에서 아버지의 생각이 맞았다는 걸 알게 됐다고 인정했다. 조반니티의 시들은 대체로 의도가 좋은 만큼 끔찍했다. 나는 여전히 그 판단을 유지하고 있다. 하지만 몇 년이 흐른 뒤인 지금은 한 가지 사실을 알게 되었다. 과거를 돌아보면, 우리집 부엌에서 했던 어린 시절의 공연을 떠올릴 때마다 나는 민망해진다. 이제는 아버지가 사실 조반니티를 질투했다는 걸 알 수 있기 때문이다. 아버지는 한 번도 시에 관심을 가진 적이 없었으며, 어떤 형태의 운문에 대해 판단을 내릴 만한 기준이나 참조의 틀이 없었다. 그런 사람이 단 한 권의 책에 그렇게 열성적으로 집착할 이유가 무엇인가? 문학적인 이유도 아니었고, 심지어 조반니티가 "단순한 사회주의자"이기 때문도 아니었다. 아버지는 그저 자신과 나이가 거의 같고 너무도 비슷한 인생을 살아온 조반니티가 그토록 유명해진 것을 견딜 수 없었던 것뿐이다.

둘은 거의 도플갱어나 마찬가지였지만, 한 사람은 번영하며 반짝였던 반면 다른 한 사람은 무명으로 노동했다. 조반니티는 공인이었다. 파업을 조직하는 능력 있는 투사로, 감옥에서도 유창하게 이야기했고 대중 연설을 했으며 책을 썼다. 그에게는 목소리가 있었다. 아버지는 바로 그 점을 내가 조롱하기를 바랐다. 아버지는 이런 싸구려 공연의 연출가였고 나는 연기자였다—조반니티의 살아 있는 캐리커처였다. 고풍스럽고 과시적인 영어 단어를 내보임으로써 그가 외국인이라는 점과 강한 억양에 대해 과잉 보상을 받은 기괴할 정도로 허세 가득한 인물임을 나타냈다. 우리가 시인에게 만들어준 목소리에는 경솔한 손동작과 온갖 종류의 매너리즘이 뒤따랐다. 이런 모습은 너무도 만화적이어서 치코 마르크스의 페르소나 혹은 폴 무니가 연기한 〈스카페이스〉의 토니 카몬테조차 이탈리아계 미국인을 섬세하게 표현한 것으로 여겨질 정도였다. 하지만 나는 이런 캐리커처를 통해서 아버지가 내게—도저히 얻을 수 없는 야망과 고귀한 선언, 지울 수 없는 억양을 활용해—아버지 자신을 조롱해달라고 부탁했다는 것을 알게 되었다. 아버지가 비웃은 대상은 아버지 자신이었다. 그리고 아버지가 돌아가신 뒤로 오랜 세월이 흐른 지금은, 바로 이런 점 때문에, 아버지가 알았다면 경멸스럽다고 생각했을 만한 방식으로 아버지가 더욱 사랑스러운 존재로 보인다.

아버지에게는 동정심을 불러일으키는 면이 하나도 없었다. 아버지의 얼굴조차 어린 시절에는 내가 제국적인 의미에서 로마인이라고 생각할 법한 모습으로 단호했다. 아버지의 코는 뼈가 두드러지는 삼각형이었으며, 입술은 단단한 선을 이루었고, 이마는 결단력으로 뭉쳐 있는 경우가 많았다. 아버지의 야윈 몸에는 어딘지 군인 같은 느낌이 있었다.

아버지가 어떤 약점도 인정하지 않았다면, 어떻게 연민을 청할 수 있었던 것일까? 아버지의 실패조차 아버지가 가진 영웅적 영혼의 증거였는데 말이다. 그런 실패들은 세상이 아버지를 그르쳤음을 입증했고, 아버지는 존재만으로도 자신의 회복력을 증언했다. 그런 식으로, 아버지의 경직되고 자주 틀리는 의견은 도저히 반박할 수 없는 신조가 되었다. 이성과 상식이 손을 잡고 아버지에게 반기를 들 때면 더욱 그랬다.

내가 『돌풍 속 화살들』에서 썼듯이, 미국으로 오게 된 시점까지 이어지는 세월에 대한 아버지의 설명은 아무리 좋게 봐줘도 일관성이 없다. 확실한 사실이 거의 없다. 아버지는 캄파니아에 있는 올리베토치트라라는 작은 마을에서 태어났다. 무정부주의의 창시자 중 한 명인 에리코 말라테스타의 탄생지인 산타 마리아 카푸아 베테레에서 그리 멀지 않은 곳이었다. 아버지를 받아준 젊은 신부가 아니었다면, 아버지는 아마 부모님이나 친구들 대부분이 그랬듯 문맹으로 살았을 것이다(아버지는 철자를 쓸 때 망설인다는 점과 연극적으로 쾌활한 글씨체 뒤에 머뭇거리는 손이 있다는 점을 임종이 가까워질 때까지 숨겼다). 아버지는 청소년기 초반에 교회를 등지고 정치로 관심을 돌렸다. 아버지와 아버지의 아버지가 일을 하러 카라라에 있는 대리석 채석장으로 한 계절 동안 떠나 있던 시기의 일이었다. 남쪽으로 돌아온 청년은 전혀 다른 사람이었다―그는 자신의 아버지와 신앙, 조국과 멀어졌다. 그에게는 새롭게 얻은, 이탈리아 부흥 운동으로 생겨난 이탈리아라는 국가에 대한 뿌리 깊은 증오심이 있었다. 아버지는 경멸을 담아 "이탈리아"라는 단어조차 중앙화된 부르주아 권력을 일컬을 뿐이라는 말을 자주 하곤 했다. 인근 소도시와 촌락들을 방문한 이후, 아버지는 올리베토치트라 근처의 몇몇 무정부주의 단체와 관계를 맺게 되었다. 정치가 아버지의 삶을 차지했다. 아버지는 모든 밤을 책에 몰두하며 보냈고, 모든 낮은 들판을 걸어다니며 소작농과 노동자들을 상대로 땅과 자유에 대해 이야기하며 보냈다고 주장했다. 프로파간다 자료를 만드는 시기에는 아버지가 타고난 식자공이라는 점이 분명히 드러났다.

그리 오래지 않아 아버지가 소속된 단체를 둘러싼 탄압이 거세졌다. 아버지의 동지 몇 사람이 감옥에 갇혔고, 한 번 급습을 할 때마다 당국이 아버지에게 가까워지는 것처럼 보였다. 아버지는 블랙리스트에도 올랐기에 일자리를 얻을 수 없었다. 아버지가 결국 무정부주의자 단체에서 사귄 가장 가까운 친구 한 명과 함께 미국으로 떠나기로 한 건 그래서였다.

오늘날까지도 아버지가 정치적 활동에 얼마나 폭넓게, 또 깊이 관여했는지는 내게 여전히 수수께끼다. 아버지의 동지들은 죽었고 서류는 거의 남아 있지 않기에, 아버지의 이야기만이 내 정보원이었다. 하지만 아버지는 극적인 효과를 위해서라면 거리낌 없이 진실을 희생시키던, 기백 넘치는 이야기꾼이었다. 아버지의 일화 하나하나에 몇 가지 다른 버전이 있었다. 아버지는 관객에 맞게 이야기를 재단하곤 했다. 어떨 때는 언론을 상대로 작업을 하거나 자기가 인쇄한 비밀 서류와 팸플릿을 배포하는 데 도움을 준 정도로만 활동에 참여했다고 했다. 다른 때는 "부르주아 제도"에 대항하는 "행위"에 참여했다고 주장했는데, 그 방식은 늘 불명확했다. 어떨 때는 인쇄기와 똑같은, 대의명분을 위한 단순한 도구이자 무명인으로 활동했다고 했다. 다른 때는 이탈리아에서든 이곳 뉴욕에서든 상당히 유명한 인물이었던 것처럼 말했다. 아버지는 뉴욕에서 카를로 트레스카와 가까운 사이였고, 저 위 트라우트먼 스트리트에 있는 치르콜로 볼론타에서, 또 저 아래 울머공원의 유명한 소풍지에서 한 연설로 기립박수를 받았다고 주장했다. 숨죽여 한 이야기에는 폭력도 모호하게 연관되어 있었다.

아버지는 브루클린에 섬처럼 고립된 삶의 근거지를 마련한 뒤로는 그 바닷가를 떠나는 모험을 해본 적이 없었다. 당시에는 이탈리아인들을 음흉한 무법자로 여기는 인종주의와 차별이 현실에 정말 실재했으며, 편견과 조롱을 넘어서는 수준이었다. 세기말 이탈리아인들의 미국 이민은 당시 지구에서 가장 거대한 규모의 탈출이었다. 그에 대한 반응도 똑같이 대규모로 일어났다. 1891년 뉴올리언스에서 일어났던 이탈리아계 미국인 열한 명에 대한 린치. 좌익 활동가들을 표적으로 삼으며 이탈리아인에게 특히 집요하게 가해진 1919년의 파머 급습. 1921년 하딩 대통령이 서명하여 북유럽에서 들어오는 사람들은 계속 환영하면서도 이탈리아계 이민자들의 유입은 효과적으로 차단했던 긴급 할당법. 이어서 쿨리지가 서명한, 더욱 엄중했던 1924년의 이민법. 1927년에 일어난 니콜라 사코와 바르톨로메오 반제티에 대한 사법 살인. 이런 것들이 당대 이탈리아계 미국인의 삶을 부분적으로 형성한 사건이었다. 아버지가 고백한 적은 없지만, 나는 아버지가 너무도 자주 (때로는 내 앞에서) 견뎌야 했던 중상모략이 아버지를 캐럴 가든스의 조그마한 이탈리아인 거주 구역 안으로, 아버지의 무정부주의자 단체 안으로 더 깊이 물러나게 했다는 걸 안다. 손님들을 제외하면, 아버지는 가까운 공동체 외부의 사람들과 거의 대화를 나누지 않았다. 어둡고 원한에 찬 섬에 고립되어 있었다. 자신이 떠나왔으며 적개심을 품고 있는 나라와, 자신을 받아주었으나 완전히 수용하지는 않은 나라 사이에 낀 채로.

이처럼 고립된 위치가 아버지의 고집 때문에 나타난 결과이기도 하다는 점에는 의심의 여지가 없다. 아버지는 인생의 몇 단계에 걸쳐 스스로 주변부로 추방되는 상황을 만들었다. 아버지의 직업이 이 점을 매우 선명하게 드러냈다. 아버지는 자기가 가진 기술이 낡은 것이라는 점을 자랑스럽게 여겼다. 아버지는 새로운 자동화 시스템을 불쾌하다고 여기는 수작업 식자공이었다. 아버지는 인간의 손길이 사라졌다고 말했다. 라이노타이프를 비롯한 모든 기계가 책장에서 영혼을 몰아냈다는 것이다. 아버지는 지휘자처럼 두 손을 내저으며 모든 행이 작품처럼 구성되어야 한다고 말했다. 모든 행이 음악적이라고 했다. 아버지는 '구성compose'이라는 단어를 쓴 게 식자를 음악에 비유한 것임을 듣는 사람이 놓칠까봐 어김없이 그렇게 덧붙였다. 하지만 새 기술에는 어떤 재능도 필요하지 않았다. 그저 아무 생각 없이 글자와 단어를 키보드에 입력하기만 하면 됐다. 아버지는 이런 새로운 기술이 도입되던 당시에 쉽게 그 기술을 익힐 수 있을 만큼 젊은 나이였다. 하지만 그러지 않았다. 인간이 기계의 기계가 된 상황에 반격할 생각이었으니까.

아버지가 번 얼마 안 되는 돈은 결혼식, 세례, 졸업식, 장례식 등의 행사에 쓸 장식적인 초대장을 묵직한 종이에 인쇄하는 데서 나왔다. 하지만 아버지는 이런 종류의 일에 적개심을 품었다. 경박한 부르주아적 쓰레기라는 것이었다. 게다가 아버지의 혐오감은 자신을 고용한 사람들을 넘어 그런 의식과 기념식 이면에 있는 제도로까지 번져나갔다. 교회로. 가족제도로. 국가로.

하지만 아버지는 그렇게 불평을 하면서도 늘 일에 빠져들었고, 인쇄한 카드나 봉투가 유달리 멋져 보이면 기뻐했다. 아버지는 타협을 모르는 완벽주의 덕분에 뉴욕시 전체와 그 너머의 지역에서도 탄탄한 명성을 얻었다. 하지만 일거리가 많지는 않았다. 30년대에는 파티를 열 만한 수단과 기질을 가진 사람이 별로 없었기 때문이었다.

일하는 사이사이 아버지는 무정부주의자 단체를 위한 전단과 광고지를 인쇄했다. 시간이 지나면서, 인탈리오 릴레바토*로 찍어낸 아버지의 우아한 초대장보다는 전단지가 훨씬 더 자주 인쇄되었다. 그래서 나는 벌이가 더 괜찮은 자리를 찾고 싶은 마음에 코트 스트리트의 빵집에서 경리 아르바이트를 하고, 주말에는 카운터를 보면서 설명서를 보고 속기를 배웠다. 빵집에서 빌려온 "M"자가 빠진 스미스 코로나 타자기로 타자 치는 법을 독학하기도 했다.

아버지는 못마땅해했다. 비서는 부담이 큰 직업이라고 했다. 독립을 약속하지만, 천 년간 이어져온 남성의 지배에 대한 여성의 굴종의 또다른 매듭일 뿐이라고 했다.

---

* '음각'이라는 뜻의 이탈리아어.

4

줄이 움직이기 시작했다. 우리는 조별로 불려 들어갔으므로, 천천히 발을 끌며 앞으로 나아가기보다는 오 분이나 십 분에 한 번씩 몇 발짝을 나아갔다. 이렇게 짧은 걸음에는 뭔가 과장되게 해방적인 느낌이 있었다. 출입구에 이르자, 나는 지원자들이 건물로 들어가되 절대 나오지는 않는다는 걸 알게 되었다. 그들을 뒷문으로 내보내나보다고 생각했다(알고 보니 사실이었다). 아마 우리가 이미 시험을 마친 사람들에게서 정보를 얻는 걸 막기 위해서였을 것이다.

기다리는 동안에도 우리 대부분은 침묵을 지켰지만, 문으로 다가갈수록 고요함이 바짝 조여왔다. 우리는 혼자였다. 그리고, 공기 중에 적대적인 느낌은 없었지만, 우리는 서로에게 맞서고 있었다.

접수대가 있는 곳에 이르자 무슨 메달이라도 되는 것처럼 베벨 투자회사의 황동 엠블럼을 착용하고 있는 수위가 검지로 우리들의 머리를 헤아려 열두 명을 셌다. 우리는 책상 옆에서 기다리라는 지시를 받았다. 초록색 대리석 벽이 저멀리 천장 쪽으로 사라져갔다.

돌로 만들어지지 않은 것은 청동으로 만들어져 있었다. 무엇도 반짝거리지 않았지만, 모든 것이 희미한 빛을 냈다. 소리에는 촉각적인 특성이 있었고, 우리는 우리 자신이 내는 그 어떤 청각적인 것으로도 이 공간을 더럽히지 않으려고 최선을 다했다. 한 남자가 책상 뒤쪽에 나타나더니 수위처럼 우리를 하나씩 하나씩 펜으로 가리켰다. 우리는 그가 우리 이름을 알고 싶어한다는 걸 알았다. "아이다 프렌티스입니다." 나는 이 가명을 쓸 때마다 늘 그랬듯 두 뺨에서 혈관이 맥동하는 걸 느끼며 말했다.

우리 조에서 가장 나이가 많은 두 여자가, 몸집이 딱 벌어진 젊은 여자애와 함께 옆문으로 안내되었다. 남은 우리는 엘리베이터 쪽으로 인도되었다.

우리는 15층인가 17층에서 내렸다. 조용하고 작은 자동차들로 가득한 거리의 격자무늬, 예인선이 다니는 강, 그 너머의 부두와 브루클린의 수수한 스카이라인을 내다보면서 나는 이토록 높이 올라와본 건 처음이라는 사실을 깨달았다. 위에서 보니 도시는 너무도 깔끔하고 조용해 보였다. 나중에 나는 그 건물이 71층이라는 것을 알게 되었다.

로비 저쪽 끝의 이중문이 열리면서, 정확한 박자에 맞춰 달그락거리는 화가 난 듯한 타자기 소리와 어둡고 기름진 잉크 냄새로 흠뻑 젖은 커다란 공간이 나왔다. 직원은 전부 여자였다. 나도 타이피스트 집단에서 일해본 적이 있었지만, 그중 이렇게 많은 사람들이 일하는 곳은 하나도 없었다. 정확한 숫자는 잘 기억나지 않지만, 책상 여덟 개로 이루어진 줄이 최소 여섯 줄은 있었다. 모든 책상에는 나와 나이가 비슷한 여자가, 베껴 적는 페이지를 더 잘 보려고 고개를 약간 기울이고 있었다. 사실, 몸통 전체가 중심에 남아 있는 두 손과 분리되어 오른쪽으로 돌아가 있었다. 중심은 타자기였다.

한 지붕 아래에서 그렇게 많은 여자들이 일하는 걸 본 건 처음이었다.

우리는 두 줄로 늘어선 책상들 사이의 통로로 안내되었고, 모퉁이를 돌아 다시 한번 책상 여덟 개로 이루어진 여섯 줄을 보게 되었다. 이번에도 책상마다 비서가 한 명씩 앉아 일에 몰두하고 있었다. 그러나 그들은 타자기가 아니라 회계기를 다루고 있었다. 가슴이 철렁했다. 나는 이런 기계들을 책과 잡지의 광고에서만 보았기에 작동법을 전혀 몰랐다. 이곳의 여자들은 타자수들보다 느려 보였다. 그들은 엄청나게 공을 들여가며 숫자를 하나씩 입력한 다음, 크랭크를 잡아당겨 누계에 그 숫자를 합산했다. 언제나 몇 사람이 크랭크를 당기고 있었기 때문에 지속적으로 기계의 고함이 들려왔다. 우리는 한번 더 통로를 따라 안내되었다. 멈추지 않고 끝까지 가자 마음이 놓였다.

모퉁이를 돌자 세번째로 똑같은 책상 줄이 보였다. 다행히도 또 하나의 타자실이었다. 다만 이곳은 비어 있었다. 우리 모두 타자기를 배정받았다. 타자기 옆에는 뒤집어진 종이가 한 장씩 있었다. 종이를 뒤집어 타자를 치기 시작할 때가 되면 우리에게 말해줄 터였다.

시험은 시작되고 일 분 만에 끝났다. 내가 시험 시간이 일 분이었다는 사실을 아는 건, 시간의 그 조각이 내면화될 때까지 내가 나 자신을 반복적으로 시험해왔기 때문이다. 나는 내가 약 120단어를 쳤으며 몇 가지 사소한 실수를 했다는 것도 알고 있었다.

그다음 우리는 펜과 종이를 받고 받아쓰기 시험을 준비하라는 지시를 들었다. 이것이 가장 중요한 업무 능력 중 하나이며, 누구든 다음 단계로 넘어갈 사람은 흠잡을 데 없는 속기사여야 한다고 했다. 한 여자가 일부러 비비꼰 글을 읽었다. 우리를 함정에 빠뜨리려고 고안된 글이었다. 내용은 잊었지만, 본질적으로는 다음과 같은 헛소리였다. "계약 당사자가 지게 된 계약상의 의무는 전항에 서술된 한계와 규정 내에서, 전술한 당사자들이 최선의 지식에 따라 앞서 규정된 의무에 따라서 진행할 것을 규정한다." 읽는 속도도 빨랐다.

여자가 글을 읽기 시작하자 내 옆의 소녀가 실수를 하더니 종이를 찢고 새 종이에 다시 글을 속기하기 시작했다. 그녀는 즉시 떠나라는 지시를 받았다.

시험은 몇 분 동안 더 이어졌다. 우리는 시험을 마치자마자 시험지를 제출하고, 다시 로비로 안내되어 속기록 채점이 진행되는 동안 기다리라는 지시를 받았다.

5

　아버지는 한 번도 자신을 이민자라고 부르지 않았다. 아버지는 추방자였다. 이건 아버지에게 대단히 중요한 구분이었다. 아버지는 떠나기로 선택한 것이 아니라 쫓겨난 것이었다. 아버지는 번영을 위해 미국으로 온 게 아니었다. 번영이라는 이념 자체에 반항한 것이 아버지가 애초에 미국으로 밀려난 이유였다. 황금으로 포장된 거리에 대한 비전은 한 번도 아버지의 꿈을 비춘 적이 없었다. 아버지는 검약과 성실함이라는 복음에 전혀 귀기울이지 않았다. 오히려 모든 재산은 장물이라고 설교했다. 그리고 좀더 상업적으로 사고하는 동포들과 자신 사이에 아무런 공통점이 없다고 늘 강조했다.

　자칭 추방자로서, 고국과 아버지를 받아준 나라에 대한 아버지의 시각은 종종 모순적이었다—적개심과 그리움, 감사와 반감이 융합되어 있었다. 아버지는 동지들을 죽이고 박해했으며 자신을 쫓아낸 국가를 경멸한다고 주장했다. 하지만 미국은 캄파니아의 노래, 음식, 전통과 눈곱만큼이라도 견줄 수 있는 건 아무것도 내놓지 못하는 나라였다―우리 일상은 아버지의 콧노래와 요리, 이야기를 통해 그런 캄파니아의 것들로 채워져 있었는데도 말이다. 아버지는 무솔리니에게 굴복한 머저리 같은 사람들과 검은 셔츠를 입고 다니는 무솔리니의 깡패들을 경멸한다고 선언했다. 하지만 그는 어린애를 상대하는 아버지라도 된 것처럼 미국인들을 배움이 느리고 고분고분한 애완동물로 취급하곤 했다. 아버지는 조상의 지역 방언을 지키지 않고 중앙집권 국가의 압제를 대변하는 "토스카나식 헛소리"에 자발적으로 굴복한 부모님에게 분노했다. 그러면서도, "이탈리아어"에 대한 저항 속에 어렵사리 영어를 포용하는 한편 계속해서 영어가 표현력이 떨어지는 언어라고, 어휘가 한정적이고 문장구조도 촌스럽다고 생각했다. 이런 결점이 사실은 아버지 자신의 결점이라는 건 한 번도 생각하지 못한 채로 말이다. 이런 식의 개인적 모순은 늘 전면적이고 보편적인 진술로 해결하곤 했다. "나한테는 조국이 없어. 난 조국을 원하지 않아. 모든 악의 뿌리이자 모든 전쟁의 이유거든―신과 국가란."

아버지는 자유라는 미국적 관념에 고마움을 느끼면서도 의심을 품었다. 자유라는 말이 엄밀한 의미에서 순응주의와 동의어이거나, 그보다 나쁜 경우 그저 다양한 버전의 같은 제품 중 하나를 선택할 수 있는 가능성을 뜻할 뿐이라고 보았다. 말할 필요도 없지만, 아버지는 소비자주권주의에 반대했으며 소비자주권주의를 부추기는 소외에도 반대했다. 노동자들이 해괴한 원 안에 갇혀 잉여 제품을 생산하는 동시에 그런 제품을 구매하기 위해 비인간적인 일자리를 유지한다는 것이었다. 바로 이런 이유로, 아버지는 대공황을 환영했다. 대공황 덕분에 착취당하는 대중이 마침내 깨어나 자신들의 진정한 역사적 상황과 물질적 조건을 깨달음으로써 혁명을 촉진하리라고 생각한 것이다.

무엇보다도, 아버지는 금융자본을 경멸했다. 아버지는 금융자본이 모든 사회적 불의의 근원이라고 보았다. 어쩌다 물가를 걸을 때마다, 아버지는 로어맨해튼을 가리키고 손가락으로 그 스카이라인을 따라 그리며 그중에 정말로 존재하는 건 하나도 없다고 설명했다. "신기루다." 아버지는 그렇게 말했다. 저 모든 높은 건물에도 불구하고—저 모든 강철과 콘크리트에도 불구하고—아버지는 월스트리트가 허구라고 말했다. 나는 이 연설을 여러 번 들었기에 모든 주요 구절과 모티프, 크레센도, 카덴차, 웅장한 피날레를 외우고 있었다.

"돈이라. 돈이 뭐냐? 순전히 공상적인 형태의 상품이지." 진지한 끄덕임, 갑자기 찡그린 이마, 한숨. "난 마르크스주의자들을 좋아하지 않아, 너도 알겠지만. 마르크스주의자들이 만드는 국가나 그 독재가 싫다. 놈들은 의미로 이루어진 벽돌을 가지고 이야기하지. 그러다보면 세상은 단 하나의 설명으로 축소돼. 종교랑 똑같다. 그래, 난 마르크스주의자들이 싫어. 하지만 마르크스는……" 아버지는 극도로 아름다운 광경에 괴롭다는 듯한 그 표정을 다시 지었다. "이 점만은 마르크스의 생각이 맞았어. 돈은 공상적인 상품이야. 돈은 먹을 수도, 입을 수도 없지만 세상의 모든 음식과 옷을 나타내지. 그래서 돈이 허구라는 거야. 바로 그 점 때문에 돈은 우리가 다른 모든 상품의 가치를 매기는 척도가 된다. 무슨 뜻이냐고? 그 말은 돈이 보편적 상품이 된다는 거야. 하지만 기억하거라. 돈은 허구야. 순전히 공상적인 형태의 상품이지, 그렇지? 금융자본은 더더욱 그래. 증권, 주식, 채권 같은 것들. 강 건너의 저 노상강도들이 사고파는 것에 뭐든 현실적이고 구체적인 가치가 있다고 생각하니? 아니. 아니, 그렇지 않아. 증권이나 주식 같은 그 모든 쓰레기는 그저 미래 가치에 대한 주장일 뿐이야. 그러니까 돈이 허구라면 금융자본은 허구의 허구인 거지. 저 범죄자들이 거래하는 건 그것뿐이다. 허구."

십대 시절에 나는 이상한 충동에 사로잡혀 성인이 되고 한참이 지날 때까지 사실상 놓여나지 못했다―어린 시절에 내가 두려워했던 바로 그 반응을 아버지에게서 끌어내고 싶다는 강박이었다. 아버지는 한번 이런 장광설을 늘어놓기 시작하면 도저히 반박을 허용하지 않았다. 오류의 가능성에도 개의치 않았다. 다른 관점은 아예 생각하지 않았다. 아버지는 모든 문제에 다른 면이 있을 수 있다는 점을 떠올리는 경우가 거의 없었다. 생생히 생각을 교환하게 해주는 평범한 반대와 차이가 아버지에게는 개인적인 모욕이었다. 아버지의 주장은 토론을 위한 주장이 아니라 사실이었다. 아버지는 무정부주의자라고 주장했지만 이런 면에서는 권위주의자였다. 수학적 법칙처럼 제시되는 아버지의 신념에는 반대할 여지가 없었다. 이런 원칙 중 하나에라도 의문을 품으면, 불균형하게 커다란 분노가 일어났다. 그러고 나서도 반발하면, 고집스러운 침묵이 나타났다. 그것이 아버지의 최종적이고 반박할 수 없는 주장이었다. 아버지를 도발하는 것이 한동안 나의 주요 스포츠가 되었다. 부분적으로는 시간이 지나면서 아버지의 반응이 위협적이라기보다 진 빠지는 것이 되었기 때문이고, 부분적으로는 그것이 쉽고도 재미있는 반항의 한 형태였기 때문이다. 늘 일부러 그런 것은 아니었고(나는 미처 깨닫지 못하는 사이에 어떻게 시작됐는지도 모를 싸움을 한창 벌이고 있었다), 상황이 고약해질 수도 있었지만, 이따금 도저히 참을 수가 없었다. 나는 아버지의 차가운 적대감을 며칠 동안 견디는 대가를 치른다 해도 말대꾸를 해야만 했다.

"하지만 허구를 거래하는 거라면 저 사람들이 어떻게 범죄자일 수 있어요? 허구는 해롭지 않은 것 아니에요?" 이런 말이 내가 그저 아버지의 화를 돋우려고 내놓는 전형적인 형태의 반론이었다. 여기에 추가로 아버지를 어린애 보듯 하는 수사적 질문을 얹을 수도 있었다. "아빠도 뭐가 모순인지는 아시죠?"

"허구가 해롭지 않다고? 종교를 봐라. 허구가 해롭지 않아? 강요된 거짓말을 포용했기 때문에 자기 몫에 만족하고 사는 압제당하는 대중을 봐라. 역사 자체가 허구일 뿐이야―군대를 갖춘 허구지. 그럼 현실은? 현실은 무한한 예산을 갖춘 허구다. 바로 그거야. 그럼 현실의 자금은 어디서 날까? 또다른 허구에서 나오는 거지. 돈. 돈이 그 모든 것의 핵심이야. 우리 모두가 지지하기로 합의한 환상이지. 만장일치로 말이다. 다른 문제에 있어서는 서로 다를 수 있어. 신념이나 정치적 연대 같은 문제에서는. 하지만 우리 모두가 돈이라는 허구에, 또 이런 추상적 개념이 구체적 상품을 나타낸다는 허구에는 합의한다. 돈이 모든 상품을 나타낸다고 말이지. 찾아봐라. 마르크스가 전부 이야기했어. 마르크스에 따르면, 돈은 하나의 사물이 아니다. 잠재적으로 돈은 모든 사물이야. 바로 이런 이유로, 모든 사물과 아무 관계가 없지."

"잠깐만요. 어느 쪽이라고요? 돈이 모든 사물이라는 거예요, 아무것도 아니라는 거예요? 왜냐면, 만약에……"

"이게," 아버지는 내 목소리를 누르려고 반쯤 고함을 지르곤 했다. "돈을 가진 사람들에 대해 돈이 아무 말도 해주지 않는 이유다. 아무 말도. 돈은 주인에 대해 아무 말을 하지 않는다. 예를 들어서, 뭐, 재능은 다르지. 재능은 한 사람을 규정하니까. 하지만 돈이 개인과 가지는 관계는 순전히 우연한 거야."

"아빠 눈에 우연하지 않은 재산이나 개인적 특성은 뭐가 있는데요? 아빠는(아니면 마르크스는) 어디다 선을 그을 거예요? 저한테 어떤 특별한 재능이 있다고 해봐요. 제가 재능 있는 바이올리니스트라고 해보자고요. 아빠는 제가 태어날 때부터 음악적 재능을 가지고 있었으니 저의 음악적 재능이 저를 규정한다고 하시겠죠. 하지만 제가 태어났다는 것도 아빠랑 엄마가 만난 사건의 순전히 우연한 결과 아니에요? 거기에 본질적인 부분이 어디 있어요?"

엄마를 언급하는 것은(그리고 엄마와 아빠의 관계가 운명적인 사건과 거리가 먼, 단순한 우연이었다는 주장은) 늘 계산된 공격이었고, 이어지는 아버지의 침묵은 그 공격이 효과적이었음을 입증하곤 했다.

침묵.

더 많은 침묵.

"다 했나?" 불편한 시간이 잠시 흐르고 나면 아버지는 그렇게 묻곤 했다. "이제 내가 마저 말해도 될까? 아니면 덧붙이고 싶은 말이 있니? 난 기다릴 수 있어."

"아빠, 대화는 그런 식으로 하는 게 아니에요. 사람들은 대화할 때……"

"그래. 그냥 다 하면 알려다오. 듣고 있으니까. 계속해봐."

"다 했어요."

아무 말도 없다.

"계속해보세요, 아빠."

"돈은 모든 사물이기 때문에(아니면, 모든 사물이 될 수 있기 때문에) 돈을 가진 사람에게는 뭔가 이상한 일이 일어난다. 마르크스가 말했듯이, 그건 마치 누군가가 순전히 우연한 기회에 마법사의 돌을 발견하는 것과 같아. 마법사의 돌 아니?"

"네, 마법사의 돌이 뭔지는 저도 알아요."

"마법사의 돌은 모든 지식을 전해준다. 전부 말이야. 모든 학문과 관련된 모든 지식을. 누군가가 그런 돌을 발견한다고 상상해봐. 운좋게 말이다. 갑자기 그 사람이 그 모든 지식을 갖게 되는 거야, 그 사람의 개인적 특징하고는 상관없이. 그자가 완전한 멍청이라도 말이지. 그 모든 걸. 모든 지식을."

"네, 네. 이해했어요."

"마법사의 돌이 지식과 관련해서 사람의 위치를 변화시키듯이, 돈을 가지면 사회적 부라는 측면에서 사람의 위치가 변한다. 왜 그런지 아니?"

"그건 좀 비약 아니에요? 제 말은, 만약에……"

"이유를 말해주마. 여기서는 마르크스를 인용하지 않을 거야. 그건 돈이 상품이라는 신적 존재를 나타내기 때문이다. 현실적이고 구체적인 상품들(이 신발, 이 빵 덩어리)은 바로 그 신적 이념(만들어질 수 있는 모든 신발, 아직 구워지지 않은 빵)이 지상에 구현된 것일 뿐이야. 돈은, 마르크스가 말했다시피 상품들의 신이다. 그리고 저게," 아버지는 손바닥을 뒤집어 맨해튼 시내를 감싸는 호선을 그렸다. "그 신의 신성한 도시지."

아버지와 이런 대화를 수없이 나누었기에, 나는 베벨 투자회사에 취직하려고 면접을 봤다는 이야기를 툭 까놓고 하기로 했다. 물론, 우리가 집세를 밀리고 있고 동네 가게 대부분에 빚을 지고 있었던 건 사실이다. 하지만 내가 금융회사에서 일한다는 생각에 어느 정도 만족감을 느꼈다는 걸 인정한다. 나는 그런 도발을 즐겼다. 그리고 우리는 돈이 필요했기에, 나는 아버지가 그냥 자기 원칙을 참아 넘길 거라고 생각했다.

첫 면접 날 아침에 난 엄마 옷을 입고 있었다. 이럴 때면 늘 우리 둘 다 눈에 띄게 어색해졌으므로, 내가 들어오는 걸 보자마자 아버지가 인쇄기로 눈을 돌렸을 때도 놀라지 않았다. 나는 가능한 한 마지막 순간까지, 집을 나서기 직전까지 선언을 미뤄두었다. 직접적이고 간결하게 말해야 했다.

"월 스트리트에 면접 보러 가요." 나는 아버지에게 말했다.

내 의도는 그걸로 끝내는 것이었다. 이 짧은 문장의 힘으로 아버지를 충격에 빠뜨리는 것. 어쩌면 우리에게 돈이 절박하게 필요하다는 사실을 아버지가 직시하게 만들 수 있을지도 몰랐다. 하지만 나는 그 계획을 따를 수 없었다. 아버지는 그냥 계속해서 식자용 스틱을 꽂기만 했다.

"혹시 취직하게 되면 월급을 많이 준대요." 그렇게 덧붙였던 게 기억난다. 그 즉시 나는, 아버지가 대답하기도 전에 변명을 함으로써 내가 졌다는 걸 깨달았다.

아마 아버지도 이 점을 알아챈 게 틀림없다. 아마 그래서 대답을 하지도 않고, 활자 케이스에서 고개를 들지도 않았을 것이다.

내가 몇 시간 뒤 돌아와 아버지에게 다음 단계인 개별 면접을 보게 된 사람은 우리 조 열두 명 중 나밖에 없다고 말했을 때도 아버지는 대답하지 않았다.

나는 부엌으로 가서 아침 내내 싱크대에 놓여 있던 그릇들을 설거지했다.

6

이틀 뒤, 나는 익스체인지 플레이스에 돌아와 있었다. 이번에는 줄이 없었다. 나는 그냥 문을 지나 초록색 대리석 책상으로 다가간 다음 내 신분을 밝히고 종이쪽지를 받았다. 그 쪽지를 엘리베이터 보이에게 주라고 했다. 종이를 펼쳐보는 대신 그냥 내 옷을 보고 버튼을 누른 걸 보면, 엘리베이터 보이는 지원자 몇 명을 해당 층으로 태워다준 게 틀림없었다.

나는 서고 혹은 기록보관실처럼 보이는 낮은 층에 내려졌다. 벽에는 저 높이 천장까지 상자와 파일들이 늘어서 있었다. 학구적인 분위기가 났다. 마침내 한 여자가 장부를 보다가 고개를 들고 다가와 나를 맞이하며 미안하다고 속삭였다. 여자가 미소 지으며 다가오는 그때에 나는 그녀가 이 건물에서 내가 본 여자 중 가장 나이가 많은 사람이라는 걸 깨달았다. 사십대 중반인 게 틀림없었다. 내가 취업 때문에 왔다는 걸 확인한 뒤, 그녀는 나를 뒤쪽 책상으로 데려가더니 마음을 편안하게 해주려고 사소한 질문을 몇 가지 던졌다.

타자기에 베벨 투자회사의 이름이 연둣빛으로 인쇄된 크림색 종이 한 장이 끼워져 있었다. 값비싼 비품이 분명했다. 묵직하고 워터마크도 찍혀 있으며 촉감도 훌륭했다. 내 옆에는 똑같은 종류의 종이에 타자를 치고 있는 지원자가 한 명 더 있었다. 친절한 여자는 짧은 자서전을 써야 한다고 설명해주었다. 그녀는 그 글을 자기 묘사라고 불렀다. 그냥 한 쪽을 빠르게 쓰라고 했다. 시간은 삼십 분. 그녀는 내게 행운을 빌어주고 자기 책상으로 돌아갔다.

나는 무수히 많은 비서 시험을 보았다. 그 모든 시험에 속기나 받아쓰기가 포함되어 있었지만 창의적인 글을 쓰라는 지시를 받은 적은 한 번도 없었다. 나 자신에 대한 글은 물론이고. 하지만 놀란 마음은 오래가지 않았다. 경이감은 두려움에 빠르게 자리를 내주었다—위험한 상황에서 여전히 부글부글 나를 덮쳐오는, 기포 같은 건조함. 이탈리아인 무정부주의자의 딸인 독학생이 베벨 투자회사에 들어가다니 어림도 없었다.

나는 거의 생각도 하지 않고, 설명할 수 없는 확신을 가지고 타자를 치기 시작했다. 나는 터틀 베이에 산다고 적었다. 내가 한 번도 가본 적 없지만 늘 이름이 마음에 들었던 곳이자, 브루클린이 아닌 곳이었다. 나의 아버지 프렌티스 씨는 남성복점의 판매원이었다. 신파적이지만 품위 있는 몇 문장으로 어머니의 죽음을 이야기했다. 나는 교회 일과 문학에서 위안을 찾았다(내가 확고한 성공회 신도라는 말을 가까스로 끼워넣을 수 있었다). 다른 여자들이 모두 자기 삶을 시간 순서로 설명하리라는 걸 알고 있었기에, 이런 짧은 문장에 이어 대담한 접근법을 취하기로 했다. 나는 내 인생 대부분이 미래에 놓여 있으므로 미래적 자서전을 써야겠다는 느낌이 든다고 썼다. 글의 나머지 부분은 나의 진정한 욕망(여행과 글쓰기)과

여성의 장래 희망으로 기대될 만한 것(아내와 어머니)을 조합한 내용이었다. 문체는 자제력을 유지하면서도 눈에 띌 만큼은 화려했다. 시간에 대한 생각, 그리고 정해진 형태가 없는 미래라는 블록으로부터 현재를 조각해내는 건 우리들 각자에게 맡겨진 일이라는 생각으로 글을 마무리했다—어쨌든, 본질적으로는 그런 내용이었다.

내가 글을 다 쓰자 방이 조용해졌다. 기록보관 담당자 중에는 타자기를 쓰는 사람이 한 명도 없었다. 그리고 그때야 알게 됐지만, 내 옆의 지원자는 이미 떠난 뒤였다. 상냥한 여자는 조용해진 걸 눈치채고 내게 다가왔다. 그녀는 내 어깨를 잡고 나를 엘리베이터로 데려가며 다시 한번 마음을 편안하게 해주는 질문을 던졌다. 기다리는 동안 그녀는 내게 글을 보여달라고 했다. 나는 내가 쓴 글이 미덥지 못하다고 여기며 그녀와 함께 읽었다. 그녀가 글을 읽어나가며 고개를 끄덕이자 용기가 났다. 그녀는 마음에 든다는 말과 함께 그 종이를 내게 돌려주었다. 엘리베이터가 도착했고, 그녀는 엘리베이터 운전수에게 건물을 반쯤 올라간 곳에 있는 층으로 나를 태워다주라고 했다. 그러고는 문이 닫히기 전에 행운을 빈다는 뜻으로 손가락을 꼰 채 손을 흔들었다.

엘리베이터 문이 다시 열리자 내가 가본 그 어떤 진짜 거실보다 훨씬 더 편안해 보이는 허구적인 거실이 나타났다. 크림색 종이를 든 지원자가 네다섯 명 더 있었는데, 그중 대부분은 고개를 끄덕이고 반쯤 미소 지으며 내게 인사했다(그중 한 명은 내 옆에서 타자를 치던 소녀였다). 벨벳 의자 끄트머리에 앉아 엄숙한 인테리어를 둘러보고, 종아리에 닿는 미묘하게 차가운 공기를 느끼며 두꺼운 카펫과 플러시천 덮개에 흡수되기 전 방안에 짧게 울리는 소리들을 들었을 때의 기분이 지금도 기억난다—내가 사는 도시를 잘 모르고 있었다는 그 느낌.

내 생각에 우리 모두는, 서로의 시선을 피하면서, 옷에 있는 도 저히 고칠 수 없거나 보이지 않는 오점들을 바로잡으면서 비슷한 무언가를 느꼈을 것이다. 딱 한 명만 예외였다. 그녀는 계절에 맞고 색깔도 조화로울 뿐 아니라 흠잡을 데 없이 마름질된, 적절한 옷을 입고 있는 유일한 사람이었다. 그녀의 얼굴은 경멸감을 띠고 있었 지만 완전히 드러내지는 못했다. 잠시 후에야 나는 그 이유가 그녀 에게 눈썹이 거의 없기 때문이라는 걸 알았다. 그녀는 자리에서 일 어나 몇 차례 방을 걸어다녔다. 자기가 일어나서 방을 걸어다닐 수 있다는 걸 과시하는 것만이 유일한 목적인 것 같았다—자기는 이 런 방에 위압감을 느끼지 않는다고, 이곳에 속해 있다고. 그녀는 이 렇게 행진을 하다가 한번은 비서의 책상에 이르렀다. 그녀는 비서 에게 몇 마디를 속삭이고, 미소가 아닌 어떤 표정을 지으며 입술을 말아올렸다. 그들은 숨을 죽이고 낄낄거렸다.

창밖에서는 흔들리는 크레인 두 대가 금방이라도 부딪칠 것처럼 보였다—원근법의 장난이었다. 공기드릴이 울리기 시작하더니 또 다른 공기드릴이 울렸다. 끼익 소리를 내는 회전 톱. 불도저로 밀린 폐허의 우르릉거리는 소리. 이 모든 소음이 콧노래보다 조금 큰 소 리가 되어 대기실에 이르렀다—공사장은 놀이터고, 모든 공구와 트럭은 장난감인 것만 같았다.

문이 열렸다. 갈색 정장을 입은 지원자가 밖으로 안내되었다. 그 녀는 빈손이었지만, 자세만은 아주 소중한 무언가를 가슴에 꼭 끌 어안고 있는 것 같았다. 괴로워 보였다. 그녀는 시선을 내리깐 채 엘리베이터로 갔다. 시선을 내리깐 채 엘리베이터가 오기를 기다렸 다. 비서는 옷을 잘 차려입은 여자에게 사무실로 들어가도 된다고 말했다. 여자는 핸드백을 뒤지며 비서의 말을 못 들은 척했다. 비서는 안에서 기다리고 있다고 다시 말했다. 이번에 여자는 비서를 짜증스럽게 바라보고는 핸드백을 닫고 사무실로 들어갔다. 마침내 엘리베이터가 도착했고, 갈색 정장을 입은 여자는 서둘러 안으로 들어가더니 옆쪽 벽에 몸을 바짝 붙였다. 거기서는 그녀가 보이지 않았다.

앞서 면접을 본 여자와는 다르게, 옷을 잘 차려입은 여자의 목소리는 우리가 있는 곳에서도 들렸다. 단어 하나하나가 구분되어 들린 것은 아니지만 말이다. 그녀는 빠르게, 생기 있게 말하며 이따금 웃음을 터뜨려 자기 말을 끊었다. 아마도 상대방이 말하고 있을 짧은 침묵이 흐른 경우는 몇 번밖에 없었다. 비서가 종이를 접어 봉투에 넣기 시작했다. 나머지 우리는 아무것에도 주목하지 않는 척하며 우리의 어색함에만 몰두했다.

갑자기 여자가 지껄이는 소리가 멈추었다. 침묵. 그녀는 다시 말했지만 제지당하는 것 같았다. 침묵. 이제 그녀는 크기와 음역이 더 낮아진 목소리로 말했다. 마지막 침묵이 흐르고 문이 열렸다. 비서의 책상에 놓인 봉투 더미가 그 바람 때문에 흩날릴 정도로 갑작스러웠다. 여자가 걸어나왔다.

"뭐, 이 사람들이 더 적합한 사람이었으면 좋겠네요." 그녀는 경멸스럽다는 듯 우리를 턱짓으로 가리키며 말했다. "이 얘길 들으면 삼촌이 아주 좋아하시겠어요."

그녀는 엘리베이터를 불렀다. 이제는 그녀가 분노하고 상처받은 채로 그 자리에 서서 기다릴 시간이었다. 엘리베이터는 다음 지원자가 불려 들어가고 한참이 지나서야 도착했다.

약 삼십 분이 지난 뒤 내 차례가 왔다.

나는 그렇게 웅장하고도 금욕적인 아르 데코 양식의 표본은 영화에서밖에 보지 못했다—산업계의 지휘관들과 금융업자들, 언론계의 거물들이 쓰는 전형적인 사무실이었다. 그리고 그런 사람들은 모두 보통 무정한 폭군으로 그려진다. 평행선들이 각진 궤도를 따라 서로를 쫓으며 크롬도금이 된 가구에서 무늬가 들어간 돌바닥으로 내려갔다가, 장식 판자를 댄 벽으로 올라간 다음 창틀에 닿아 도시로 나간 뒤, 근처 건물들의 정면과 그 너머로 이어지며 저멀리 지평선까지 격자를 그리는 거리들을 따라갔다.

성미가 까다로워 보이는, 안경을 쓰고 머리가 벗어져가는 마녀처럼 생긴 남자가—그는 얼굴이 좁고 눈이 노랬으며, 위쪽으로 굽은 턱에 사마귀가 나 있었다—책상 뒤 자기 자리에 앉으며 의자를 가리켰다. 거대한 황동 라이터 옆에는 그의 이름이 적힌 명패가 놓여 있었다. 셰익스피어Shakespear. "마지막에 e가 없어요." 이후에 나는 그가 매일 그 말을 되풀이하는 걸 듣게 된다. 그제야 나는 냉각된 공기에서 담배와 민트의 강한 향을 맡았다.

"앉으세요, 이름이……" 그는 서류를 휙휙 넘기며 체크 표시를 하고 몇 마디를 써넣었다. "프렌티스 양. 타자 시험 결과가 인상적이더군요."

"감사합니다."

공기드릴 소리가 다시 나기 시작했다.

"그리고 속기도…… 네, 인상적입니다."

"감사합니다."

"봐도 될까요?" 그는 내가 타자를 쳐서 쓴 "자서전"을 가리켰고, 나는 그에게 글을 건네주었다.

그가 글을 다 읽는 데는 지나치게 오랜 시간이 걸렸다. 다 읽자

마자, 그는 글을 나의 다른 시험 결과들과 함께 철하고 책상에 펼쳐
둔 공책에 뭐라고 휘갈겨쓰더니 나를 보았다.

"요즘 시절이 힘든 만큼 여러분 대부분이 지원할 수 있는 거의
모든 일자리에 지원한다는 건 알지만, 우리가 고용할 사람이 이 일
자리를 필요로 하는 사람일 뿐 아니라 원하는 사람이라는 걸 확인하
고 싶기도 합니다. 프렌티스 양은 이 일자리를 원하세요?"

"네."

"왜죠?"

나는 내가 그런 식으로 대답할 줄 몰랐다. 계획된 일이 아니었
다. 내가 준비한 내용이 전혀 아니었다. 그냥 말이 나왔다.

"모든 걸 만드는 회사에서 일할 수 있는데, 한 가지 물건을 만드
는 곳에서 일할 이유가 있을까요? 돈이 바로 그거잖아요, 모든 것.
최소한 돈은 모든 것이 될 수 있죠. 돈은 우리가 다른 모든 상품의
가치를 측정하는 보편적 상품이에요. 그리고 돈이 상품의 신이라면
여기가." 나는 손바닥을 뒤집어 사무실을 감싸는 호선을 그렸고,
그건 그 너머의 건물을 의미했다. "그 신의 최고 신전이죠."

긴 침묵.

"월요일 오후에 다시 와서 최종 면접을 보시기 바랍니다. 다섯시
정각에 딱 맞춰서, 아래층에 왔다고 알리세요. 어디로 가야 할지 말
해줄 겁니다."

7

이건 내가 가지고 있는 유일한 엄마 사진으로, 엄마가 결혼하기 전에 찍은 것이다. 내가 베벨 투자회사 면접을 보던 때와 비슷한 나이였을 것이다. 어쩌면 그보다 좀 어렸을지도 모르겠다. 엄마는 목깃이 높고 가운데에 작은 단추들이 쪼르르 달린 원피스를 입고 있다. 그 단순한 모습이 자신감 있어 보인다. 내 상상 속에서, 그 옷은 남색이다. 엄마의 머리카락은 정수리 부분에 느슨하게 틀어올려져 있다. 대담한 부드러움이 엄마 얼굴의 특징이다. 이 결단력 있는 친절함은 잿빛 눈에도 깃들어 있다. 나는 엄마의 얼굴이 내게로 이어지지 못했다는 걸 늘 유감스럽게 여겼다.

이 한 장의 사진은 내가 엄마에 대해 품고 있는 몇 안 되는 기억들을 잠식했다. 시간이 지나면서, 나는 내가 기억할 수 있는 거의 모든 장면에서 엄마가 똑같은 원피스를 입고 똑같은 머리 모양을 하고 나타난다는 걸 깨달았다. 엄마의 모습을 이런 식으로 단순화하는 걸 도저히 멈출 수 없었다. 이제는 그 모습이 거의 내 기억의 전부가 되었으니 말이다. 캐럴공원을 산책하고, 나를 목욕시키고, 새킷 스트리트를 걸어가고, 나를 침대에 눕히는 엄마는 늘 남색으로 가정되며 단추가 달려 있는 원피스를 입고 올림머리를 하고 있다. 자기를 거의 기억하지도 못하는 딸을 제외하면 아무 흔적도 남기지 못한 채 한 여자가 이렇게까지 사라질 수 있다는 점이 절망적으로 슬프다.

나는 여러 해 동안, 책이 출간되는 사이사이에 엄마에 대한 소설을 썼다. 그 소설은 지금까지 미완이며, 작가로서의 내 삶에서 가장 큰 실수이기도 하다. 너무도 오랫동안 그 책을 쓰느라 애쓰고 또 실패했기에 엄마는 내 머릿속에 반쯤 형성된 등장인물의 질감과 무게감만을 영원히 갖게 되었다. 나는 심지어 엄마에 대한 나의 사랑까지 믿지 못하게 되었다.

내가 아는 사실은 몇 가지 없다. 엄마는 움브리아의 작은 마을에서 태어나 오빠와 사촌과 함께 미국으로 왔다. 아빠는 엄마한테 언어적 재능이 있었으며, 엄마가 영어를 빨리 배워 무척 우아하게 썼다고 말했다. 엄마는 뛰어난 재봉사였고 동네에 고객이 많았다. 동네 사람들은 누구나 엄마를 좋아했다.

엄마는 마티아라는 젊은 남자를 만나기 시작했다. 엄마의 오빠와 사촌은 못마땅하게 여겼다―마티아는 무정부주의자였고, 그들 가족은 미국에서 절대로 골칫거리를 만들고 싶지 않았다. 어쩌다 그렇게 됐는지는 잘 모르겠지만(이에 관해 나는 거의 우연히 알게 되었고, 여러 해에 걸쳐 이야기를 짜맞추었다), 엄마가 마티아의 가장 친한 친구에게 반하는 데는 그리 오랜 시간이 걸리지 않았다. 그는 마티아와 함께 대서양을 가로질러 왔으며 뉴욕에서 처음으로 역경을 마주한 마티아의 동지였다.

머잖아 엄마는 나를 임신해 아버지와 함께 살았다. 마티아는 어째서인지 사라졌다. 외삼촌과 외삼촌의 사촌은 중서부의 어느 마을로 떠났다. 엄마나 엄마의 친척들이 결혼이라는 부르주아적 제도에 굴복하기를 거부하는 아빠를 좋게 생각했을 가능성은 별로 없다. 하지만 나는 부모님이 함께 즐거운 삶을 살았다고 생각한다. 아빠는 늘 그보다 행복한 커플은 없었다고 주장했다. 그 말은 사실일지도 모른다. 나의 기억 대부분은, 진짜든 허구든 간에 유쾌한 가족에 대한 것이다. 나와 단둘이 있을 때 엄마는 내게 이탈리아어로 말을 걸곤 했다. 나는 그 단어들을 대부분 잊었고, 그와 함께 엄마의 목소리도 잊었다.

엄마는 역사 속 수많은 여자들처럼 아이를 낳다가 죽었다. 아들이었던 아이는 사산되었다.

나는 일곱 살이었고, 슬퍼서 길을 잃었다. 여러 달 동안 계속해서 그 무너질 듯한, 오직 어린아이만이 아는 황량한 형태의 향수를 가차없이 경험했다.

내가 그 시기에 무엇을 했는지는 말하기 어렵다. 일 년 동안은 그냥 학교에 가지 않았다. 빈둥거리고 동네를 돌아다니며 여러 날을 보냈다. 아빠와 체커를 했다. 아빠의 인쇄 작업을 도왔다. 시간이 지나면서는 브루클린 공립도서관의 클린턴 스트리트 분관을 발견했다. 내가 단골손님이 된 순간을 정확하게 짚는 것은 불가능하지만, 열람실에서 책을 읽으며 오후를 보내고 책을 대출하기 시작한 때는 대략 아홉 살이나 열 살 때였다. 처음에는 코넌 도일, S. S. 밴 다인, 애거사 크리스티를 읽었다. 이런 책들이(그리고 친절한 사서가) 다른 책들로 나를 이끌었다. 도러시 세이어스, 캐럴린 웰스, 메리 라인하트, 마저리 앨링엄. 청소년이 되고 한참 지나서까지 엄마가 없는 자리에서 나를 돌봐준 건 이 여자들이었다.

나는 이들의 소설에 들어 있는 질서라는 관념에 위안을 받았다. 그들의 소설은 전부 범죄와 혼란으로 시작되었다. 분별력과 의미 자체마저 시험대에 올랐다―등장인물과 그들의 행동, 동기는 이해할 수 없는 것처럼 보였다. 하지만 무법성과 혼란이 지배하는 짧은 시기가 지나고 나면 언제나 질서와 조화가 회복되었다. 모든 것이 분명해지고 설명되고 세상과 어우러졌다. 이 점이 내게 어마어마한 평화를 주었다. 아마 그보다 더 중요했던 건, 이 여자들이 내게 여성적 세계의 전형적 개념에 순응할 필요가 없다는 걸 보여주었다는 사실일 것이다. 그들의 이야기는 연애나 가정의 축복만을 다루지 않았다. 그들의 책에는 폭력이 있었다―그들이 통제하는 폭력. 이 작가들은 직접 모범이 되어, 내가 위험한 무언가를 쓸 수 있다는 걸 보여주었다. 그들은 믿음직한 사람 혹은 순종적인 사람이 되는 데는 아무런 보상이 따르지 않는다는 걸 보여주었다. 독자들의 기대와 요구가 존재하는 건, 의도적으로 그런 기대를 혼란스럽게 하고 뒤집기 위해서였다. 그들은 처음으로 내게 작가가 되고 싶다는 생각을 품게 한 작가들이었다.

사실, 이 책들의 내용을 전달하는 것이 나의 문학 교육에서 본질적인 부분이었다. 저녁 시간이면 나는 추측과 예상을 주석으로 달아 아버지에게 그 이야기를 전해주곤 했다. 아버지는 홀린 것처럼 줄거리의 세세한 내용을 따라갔고, 나는 아버지를 엉뚱한 길로 이끌고 가짜 경고에 주의하도록 만들어 마지막 폭로 장면에서 놀라움을 고조시키는 방법을 터득했다. 아버지는 너무 정신이 팔려 먹는 것조차 잊곤 했다. "봐! 밥이 또 식었잖니! 전부 네 잘못이다." 이야기가 끝날 때면 아빠는 종종 그렇게 말하며 가짜로 나를 야단쳤고, 우리는 웃었다.

결국, 내가 도서관에서 읽었던 탐정소설에서 그랬듯 일종의 새로운 질서가 엄마의 죽음에 뒤이은 파괴에서 떠올랐다. 그 질서는 자체적인 논리와 의례를 갖추고 있었다. 이 새로운 체제는, 더 좋은 표현이 생각나지 않아서 하는 말이지만, 필요의 산물이었다.

아버지는 주변 모든 사람에게 특별히 더 많은 일거리를 떠안기는 "특제 요리"를 하는 것 말고는 집안일을 전혀 하지 않았다. 아버지의 인쇄기는 철도 근처에 있는 우리 아파트 한가운데에 있었고, 아버지의 일과 우리의 가정생활, 욕실과 부엌, 음식과 쓰레기, 깨끗함과 더러움의 경계는 머잖아 희미해지다가 사라졌다. 생활을 이어나갈 책임은 내 차지가 됐다. 여덟 살이던 내가 집안 살림을 온전히 떠맡은 것이다. 내가 빨래를 하지 않으면 깨끗한 시트가 하나도 없었다. 내가 비질을 게을리하면 먼지 구덩이에 우리 발자국이 보였다. 내가 싱크대에 그릇을 놔두면 그릇은 거기 계속 남아 있었다. 내가 아버지의 공구와 비품을 치우지 않고 외출하면 이염되는 잉크의 끈적끈적한 점들이 벽과 침대, 옷 전체에 수없이 늘어났다.

엄마가 죽은 이후 나는 내가 노련하지 못하게 즉흥적인 방식으로 수행한 이 새로운 역할을 자연스럽다고 느꼈다. 내가 집안의 여자가 되었다. 무정부주의자인 아버지는 현재의 젠더 체제를 온전히 유지하는 데 미성년 노동이 필요하다는 걸 자연스럽다고 느꼈다.

이 사진을 빼면 엄마가 남긴 것은 거의 없다. 나는 서랍에 들어 있던 엄마의 몇 안 되는 소지품을 기억한다―백랍으로 된 빗과 매니큐어 세트, 속옷 뒤에 숨겨둔 성인聖人이 새겨진 메달 몇 개, 자개 숫자판이 들어간 깨진 손목시계, 엄마가 감히 한 번도 끼지 않았던 (내가 한 번도 빼지 않았던) 연녹색 보석이 박힌 금도금 반지와 옷

몇 벌. 엄마가 떠난 뒤 다른 여자와 산 적이 한 번도 없는 아버지가 엄마를 무척 사랑했다는 데는 의심의 여지가 없다. 하지만 아버지가 엄마의 서랍 속 물건들을 건드리지 않고 놔둔 것은 사랑 때문도 아니었고 "미련을 버리지" 못했기 때문도 아니었다. 아버지는 그저 그 물건들을 치워야겠다는 생각이 들지 않았을 뿐이다.

8

베벨 투자회사에서 시험과 면접을 보는 동안 나는 평생 여러 차례에 걸쳐 확인할 기회가 생긴 한 가지 사실을 처음으로 알게 되었다. 권력의 근원에 가까워질수록 주위가 조용해진다는 것이다. 권위와 돈은 침묵으로 스스로를 둘러싸고, 사람은 누군가의 영향력이 미치는 범위를 그들을 둘러싼 침묵의 두께로 측정할 수 있다.

꼭대기 층의 로비에는 비서 네 명이 있었고, 그중 두 명은 끊임없이 전화를 받고 있었다. 사람들이 두 개의 옆문으로 드나들며 이따금 잠깐 멈추어 속삭이면서 대화를 나누었다. 직원들이 서류를 받아 날랐다. 하지만 외떨어진 중얼거림 이상으로 들리는 소리는 없었다. 마치 그 방에는 위압적인 가구, 피해 밟게 되는 카펫, 숨이 턱 막힐 정도로 장식적인 패널과 함께 약음페달까지 제공된 것 같았다.

지난 단계 면접에서 갈색 정장을 입고 있던 여자도 이 단계까지 온 것을 보고 나는 기뻤다. 괴로울 정도로 수줍음이 많던 그 여자였다. 나는 그 여자와 지원자가 분명한, 연보라색 원피스를 입은 젊은 여자의 맞은편에 앉았다. 갈색 정장을 입은 여자와 나는 서로 미소 지었다. 내 시선이 두 지원자를 오갔다. 그들은 놀라울 정도로 비슷한 모습이었다. 똑같은 검은 직모에 똑같은 짙은 갈색 눈, 비등비등한 키와 비슷한 체형. 그들의 얼굴은 얼굴에 대한 동일한 관념을 약간 변주한 것이었다. 내 얼굴이었다. 그들을 봄으로써 나는 나 자신도 바로 그 관념의 한 변주라는 것을 깨달았다. 우리 셋은 동일한 유형의 다양한 구현이었다.

수줍은 여자가 사무실 안으로 불려갔다. 그녀가 떠날 때, 나는 연보라색 원피스를 입은 지원자가 나를 빤히 바라보는 것을 보았다. 불신감과 분노가 어린 그녀의 표정, 또 우리가 서로의 눈을 보느라 잠시 멈춘 뒤 그녀가 시선을 피하며 지은 노여움이 뒤섞인 강렬한 표정을 보고서 나는 그녀 역시 우리의 심란한 유사성을 눈치챘다는 걸 알 수 있었다. 하지만 이처럼 불편한 순간은 잠시뿐이었다. 수줍은 여자는 거의 사무실에 들어가자마자 나왔다. 이번에도 그녀는 몹시 당황한 듯 시선을 아래로 내리고 있었다. 내가 다음으로 불려갔다.

수영장이 생각나는 아무 색깔 없는 사무실(그곳에 들어가자 나 자신을 다른 원소 안에 담그는 것만 같은 기분이 들었다) 저쪽 끝에 놓인 책상에는 회전의자의 등받이를 내 쪽으로 돌려놓은 채 한 남자가 앉아 창밖을 내다보고 있었다. 그 바깥에서 그를 마주보는 사람은 하늘에 떠 있는 것처럼 보이는 들보에 앉은 용접공이었다. 차가운 현기증의 파도가 나를 휩쓸었다. 나는 문 옆에 얼어붙었다. 두 남자는 서로에 의해 최면이라도 걸린 것처럼 보였다. 하지만 용접공이 의자에 앉은 남자를 바라보면서 모자와 외투를 바로잡는 걸 보고서 용접공에게는 그 창문이 꿰뚫어볼 수 없는 거울이라는 걸 깨달았다.

용접공의 대담함과 아무것도 모르는 불경함이 내게 용기를 주었는지도 모르겠다(용접공은 아래쪽에 심연이 있다는 것도, 안에 다른 사람이 있다는 것도 모르는 듯 회전의자에 앉은 유력한 남자를 바라보며 옷매무새를 다듬었다). 누군지는 모르지만 의자에 앉아 있는 사람은 하급자들이 비굴한 태도로 말을 더듬어대는 데 질려 있을 게 분명했다. 나는 그가 대담한 접근법을, 대화의 고삐를 잡는 사람을 반기리라고 판단했다.

"좀 있으면 전망이 나빠지겠네요." 내가 말했다.

"이번달 말이면 강이 보이지 않을 것 같군."

"저 건물이 여기보다 높을 것 같은데요."

"그럴 거야." 그는 휙 돌아 나를 보며 말했다.

앤드루 베벨의 얼굴은 의미를 담고 있지 않았다. 내가 신문에서 너무도 여러 번 보았던 사진과 똑같은, 표정을 포기한 얼굴이었다. 그의 무표정을 따라 하며, 나는 그의 존재감에 영향을 받지 않는 척 했다.

"유감이네요." 내 목소리가 떨리지 않아서 놀랐다.

"그럴 거 없네. 둘 다 내 건물이고, 완공되는 대로 새 건물로 옮길 테니까. 앉지." 그는 책상 맞은편 의자를 가리켰다.

오래 걸어가야 했다.

"자네는 아이다 프렌티스가 아니야." 내가 자리에 앉자 그가 말했다.

얼굴이 달아오르는 느낌이 들었고, 처음에 자신감을 과시하면서 얻은 입지를 곧 잃게 되리라는 걸 알 수 있었다.

"어째서인지는 모르겠지만, 아이다 파르텐자로는 여기 올 수 없었을 것 같네요."

"어째서인지는 모르겠지만, 그 말이 맞을 것 같군. 하지만 자네가 여기까지 온 건 분명 기쁘네."

"감사합니다."

가까이 가서 보니 베벨의 얼굴은 거의 두 부분으로 나뉜 것 같았다. 대단히 파란 두 눈과 잘 보이지 않는 주근깨가 있는 위쪽의 절반은 놀라울 정도로 소년 같았으나 가느다란 입술과 까다로운 아래턱이 그 얼굴을 꾸짖는 듯했다.

"자네 아버지는 인쇄공이지. 자넨 대략 저쯤에서 아버지랑 같이 살고." 그는 강 건너, 레드훅이 있는 방향을 가리켰다. "자네 어머니 일은 대단히 유감이네. 나도 부모님을 잃었지. 두 분 다, 어린 나이에."

내 얼굴에서 그가 나를 위압하는 데 성공했다는 기색이 드러나지 않았으면 했다.

"하지만 자네가 지어낸 에세이는 대단히 설득력 있었네." 그는 책상에 놓여 있던 크림색 종이를 집어들었다.

"제 인생도 회장님만큼 공개되어 있는 모양이네요."

그는 전혀 움직이지 않고 콧구멍으로 웃었다.

"이상한 일이지만, 자네는 요점을 바로 짚어내는 데 성공했네. 실제로 이건 전부 나의 공적인 삶에 관한 거야. 공적인 삶이 있다는 건 내가 하는 일의 달갑지 않은 파생물이지. 잘라버리려고도, 밟아버리려고도 했는데 다시 자라나더군. 늘 그랬어. 그때마다 더욱 강해졌고. 그래서 나는 공적 삶을 통제하기로 결정했네. 공적 삶을 살아야만 한다면, 내 버전의 공적 삶을 내놓을 생각이야."

용접공이 올라가 있던 들보가 앤드루 베벨 뒤에서 움직였다. 내 시선이 움직여 자기 뒤쪽에 초점을 맞추는 걸 보고 베벨이 몸을 돌렸다.

"왜 저렇게 오래 걸리는지 모르겠군." 그는 다시 나를 돌아보았다. "아무튼. 사실 이건 나에 관한 일이 아니야. 내 아내에 관한 일이지."

"삼가 명복을 빕니다."

"고맙네. 대중이 내 삶에 집착하는 건 그렇다 쳐도, 그런 집착이 내 아내를 건드리고 더럽힌다면 그건 완전히 다른 일이야. 내 아내가—내 아내의 이미지와 기억이—모독당하게 놔두진 않을 걸세." 그는 자신의 분노가 내면에 봉인된 채 머물러 있는지 확인하듯 입술을 꽉 다물고는 서랍에서 책을 한 권 꺼내 책상에 올려놓았다. "읽어봤나?"

그는 책을 책상 위로 미끄러뜨렸다. 나는 책을 집어들었다. 겉표지는 회녹색이었으며 글씨는 검은색과 회색으로 이루어져 있었다—달러 지폐를 떠올리게 하는 색 조합이었다. 삽화나 장식은 없었다. 그냥 이렇게만 적혀 있었다.

채권

장편소설

해럴드 배너

이 단어들을 타자기에 입력하는 지금, 나는 앤드루 베벨이 그날 주었던 바로 그 책을 보고 있다. 세월이 지나 겉표지는 이제 쉽게 상하고, 햇볕에 바랜 책등에 양쪽 덮개가 실 한 가닥으로 매여 있다.

하지만 그 누더기 아래의 속표지는 흐려진 겉표지와 달리 색깔을 유지하고 있다. 묶인 절 일부는 소책자처럼 나머지 부분과 살짝 떨어졌다. 이런 취약함이 이 책과 잘 어울린다는 생각이 들었다.

"아뇨." 나는 책장을 주르르 넘기며 대답했다.

"뭐, 그럼 자네는 운좋은 소수 중 한 명이군. 일 년쯤 전에 나온 책일세. 해럴드 배너라는 그 작가는 거의 잊힌 사람이었어. 내 알 바는 아니지만. 어쨌든, 사람들 말이 해럴드 배너는 별로 좋은 성적을 내지 못했다더군. 십 년 전에 적당한 성공을 거둔 장편소설을 몇 편 쓴 뒤로 인기를 잃었다는 거야. 책이 팔리지 않는다는 거지. 음주에 알코올중독, 평범하고 지저분한 이야기지. 그러다가, 내 아내가 세상을 떠나고 얼마 지나지 않아 그자가 이걸 쓰기 시작한 걸세. 내 아내 밀드레드를 몇 번 만난 적이 있다는군. 사교적으로 말이야. 피상적으로. 그렇게 만난 사람이 한둘이 아닐세. 심지어 그가 아내를 만날 때 한 번쯤은 나도 만났을지 몰라."

그는 뒤로 돌아 들보의 진행 경로를 빠르게 살펴보았다. 들보는 시야에서 벗어났지만, 높이를 생각하면 이상하게도, 창밖에서 목소리가 들려왔다.

"좌우간, 그자는 책을 썼네. 호평을 받았지. 내가 아는 사람은 모두 그 책을 읽은 것 같아. 모두가 아직도 그 책 얘기를 하네. 난 비평가가 아니야. 문학에는 관심이 없어. 심지어 그 책에 대한 평론조차 읽지 않았네. 하지만 이 책이 왜 센세이션을 일으켰는지는 말할 수 있어. 이 책이 공공연하게 내 아내와 나를 다루고 있기 때문이지. 우리를 나빠 보이게 썼기 때문이야."

그는 나를 보았다. 아마 어떤 반응을 기대했을 것이다. 나는 어떤 질문이나 언급보다 침묵이 나을 거라고 생각했다.

"친구들과 지인들은 이 책이 무척 유감스럽다고 하더군. 그게 얼마나 짜증나는 일인지 아나? 그 사람들은 공감하는 척하면서, 이 쓰레기를 읽었다는 걸 내게 알려주려는 거야. 다들 이 쓰레기를 읽은 것 같아. 모두가 이 책이 우리 얘기라는 걸 알지. 자네도 직접 보면 알 걸세. 다른 사람일 수가 없어. 아마 몇 가지 애매하게 정확한 정보가 들어 있기 때문이겠지만, 사람들은 이게 믿음직한 정보라고 생각한다네. 특정 장면과 문단의 내용을 확인하겠다며 책에 나온 단서와 실마리를 따라다니는 기자들까지 있어. 믿어지나? 그 허구의 글에 나오는 상상 속 사건들이 이제는 내 삶의 실체적 진실보다도 현실 세상에 더 강한 존재감을 뿜어내고 있네."

그의 얼굴 이면에서 분노 비슷한 것이 모여들기 시작했다. 그는 심호흡을 했다.

"툭 까놓고 말하지. 이건 그저 중상모략을 일삼는 쓰레기일 뿐이야. 기회주의적 명예훼손이지. 내 사업 관행이 역겨울 정도로 잘못 그려졌네. 내가 도박꾼으로 나와. 사기꾼으로. 거기다 내가 끝났다는군. 내가 늙었고, 내 시대는 끝났다는 거야. 내가 감각을 잃었고 노골적인 쇠락의 길을 걷고 있대. 창밖을 보게. 저 새 건물에서 패배가 느껴지나?" 그는 엄숙하게 잠시 말을 멈추었다. "아무튼, 이건 전부 상관없는 얘길세. 나야 더럽혀지는 데 익숙해. 하지만 밀드레드는…… 이 무뢰배가 밀드레드에게 저지른 짓은…… 그 어떤 여자보다도 온순했던 사람이 미쳐 날뛰는 존재로 그려지다니……"그는 고개를 저었다. "나는 이 상스러운 위작이 내 인생의 이야기가 되도록 놔두지 않을 걸세. 이 더러운 공상이 내 아내의 기억을 더럽히게 놔두지 않을 거야."

나는 책을 다시 책상에 내려놓았다. 책과 가까운 곳에 있다는 이유로 그 책과 연관되고 싶지는 않았다.

"해럴드 배너는 내 변호사들이 이미 처리하고 있네. 하지만 유감스럽게도, 이제는 내가 목소리를 내야 할 시간이야. 평생 온갖 소문이 나를 휘감고 있었네. 나는 그런 소문에 점점 익숙해졌고, 뒷말이나 전해지는 이야기를 굳이 부정하지도 않아. 부정은 언제나 긍정의 한 형태니까. 나는 어떤 형태로든 공적 진술을 하는 걸 싫어하네만, 이 허구는 사실로 반박해줘야 해. 그래서 내가 사실을 내놓으려하네. 파르텐자 양, 내가 자서전을 쓰도록 도와줬으면 좋겠군."

우리는 잠시 서로를 바라보았다.

"하지만 회장님, 전 작가가 아닌데요."

"장담하는데, 내가 절대로 원하지 않는 사람이 바로 작가야. 작가들은 전부 지옥에나 떨어지라지. 나한테 필요한 건 비서일세. 난자네가 뛰어난 속기사이자 타자수라는 걸 알아. 내가 말을 할 테니자네는 받아 적게. 그리고 여기, 자네가 쓴 에세이를 보니 자네가글을 꽤 다룰 줄 안다는 걸 알겠군." 그는 다시 종이를 보았다. "'정해진 형태가 없는 미래라는 블록으로부터 현재를 조각해낸다.' 게다가 자네는 이야기하는 것도 좋아하지. 그런 특징도 편리하게 쓰일 수 있네."

그는 손목시계를 보았다.

"다음주에 시작하지. 내 집에서. 그동안 자네에게 요구되는 건신중함이네. 이 얘기는 아무한테도 하면 안 돼."

"물론입니다."

"밖에 있는 여자들한테 말하게. 그 여자들이 자세한 내용을 전부 알려줄 테니까. 가보게." 그는 미소 지으려 노력했다. "책은 가져가고."

문으로 걸어가면서, 나는 베벨이 수화기를 집어드는 소리를 들었다.

　"다른 여자애는 보내."

9

집에 와보니 잭이 아버지와 함께 맥주와 샌드위치를 먹고 있었다. 난 정말이지 잭의 콧수염에 익숙해질 수가 없었다. 그 콧수염은 다른 모든 면에서 우리의 어린 시절 이후로 변하지 않은 얼굴에 풀로 붙여놓은 것처럼, 가짜처럼 보였다.

나는 잭의 이름이 자코모이던 시절부터 그를 알았다. 잭의 가족은 우리 엄마가 돌아가시고 얼마 지나지 않아 이 동네로 이사왔다. 그 시절에 나는 슬픔에 빠져 있었기에 사람들과 거리를 두었고 새로운 친구를 사귀는 데에도 관심이 없었다. 하지만 몇 년이 지나 십대 초반이 되었을 때는 그와 잠시 사귀었다. 그 시절에 사귄다는 건, 강가의 인적 드문 거리를 따라 주말마다 오래 산책을 한다는 뜻이었다. 산책을 하며 잭은 다음번에 키스할 장소로는 어디가 가장 좋을지 속으로 계산했고, 나는 내가 키스를 당하고 싶은 건지 아닌 건지 고민했다. 이런 상태가 몇 주 동안 이어지다가 우리는 점점 멀어져 동네에서 대체로 서로를 피했다. 결국 그는 시카고에 있는 대학으로 떠났는데, 나는 그게 대단한 일이라고 생각했다. 이 년 뒤에 그는 다른 사람이 되어 돌아왔다. 꿈속에서처럼, 잭은 잭이었지만 잭이 아니었다. 옷 스타일이 바뀌었고 단어도 더 많이 알게 되었으며 그놈의 콧수염도 생겼다. 완전히 새로워진 잭을 위해 완전히 새로운 페르소나를 만든 것이다. 이제 그는 기자였다. 그는 대학이 시간 낭비였다고 말했다. 진실은 저 바깥에, 거리에 있다고. 그는 진짜 세상으로 나가 흔적을 남기고 싶다며 조바심을 냈다. 우리는 느슨하고 불명확한 방식으로 만나기 시작했다. 내 경우는 입맞춤을 당하고 싶다는 욕망이 잭에 대한 욕망보다 강했던 것 같다.

아버지는 내가 다시 엄마 옷을 입고 있는 걸 보더니 잠시 이마를 찌푸렸지만, 즉시 유리잔을 들며 내게 함께하자고 했다. 잭이 자기 샌드위치를 조금 나눠주었다.

"아무튼. 이야기를 빨리 끝내마." 아버지가 말했다. "놈들이 파올로를 사로잡아서, 나는 돌아갈 수가 없는 거야. 내 바로 앞에는 길가에 사람들이 모여 있고. 그중 한 명이 카라비니에레*였어. 내가 있는 데서는 그자가 보이지만 그자는 나를 보지 못해."

잭은 도취된 듯 반쯤 미소 지으며 귀기울였다.

"내가 뭘 어쩔 수 있겠니?" 아버지가 어깨를 으쓱했다.

"그러게, 어떻게 하셨어요?"

"난 운이 따르기를 바라면서 앞으로 움직여. 카라비니에레에게 이야기할 사연이 필요하지. 어쩌면, 잠시 시장에 가방을 놔두었는데 누가 그 안에 전단지를 넣어두었다고 할 수도 있을 거야. 하지만 나한테는 총도 있다는 게 생각나. 둘 중 하나라면 어떻게 설명할 수

---

* 이탈리아의 경찰.

도 있겠지만 둘 다는? 안 되지."

"하지만 카라비니에레가 아저씨를 못 봤잖아요. 그냥 가방이랑
총을 버렸다가 나중에 다시 가져가면 안 돼요?"

잭은 아버지의 눈에 스치는 짜증을 알아보지 못했다.

"안 돼." 아버지는 재빨리 말하며 목을 가다듬고, 전처럼 열정을
담아 다시 이야기를 시작했다. "그래서 나는 이런 식으로, 팔에 총
을 대놓고 걸치고 걸어가." 아버지는 행주를 아래팔에 걸었다. "사
냥꾼들이 그렇게 하는 걸 봤거든. '카라비니에레 옆으로 걸어가서,
산책 나온 사냥꾼인 것처럼 손을 흔드는 거야'라고 생각하는 거지.
알겠니?"

"멋진데요."

나는 잭에게 소금을 건네달라고 했고, 잭은 그렇게 했다.

"아! 안 돼, 안 돼, 안 돼, 안 돼!" 아버지가 잭에게 소리쳤다.
"내려놔라, 내려놔, 내려놓으라고! 대체 무슨 이탈리아 사람이 이
러냐? 소금을 손에서 손으로 건네주면 절대 안 돼! 끔찍한 불행이
생긴다고! 거기다 흘리기까지 했구나!" 아버지는 소금을 손끝으로
집어 왼쪽 어깨 너머로 던졌다. "자. 이제 됐다."

아버지는 자세를 바로잡았다.

"그렇게 난 다가가. 놈들이 나를 알아보지. 난 땀을 흘리고 있어.
카라비니에레는 이제 나를 똑바로 보고 있다. 난 미소 지으며 땀을
흘리고 있고. 카라비니에레가 나한테 걸어오기 시작해. 내 가방에
들어 있는 전단지만 문제가 아니야. 우리 조직에 대한 온갖 정보도
있어. 그래서 난 땀을 흘려. 이제는 카라비니에레가 손에 총을 들고
있는 게 보인다."

"세상에!"

"우린 계속 서로에게 걸어가. 카라비니에레가 나한테 손을 흔들지. 길가의 사람들이 움직여. 이젠 그 사람들이 땅에 있는 커다랗고 검은 덩어리를 둘러싸고 있는 게 보여. '그 총 장전돼 있습니까?' 카라비니에레가 물어. 괴로워하는 것 같아. '아뇨.' 내가 말해. '총알은 있습니까?' 그가 물어. 나는 사냥꾼 이야기를 고수하기로 해. '당연하죠.' 내가 말해. '사냥하는 중이니까요.' '좋습니다.' 카라비니에레가 말하지. '따라오세요.' 길가의 사람들에게 다가가면서 보니 사람들이 서 있는 곳 옆에 말이 있더구나. 쓰러진 말 말이야. 다친 말."

"뭐라고요?"

"그래, 말이 다쳤더라니까. 말이 고통스러워하는 게 보여. '제 총이 막혀서 말입니다.' 카라비니에레가 말해. 하지만 나는 그자의 표정을 보고 알아. 알 수 있지. 그자의 총은 막히지 않았어. 말이 다리가 부러졌는데, 거기에 더해 카라비니에레의 총까지 고장났다고? 그자의 총은 고장나지 않았어. 자기 말을 사랑해서 쏠 수가 없는 거지. 난 알아."

아버지는 잭이 제대로 전율을 느끼도록 잠시 말을 멈추었다.

"자. 총알은 내 가방에 있다. 나는 가방을 내려놔. 열어. 전단지와 서류 꾸러미 아래 있는 총알로 손을 뻗어. 가방을 닫고 장전해. 손이 조금 떨리고 있다. 장전을 다 한 다음, 나는 카라비니에레에게 총을 건네줘."

"믿을 수가 없네요."

"잠깐. 카라비니에레가 총을 받지 않아." 침묵. "카라비니에레가 나한테 말해. 나한테 그러더구나. '그쪽이 하세요.'"

"아저씨한테 하라고 했다고요?"

"그래. 나를 괴롭혀서 그 일을 할 수밖에 없도록 만들어. 자기는 말을 사랑하니까. 난 알아. 그래서 못하는 거야. 하지만 나도 못해." 아버지가 웃었다. "난 말을 죽일 수 없어! 말이 크고 검은 눈을 뜨고 올려다보면서, 자비를 베풀어달라는 듯 숨을 헐떡이고 있거든. 난 그 말을 죽일 수가 없어!"

"그래서 어떻게 됐어요?"

"내가 말을 가리키면서 카라비니에레한테 말해. '경찰관님, 당신 친구한테는 당신이 필요합니다.' 그런 다음 주위에 서 있는 사람들을 봐. '맞죠?' 내가 그 사람들한테 물어보지. 몇 명이 고개를 끄덕여. '지금 당신의 좋은 친구를 실망시킬 수는 없어요.' 내가 카라비니에레에게 말해. 그래서 카라비니에레가 할 수 있는 일은 아무것도 없어. 너도 알겠지만, 사람들이 떠들 것 아니냐? 말을 쏘지 못하는 카라비니에레라니, 생각해봐라! 그래서 카라비니에레가 총을 받아. 카라비니에레의 손이 내 손보다 심하게 떨리고 있어. 계속 떨면서 총을 겨눠. 그러다가, 한참 침묵이 흐른 뒤에 말의 머리를 쏴."

극적인 침묵.

"그런 다음 나한테 총을 돌려주고 고맙다고 해. 난 그렇게 떠나지."

"끝내주네요. 그야말로 믿을 수가 없어요." 잭은 고개를 저으며 말한다. "아이다, 너도 이 얘기 알아?"

"응."

"믿을 수가 없네." 그는 다시 아버지를 보았다. "이 얘긴 어디에 써두셔야겠는데요?"

"무슨."

"아니, 이건 중요한 이야기예요. 혹시 제가 도움이 될까요? 같이

280

써도 돼요. 책으로 내는 거죠."

"헛소리…… 두고 봐야지." 아버지는 자리에서 일어나 가슴에 떨어진 빵 부스러기를 털어, 부스러기가 부엌 바닥 전체에 떨어지게 놔두었다. "하지만 이야기는 끝이 아니야! 투쟁은 계속된다! 사실, 난 모임에 가봐야 해."

"잠깐만요." 내가 말했다. "가시기 전에 들려드릴 소식이 있어요. 저 방금 취직했어요."

"방금?" 잭이 물었다. "그래서 그렇게 예뻐 보이는구나. 축하해! 무슨 일인데?"

"아, 그냥 사무직이야. 그런 거 있잖아, 말을 받아 적고, 타자를 치고 하는. 하지만 정규직이야. 월급도 정말 괜찮고."

"아주 좋은 소식이네." 잭이 내 양쪽 어깨를 잡으며 말했다.

"글쎄," 아버지가 말했다. "난 가봐야겠다."

아버지는 떠났고, 나는 식탁을 치우면서 잭에게 이렇게 와준 것이, 아버지에게 맥주를 가져다주고 아버지의 옛날이야기를 들어준 것이 얼마나 고마운지 모르겠다고 말했다. 아버지에게는 아주 뜻깊은 일이라고. 나는 설거지를 하기 시작했다.

잭이 다가와 내게 기대더니 목에 입을 맞추고 나를 끌어안았다.

"맥주랑 점심은 너랑 먹으려고 가져온 거야." 잭이 내 귀에 속삭였다. "너희 아버지는 안 계실 줄 알았어. 네가 나가 있을 줄은 몰랐지."

"다정하네." 나는 두 손을 여전히 싱크대에 둔 채 고개를 돌려 그에게 잠깐 입맞추고 다시 설거지를 했다.

"사실은 나도 좋은 소식이 있어. 〈이글〉이랑 〈헤럴드 트리뷴〉 말이야. 내가 보여준 기사에 아주 큰 관심을 보이더라. 아직 뭐라 말하기엔 너무 이르지만. 그래도…… 아주 전망이 좋아."

나는 손의 물기를 닦으며 그를 마주보았다.

"그걸 이제야 말한단 말이야? 〈이글〉이랑 〈헤럴드〉라고? 잭! 정말 멋지다! 내가 결국 다 잘될 거랬잖아. 어떤 기사를 보낸 거야?"

"진정해, 진정해. 말했지만, 아직 뭐라 말하기엔 너무 일러. 그래도, 글쎄, 운이 따르길 바라야지. 정말 잘될 것 같거든."

나는 접시의 물기를 닦기 시작했다. 이번에도 잭이 뒤에서 나를 끌어안았다.

"축하할 일이 정말 많은걸." 그가 웅얼거렸다.

"그러게, 축하할 일이 많네. 근데 있잖아, 오늘은 새 직장 상사가 시킨 일 때문에 책을 읽어야 해. 첫 월급 받으면 내가 한턱 쏠게. 어때? 어디 근사한 데서. 우리, 몬테스에 꼭 가보고 싶어했잖아."

잭이 내게서 물러났다. 나는 제때 고개를 돌렸고 그의 입술이 짜증스럽게 잠깐 일그러졌다가 밋밋하게 중립적인 표정으로 변하는 것을 보았다.

"그게, 이제 가봐야겠다." 잭이 손목시계를 보았다. "〈미러〉 편집자랑 다시 만나봐야 하거든. 할 수 있는 노력은 다 해봐야지!"

"정말 자랑스럽다."

"아직은 아니지만 금방 그렇게 될 거야."

잭은 내게 입맞추고 떠났다.

10

처음에 『채권』은 그냥 문학작품이 아니라 증거물이었다. 나 역시 그냥 독자가 아니라 탐정이었다.

그 안에 실마리가 있을 게 틀림없었다. 아무리 피상적이라도, 해럴드 배너는 베벨 부부를 만나보았다―그리고 배너가 속한 집단의 사람들은 그 부부를 잘 알았을 게 분명했다. 소설 속 몇몇 요소는 현실에 근거를 두고 있을 게 틀림없었다. 물론, 당시에는 내게 사실과 허구를 구분할 방법이 없었지만(이후로 베벨과 그렇게 여러 번 만났어도, 이런 구분은 여전히 불분명하다), 나는 글 안에 진실의 낟알이 묻혀 있으리라고 생각했다. 배너는 앤드루와 밀드레드 베벨에 관해 정말로 뭘 알았을까? 베벨처럼 큰 권력을 가지고 있고 바쁜 사람이 문학작품에 문제를 제기하는 수고를 들이는 이유가 뭘까? 소설에는 베벨이 억누르고 반박해야만 하는 구체적인 뭔가가 있는 게 틀림없었다. 뻔히 보이는 곳에 있을까? 배너가 순전히 우연하게도 뭔가를 명중시킨 걸까, 아니면 책 속에 베벨에게 보내는 암호화된 메시지를 숨겨둔 걸까? 의도적이든 아니든, 이 소설에는 그 근거가 된 사람들에 대해 폭로한 대단히 중요한 정보가 있었다. 어쩌면 진실은 베벨의 신경에 그토록 거슬리는 그 모든 왜곡과 부정확성에 있을지도 몰랐다.

하지만 계속 소설을 읽어나가면서 내용보다는 문체가 내 관심의 중심이 됐다. 그 소설은 학교에서 읽으라고 시킨 책들과 달랐으며, 내가 도서관에서 빌리곤 했던 추리소설과도 전혀 달랐다. 나중에, 마침내 대학에 가게 됐을 때 나는 배너의 문학적 영향을 추적하고 그의 소설을 형식적 관점에서 고려할 수 있게 되었다(비록 그의 작품이 더이상 간행되지 않았고 당시에 이미 거의 손에 넣을 수 없었기에, 내가 들은 어떤 수업에도 그가 읽어야 할 작가로 포함되지는 않았지만). 아무튼 나는 그런 언어를 경험해본 적이 없었고, 그 언어가 내게 말을 걸었다. 내가 지적인 영역과 감정적인 영역 사이의 모호한 공간에 존재하는 무언가를 읽어본 건 그게 처음이었다. 그 순간 이후로, 나는 그 모호한 영역을 문학만의 배타적 영역이라고 정의했다. 어느 시점에는 이런 모호성이 극단적 규율과 결합할 때만 작동할 수 있다는 것도 알게 되었다―배너의 문장이 띠고 있는 침착한 정확성과 수선 떨지 않는 단어 선택, 우리가 "예술적 산문"이라고 특징짓는 수사적 기법을 사용하기를 주저하는 동시에 뚜렷한 형식을 유지하는 그 태도. 그는 보다 깊은 의미를 숨기기에 가장 알맞은 곳은 밝은 곳이라고 말하는 듯했다―다른 물건들 사이에 쌓여 있는 투명한 물건처럼. 나의 문학적 취향은 그때 이후로 바뀌었고,『채권』은 다른 책들에 자리를 내주었다. 그러나 배너는 내게 이성과 감정 사이의 포착하기 어려운 영역을 처음으로 엿보게 해주었으며 내가 그 영역을 나만의 글쓰기 안에 그려넣고 싶게 만들었다.

나중에 나는 그 책이 출간되었을 때 받은 평론을 몇 편 읽게 된다. 그중 대부분은 호평에 가까웠지만(〈네이션〉에서는 그 책을 "올해의 주목할 만한 책"에 포함했다. 이 책은 "〈하퍼〉 독자들을 위한 크리스마스 독서 목록"에도 들어갔다), 반응이 베벨이 말한 것만큼 만장일치로 긍정적이지는 않았다. 〈애틀랜틱〉은 몇 안 되는, 대단히 열정적인 평론 중 하나를 실었다. 그 일부는 다음과 같다.

우리의 정전正傳은 계급과 과시적 소비, 엄격히 단속되는 태도나 부에 따라오는 통제되지 않는 괴팍함을 다루는 이야기들에 흠뻑 젖어 있다. 그러나 『채권』처럼 자본의 축적이 일어나는 실제 과정을 상세히 설명하는 소설은 거의 없다. 부와 불평등을 비판하고자 했던 이야기들도 처음에는 신비성을 벗겨버리고자 했던 화려한 탐욕에 눈이 어두워지고 마는 경우가 허다한데, 배너는 이런 위험을 능숙하게 피한다.

하지만 무자비한 의견도 있었다. 일부 비평가들은 이 책에 새로운 점이 전혀 없다고 일축하며(〈뉴 리퍼블릭〉에서는 "아류작"이라고 했다) 헨리 제임스, 콘스턴스 페니모어 울슨, 어맨다 기번스, 이디스 워턴의 영향이 부정할 수 없이 배어 있다고 지적했다. 〈뉴요커〉는 이 소설이 악명을 얻은 건 그저 유명하지만 비밀스럽고 진짜든 거짓이든 모두가 이야기를 듣고 싶어하는 부부를 소재로 쓴 로망 아 클레*이기 때문이라면서, 이 소설은 단순한 쉭세 드 스캉달**

---

* '실화 소설'이라는 뜻.
** '문제작'이라는 뜻.

일 뿐이라고 했다(프랑스어 단어는 둘 다 평론에 쓰인 것이다).

나는 『채권』을 다 읽자마자 다시 읽기 시작했다. 베벨과의 짧은 만남에서, 나는 이미 베벨과 벤저민 래스크 사이에는 차이가 있다는 걸 알 수 있었다. 이런 직관은 이후 몇 주에 걸쳐 여러 차례 확인할 수 있었다. 진짜 베벨은 소설 속 화신에 비해 좀더 외향적이었고 만나기가 덜 어려웠으며 덜 내성적이었다. 하지만 둘은 먼 친척처럼 느껴졌다.

래스크의 금융거래를 다룬 문단을 읽을 때는 좀더 공을 들여야 했다. 하지만 배너의 소설에 나오는 수많은 용어에 익숙하지 않았던 당시의 내가 보기에도 투기에 대한 전반적 설명은 충분히 분명했다. 벤저민 래스크의 행위를 진짜라고 상상하는 건 내 도덕심에 위배되는 일이었지만, 나는 그런 행위가 실제 작전을 본뜬 것이라고 믿어 의심치 않았다. 게다가 면담 때마다 베벨 자신이 그 점을 확인해주었다. 그는 스포츠맨의 자긍심을 담아 몇 차례인가 내게 자신이 경쟁자들보다 앞서 생각할 수 있으며 그들을 먹잇감으로 만들 수 있다고 말했다. 이후 1929년에는 시장 전체보다 한 수 앞서, 시장이 제 꾀에 넘어가도록 하고 그 과정에서 큰돈을 벌어들인 방법도 말해주었다. 나는 베벨과 일하면서 그 시기의 신문과 책들을 훑어보았다. 그런 자료 모두가 소설에서 (약간 부정확하고 파격적으로) 설명한 내용이나 베벨이 (자기 능력을 과시하는 방식으로 약간 포장하고 손질해) 내게 직접 해준 설명 둘 다에서 발견되는 금융거래 대부분이 사실임을 확인해주었고, 그 내용을 자세히 설명했다. 그뿐만이 아니었다. 나는 배너와 베벨이 둘 다 각자의 이야기에서 그런 자료들을 조금만 바꾸어 거의 비슷하게 인용했다는 걸 알게 되었다.

벤저민 래스크의 아내인 헬렌은 내가 보기에 그 책의 절대적인 중심이었다. 나는 빠르게 헬렌에게 이입했다. 우리는 둘 다 외로움을 애호했다. 우리는 둘 다 대체로 친구가 없었다. 우리는 둘 다 반쪽짜리 신조에 빠진 고압적이고 문제가 있는 아버지를 두고 있었다. 우리는 둘 다 좁은 틈에서 자라려고 애쓰는, 그 과정에서 틈을 깨고 확장하고 싶어하는 젊은 여자였다. 나는 배너가 늘 존중에 필요한 거리를 지키며 헬렌을, 그리고 그녀를 통해 나를 이해하고 있다고 느꼈다. 아마 그 이야기가 나 자신에게 너무도 큰 개인적 울림을 주었기 때문이겠지만, 나는 소설을 읽을 때마다 마지막 부분에 점점 더 화가 났다. 배너는 왜 헬렌을 파괴해야 했을까? 헬렌의 인생 마지막 순간에, 왜 그녀의 몸을 그토록 심하게 학대했을까? 무엇보다도, 왜 그녀를 미치게 했을까? 배너는 밀드레드 베벨의 이야기를 다룰 때 얼마든지 자유재량권을 누렸을 것이다. 그녀에게 어떤 운명이든 줄 수 있었다. 그런데 왜 하필 이런 운명일까? 왜 그녀의 정신을 망가뜨렸을까?

이토록 오랜 세월이 지나고 나서 돌이켜보면, 여전히 소설과의 첫 만남이 끼친 주요한 영향이 떠오른다. 소설을 읽고 나서, 나는 앤드루 베벨과 첫 면담을 할 준비가 되었다고 느꼈다. 나아가, 그 책은 소설이면서도 내가 앤드루 베벨의 인생에 관해 어떤 본질적 진실을 파악했다는 확신을 주었다. 나는 지금도 그 진실이 무엇인지 알지 못한다. 하지만 당시에 나 자신이 어째서인지 우위를 점하고 있다는 생각은 진실을 모른다는 점에도 가로막히지 않았다.

석고 메달과 화환이 걸려 있는 티켓 판매소. 난로 옆에는 다양한 전시회를 광고하는 현수막들이 있다. "금, 은, 동: 세기말의 미국 장식미술." "토끼굴 아래로: 빅토리아시대 아동 도서 삽화." 꽃향기가 나는 방향제. 로비 너머로는 홀이 있다―지금은 선물가게가 되었다. 조화롭지 못한 무늬가 들어간 러너가 슬금슬금 계단을 기어올라간다. 그때와 똑같은, 아말감 도금을 한 촛대들. 그때와 똑같은, 윗부분이 대리석으로 된 소형 캐비닛. 그때와 똑같지만 팔걸이 사이에 붉은 밧줄이 묶여 있는 등받이 의자.

이곳이 너무도 내 땅처럼 느껴진다. 너무도 화가 나서 놀란다. 저택을 개조해 박물관으로 바꿔놓은 건축가들은 원래의 보자르 분위기를 염치없는 현대적 유리상자로 파괴하고, 원래 디자인의 복잡한 과잉을 절제된 직선으로 길들인다는 뻔한 결정을 내렸다. 모든 표지판은 산세리프체로 적혀 있다. 그 시대착오적 간소함으로 불경을 저지르려던 게 틀림없다.

나의 짜증과 소유욕은 당황스럽게 느껴진다. 처음 이곳에 왔을 때는 이 공간이 퇴폐적이라고 생각했는데. 이곳이 신성모독을 당한 걸 보고 기뻐해야 마땅한데. 그런데도 베벨의 저택을 구현해놓은 이곳은 그 저택에 대한 나의 짜증에 새로운 층을 더할 뿐이다.

선물가게가 유독 불쾌하다. 비이성적이게도, 계산대에 앉아 있는 젊은 남자까지 신경에 거슬린다. 나는 알 수 없는 이유로, 내 분노를 식힐 수 있기를 바라며 안을 들여다본다. 금주령 시대의 무슨 터무니없는 노래가 배경에 조용히 흐르고 있다. 재현된 소장품, 박물관 로고로 장식된 펜, 머그잔, 엽서가 잔뜩 있다. 옆쪽 벽은 광란의 20년대가 남긴 잠동사니 전용이다—맥고모자, 여성용 깃털 목도리, 휴대용 술병, 새틴 장갑, 귈런 물부리, 플래퍼 의상. 그 구역 옆에는 프랜시스 스콧 피츠제럴드에게 헌정된 곤돌라가 있다. 피츠제럴드의 모든 작품. 전기와 비판적 연구. 여러 나라 언어로 쓰인 『위대한 개츠비』.

물론, 해럴드 배너의 『채권』은 한 권도 없다.

원래 나는 배너를 통해 이 저택을 보았다. 처음으로 이 집에 발을 들여놓기 며칠 전에 그의 책을 읽었다. 배너의 묘사가 굉장히 짧았음에도, 이곳에 대한 내 첫인상은 그의 말로 상당히 조율되었다. 소설에서는 2부 끝에서 베벨 부부의 허구 버전이 마침내 서로를 만난다. 배너는 저택을 빠르게, 전적으로 정확하지는 않게 힐끗 둘러본 다음 그에 대한 헬렌 래스크의 반응을 기록한다.

"그녀는 황홀감에 빠지지 못했다." 배너는 밀드레드의 화신에 대해 그렇게 썼다. "래스크 씨의 허세 가득한 집에 처음 도착했을 때도 그녀는 욕망의 꿈틀거림을 전혀 느낄 수 없었다. 심지어 모든 물질적 제약으로부터 벗어난 인생에 관한 일시적인 전율조차 간접적으로도 느낄 수 없었다."

내가 젊은 시절 이곳에 처음 왔을 때 보이고 싶었던 반응이 바로 그런 것이었다. 나는 냉담해지기로, 경멸을 품기로 작정하고 있었다. 하지만 실패했다. 당시 저택은 가장 융성할 때였고, 내게 끼치도록 고안된 모든 영향을 끼쳤다. 저택은 내가 이곳에 있을 자격이 없는 사람이라는 느낌을 주었다. 나 자신이 어색하고 더럽게 느껴졌다. 뭘 달라고 하는 입장도 아닌데 거지가 된 것 같았다. 그래, 난 압도되었다. 하지만 아버지의 딸답게, 나는 역겨움과 분노를 느끼기도 했다—저택 때문에든, 저택에 대한 나의 순종적인 반응에든. 헬렌의 무감정과는 거리가 멀었다.

도서관을 향해 계단을 올라가기 전, 느릿느릿 저택을 걸어다니는 지금 이 저택에 대해 느끼는 감정은 그때보다도 더 모순적이다. 설명할 수 없는 나의 소유욕과 분노("난 여기가 정말로 어떤 모습이었는지 알고 있어")가 젊었을 때는 느끼지 못했던 냉담함과도(아무 애정 없이 홀바인과 베로네세, 터너의 작품들을 모아놓은 곳은 화랑이 되지 못하고 그저 트로피 전시실에 그칠 뿐이다), 날카로운 그리움과도(수십 년이 지나 의미 있는 장소에 돌아오니, 내가 나자신에게 얼마나 낯선 사람이 될 수 있는지 알게 된다) 뒤섞인다.

나는 과거와 현재의 인상을 비교하려고 애쓰며, 주위를 둘러보면서 계단을 오른다. 그림, 크고 작은 조각상, 도자기, 화병, 시계, 샹들리에의 목록을 읊어야 할까? 사치스러운 방들을 묘사해야 할까? 그 방들의 기능과, 하루 중 어느 시간에 그 방을 쓰도록 되어 있었는지 짚어야 할까? 그 방들의 크기를 전하려 노력해야 할까? 저택 전체에 걸쳐 사용된 호화로운 천과 희귀한 돌, 독특한 종류의 목재를 길게 늘어놓아야 할까? 다양한 종류의 가구를 등급으로 나

뭐야 할까? 진입로에 늘어서 있던 자동차들의 상표를 언급해야 할까? 과거 30년대에 이 저택에 얼마나 많은 하인들이 고용되어 있었는지 말해야 할까? 그들이 맡은 다양한 업무를 열거해야 할까?

아래층 선물가게에 팔려고 진열해놓은 『위대한 개츠비』가 떠오른다. 나는 손에 넣지도 못할 사치품들을 묘사하는 데 빠져들 마음이 전혀 없다. 배너와 똑같이, 나는 이 장소의 부유함에 대해 오래 떠들고 싶은 생각이 없다. 내가 이곳에 온 건 서류 때문이다. 그 밖의 이유는 없다.

계단 꼭대기에서 왼쪽으로 돌아 긴 복도를 따라 걸어간다. 문 몇 개가 열려 있어, 벨벳 로프 뒤로 그림과 장식품이 전시되어 있는 방들이 보인다. 나는 어느 문이 밀드레드의 방으로 이어지는지 정확히 기억한다. 그 문은 지금도 그때처럼 닫혀 있다. 복도 저쪽 끝에 도서관이 있다.

물건이 옮겨져 있다. 지금은 책의 수가 더 적고(아마 대부분은 보이지 않는 곳에 쌓여 있을 것이다), 나는 진짜 일을 하기 위해 디자인된, 기능적인 전등과 쓸모 있는 의자들이 딸린 실용적 책상들이 늘어서 있는 모습을 반갑게 받아들인다. 열람객 몇 명이 커다란 미술책을 넘겨보며 메모한다. 주임 사서가 나와 나를 마중한다. 우리는 그의 업무 공간으로 들어간다. 그곳에서 그는 나를 동료 둘에게 소개한다. 나는 그에게 제한된 자료에 접근할 수 있도록 요청하는 서류를 내밀고, 그는 형식적인 절차를 밟을 수밖에 없어 미안하다며 서류를 받아든다.

나는 사람들이 가장 많이 찾는 서류와 책이 무엇인지 묻는다. 그는 방문객 대부분이 광범위한 미술 수집품을 연구하는 학자나 학생이라고 말한다. 경매소 감정인들은 거의 매일 온다.

"실은," 그가 말한다. "작가가 여기서는 특이한 존재입니다."

우리는 내가 찾는 자료에 관해 이야기한다. 내가 밀드레드 베벨의 서류를 요청하자 사서 세 명이 서로를 보며 키득거린다.

"아, 행운을 빕니다." 주임 사서가 말하고, 다른 두 사서도 공감한다는 듯 고개를 끄덕인다. "베벨 부인은 손글씨가 형편없거든요."

"우린 그걸 보이니치 필사본이라고 불러요." 세 사서 중 가장 젊은 사람이 장난스럽게 낄낄거리며 말한다.

사서들끼리 통하는 농담이다. 보이니치 필사본은 예일대학교 바이니키 희귀서적도서관에 보관되어 있는, 양피지에 작성된 15세기 원고다. 삽화로 보아 정체를 알 수 없는 식물 품종과 우주론에 관한 논문인 듯한 그 문서에 대해 알려진 내용은 거의 없다. 이 원고는 중부 유럽 어딘가에서 만들어진 것으로, 쓴 사람이 지어낸 알파벳으로 적혀 있어 여러 세대에 걸쳐 학자들을 당황시켜왔다. 상당한 시간과 자원을 들였음에도 언어학자와 암호학자, 심지어 전 세계 정부 기관도 아직 그 내용을 해독하지 못했다.

주임 사서도 같이 낄낄거리지만, 재빨리 전문가의 목소리로 다시 말한다.

"베벨 부인의 파일에는 저희로서는 정체를 알아낼 수 없었던 서류가 아주 많습니다. 그 점이 베벨 부인의 서류를 분류하는 데도 영향을 미쳤죠. 저희는 어쩔 수 없이, 주제보다는 단순히 형식과 크기에 따라 서류를 분류해야 했습니다. 그러니 상자의 내용물이 상당히 뒤죽박죽인 점에 대해 미리 양해를 구합니다."

나는 책상에 앉아 공책과 연필을 꺼내고(여기에서는 잉크를 쓸 수 없다) 내 상자가 도착하기를 기다린다.

2

나는 직원용 출입구를 사용하라는 지시를 받았다. 그 입구는 직원들이 쓰는 작은 로비로 이어졌고, 그곳에서 나는 의자로 안내받았다. 생활공간으로 들어가기 전에 이런 중간 지대에 있게 되어 기뻤다. 하녀 한 명이 나를 가정부 클리퍼드 씨에게 소개해주었다. 할머니 같지만 어째서인지 젊어 보이기도 하는 여자였다. 그녀는 내게 차를 한 잔 건넸지만, 나는 너무 긴장해서 마시지 못했다. 그래도 그녀는 나를 "자기"라고 부르며 찻잔을 내밀었다.

영화 속 집사를 흉내내는 것 같은 집사가 다가오더니, 나보다는 방을 향해 내 이름을 부르고 뒤돌아 떠났다. 클리퍼드 씨가 내 잔을 받아들고, 그를 따라가라고 용기를 주었다. 집사는 나를 데리고 통로를 지나 계단 몇 곳을 올라간 다음 좁은 통로를 따라갔다. 극장의 무대 뒤편 같았다. 그는 한 번도 뒤를 돌아보며 내가 잘 따라오는지 확인하지 않았다. 마침내 우리는 실제 저택으로 이어지는, 녹색 천을 씌운 문을 지났다. 카펫에 발을 딛자마자 무단 침입자가 된 기분이 들었다. 우리는 끝없이 이어지는 응접실을 가로질렀다. 집사가 문을 두드렸고, 나는 베벨의 서재로 안내되었다.

표현력이 떨어진다는 한계는 있었지만, 베벨은 나를 따뜻하게 환영했다. 우리는 몇 마디 인사를 나누었고, 그는 내게 타자기가 놓여 있는 책상에 앉으라고 했다.

"시작하기 전에," 그가 사이드 테이블에서 종이를 가져오며 말했다. "우리가 이행해야 할 중요한 법적 의무가 있네. 자네는 이 서류에 서명해야 해. 핵심은, 이곳에서 언급되는 모든 일에 관해 어떤 상황에서도 이야기하거나 공개하거나 논평해서는 안 된다는 거야. 내가 이 문제를 얼마나 진지하게 생각하는지 자네가 체감할 수 있도록 이 서류를 직접 전달하고 싶었네. 이 규칙만 지킨다면 자네는 눈곱만큼도 걱정할 게 없어. 이 서류는 자네 인생에 아무런 영향을 끼치지 않을 거야. 하지만 유감스럽게도, 서명하지 않는다면 일을 시작할 수 없네."

나는 서류를 읽지도 않고 서명했다. 선택의 여지가 없었다―게다가 당시에는 그의 비밀을 누설할 생각도 전혀 없었다.

내게 지금까지도 그 계약에 의한 비밀 엄수의 의무가 있을 가능성이 아예 없는 건 아니다. 다만 지금껏 내가 기록보관소에서 찾아본 베벨의 서류에서는 그 특정한 문서가 발견되지 않았다. 저택의 자문 변호사는 당시에 의뢰를 맡았던 법무법인이 더이상 존재하지 않는다고 말해주었다. 나는 그 정도 선에서 이 문제를 다루고자 한다.

"책은 읽었겠지. 책 얘기를 할 필요는 없네. 내 직장에 방문한 것만으로 내가 진지한 사업가라는 걸 알게 됐으리라고 확신하니까. 물론, 그 점에 대해서는 길게 이야기하게 될 걸세. 하지만 이젠 자네도 내 분노가 얼마나 정당한 것인지, 또 우리가 얼마나 빠르게 작업해야 하는지 알 거라고 믿네. 질문."

"없습니다." 나는 베벨의 진짜 인생과 관련하여 배너의 소설을 읽고 떠오른 끝없는 질문을 하는 건 어리석은 일임을 알고 있었다.

"좋아. 이렇게 하지. 나는 나오는 대로 이야기하겠네. 자네는 그 이야기를 받아 적고, 필요하면 문장을 다듬어 전체적으로 말이 되게 만들게. 반복되거나 모순되는 이야기는 빼버려. 시간 순서를 바로잡고(자네도 알겠지만, 대화하다보면 앞뒤로 건너뛰게 되니까). 일반 독자가 보기에 지나치게 거슬리거나 난해한 내용은 절대 없어야 하네. 때때로 윤색을 해도 되고. 뭐랄까, 조금씩 바꾸는 것 말이야. 그냥 잘 읽히게 하게. 당연히 이야기는 내가 해주겠지만, 세부사항 하나하나와 정리는 전부 자네에게 맡기겠네."

"알겠습니다."

베벨의 문체를 교정하고 사실상 그의 책을 쓰는 것은 내가 예상했던 업무가 아니었다. 나는 일을 하다보면 분명해지는 부분이 있으리라고 생각했다.

"또 베벨 부인을 다루는 문단에는…… 여성적인 손길을 더해주리라고 믿네."

나는 고개를 끄덕였다. 아직도 어떤 태도를 취해야 할지 망설여졌다.

"아내 이야기가 나와서 말인데, 자네가 읽은 그 소설에 관해 대단히 중요한 사항이 있네. 자네가 절대로 잊어서는 안 되는 사항이야. 전에도 말했지만, 내 아내는 어떤 종류의 정신질환도 앓은 적이 없네. 밀드레드는 명석하고 조용한 여자였어. 밀드레드처럼 착하고 약한 사람이 어떻게 그런 식으로 모략을 당할 수 있나? 꼭 어린애를 조롱하는 것 같은 일이야." 베벨은 잠시 멈추어 벽과 천장이 만나는 모서리를 보더니 이어 자기 손을 보았다. "그리고 대체 누가, 내가 밀드레드의 죽음에 어느 정도로든 책임이 있다는 식으로 말할 수 있나? 내가 밀드레드를 무슨 정신 나간 의학 실험 대상으로 삼았다니. 그놈의 글쟁이는 어떻게 그런 상상을 할 수가 있지? 책을 내는 건 둘째로 치더라도 말이야. 이런 이야기가 살아남도록 내가 놔둘 수 없다는 걸 자네도 알겠지." 그는 방금 한 말이 내 머릿속에 제대로 박혔다는 걸 확인하듯 내게로 시선을 돌렸다. "밀드레드가 스위스의 요양원에서 죽은 건 사실이야. 하지만 내가 밀드레드를 잃은 건 암 때문이었네."

"유감입니다."

그는 손을 들어 내 말을 막았다.

"그럴 필요 없어. 일하지."

"회장님, 괜찮으시면 저는 저쪽 소파에 앉겠습니다. 타자기는 필요 없어요. 약자로 받아 적었다가 나중에 전부 옮기도록 하겠습니다."

베벨은 놀랐다.

"회장님이 말씀하신 그런 대화는 사무실 느낌이 덜 나는 곳에서 더 잘 흘러나올 것 같습니다." 내가 말했다.

생각에 잠긴 침묵.

"좋아. 자네가 그게 편하다면야." 베벨은 소파를 향해 손짓하더니 내 맞은편 안락의자에 앉았다. "시작하지."

3

베벨의 저택을 나서려는데, 집사가 내게 봉투를 내밀며 그 안에 미리 지불하는 첫 주 월급과 초기 비용으로 쓸 돈이 들어 있다고 말했다. 새로운 타자기와 사무용품이 필요할지도 모르니까. 아니, 새 옷을 좀 사는 건 어떨까요? 그가 마지막 말을 하면서, 티 나게 여우짓을 하며 즐거워하던 모습이 생각난다.

나는 피프스 애비뉴를 가로질러 봉투의 내용물을 살펴볼 수 있는 공원의 조용한 벤치를 찾았다.

어려서 받은 교육 때문에 나는 돈을 더러운 것으로 여기게 되었다. 지폐는 문자 그대로 "착취당하는 대중의 땀으로 얼룩져" 있는 만큼, 내가 익숙하게 다뤄온 기름지고 주름진 1달러짜리와 5달러짜리 지폐에 묻은 손때는 도덕적인 것이기도 했다. 세월이 지나 아버지의 신조를 떨쳐버리면서, 나의 윤리적 거부감은 녹아내려 무관심이 되었다. 나는 더이상 돈의 물리적 형태에 대해 좋게도, 나쁘게도 생각하지 않는다—돈은 그저 상업적 거래를 하는 만질 수 있는 매체라고 본다.

하지만 그날 센트럴파크에서는 봉투가 돈 이상의 무언가를 담고 있는 것처럼 보였다. 나는 살면서 그렇게 많은 현금을 쥐어본 적이 없었다. 20달러짜리 지폐 열 장(당시 우리집 집세가 한 달에 25달러 정도였다). 지폐는 한 번도 사용되지 않은 것이었으며 서로 달라붙어 있었다. 돈의 진짜 냄새—오랜 세월에 걸쳐 돈을 만진 수많은 손들의 냄새가 아니라—가 무엇인지 궁금해서 봉투에 코를 처박았다. 아버지와 똑같은 냄새였다. 하지만 잉크 냄새 이면에는 숲의 향기 같은 향도 났다. 축축한 흙과 알 수 없는 잡초의 향이 숨어 있었다. 꼭 지폐가 자연의 산물인 것만 같았다. 봉투 안에서 그 지폐들을 넘겨보면서, 지폐에 연속적인 일련번호가 찍혀 있다는 걸 알았다. 전에는 한 번도 본 적 없는 것이었다. 그걸 보자, 물리적인 생생함을 담아, 내 20달러들 이전과 이후에 인쇄된 수백만 장의 20달러짜리 지폐와 그것들이 나타내는 수없는 가능성을 생각하게 되었다. 그 지폐들로 살 수 있는 것, 그 지폐들로 해결할 수 있는 문제. 아버지가 옳았다. 돈은 어떤 구체적 형태로든 구현될 수 있는 신성한 정수였다.

같은 날, 나는 브루클린을 돌아다니며 볼일을 봤다. 집사가 마음에 안 들긴 했지만, 그가 한 말에는 일리가 있었다. 나는 새 옷이 필요했다. 더욱이, 집사를 시켜 새 옷을 사라고 말한 사람이 베벨일지도 모른다는 생각이 들었다. 그날 오후에 아버지가 외출한다는 걸 알고 있었고, 아버지가 쇼핑백을 들고 있는 내 모습을 보는 걸 원하지 않았기에 나는 즉시 옷을 사기로 했다.

세련된 모습으로 보이고 싶긴 하지만 옷이 너무 주목받지는 않았으면 좋겠다고 호이트 스트리트에 있는 마틴스백화점의 여자 판매원을 설득하는 데는 상당한 노력이 필요했다. 그녀는 계속해서 내 상사에 대해, 또 사무실 환경이 어떤지에 대해 물었다. 나는 얼버무리며 대답했고, 늘 그녀가 너무 추레하다며 던져버린 옷들을 골랐다.

"손님처럼 매력적인 분이…… 손님은 이런 칙칙한 옷에 숨으면 안 돼요." 그녀는 나의 따분한 회갈색 소망에 굴복하기 전에 그렇게 말했다.

다음으로 찾아가볼 사람은 집주인이었다. 우리가 아직 쫓겨나지 않은 유일한 이유는 그녀가 우리 엄마를 사랑했고, 그런 만큼 나에 대한 의무감을 느꼈기 때문이었다. 하지만 그녀는 아버지와 반쯤은 성직이나 다름없는 아버지의 인쇄업을 거의 똑같은 정도로 싫어했다. 그리고 집세를 하루 밀릴 때마다 나는 아버지의 딸에 가까워져 갔다. 그녀에게 돈을 내는 데는 늘 한 시간 정도가 걸렸다. 그녀는 돈을 받고 싶어했지만, 돈을 받는 데 불편함도 느꼈다. 동네 뒷이야기를 하면서 나를 문 앞에 오랫동안 잡아둬야 한다는 의무감을 변함없이 느꼈다. 이런 친밀함의 환상은 이 주가 지나면 식기 시작해, 한 달이 끝날 때는 완전히 사라지곤 했다.

외상을 달아둔 가게들에서도 비슷한 일이 벌어졌다. 나도 몇 주, 때로는 몇 달씩 외상을 달아놓는 데 부끄러움을 느꼈지만, 돈을 갚을 때가 되면 가게 주인들이 정당한 자기 몫의 돈을 받는 데 부끄러움을 느꼈다. 그들의 어색함은 다양하고 사소한 화제에 대한 긴 대화로 이어졌다. 그다음에 나는 작은 선물을 받아 떠났다.

나는 아버지와 조용히 저녁을 먹었다. 아버지는 창고의 음식들이 다 어디에서 났느냐는 질문을 하지 않았다.

다음날, 나는 잭에게 타자기 사는 걸 도와달라고 했다. 그러면 우리가 같이 할 일이 생길 테고(우리가 함께 보내는 시간에는 점점 더 목적이 없어졌다), 그가 기자로서의 지식을 자랑할 기회를 즐길지도 모르니 말이다. 그는 시카고에 있는 작은 신문사에 글을 몇 편 써주었다고 말한 적이 있었고, 나는 그가 설명하는 일의 내용을 듣고 타자기나 사무실 업무의 여러 면을 잘 알고 있으리라고 생각했다.

우리는 브루클린 시내의 사무용품가게에서 만났다. 법원 단지 근처에 있는 그 가게는 타자기를 팔고 빌려주고 수리도 해주었다. 잭은 모자를 뒤로 젖혀 쓰고 입술에 담배를 달랑달랑 물고서 엄청나게 많은 질문을 던지고 다양한 기계를 써보았다. 하지만 그가 타자에 대해 아무것도 모른다는 건 분명했다. 그는 검지로 "라라라라라라라라라라라"를 최대한 빠르게 두드려대며 모델 몇 가지를 시험해보았다. 잭이 판매원과 이야기하는 동안에 나는 그가 나를 보지 않기를 바라며 타자기 몇 개를 써보았다. 내가 중고 로열 휴대용 타자기로 결정하려 했을 때("e"에 잉크가 너무 많이 묻어나와서 멍든 눈처럼 구멍 부분이 새까맣게 칠해졌고, "i"에는 점이 안 찍히는 경우가 많았지만), 그가 다가왔다. 내가 눈치를 채고 타자 치기를 그만두기도 전이었다. 그는 아무 말도 하지 않았지만, 나는 그의 분노를 느낄 수 있었다. 내가 할부를 하지 않고, 27.50달러를 한 번에 내는 모습을 보인 것도 도움이 되지 않았다.

돌아가는 길에, 잭은 큰 가능성이 보이는 실마리와 특종, 직감에 대해 말했다. 그는 다양한 신문 편집실의 사람들을 많이 알아가고 있었다. 머잖아 모든 일이 아귀가 맞아 돌아갔으면 좋겠다고 했다. 그저 완벽한 신문의 완벽한 편집자에게 줄 완벽한 이야깃거리만 찾으면 된다고. 잭에게 필요한 건 그게 전부였다. 문안에 발을 들여놓는 것 말이다. 그렇게만 되면, 그는 칼럼니스트가 되는 길에 오를 터였다.

"그냥 시간문제야." 그가 말했다. "근데 시간이……" 그는 어색하게 말을 멈추었다. "비싸지고 있지."

나는 멈춰 서서, 경악한 마음에 입을 가렸다.

"정말 미안해. 말도 안 꺼냈다니 믿을 수가 없네." 나는 핸드백에 손을 넣었다.

"어어, 아니! 그런 말이 아니라……"

"맨날 하는 얘기 또 하지 말자." 나는 그에게 돈을 건넸다. 그는 인도를 내려다보았다. "부탁이야. 받아줘. 나를 위해서라도."

잭은 고개를 들지도 않고 지폐를 재빨리 주머니에 넣더니, 고맙다면서 언젠가 갚겠다고 중얼거렸다. 우리는 계속 걸었다.

"그건 그렇고, 새 직장 얘기 좀 해봐." 잭이 평소의 목소리로 다시 입을 열었다. "타자기는 왜 사는 거야? 사무실에서 일한다고 하지 않았어?"

"아직 잘 모르겠어. 어제는 그 사람 집에서 일했거든. 더는 다운타운에 가고 싶지 않대. 오후에는 늘 자기 집에서 일한다더라고. 그래서 그 많은 메모를 집에 와서 다 타자로 옮겨야 하는 거야. 나중에는 그 사람 사무실에서 만날지도 몰라. 잘 모르겠어."

"잠깐. 그 사람 집에 있었다고?"

"응."

"혼자?"

"뭐, 주변에 직원들이 많았어."

"하지만 단둘이 있었다는 거잖아."

"응."

"마음에 안 드는데."

우리는 조용히 걸었다. 그가 다음번에는 언제 키스해야 할지 계산하는 데 몰두한 채로 함께 물가를 따라 산책하던 조용한 십대 시절이 생각났다.

"그런데 그 사람은 누구야?"

"사업가야."

"그 사업가는 이름이 없어?"

나는 다시 멈췄다.

"있잖아. 날 믿어달라고 하지는 않을게. 하지만 네 기분 좋아지라고 너한테 아무짝에도 쓸모없는 이름을 알려주지는 않을 거야. 널 달래려고 말을 하고 싶진 않아."

내가 다시 걷기 시작하고 잭이 몇 걸음 뒤에서 토라진 채 따라오고 있을 때, 나는 내가 그 마지막 문장들을 무미건조하게, 무표정하고 냉정하게 말했다는 걸 깨달았다. 앤드루 베벨과 똑같이 말이다.

4

다음번에 만났을 때 베벨은 심각한 코감기에 걸려 있었다. 그래
도 그는 약속을 지켰다. 아픈 만큼, 진짜 일을 하는 대신 "이것"에
시간을 낭비하는 것도 별로 나쁘지 않게 느껴진다고 했다. 감기를
앓기에는 최악의 날이었다. 뉴욕의 뜨겁고 습한 여름날 오후였으
니까.

나는 첫 만남을 타자하여 글로 옮긴 것을 내밀었다. 내가 베벨의
말을 단단하고 예리한 문장으로 깎아냈다고 생각했다. 내가 보기에
그 글은 남자다운 것 같았다. 글은 문체를 통해 조바심을 전했다.
배너의 소설을 비난하기 위해 일부러 암묵적이면서도 강렬하게 쓴
것이었다. 어느 한 부분도 베벨이 이야기하면서 제시한 사실을 벗
어나지 않았다.

베벨은 바로 글을 읽었다. 나의 미묘한 엄격성을 제대로 감상하
기에는 너무 빠르게 읽는 것처럼 보였다.

"그렇군." 베벨은 그렇게 말하더니 코를 풀었다. 땀을 흘리고 있

었다. 어쩌면 짜증이 난 건지도 몰랐다. "받아 적기는 잘했네. 본질적인 사실은 들어가 있어. 몇 가지는 교정해야겠지만. 그거야 고치면 되고. 문제는 이 글이 나를 반영하지 않는다는 거야."

"분명히 말씀드리지만, 저는 면밀하게……"

"방금 말했듯이, 받아 적는 건 잘했어. 하지만 누가 그냥 내 말을 받아 적는 걸 원했다면 딕터폰을 썼을 거야. 자네 글에는 너무 많은 게 빠져 있네. 밋밋해. 의심으로 가득하고. 내가 무슨 일을 하는지 정말로 아는 건가?"

"아뇨."

"안다고 대답하지 않은 건 고맙군. 내 일은 정답을 맞히는 거야. 언제나. 조금이라도 틀리면, 나는 모든 수단과 자원을 동원해서 내 실수가 더이상 실수가 아니게 되도록 하네. 현실을 조정해서 내 실수에 맞도록 구부리지."

"그 말을 적어놨다가 책에 써야겠네요."

"빈정거리는 건지, 순진한 건지 모르겠군. 어느 쪽이든 자네를 고용한 걸 후회하게 만들지 말게." 그는 다시 코를 풀고 전화기를 집어들었다. "차 가져와." 그는 전화를 끊었다. "자네가 쓴 글은 지나치게 우유부단해."

"다시 쓰겠습니다."

"좋아. 감기가 이 모양이라, 오늘 이 짓을 얼마나 더 오래 할 수 있을지 모르겠군. 하지만 우리 부모님에 관해서 할 이야기가 하나 있네. 아니, 아직 노트패드를 꺼낼 필요는 없어. 괜히 반응을 보여서 그놈의 소설에 들어 있는 터무니없는 혐의를 그럴싸하게 만들어주고 싶지는 않아. 하지만 그게 전부 거짓말이라는 건 자네가 알아주었으면 하네. 우리 아버지가 쿠바에서 이중생활을 했을 거라고 상상하다니. 아버지한테 담배 사업체가 있긴 했지─다른 사업체도 많이 가지고 계셨고. 하지만 아버지가 국경 남쪽에 발을 들일 생각을 했을 거라고 상상하다니." 이때 베벨은 웃음을 터뜨릴 뻔했다. "그리고 내 어머니가……"

문 두드리는 소리가 났다. 불쾌한 집사가 한 사람 마실 차를 가지고 들어왔다. 그는 심각하게, 조용히 베벨의 컵에 차를 따르더니 나갔다.

"내 어머니가," 베벨은 문이 닫힌 뒤 다시 말을 이었다. "흡연자라고? 시가를 피워? 그놈의…… 친구들이랑? 그것만으로도 배녀는 지금 당하는 일을 당해도 싸." 기침. "다시 말하지만, 난 이 문제를 직접 다루고 싶지 않아. 하지만 방법을 찾게 될 거야." 열과 기침, 차 때문에 그는 땀을 뻐질뻐질 흘리기 시작했다. "자선사업 얘기로 돌아가지."

나는 노트패드를 꺼내 다른 소파에 앉았다. 어째서인지 내가 앉을 자리는 내가 고른다는 걸 보여주는 게 중요하게 느껴졌다.

"부모님 얘기 먼저 좀더 해주시는 게 어떨까요?"

베벨의 표정에서 드러나지 않은 짜증은 컵을 다시 컵받침에 내려놓는 힘에 다 실려 있었다. 내가 실수한 것이다. 하지만 단호한 태도를 보이는 것이 과거에는 효과가 좋았다. 어쩌면, 실수를 고집스럽게 이어나감으로써 내 죄를 스스로 사할 수 있을지 몰랐다.

"회장님의 상실을 이야기하다보면, 회장님이 선조들에게서 영감을 끌어오게 된 방식을 설명할 수 있을지도 몰라요. 회장님이 하신 모든 자선사업의 괜찮은 배경이 될 수도 있고요. 애초에 왜 그런 일에 끌리게 됐는지 보여주는 거죠."

"여성적인 손길이랬잖아." 조금은 누그러진 걸까? "별로 집중하지 않는 모양이군. 난 감상적인 넋두리를 원하는 게 아니라 단호한 글을 원하는 걸세."

그는 이마를 훔치더니 갑자기 기운이 빠지고 공허한 모습이 되었다. 열이 나는 건지도 몰랐다.

"하지만 무슨 말인지는 알겠군. 뭘 알고 싶나?"

"어린 시절 기억을 몇 가지 이야기해주시면 어떨까요. 어린 시절 일화에 관한 내용이 몇 문단 들어가면 책의 분위기를 부드럽게 하는 데 도움이 될 테니까요. 회장님이 어떻게 오늘날의 모습이 되었는지 보여주는 거죠. 회장님의 기억 속 어머니의 첫 모습은 뭔가요?"

잠시 침묵이 흘렀다. 그는 기침을 하고 이마를 훔쳤다. 나도 땀이 나기 시작했다. 긴 침묵이 불편했다. 하지만 나는 그 침묵을 깨지 않기로 했다.

"돌아가셨을 때."

다시 침묵이 흘렀다.

"어머니가 돌아가셨을 때, 나도 나 자신에게 그 질문을 했었지. 부활절 달걀 찾기를 했던 기억 같군."

침묵이 저절로 다시 쌓여가기 시작했다.

"사랑이 많은 분이셨어. 그래서 어머니의 빈자리가 힘들었지. 똑똑하셨어. 어머니는 똑똑한 분이셨다네. 내게 일찍부터 수학적 재능이 있다는 걸 알아보셨지. 내가 수업을 들을 때 같이 앉아 있다가 가정교사들을 고쳐주신 적도 많아. 이런 점에서는 어머니도 밀드레드와 비슷했네. 둘 다 똑똑한 여자였지." 베벨은 그만의 습관대로 콧구멍으로 웃었다. "엄청나게 많은 가정교사들이 해고당했네. 줄줄이. 어머니는 그중 나만한 재능을 가진 사람이 한 명도 없다고 하셨어. 어느 시점에는, 나한테 그 사람들을 해고하라고 시키기 시작하셨지. 나는 그 사람들한테 해고 사실을 알리고, 그 사람들이 왜 해고당했는지, 뭘 못 가르쳤는지 같은 것들을 설명해야 했네. 처음 그런 일을 해야 했을 때가 여섯 살인가 일곱 살이었을 거야." 그는 음침하게 웃는 것인지, 막힌 코를 푸는 것인지 알 수 없는 소리를 냈다. "그 사람 얼굴에 떠오른 어리둥절한 표정이라니."

베벨은 기진맥진한 것처럼 보였다.

"아무 의미 없는 행동이군. 게다가 난 아파. 유감이지만, 열도 나. 수요일에 다시 쓴 글을 가지고 오게. 그때는 자선사업에 대해서 얘기하지."

5

다음주 수요일에 우리는 만나지 않았다. 베벨이 계속 아팠다. 나는 남는 날을 활용해, 베벨의 지시에 따르려고 노력하며, 처음에 쓴 글을 고쳐 썼다. 내 글에 베벨의 존재감에서 느껴지는 힘이 없다는 말은 사실이었다. 하지만 그 힘은 베벨이 하는 말에만 깃들어 있는 것이 아니었다. 그 힘은 베벨의 인성과 그의 환경, 사람들이 그에 대해 품는 위협적인 선입견 등 다양한 측면의 효과가 중첩되어 나타나는 것이었다. 그 힘 혹은 단호함은 단지 언어적인 것이 아니었기에 언어만으로 표현될 수 없었고, 한사코 종이 위에서 살아나지 않으려 했다.

내 모든 노력은 실패했다. 내가 베벨의 목소리를 최대한 비슷하게 흉내낸 것은 캐리커처였다. 해럴드 배너를 만나고 싶다는 거의 억누를 수 없는 욕망이 나를 사로잡았다. 그에게는 커다란 사실에서부터 작은 세부 사항까지, 내가 찾는 답이 어느 정도 있을 게 틀림없었다. 어쩌면 그가 내 글쓰기를 도와줄지도 몰랐다. 배너를 찾는 일이 그렇게 어렵지는 않을 터였다. 하지만 찾는다고 한들 뭐라고 말할까? 배너의 소설을 헐뜯고 망가뜨리는 것이 주된 목표인 책을 쓰는 데 협조하도록 고용되었다고? 설령 어떤 기적적인 이유로 배너가 나를 도와준다 해도, 베벨은 내가 배너를 만났다는 걸 틀림없이 알아낼 테고 그러면 내 직장생활은 끝날 터였다. 그보다 나쁜 일이 일어날 수도 있었다. 베벨이 나에게 서명하라고 했던 서류가 있었으니 말이다.

쓰레기통이 가득찼다. 나 자신의 공포가 후각으로 느껴졌다.

산더미처럼 쌓여가는 그 절망에서, 나의 첫 돌파구가 나왔다. 나는 더이상 베벨의 목소리를 포착하지 않기로 했다. 그 대신, 나는 베벨이 가지고 싶어하는 목소리, 그가 듣고 싶어하는 목소리를 만들어내기로 했다.

아무 쓸모없는 초고로 쓰레기통을 또 한번 가득 채운 뒤, 나는 나의 새로운 계획이 얼마나 주제넘은 것인지 깨달았다. 베벨이 자기 목소리가 담겨 있다고 생각할 정도로 그를 잘 포착한 웅장한 문체를 어떻게 나 혼자 생각해낼 수 있나? 도움이 필요했다.

나는 브라이언트공원에 있는 뉴욕 공립도서관 본관으로 가서, 도서 목록을 훑어 "위대한 미국 남자들"이 쓴 자서전을 찾으며 하루를 보냈다. 내가 도서 색인카드를 넘겨보며 떠올린 이름을 몇 가지만 꼽자면, 벤저민 프랭클린, 율리시스 S. 그랜트, 앤드루 카네기, 시어도어 루스벨트, 캘빈 쿨리지, 헨리 포드 등이었다. 아무 장식이나 수정 없이 받아 적은 베벨 자신의 목소리로 충분하지 않다면, 이 모든 다른 목소리를 활용해 그에게 새 목소리를 만들어주기로 했다. 그리고 이 목소리들을 꿰맬 때는 아버지의 엄포와 자존심을 사용할 생각이었다. 빅터 프랑켄슈타인의 괴물처럼, 내가 창조할 베벨도 이 모든 다양한 남자들의 팔다리로 만들어질 터였다.

나는 브루클린 공립도서관에서 그런 책 몇 권을 빌릴 수 있었고, 이어지는 주에는 혼란스럽고도 무계획적인 방식으로 그 책들을 훑었다. 별 체계 없이 한 책에서 다른 책으로 건너뛰며 출처를 적지 않은 채 아무 내용이나 메모했다. 나는 문서 연구에 대해서나 서지 정보를 제대로 다루는 방법에 대해 제대로 훈련받은 적이 없었다. 알고 보니 그게 이점이었다. 나의 거칠고 타협의 여지 없이 비체계적인 접근법 덕분에 책들이 서로 합쳐지기 시작했으니 말이다. 그 남자들 각각의 개인적인 특징은—카네기의 자족적인 독실함, 그랜트의 근본적인 품위, 포드의 딱딱한 실용주의, 쿨리지의 수사적 검약 등등—당시 내가 생각하던 그들 모두의 공통점 앞에 무너져내렸다. 즉, 그들은 모두 아무런 의심 없이 자신의 이야기는 들을 가치가 있다고 믿었다. 자신들의 말이 누군가의 귀에 들어가야 마땅하다고, 자신들의 결점 없는 삶에 관한 이야기는 반드시 전해져야 한다고. 그들 모두가 내 아버지에게 있던, 바로 그 흔들리지 않는 확신을 품고 있었다. 그리고 나는 그것이야말로 베벨이 글로 옮기고 싶어하는 확신이라는 걸 알았다.

나는 일에 몰입해 거의 방에서 나가지도 않았다. 타이밍이 그보다 좋을 수 없었다. 그 주에, 아버지와 나는 적대적인 침묵에 빠져들었다. 아버지는 월 스트리트에 취직한 나에게 화가 나 있었고, 내가 화해를 위해 먼저 나서기 전까지는 계속 그런 상태가 이어질 터였다. 그 말은, 어떤 식으로든 아버지가 옳고 내가 틀렸다고 말해야 한다는 뜻이었다. 잭과의 관계에서도 비슷한 상황이 벌어지고 있었다. 그는 타자기를 사고 말다툼을 벌인 이후로 나를 만나러 오지 않았다. 두 사람 다 내가 상처를 받아 방에 틀어박혔다고 생각했을 가능성이 없지 않았다. 그들은 내가 일을 하기보다는 풀이 죽어 있는 모습을, 자신들을 향한 부당한 분노 속에 뒹굴고 있는 모습을 상상했을 게 틀림없었다.

아버지는 감정의 독점권을 행사했다. 아버지의 행복은 그 어떤 반대도 용납하지 않았다. 아버지가 기분이 좋으면, 모두가 기꺼이 아버지의 긴 이야기를 듣고 아버지의 농담에 웃고 뭐든 아버지가 떠올린 프로젝트에 기꺼이 참여해야 했다— 재앙에 가까운 집 인테리어든, 스물네 시간 내내 하는 인쇄 업무든, 누군가 이야기한 이탈리아인 정육점 주인을 찾아 브롱크스를 돌아다니는 것이든. 하지만 자기 기분이 처지거나 억울할 때면, 아버지는 모든 사람이 그 대가를 치르게 했다. 화가 나 있을 때의 아버지 얼굴처럼 결의에 찬 얼굴은 아직 본 적이 없다. 슬프게도, 그 결의는 오직 자신에게만 고정된 결의였다— 결의에 차겠다는 결의에 찬 얼굴. 일단 그런 상태가 되면, 내가 보기에 아버지는 모든 형태의 타협을 자기 배신이라고 생각하는 것 같았다. 잘못을 인정하는 것만으로 자신의 존재 전부가 부식되어 쓸려나갈 것처럼 말이다. 나는 이십 년 넘게 아버지와 같이 살았고, 우리는 내가 독립한 뒤에도 가까이 지냈다. 그 모든 세월 동안 아버지는 내게 단 한 번도, 그 무엇에 대해서도 사과하지 않았다.

베벨과의 다음번 만남이 이루어지기 며칠 전, 나는 베벨의 자서전 서문을 완성했다. 내 글은 설령 베벨의 목소리를 정확히 포착하지는 못했을지라도, 그가 내야 한다고 생각되는 목소리는 담아냈다. 내가 허구의 베벨에게 부여한 과한 자신감이 조금 신경에 거슬린 건 사실이다. 하지만 나는 그의 목소리를 찾아냈다고 확신했다— 그 방법이 통할 거라고.

행복에 겨워 방에서 나와보니 아버지가 인쇄기 옆에 있었다. 아버지는 딱히 누구라고 할 수 없는 대상에게 보여줄 하나의 사례로서 원칙적인 분노를 유지하는 중이었다. 나는 아버지를 끌어안고 입맞춤했다.

"그러지 말아요. 화내지 마세요."

"화라니? 난 화가 난 게 아니야. 며칠씩 방에 틀어박혀 있던 건 너다."

"일하고 있었어요. 아빠도 제가 일하고 있었다는 거 알잖아요."

답이 없었다. 아버지는 활자를 한 줄 끼워넣었다.

"제가 얻은 일자리가 마음에 안 드신다는 거 알아요."

"난 그런 말 한 적 없다. 네가 한 말이지."

"저도 그 일자리의 어떤 면에 미쳐 있는 건 아니에요. 그냥 어쩌다 거기에 취직한 거죠."

"내가 하지도 않은 말을 했다고 하는구나."

"아버지 생각에는 포드 공장 조립라인에서 일하는 노동자가 자본가예요? 유나이티드스틸에서 용광로를 작동시키는 사람이 제국주의자라고 하실 거예요? 아버지가 하시는 투쟁이 다 그 사람들을 위한 것 아니에요? 그 사람들이랑 저랑 무슨 차이가 있는데요?"

아버지는 공구를 내려놓았다. 나는 열정적으로 말하다가, 우리가 화해하려면 아버지가 맞는 사람이고 내가 틀린 사람이 되어야 한다는 걸 잊고 말았다. 이제 아버지는 자리를 떠나 한 주 더 시무룩하게 지낼 터였다. 그런데 불가능한 일이 일어났다.

"네 말이 맞다." 아버지가 말했다. 심지어 그 말을 되풀이했다. "네 말이 맞아. 가서 커피 좀 타와라. 네가 얻었다는 그 일자리 얘기나 들어보자."

6

"좋군. 나중에 약간 수정하지. 계속하세."

내가 새로 써간 자기 글을 읽은 뒤 앤드루 베벨이 한 말은 이게 전부였다. 나한테 필요한 것도 그게 전부였다.

우리는 그날 면담의 전반부를 챕터별로 책 전체의 계획을 짜며 보냈다. 그때쯤에는 베벨이 시간 순서로 자기 삶의 이야기를 해주 거나, 각 화제를 철저히 다룬 뒤에야 다음 화제로 넘어가지 않으리 라는 게 분명해졌다. 하지만 베벨은 회계 전문가의 조직적이고 체 계적인 정신을 가지고 있었기에 각 사건이 어디에 들어갈지 알아야 만 했다. 그래서 우리는 베벨이 새로 짓는 고층빌딩과 크게 다르지 않은, 이야기의 개략적 뼈대를 고안했다. 면담이 끝날 때마다 메모 를 타자로 옮기는 것과 마찬가지로, 내가 기록한 사건들을 분류해 서 그것들이 어느 챕터에 들어갈지 결정하고 논리 정연한 이야기가 되도록 짜맞추는 것도 내 일이었다.

짧은 서문에 이어, 책은 베벨의 조상들에 관한 챕터로 시작해 그의 교육과 사업 등등에 관한 챕터로 이어질 예정이었다. 베벨은 이야기에 심취하면 자주 챕터를 앞뒤로 오가며, 내게 동떨어진 문장과 핵심 단어, 또는 그냥 이름을 받아 적도록 하고 나중에 자세히 설명하겠다고 했다. 책의 핵심은 아내의 명예를 회복하고 그가 가진 사업가로서의 출중한 능력을 주장하는 부분들로 이루어져 있었다.

그의 투자가 늘 국가의 성장을 동반했으며, 사실상 국가의 성장을 촉진했음을 여러 가지 방법으로 보여주는 것 또한 대단히 중요한 일이었다—1929년의 붕괴 와중에도 말이다. 그는 제퍼슨이 대통령이던 그 옛날 증조부 시절에서부터 자신의 조상들이 개인의 이익을 국가의 선과 결합해온 방식을 아주 길게 설명했다. 베벨은 이것이 그가 하는 사업 관행의 핵심이라고 강변했다. 그는 자주 "이 기적인 손길은 닿는 범위가 짧다"고 말하곤 했다. 아니면 "개인의 이익과 공동선은 서로 어긋나는 것이 아니라 능력 있는 사람의 손에 들어가면 동전의 양면이 된다"라거나, "번영은 미덕의 증거다"라거나. 그에게 부는 거의 초월적인 차원의 문제였다. 그는 1926년에 연달아 거둔 전설적 승리에서 이 점이 가장 선명하게 드러난다고 자주 되풀이해 말했다. 이윤을 추구하도록 설계되어 있으면서도, 그의 행위는 늘 국익을 핵심으로 삼았다. 사업은 애국의 한 형태였다. 그 결과 그의 사생활은 점점 더 국가의 생애와 하나가 되었다. 그는 이 점이 밀드레드에게 늘 쉽지는 않았다고 말했다.

"밀드레드는 무척 내성적이었어. 자네에게 고백할 게 있는데, 밀드레드가 내 청혼을 받아준 건 뜻밖이었다네. 나는 밀드레드가 이 모든 것에…… 이것에 관여하고 싶다는 생각을 할 거라고는 상상도 못했거든." 그는 "이것"이 정말로 의미하는 것이 무엇인지 알아내려는 듯 주위를 둘러보았다. "도저히…… 솔직히, 나는 밀드레드 없이 내가 무엇을 해냈을지 모르겠네. 내가 어디에 있었을지 모르겠어." 지극히 평범한 이 말에는 특이한 깊이감이 있었다. "밀드레드는…… 내가 하고 싶은 말은……"

나는 그때까지 베벨의 과묵함이 자신의 유창함을 보여주려는 거창한 쇼라고 생각했다. 언제나 옳은 것이 일인 남자, 의심이라는 사치를 누린 적이 한 번도 없는 남자가 할말을 잃다니.

"잠시 쉬었다 할까요?"

날을 무디게 한 침묵이 깊어졌다.

"밀드레드는 날 구원했어. 다르게 표현할 방법이 없네. 인간성과 온기로 나를 구원했지. 가정을 만들어줌으로써 나를 구원했네. 이제는 아마 보이지 않겠지만, 이곳은," 그는 두 손으로 자기 몸 주변에 부드러운 파도를 그렸다. "한때 집처럼 느껴졌다네. 지금은 하루하루 지날수록 점점 더 박물관처럼 변해가지만. 딱딱하게 말이야. 하지만 얼마 전까지만 해도 이곳은 부드러운 곳이었네. 그녀는…… 밀드레드는…… 늘 음악이 있었어. 밀드레드는…… 그 얘기를 해야겠군. 늘 음악이 있었네." 이번에도 그는 할말을 잃었다. "아름다움. 그래. 밀드레드는 아름다움을 사랑하는 사람이었어. 친절함도. 아름다움과 친절함. 밀드레드가 사랑한 건 그런 것이었네. 그리고…… 밀드레드가 이 세상에 가져다준 것도 바로 그거야. 밀드레드는 늘……"

그는 과거를 들여다보았고, 나는 감히 그를 몽상에서 끄집어낼 수 없었다. 나는 배너가 소설에 묘사한 아내의 모습이 왜 베벨에게 자서전을 써야겠다는 결심을 품게 했는지 이해할 수 있을 것 같았다.

가볍게 문 두드리는 소리가 났다. 집사가 차를 가지고 들어왔지만, 쟁반을 내려놓기 전에 베벨이 그를 멈춰 세웠다.

"사람이 둘이잖아."

"알겠습니다. 회장님."

집사는 돌아서서 나갔다.

"저도 부인을 만나 뵈었으면 좋았을 텐데요." 나는 진정으로 허심탄회한 것처럼 보이는 그 순간을, 또 어느 정도는 친밀하게 보이는 그 순간을 망칠까봐 염려하면서 말했다.

"자넬 좋아했을 걸세. 아첨꾼들을 지겨워했거든."

베벨이 한 마지막 말에 담긴 정신과는 뚜렷이 모순되게도, 나는 그 말에 어마어마한 자긍심을 느끼고 우쭐해졌다.

"밀드레드는 밝은 눈을 타고났어. 밀드레드한테는 지나치게 복잡하거나 불가사의한 일이라곤 없었지. 세상에 대한 밀드레드의 접근법은 아주 쉽고 간단하면서도 틀림없이 옳았네. 밀드레드는 거짓된 복잡성을 꿰뚫고 인생의 단순한 진실들을 발견할 줄 알았네. 자네는 우리의 이 기나긴 대화 속 정수를 증류해 글로 옮길 방법을 찾아가고 있으니, 내가 안내해주면 밀드레드의 영혼을 담아내는 데도 성공하리라 생각하네."

"감사합니다. 최선을 다하겠습니다."

"방금 밀드레드의 열정에는 어딘지 어린애 같은 구석이 있다고 말했던 것 같은데. 그건 사실이야. 하지만 밀드레드의 연약함에서 어떤 지혜가 나왔다는 것 역시 사실이네. 어쩌면 마음속 어딘가에서 우리와 함께할 시간이 그리 길지 않으리라는 걸 알았을지도 몰라. 자네도 알겠지만, 밀드레드는 늘 몸이 약했거든. 우리가 자녀라는 은총을 누리지 못한 것도 그래서네."

"두 분은 어떻게 만나셨나요?"

"평범하지. 딱히 관심을 사로잡는 이야기는 아니야. 밀드레드는 어머니인 홀랜드 부인과 함께 유럽에서 막 도착했었네. 해외에서 그토록 오랜 세월을 보냈으니(밀드레드에게는 거의 평생이었어) 여기에 친구가 없었지. 두 사람이 귀국했을 즈음 나는 어떤 사람과 (이름은 중요하지 않아) 무슨 사업을 마무리하고 있었는데, 그 사람이 홀랜드 부인과 그 딸을 위한 만찬회를 연다면서 나더러 참석해달라고 부탁하더군. 나는 모든 종류의 사교계 행사를 피하는 걸로 유명하네. 하지만 그때는 일로 엮인 사람의 부탁이라 어쩔 수 없었어. 내 자리는 밀드레드 옆이었네."

"그때 무슨 이야기를 나누었는지 기억나세요?"

베벨은 오래 침묵을 지키며 내 머리 위쪽 공간을 바라보았다.

"우리는…… 밀드레드는 음악 이야기를 했네."

"부인은 어떤 음악을 좋아하셨어요?" 나는 배너의 소설에 나오는 헬렌 래스크의 섬세한 음악 취향을 생각했다. "가장 좋아하는 작곡가가 누구였나요?"

"아, 밀드레드는 훌륭한 작곡가라면 모두 좋아했어. 알잖나, 베토벤이니…… 모차르트니……"

베벨은 더 자세히 말하려는 것 같았지만, 그러지 않았다.

"아주 솔직히 말하자면, 난 음악에 대해서는 쥐뿔만큼도 몰라. 우리가 함께 참석한 음악회 중 몇몇은 그럭저럭 재미있었네. 자네한테 설명해주지는 못하겠지만 말이야. 다른 공연들은 아예 음악처럼 들리지도 않았어. 난 늘 관객 대부분이 그냥 그 공연을 좋아하는 척한다고 생각했네. 하지만 밀드레드가 나중에 그 작품에 관해서 이야기하는 방식을 보면, 밀드레드는 그게 다 뭔지 아는 게 분명했어. 그렇지만 쓸데없이 자세한 내용으로 길을 잃을 필요는 없지. 자네가 밀드레드에 관해 알아야 할 건 이거야." 그가 결국 말했다.

"음악을 빼면, 밀드레드는 단순한 사람이었어. 세심하기도 했고. 하지만 어째서인지 몰라도, 그 단순함에서 밀드레드의 엄청난 깊이가 나왔네. 단순하지만 깊은, 알잖나."

사실 나는 그가 하는 말을 이해하지 못했지만 고개를 끄덕였다.

"내가 하고 싶은 말은 이거야. 존재의 경계선과 가까운 곳에 있는 사람들의 천진난만하면서도 심오한 지혜. 밀드레드의 어린 시절과 치명적인 질병. 이 구절을 꼭 쓰도록 하게. '존재의 경계선.'"

나는 적절히 말을 끊었다가 다시 입을 열었다.

"여기, 저택에서 콘서트를 여셨나요? 그러니까, 제가 봤던……"

배너의 책을 언급하지 말아야 한다는 걸 떠올렸지만, 너무 늦었다. 베벨은 어떤 동작에 의존하지 않고도 짜증스러움이 전달될 만큼 오랫동안 나를 바라보았다.

"처음에는 다른 사람보다 자주 콘서트를 열지는 않았어. 그녀는 몸이 약해져 외출할 수 없었지만, 우리집 도서관에서 작은 연주회를 여는 방식으로 음악을 집에 들였네. 2층 응접실에서 소소한 행사를 열었지. 당연히 나는 그 콘서트를 후원했고, 최고의 연주자들을 확보하는 데 도움을 주었어. 하지만 대체로는 끼어들지 않았어. 대부분의 음악은 공연 직전에, 음악가들이 악기를 조율하는 그때 나는 소리와 똑같이 들렸거든. 하지만 난 그런 것들을 대부분 싫어했어도 밀드레드의 대담함과 확신에는 감탄했네."

"혹시 부인이 일기를 쓰셨을까요?" 나는 소설에서 밀드레드를 모델로 한 등장인물이 쓰던 몇 권의 두꺼운 일기장을 떠올리며 물었다.

"지인들과의 약속을 적어두는 달력 몇 개를 빼곤 없었네─물론, 거기에 콘서트도 적혀 있었지."

"혹시 제가 부인의 친구들이나, 그 음악가 중 몇 분과 이야기할 수 있을까요? 그러면 전체적인 그림을 그리는 데 도움이 될 텐데요."

"파르텐자 양, 내가 이 책을 쓰는 건 내 삶의 여러 버전이 만연하는 걸 막으려는 거지, 그 수를 더 늘리려는 게 아니네. 강조하지만 나는 더 많은 관점, 더 많은 의견이 전혀 필요하지 않아. 이건 내 이야기여야 하네."

"알겠습니다."

"게다가 밀드레드는 극도로 내성적인 사람이었어. 몸도 연약해서 사교생활을 거의 하지 않았지. 우리집과 예술에만 전념하며 매우 조용한 삶을 살았다네. 부분적으로는 그게 우리가 그토록 잘 어울린 이유였지—우리는 둘 다 사생활을 보장받는 걸 즐겼거든. 당연히, 밀드레드는 자선사업과 관련된 단체의 대표들을 만났네. 하지만 이런 일로 박물관장과 대학 총장들을 방해해서는 안 될 것 같군. 어쨌거나, 그런 남자들과 밀드레드의 관계는 철저히 실용적인 것이었네. 그 사람들이 밀드레드의 성격에 대해 뭐든 알려줄 수 있으리라는 생각은 별로 들지 않아. 그 부분에 대해서는 내가 얘기해주면 되는 거야."

"알겠습니다. 감사합니다."

"자네는 그저 밀드레드가 친절했고 예술을 사랑했다는 것만 알면 돼. 글에서 생생하게 전해져야 하는 건 그것뿐일세."

다시 한번 문 두드리는 소리가 나더니 집사가 차를 가지고 들어왔다.

"시간 좀 보게나." 베벨이 말했다. "전화를 한 통 걸어야 하는데. 미안하군. 내 사무실에 전화해서 다음 약속을 잡게. 잘했네, 파르텐자 양."

그 말을 끝으로 베벨은 떠났다.

집사가 나를 보았다.

"차는 그래도 드실 건가요?" 그가 씩 웃었다. "사모님?"

잭은 아름답고 소박한 장미 꽃다발을 가지고 왔다. 전에는 한 번
도 내게 꽃을 준 적이 없었다. 그는 장난하듯 빨간 꽃송이 뒤에 얼
굴을 감추며 눈으로 슬픈 표정을 지어 보였다. 부엌에 나와 함께 앉
아 있던 아버지가 웃으며 그를 놀리기 시작했다.

"아, 꽉 잡혔군…… 꽃이다, 이거냐? 그것도 장미를. 장미는 열
정을 의미하지. 아, 이거 진지해지는데! 그런데 잠깐. 어디 세어보
자. 여섯 송이? 안 되지, 안 돼, 안 돼, 안 돼. 장미는 절대로 짝수로
선물하면 안 된다." 아버지가 꽃다발에서 한 송이를 끄집어냈다.
"자. 짝수 송이의 장미는 장례식에 쓰는 거야. 짝수가 아닌 장미는
연인을 위한 거고."

내가 꽃을 받자 잭이 입 모양으로 사과했다. 그는 친구들이 롱아
일랜드에서 만든 놀랄 정도로 시큼한 와인도 한 병 가져왔다.

대화는 빠르게 정치 이야기로 변했다. 아마 와인 때문에 기운이
올라 그랬겠지만, 아버지는 그날 오후 유난히 격분했다.

"행동할 시간이 왔다. 무솔리니가 군홧발로 이탈리아를 짓밟고 있었고, 프랑코는 스페인을 학살하고 있었어. 스탈린은 숙청이라면서 자기 나라 사람들을 살해했고, 히틀러는 유럽을 집어삼킬 준비를 하고 있었지. 그래, 행동할 시간이 왔어." 그는 창문을 내다보았다. "우린 어쩌다 여기에 오게 됐을까? 어쩌다가? 우리한테 남은 건 여러 형태의 공포 중 하나를 선택하는 것뿐이었어. 공포와 제국주의. 그게 전부였지. 파시스트 제국주의. 소련 제국주의. 자본주의적 제국주의. 지금은 그것만이 우리가 선택할 수 있는 것으로 보이는구나. 급진적인 행동을 할 때가 왔어."

나는 지금도 "행동"이 무슨 뜻인지 전혀 모르겠다. 그 단어가 얼마나 현실적인 것인지도 모르겠고, 그 말을 얼마나 진지하게 받아들여야 하는 건지도 모르겠다. 아버지 마음에 들 만큼 진지하게 받아들이면 안 될 가능성이 가장 클 것이다. 아버지의 과거에 대한 모호한 이야기에 폭력에 대한 언급이 있기는 했지만, 나는 아버지가 그토록 어렴풋하게 설명하는 행위에 어떻게든 참여했다고 전적으로 믿은 적은 없었다. 폭력에는 부정확하고 흐릿한 부분이 전혀 존재하지 않았기에, 나는 아버지의 이야기가 그토록 모호하다는 게 의심스러웠다. 그러나 아버지와 아버지의 동지들은 공동의 합의라도 되어 있는 듯, 대화가 특정한 방향으로 전환되면 자주 조용해지곤 했다(특히 이탈리아 시절에 대해 추억할 때 그랬다). 그래서 나는 그들이 즉각적이고 모두가 동의하는 침묵이 필요할 만큼 끔찍하거나 남부끄러운 사실들을 공유하고 있나보다고 생각했다. 그렇다지만, "폭력 투쟁"에 대한 가볍고도 반복적인 농담, "행위의 프로파간다"에 대한 고집, 뇌산수은 캡슐에 대한 경솔한 언급, 루이지 갈레아니와 1920년에 있었던 월 스트리트 폭탄 테러를 기괴하게도 조심성 없이 암시하는 행동, 혹은 유혈사태의 가능성을 둘러싸고 보이는 전반적인 경솔함 등을 보면 그 모든 게 허풍인 것 같았다. 과연 그런 사건에 참여했던 사람이 저렇게 이야기할까?

특정한 순간에 아버지가 하는 이야기의 지배적 버전이 무엇이든 간에, 내가 받은 지시는 늘 똑같았다. 나는 절대로 내가 들은 말을 전해서도 안 됐고, 아버지의 정치적 신념에 관해 다른 사람에게 이야기해서도 안 됐다. 나이가 들면서, 나는 이런 지시가 불안과 흥분을 동시에 일으킨다는 걸 알게 되었다. 하지만 때로는 너무 심한 부담감이 느껴졌다. 어쨌거나 아버지는 거의 정치 이야기만 했고, 그래서 나는 아버지에 관한 가장 사소한 질문에도 대답하기가 어려웠다. 내가 하는 모든 말이 아버지의 신뢰를 저버리는 것 같았다. 하지만 아버지가 내게 이처럼 큰 비밀을 믿고 털어놓았다는 점에 종종 전율이 느껴진 건 사실이었다.

무정부주의의 모든 분파와 갈래, 그룹의 공통점은—이런 분파는 꽤 수가 많다—모든 형태의 위계질서와 불평등에 반대한다는 것이다. 그렇다면 무정부주의 운동에 관한 광범위한 기록이 없다는 것도 놀랍지 않은 일이다. 그런 기록을 하기 위해 필요한 제도적 질서가 무정부주의 운동의 교리와 명백히 모순되니 말이다. 이탈리아와 미국 두 곳에서 아버지가 한 역할을 알아내려는 내 모든 시도가 막다른 길에 부닥친 것이 바로 그래서다. 하지만 증거 부족이 무정부주의 운동의 특징 때문인 것만은 아니었다. 무정부주의자들은 미국에서 체계적으로 박해당했다. 그들은 정치적 불안, 그리고 이탈리아인의 경우에는 심지어 인종적 불안을 해소하기 위한 희생양으로 쓰였다. 아버지의 과거를 조사하던 중 나는 1870년에서 1940년 사이에 약 오백 건의 무정부주의 정기간행물이 미국에서 출간되었다는 것을 알아냈다. 그렇게 많은 출판물도, 그런 출판물을 만든 그보다 더 많은 수의 사람들도 사실상 아무 흔적을 남기지 못했다는 점은 미국 역사에서 무정부주의자들이 얼마나 철저하게 지워졌는지 보여준다.

이 모든 이유로, 아버지가 "급진적인 행동"이라는 말로 무엇을 이야기하고자 했는지 알아내는 건 내게 거의 불가능한 일이다. 하지만 잭이 아버지의 말에 감동받은 표정을 지었던 건 기억난다.

"제가 한 생각은요," 잭이 생각에 잠겨 잠시 침묵하다가 말했다. "제 자리가 유럽에 있을지도 모른다는 거예요. 거기에서 보도하는 거죠. 최전방에서요. 헤밍웨이처럼. 어쩌면 최전방에 합류할지도 몰라요. 국제여단이요. 아시죠? 뭔가 하는 거예요. 이렇게 빈둥거리고 있으니 죽을 것 같아요."

나는 우울하게 술잔을 들여다보는 그 두 사람을 보고 당혹감에 몸을 떨었다. 겉만 번드르르한 그들의 말. 소년 같은 진지함. 결정이 정말로 어떻게 내려지는지 이들이 알았다면, 진정한 권위의 목소리가 얼마나 조용조용한지 들을 수만 있다면, 자신들이 어떤 형태로든 진짜 권력으로부터 얼마나 불가능할 만큼 멀리 떨어져 있는지 알 수만 있다면.

그런 다음, 나는 당혹감에 다시 몸을 떨었다. 이번에는 나 때문이었다. 내가 방금 아버지와 잭을 앤드루 베벨에 비교했다는 걸 알았으니까. 베벨이 자신의 우월성을 내게 납득시키도록 허용한 것이다.

아버지는 마지막 남은 와인을 꿀꺽 삼키고, 배달해야 할 전단지가 좀 있다고 선언하며 광대처럼 경례하더니 떠났다.

잭이 내 손을 잡고, 아버지가 계단을 내려가 현관문을 닫을 때까지 기다렸다가 나를 내 방으로 데려갔다. 바닥은 속기록으로 뒤덮여 있었다. 침대는 타자를 친 종이로 뒤덮여 있었다. 내가 미처 막기 전에 그가 종이를 한 장 집어들었다.

"부탁이니까 이리 줘." 나는 서둘러 타자 친 종이를 쌓아올리며 말했다. (잭이 알아보지 못할 약자는 걱정되지 않았다.)

잭이 읽기 시작했다.

"'실현된 운명'…… 이거 무슨 소설이야?"

나는 잭의 손에서 종이를 낚아챘다.

"뭐하는 거야!"

"미안."

"내가 뭘 해도 잘못하는 것 같네. 너희 상사랑 있는 게 안전할지 걱정된다고 표현하면 나한테 소리를 질러대고. 내가 꽃을 가져와서 사과하려 해도(그러지 말았어야 하는 건데) 아무 소용이 없고. 내가 네 일에 관심을 보이면 신경질을 내고 말이야."

"미안. 그냥, 이걸 아무한테도 보여주면 안 돼서 그래."

"난 네가 걱정돼. 그게 다야."

"미안."

나는 신발을 내려다보며, 갈색 정장을 입고 당황스러워하던 지원자와 언제까지나 내려뜬 그녀의 눈을 생각했다.

"이리 와." 잭이 말하며 나를 끌어안았다. "좀 안을래?"

싫었다. 내가 대답도 하지 않고 약간 뻣뻣해진 것만으로도 그 점은 충분히 전달됐다.

잭은 툴툴거리며 나를 놓더니 떠났다.

나는 타자한 종이들을 둘둘 말아 옷장 깊숙한 곳, 우비 소매 안에 넣었다.

8

주말에 월 스트리트를 걸어다니다보면 세상사가 최종적으로 결정되었다는 느낌, 일의 시대가 마침내 끝나고 인류가 다음 단계로 넘어갔다는 느낌이 든다.

베벨은 평일 맨해튼 다운타운의 흥분을 싫어했다. 그는 주중에 사무실에 들르지 않았으므로, 종종 가장 가까운 직원들을 토요일 아침에 출근시켜 방해받지 않고 밀린 서류 작업을 했다. 베벨은 내게 바로 그런, 사무실에서의 조용한 업무 시간 이후에 보자고 했다. 그는 어딘지 들떠 있었다.

나는 베벨에게 최근에 쓴 글을 건넸다. 전부 밀드레드에 관한 내용이었다—그녀의 가정생활, 처음으로 드러난 질병의 증상, 건강 때문에 집에서 연주회를 열 수밖에 없게 된 상황. 나는 급진적인 현대 작가들을 좋아했던 그녀의 세련되고 타협을 모르는 취향에 대해 자세히 이야기했다.

"그래. 좋군. 가정생활에 관한 문단은 정말로 아내의 모습을 잘 포착했어. 하지만 몇 마디 할말이 있는데, 음악에 대한 밀드레드의 실험적이고 비전통적인 생각을 다룬 이 문단들은 지워야겠네." 그는 페이지 절반을 찍찍 그었다. "사람들이 밀드레드를 거만하다거나 잘난 체한다고 생각하면 안 되니까. 간단하게 쓰게. 예술에 대한 밀드레드의 사랑을, 일반 독자도 접근할 만한 것으로 만들어야 해."

나는 이후 몇 주에 걸쳐 비슷한 지시를 받곤 했다. 찍찍 그어진 문단과 느낌을 죽인 문장이 늘어갈수록 내 배신감은 깊어져갔다.

"밀드레드의 사랑스러운 부드러움을 좀더 강조해서 전달해야 하네. '부드러움'과 '강조'가 모순적인 단어처럼 보일 수 있다는 건 알아. 하지만 정말이지, 바로 그 점에 초점을 맞추어야 하네. 밀드레드의 연약한 천성에 말이야. 밀드레드의 취약함에. 친절함에."

"잘 알겠습니다. 부인의 그런 점을 잘 보여줄 수 있는 이야기가 있을까요?"

"아, 그건 나보다 자네가 훨씬 잘할 거야."

나는 혼란스러운 표정을 굳이 억누르지 않았다.

"뭐, 자네의 그 섬세한 손길이라면 딱 맞는 선을 건드릴 수 있을 거라고 믿네."

"감사합니다. 그런데 베벨 부인의 따뜻함과 친절함을 보여주는 일화를 몇 가지 알려주실 수 있을까요? 소소한 일상의 이야기 같은 것이요. 보통 자서전에서는……"

"바로 그거야. 소소한 일상의 이야기 몇 가지. 자네는 독자들에게 밀드레드의 절묘한 감성과 그녀의 예술적 취향이 우리 가정생활의 모든 면에 스며 있었다는 인상을 줘야 하네. 유감스럽지만, 나는 직접 책을 읽고 연주회에 갈 시간이 별로 없어서 자세한 내용을 알려줄 수 없네. 하지만 이번에도 이게 최선이야. 우린 독자들이 밀드레드를 허세에 가득차 있다거나 속물이었다고 생각하는 걸 바라지 않으니까. 절대로 안 되지. 물론, 밀드레드는 그런 사람이 아니었고. 그리고 일종의…… 광증이라고 여겨질 수 있는 예술적 괴팍함도 당연히 바람직하지 않네." 그는 내가 이 말의 함의와 중요성을 이해했는지 확인하느라 잠시 말을 멈추었다. "가정적으로 해. 그런 그림을 그리는 일은 여자인 자네가 훨씬 더 잘할 걸세. 당연한 얘기지만 자네가 다 쓰면 내가 글을 검토하겠네."

이번에 나는 절대적인 혼란을 감추려고 최선을 다했다.

"시작하기 전에, 좋은 소식을 하나 전해야겠군." 그는 앉은 자리에서 자세를 바로잡았다. "기나긴 협상 끝에, 드디어 배너 씨가 쓴 모독적인 책의 유통을 중지했네. 그 책이 명예훼손이자 중상모략이라는 내 주장은, 소설이라는 이유로 기각됐어. 처음에는 우호적인 접근법을 써봤네만, 배너 씨도 출판사도 내가 배너 씨의 계약에 대해 내놓은 후한 제안을 받아들이지 않으려 하더군. 하지만 어제, 자세히 얘기해봐야 지루하게만 느껴질 기나긴 논의 끝에, 내가 그 출판사의 대주주가 되었다네. 배너 씨의 책은 영원히 인쇄될 거야. 그 말은, 내가 새로 인수한 출판사와 맺은 배너 씨의 계약이 절대로 소멸되지 않을 거라는 뜻이지."

"무슨 말씀이신지 잘 모르겠는데요."

"책이 팔리는 한, 배너 씨는 현재의 계약에 묶여 있을 걸세. 책은 계속 팔릴 테고. 인쇄될 때마다 내가 다 사버릴 테니까. 그리고 전부 곤죽으로 만들어버릴 거야."

이 말에 적당한 반응이나 대답은 없는 것 같았다.

"배너 씨가 다른 책을 쓰거나 이번 일을 폭로하면요?"

"배너 씨는 원하는 만큼 얼마든지 책이나 기사를 써도 되네. 하지만 분명히 말하는데, 이 동네의 어떤 출판사나 편집자도(그렇게 치면 런던이나 뉴델리나 시드니에서도 마찬가지이네만) 배너 씨의 작품을 건드리지 않을 거야. 그러니까, 배너 씨가 글을 쓸 시간을 낸다면 말이지. 지금 그 사람은 내 변호사들이 산더미처럼 쏘아대는 소장에 기가 질려 있을 거네. 물론, 우린 그런 소송에서 이기든 지든 관심이 없어. 하지만 배너 씨가 표절을 하지 않았고, 사기꾼이 아니라는 걸 입증하는 건 배너 씨와 그 사람 변호사들의 책임이 될 걸세. 변호사를 고용할 여유가 있어야겠지만."

"책을 유통하지 못하게 하는 것만으로는 안 되나요?"

베벨의 눈이 가늘어졌다. 그는 내 질문이 잠시 떠돌도록 놔두었다.

"혹시 내 행동이 지나쳤다는 의미로 하는 말인가?"

마침내 내가 베벨을 화나게 하는 데 성공한 것이다.

"혹시 내가 악의나 복수심에 따라 움직인다거나, 그보다 더 나쁘게는 잔인함에서 변태적인 전율을 찾는다는 얘기를 하는 건가? 내가 보기에 자네는 우리가 여기서 하는 일이 무엇인지 잘 모르는 것 같군. 내가 보기에 자네는 이 모든 일이 다 무엇에 관한 것인지 모르는 것 같아."

"알고 있습니다."

"그래?"

"현실을 조정하고 구부리는 것입니다."

당시에 나는 그 표현이 이 상황에 적용되는 것인지 전적으로 확신할 수 없었다. 하지만 대부분의 남자가 남이 자기 말을 인용하는 걸 좋아한다는 건 알았다.

"바로 그거야. 그리고 현실에는 일관성이 있어야 하지. 배너가 존재한 적도 없던 세상에서 배너의 흔적이 발견된다니, 얼마나 앞

뭐가 맞지 않는 일인가?"

앤드루 베벨을 만난 이후 처음으로, 나는 두려워해야 한다는 생각이 들었다.

9

체제전복 연감은 모든 종교적, 애국주의적 기념일이 대의명분에 관련된 날짜로 대체된 무정부주의 기념일 달력이었다—바쿠닌의 생일, 조르다노 브루노 처형, 바스티유 함락, 전 세계에서 벌어진 다양한 파업과 봉기 등등. 아버지는 뉴욕 알마나코 소베르시보*의 주요 공급자 중 한 명이었다. 아버지는 심지어 "디럭스" 한정판도 인쇄했다. 나는 아버지에게 그런 행동의 모순을 한 번도 언급하지 않았다.

메이데이 이후, 이 달력에서 가장 중요한 명절은 니콜라 사코와 바르톨로메오 반제티가 국가에 의해 린치를 당한 날인 8월 23일이었다(이 날짜는 아버지에게 개인적인 의미도 있었다. 23은 아버지의 행운의 숫자였으며, 아버지가 그 숫자에 강력하고도 신비로운 속성을 부여했기 때문이다). 지금은 7월이었는데, 7월은 열띤 활동

---

* '체제전복 연감'이라는 뜻의 이탈리아어.

이 일어나는 시기였다—아버지는 평소 하는 일에 더해 이 기념일에 늦지 않도록 수많은 기념 인쇄물을 완성해 발송해야 했다. 나는 이처럼 정신없는 몇 주 동안 늘 아버지를 도왔으나 그해에는 내 방에 격리되어, 밀드레드 베벨의 빈약한 유령을 실체감 있는 인간으로 만들기 위해 애쓰고 있었다.

우리는 부엌에서 빠르게 식사할 때 서로를 만났다. 조리대 옆에 서서 오픈 샌드위치와 과일을 먹었다. 접시는 쓰지 않았고, 우리가 가진 단 한 개의 녹슨 "좋은 칼"을 나눠 썼다—칼날이 손잡이에서 느슨하게 덜그럭거리고, 상상할 수 있는 모든 목적을 위해 사용하느라 칼끝이 뭉툭해져 있었으나 그 칼은 여전히 "좋은 칼"이었다. 처음에 아버지는 "투기 기계" 밑에서 하는 내 일에 대해 이야기하지 않으려 했다. 아버지의 차가운 침묵은 보통 상처가 되었지만, 이번만큼은 반가웠다. 앤드루 베벨이 비밀 유지를 얼마나 중요하게 여기는지, 또 자신의 신뢰를 배신한 사람을 어떻게 취급하는지 알았으니 말이다. 하지만 내 일자리에 관한 마지막 대화를 나눈 뒤로 아버지는 약간 누그러졌다. 그렇게 시간이 지나고 아버지 역시 내가 이 일자리에 얼마나 열심히 전념하는지 알아차리면서, 아버지는 나를 점점 더 존중했다. "일"은 그가 한 사람의 가치를 측정하는 척도였으며, 나는 이제야 아버지가 나를 "일꾼"으로 보게 되었다는 생각이 들었다. 그건 아버지가 누구에게든 부여할 수 있는 최고의 영예였다—아버지가 존경하는 모든 사람은, 산 사람이든 죽은 사람이든 "진정한 일꾼"이었다.

아버지는 나를 존중하게 되면서 새로이 호기심도 품게 되었다. 아버지의 질문이 늘어나자, 우리의 짧은 점심시간이 길어졌다. 처음에 아버지의 질문은 전부 내가 하는 일의 기술적 측면에 관련되어 있었다. 아버지는 우리 둘 다 활자와 관련된 일을 하게 되었다니 놀랍지 않으냐고 물었다. 식자공과 타자수가 나란히 일하다니. 이런 이야기를 나누며 우리는 서로가 하는 일에서 공통된 특징을 여러 가지 발견했고, 그런 특징이 세상에 대한 우리 인식에 어떤 영향을 끼치는지 이야기했다. 예컨대 나는 아버지에게 시간을 다르게 경험하게 되었다고 말했다. 내가 타자로 치는 단어는 늘 과거에 있는 반면, 내가 생각하는 단어는 늘 미래에 있었다. 그러므로 현재는 이상하게도 아무도 살지 않는 공간이 되었다. 아버지는 이 말에 공감할 수 있었다. 아버지는 식자용 스틱에 활자를 하나 끼워넣으면서 다음 활자의 새김눈과 활자면을 보았다. "지금"은 존재하지 않는 것만 같았다. 아버지는 일이 인생에 끼친 가장 큰 영향은 세상을 뒤집어서 보는 방법을 가르쳐준 것이라고도 했다. 그게 식자공과 혁명가의 중요한 공통점이었다. 그들은 세상의 원형이 뒤집혀 있다는 걸 알았고, 현실이 뒤집혀 있어도 한눈에 이해할 수 있었다.

머잖아 이처럼 추상적이고 일반적인 대화는 구체적으로 변했다. 아버지는 내가 하는 일의 구체적 내용을 더 알고 싶어했다. 나는 거짓말을 하고 싶지 않아 즉답을 피하고, 내 모호한 설명을 별로 중요하지 않은 자잘한 내용으로 채워 실제보다 더 실체적인 것으로 보이게 만들었다. 그러나 아버지는 고집을 부리며 더 분명하게 말할 것을 요구했다—취조하고 싶은 충동에서가 아니라 진짜로 흥미를 느꼈기 때문이다. 아버지의 호기심에는 전에는 한 번도 보인 적 없는 진정한 강렬함이 있었다. 아버지와 진정한 대화를 나눌 수 없는 것이 내게는 고통이었다. 결국 아버지는 내게 뭔가 감추고 있는 것이 있음을 깨달았고, 따뜻함과 우애는 시들기 시작했다. 아버지는 적대적 침묵이라는 바리케이드를 다시 치기 시작했다.

어느 날 저녁, 나는 딱 한 번 제대로 된 저녁을 준비하고 상을 차렸다. 아버지는 기분좋게 놀라며 고마워했지만, 아버지 특유의 무표정한 방식으로 이것만으로 자기 마음을 얻을 수는 없을 것이라고 확실히 표현했다. 조용히 반쯤 식사했을 때, 나는 포크를 내려놓고 심호흡을 한 다음 사과했다. 아버지에게 솔직하지 않았다고. 마음속 어딘가에서 아버지가 진실에 어떤 반응을 보일지 두려웠다고. 그게 전부가 아니었다. 회사에서는 내게 비밀을 지키겠다고 맹세하는 서류에 서명하게 했다. 하지만 어떻게 아버지를 믿지 않을 수가 있는지? 그런 다음, 나는 계속해서 정교한 거짓말을 했다. 복잡한 투기 작전과 워싱턴의 동조하에 벌어지는 음모론적 인수합병이 논의되는 이사회 회의의 기밀 녹취록을 작성하고 있다고 말이다. 나는 베벨에게서 막 배운 금융 용어를 많이 사용했다. 의미는 정확히 몰랐지만, 아버지는 그런 단어에 나보다도 더 익숙하지 않을 거라고 확신했다.

아버지는 내 이야기에 완전히 빠져들었다.

나는 이런 이야기로 우리 두 사람을 다 보호하는 것이라고 나 자신을 타일렀으나 배신자가 된 기분이었다. 아버지에게 신의를 지키는 대신, 아버지의 공공연한 적 중 한 명과 한편에 선 것이다.

III

주임 사서가 내게 서류 보관용 회색 상자 세 개를 가져다준다. 상자 안에는 파일이 들어 있고, 그 안에는 다시 종이와 서류, 어떤 경우에는 갈색 종이로 싸여 끈으로 묶여 있는 작은 꾸러미들이 있다. 그런 꾸러미 안에는 망가지기 쉬운 노트패드와 공책이 들어 있는데, 공책에는 때때로 떨어진 종이가 끼워져 있다. 때로는 얇은 일기장과 달력까지 들어 있다.

자료를 살펴보니, 일단 보관된 이후로는 아무도 읽어보지 않았다는 게 분명해진다. 꾸러미를 풀어보자 실이 포장지에 희미한 십자 자국을 남겨놓은 게 보인다. 어느 공책 안에 끼워진 신문을 치워보니, 그 아래에 수십 년 동안 탈색된 자국이 보인다. 몇 년 동안 손이 닿지 않은 리본 흔적이 종이에 살짝 파인 자국을 남겨놓았다. 서로 달라붙는 페이지도 있다. 어떤 공책은 책등이 갈라진다. 부서지기 쉬운 모서리와 귀퉁이는 책상에 닿자 바스라진다.

나는 밀드레드 베벨 이후 이런 많은 서류에 처음으로 손을 대는 사람이다. 나는 우리 사이의 극복할 수 없는 거리가 역설적으로 강조하는, 그녀와의 어떤 친밀함을 경험하게 된다.

밀드레드의 파일 중 가장 이른 것은 날짜가 1920년으로 매겨져 있다. 밀드레드와 앤드루의 결혼식이 있었던 해다. 그 이전의 삶에 대한 내용은 하나도 없다. 어쩌면 밀드레드와 그녀의 어머니는 유럽에서 필수품을 제외한 물건을 아무것도 가져오지 못했는지 모른다. 어쩌면 밀드레드가 깨끗하게 새 인생을 시작하고 싶었을 수도 있다.

나는 표지가 버건디색이고 책장 단면에 대리석 무늬가 들어간 첫 다이어리를 꺼낸다. "웨스트 42번가 123번지 퓨시 앤드 컴퍼니, 인쇄업 및 문구상. 원통 열네 개를 활용한 고무 롤러 인쇄. 상시 영업." 아버지는 예전부터 원통식 인쇄기를 싫어했다.

그 첫해에, 밀드레드는 할일이 별로 없고 거의 밖에 나가지 않으면서도 공책을 채우려 노력했던 것으로 보인다. 페이지에는 격자무늬가 그려져 있다. 가로 행은 하루를 나타내고 세로 열은 아침, 점심, 오후, 저녁을 나타낸다. 밀드레드는 "집"이라고 반복적으로 적었다. 그녀의 지루함이 느껴진다. 가끔은 "옷 맞춤" 일정이 있지만, 그것도 "집에서 옷 맞춤"으로 바뀐다.

사서들이 말했듯 밀드레드의 손글씨를 읽는 건 거의 불가능하다. 다이어리에 겨우 몇 가지 단어만 몇 차례 반복된다는 점이 그녀의 글씨 읽는 방법을 독학하는 데 도움이 된다. 밀드레드의 "s"는 그냥 사선이다. "f"나 "l", "t"와 거의 구분되지 않는다. 이런 글자들은 서로 비슷하다. "n"은 "v"를 뒤집은 형태다. 더 긴 글은 해독하기가 어려우리라는 걸 알기에 나는 이 점을 유념해둔다. 그녀의 손글씨는 어딘지 룬문자와 비슷하다.

나는 문득 배너가 『채권』에서 헬렌 래스크가 무너져내린 시기에 밤낮으로 썼던 일기장에 관해 서술하며, 미래의 그녀가 자신의 손글씨를 알아볼지 궁금해했다고 적었던 내용이 생각난다.

상자 어딘가에서 그 일기장의 실물을 찾기를 바라지만, 초기 서류 대부분은 특징적일 게 없다. 첫 몇 달 동안 밀드레드는 사람을 사귀어보려고 몇 차례 시도한 것으로 보인다. 어느 날 오후에는 커팅 부인과, 다른 날 오후는 바트럼 부인, 킴벌 부인, 또는 트위첼 부인과—이런 이름 중 일부는 그저 추정하고 추측한 것이다. 몇 번쯤은 이 사람들을 포함한 여성들로 이루어진 소규모 모임을 하기도 한다. "점심 약속" 몇 번과 치과 예약 몇 번. 하지만 그녀의 노력은 점점 드문드문해진다. 결국 밀드레드는 새로운 지인들을 찾아가는 것도, 맞아들이는 것도 그냥 그만둔 것으로 보인다. 텅 빈 달력. 무기력한 주소록. 다만 주소록은 알파벳 순서로 적혀 있으므로 밀드레드의 특이한 손글씨를 익히는 데 유용하다. 나는 각 글자의 다양한 형태를 추적하기 시작한다. 밀드레드의 손글씨가 읽기 어렵다는 것은 사실이다. 이런 단어와 충분한 시간을 보내고, 맥락 속에서 그 글자들을 보면 일부를 해독할 수 있다는 것도 사실이다. 하지만 아무도 이 서류에 시간을 들인 적이 없는 것 같다. 아무도 신경쓰지 않았다.

앤드루를 아는 사람으로서, 나는 밀드레드가 얼마나 지루함에 숨막힐 것 같았을지 생각한다. 동시에 나는 그녀의 단호한 반항에 감탄한다. 당연히 뉴욕의 모든 집은 그녀에게 열려 있었을 것이다. 그녀는 누구든 만날 수 있었고, 어디에든 갈 수 있었다. 예술가들, 정치인들, 당대의 모든 유명인사들. 파티, 갈라쇼, 만찬회. 이처럼 뻔한 유혹 중 어느 것에도 굴하지 않으려던 그녀에게 나는 영웅적이면서도 흥미로운 무언가를 느낀다. 어째서인지 그녀의 거절은 경멸어린 것처럼 느껴지지 않는다. 수줍음이나 두려움의 결과인 것 같지도 않다.

물론, 밀드레드에게 이런 특징을 부여하는 건 나 자신이다. 내게 있는 것은 대체로 비어 있는 공책과 오십 년 전 일에 대해 베벨이 한 말 그리고 배너의 소설밖에 없다.

그러나 1921년 초에 근본적인 변화가 일어난다. 그녀는 콘서트에 참석하기 시작한다. 최소한 이런 외출을 기록하기 시작한다. 어떤 작품이 연주됐는지가 늘 분명한 것은 아니다―때로는 작곡가와 연주자의 이름을 모두 적어놓았지만, 때로는 그냥 "콘서트"라고만 적어놓았다. 이어지는 몇 달과 다음해에 걸쳐, 나는 "오페라"에서 "연주회"로 이동이 일어나는 것을 알아챘다. 이런 연주회 중 일부는 옆에 "87"이라고 적혀 있다. 그런 행사가 이곳, 그녀의 집인 이스트 87번가에서 있었음을 나타내는 것이 틀림없다.

전에는 비어 있던 그녀의 다이어리 가로 행과 세로 열에 이런저런 이름이 흩뿌려진다(그렇다고 그런 이름들로 빼곡하게 물든 것은 아니다). 여러 주가 비어 있긴 하지만, 이제 그녀는 일종의 사교생활을 하는 것으로 보인다. 그러나 그녀의 지인 대부분은 뉴욕 사교계의 여자들이 아니다. 그녀는 몇몇 남자들을 초대하는데(때로는 남자들만 초대하기도 한다) 그중 다수는 당대의 가장 유명한 음악가들이다. 나는 공식 음악 교육을 받은 적이 없는 애호가일 뿐이지만 그런 나조차도 여러 해에 걸쳐 언급된 몇 사람의 이름은 알아본다. 지휘자 브루노 발터의 이름이 꽤 자주 나온다. 바이올리니스트 프리츠 크라이슬러와 야샤 하이페츠도 마찬가지다. 피아니스트 아르투어 슈나벨과 모리츠 로젠탈. 작곡가 에르네스트 블로흐, 이고리 스트라빈스키, 에이미 비치, 메리 하우, 레이먼드 맨델, 오토리노 레스피기, 루스 크로퍼드 등이 내가 알아볼 수 있는 이름이다. 어쩌면 찰스 아이브스도 내가 아는 사람일 수 있다. 1928년 다이어리에는, 내가 잘못 본 게 아니라면 모리스 라벨도 있다.

이 모든 이름도 놀랍지만, 더욱 놀라운 점이 있다. 1923년 가을에 명백하고 열정적인 굵은 글자로 "작곡가 연맹—창립—$10,000"이라고 적혀 있다. 밀드레드의 서류에서 문화재단에 관련된 돈의 총액이 나타난 건 이때가 처음이다.

나는 자리에서 일어나 사서 책상 옆 서류보관함으로 가서 색인카드를 훑어본다. 도서관에는 '작곡가 연맹: 공연 및 1923∼1925년의 일반적 활동에 관한 개요'라는 제목의 이십팔 페이지짜리 팸플릿이 있다. 나는 그 자료를 요청하고, 몇 분 뒤 자료를 받는다.

얇은 보고서의 서문을 읽어보니, 이 단체는 현대음악에만 전념하는 미국 최초의 단체다. 단체가 설립되고 십이 년 뒤인 1935년에 이사회는 에런 코플런드, 세르게이 프로코피예프, 매리언 바워, 벨러 버르토크, 마사 그레이엄, 레오폴드 스토코프스키, 아르튀르 오네게르 등 수많은 전문가로 가득 채워진다. 보조 이사회의 이사 스물일곱 명 중 열두 명이 여자다. 밀드레드가 살아 있을 때—아마 그녀의 재정적 도움을 받아—작곡가 연맹은 쇤베르크, 스트라빈스키, 베베른, 라벨, 크레네크, 베르크, 쇼스타코비치, 버르토크 등에게 작품을 의뢰해 후원하고 초연했다. 이는 일부에 불과하다. 더욱이, 유럽 작곡가들이 많기는 했지만 연맹은 "비교적 비공식적인 연주회라는 수단을 주로 활용하여 미국의 새로운 인재를 소개하는 것을 특별히 중요한 업무로" 여겼다. 다름 아닌 밀드레드의 집에서 이처럼 많은 연주회가 열렸을 것이다. 아마 배너가 소설에서 묘사한 것과 그리 다르지 않을 터였다. 앤드루 베벨이 회고록에서 잘라달라고 했던, "아예 음악처럼 들리지도 않은" "비전통적인" 공연이었을 게 틀림없다.

베벨의 자서전에서 상냥하고 아프고 섬세한 밀드레드는 그저 듣기 좋은 멜로디만 사랑했다. 뮤직박스를 든 아이처럼 말이다. 베벨의 설명을 들으면, 밀드레드가 반쯤 미소 지으며 눈을 감은 채 두 손을 이불 덮은 무릎에 올려놓고 약간씩 틀려가며 박자를 맞추는 모습이 보일 것만 같다. 남편의 어린애 보는 듯한 묘사에서 밀드레드는 다른 여자들이 코바느질이나 브로치 수집을 즐기듯 음악을 즐긴 사랑스러운 예술 애호가였다. 베벨이 밀드레드에 대한 이런 이미지를 만들어내는 데 내가 도움을 주었다는 것이 새삼 부끄럽게 느껴진다.

이 다이어리와 달력들에서는 그처럼 천진난만하고 어린애 같으며 "여성적"이라고 깔볼 만한 그림이 전혀 떠오르지 않는다. 이 서류에 따르면, 밀드레드는 결혼하고 일 년 뒤에 은둔에서 벗어나 20세기의 가장 중요한 작곡가와 연주자, 지휘자 들과 시간을 보내기 시작했다. 앤드루가 음악에 아무 관심이 없었다 한들, 그가 적극적으로 음악을 싫어했다 한들, 이건 언급할 가치가 있는 일 아닐까? 자기 아내가 파블로 카살스에서 에드가르 바레즈에 이르는 음악가들을 초대하곤 했다는 사실을 누가 빼놓겠는가? 왜 그녀를 어설픈 취미생활이나 하는 소녀로 그린단 말인가?

밀드레드는 언론의 관심을 받지 않으려고 애쓴 것으로 보인다. 나는 그녀의 이름이 언급된 기사를 몇 건 찾아낸다. 그녀의 이름은 어느 행사의 후원자나 참석자로서 다른 이름 사이에 스쳐지나간다. 그녀의 열정과 기여는 사적인 문제였다. 나는 그녀의 그룹에 속한 사람들이—사교계 사람들이—그녀의 문화생활에 대해 알았을 게 틀림없다고 생각한다. 베벨이 자서전 집필을 맡길 사람으로 브루클린 출신 여자애인 나를 선택한 것에는 그런 이유도 있을 것이라는 생각이 어쩔 수 없이 든다.

1925년 즈음에는 밀드레드의 손글씨가 더욱 알아보기 어려워진다. 그녀의 기록은 긁은 자국이 연이어 난 것과 비슷한 경우가 많다. 어떤 페이지는 읽을 엄두가 나지 않을 정도다. 그녀가 정치와 시사에 관심을 보이기 시작하는 바로 그 순간 그녀의 글을 읽기가 점점 더 어려워진다니 답답한 일이다.

나는 신문기사가 스크랩되어 있는, 날짜가 없는 스크랩북을 편친다. 수많은 발췌 기사에는 빽빽한 주석이 달리고 여백에 메모가 쓰여 있다. "대서양 너머에서 방사선 측정기를 시험하다: 독일, 글과 사진의 동시 전송 시도." "채권 발행 부적격 판정: 스미스가 $100,000,000를 들여 국가 전역에 포크배럴*을 계획한다고 함." "일본에서 $2,000,000의 금 이곳으로. 증권거래소 보호를 위해 9월 이후로 $9,000,000 이출." "잡곡의 새로운 저점: 옥수수와 귀리 1924~25년 매출 하회." "새로운 전구로 조명 비용 절감: 제조사, 45 디자인을 5 디자인으로 바꾸는 표준 개정안에 동의."

나는 이런 페이지를 살펴보며 꽤 오랜 시간을 보낸다. 밀드레드의 음악적 활동이 그랬듯, 이런 스크랩도 앤드루가 묘사한 아내의 가정적이고 어린애 같은 모습과는 어울리지 않는다. 그런 모습의 베벨 부인은 (비록 혼자서일지라도) 정치적 논평에 참여하거나 아

---

* 선거에서 표를 얻기 위해 정부 주도로 진행하는 지역개발 사업.

무리 잠깐이라지만 시사에 관심을 두는 사람과는 양립 불가능하다. 그리고 이 스크랩북은 배너가 표현한 밀드레드와도 맞지 않는다. 조용한 탐미주의자인 헬렌 래스크라면 시사를 분석하고 주석을 달지 않을 터다. 이 스크랩북에서 드러나는 그녀의 모습이 두 남자가 내놓은 초상과 너무도 극적으로 달랐기에, 나는 이번이 진짜 밀드레드 베벨을 처음으로 일별하는 순간이라고 느낀다.

첫번째 상자를 다 살펴보고 나서 나는 밀드레드의 룬문자에서 벗어나, 앤드루 베벨이 남긴 마지막 파일인 1938년의 서류를 요청한다.

볼 것은 별로 없다. 베벨의 사무실 비서들이 그의 기록 대부분을 보관했기 때문일 것이다. 어쨌거나, 이건 개인 서류 모음이고 앤드루 베벨에게는 사생활이 거의 없었다. 달력, 주소록, 선물 목록— 물품 중에는 촛대, 당구대(세 명의 다른 사람에게 보냈다), 커프스단추(두 명에게 보냈다), 낚싯대가 있었다.

네번째 파일을 꺼내서 보자 방이 뒤로 물러나는 것만 같다.

여기에 내 로열 휴대용 타자기의 특징적인 "e"가, 잉크가 너무 많이 묻어나와서 멍든 눈처럼 구멍이 새까맣게 칠해진 그 글자가 있다.

여기에 자주 점이 찍히지 않던 내 "i"가 있다.

여기에 내가 조심스럽게 귀퉁이를 접어둔 흔적이 있다.

여기에 내가 당시에 고안했고 지금까지도 사용하는 편집 기호 체계가 있다.

여기에 내 깔끔한 메모가, 전문적이라기보다는 학교에서 쓸 법한 메모가 있다.

여기에, 그 어느 그림에서보다 생생하게, 스물세 살의 내가 있다.

나는 페이지를 한 장 한 장 넘겨본다. 베벨의 자서전 초고다. 내가 쓴 글에 그가 달아놓은 주석이 몇 개 있다. 보통 그의 논평은 단어가 아니다. 이 줄을 지우고, 저 문단을 찍 긋고, 동그라미 표시를 한 문단을 불쑥 튀어나온 화살표로 페이지 맨 위나 아래로 옮긴다. 페이지 전체에 흩어져 있는 것은 베벨이 부정확한 내용을 지적하고, 말투를 수정하거나 글로 쓰기에 지나치게 길다고 생각한 다른 문제들을 다룰 수 있도록 직접 이야기할 부분들을 표시한 별표다.

나는 베벨의 증조부가 어떻게 사업을 시작했는지에 관한 문단에서 잠시 멈춘다.

윌리엄은 아버지의 부동산을 담보로 상당한 대출을 일으킨 뒤, 그 돈을 담보로 더 많은 돈을 빌렸다. 그는 자기 부모처럼 상품을 팔 수 없게 된 사람들로부터 물건을 사들일 의도로 많은 빚을 졌다. 하지만 제대로 저장할 수 없는 담배 대신, 더 먼 남부의 면화나 새로 생긴 영토인 루이지애나의 설탕 등 보존이 쉬운 상품을 매입했다.

나는 아버지를 생각한다. 아버지는 모든 달러 지폐는 노예의 판매 영수증에서 찢어낸 종이에 인쇄된 것이라고 말하곤 했다. 오늘날까지도 아버지 목소리가 귀에 선하다. "여기 이 모든 부는 어디에서 나오는 거지? 원시적축적 얘기를 하는 거야. 자본은 최초에 토지와 생산 수단, 인간의 생명을 훔친 결과다. 이 나라와 현대의 세계를 봐라. 노예가 없으면 면화도 없다. 면화가 없으면 산업이 없지. 산업이 없으면 금융자본도 없어. 최초의, 이름조차 말할 수 없는 죄악이란 말이다." 나는 계속 초안을 읽어나간다. 물론, 노예제도에 대한 언급은 없다.

그래, 당시에 아버지와 내게는 돈이 필요했다. 그래, 베벨은 대단한 위상을 자랑하는 인물이었고 나는 어렸다. 하지만 그렇다고 위안이 되지는 않는다.

나는 밀드레드가 나오는 부분에 이른다. 그녀의 서류를 훑어보고 그녀가 정말 어떤 사람이었을지 이해한 다음이기 때문에, 내가 밀드레드의 모습이랍시고 지어낸 사소한 장면들에 민망함을 느낀다. 앤드루가 자서전에서 자기 아내를 밀어낸 정도를 보고 충격을 받고, 나의 공모에 부끄러움을 느낀다. 내 정신에 전혀 해롭지 않은 부분 몇 군데는 그가 기운차게 편집해버렸다. 오늘 밀드레드의 서류를 훑어보며 알게 된 바에 따르면, 이 문단들에서 드러나는 밀드레드의 모습은 극도로 희석된 수준이었다. 그런데도 그녀가 죽은 뒤 그녀의 남편은 그녀의 존재가 그보다도 더 축소되어야 한다고 생각했던 것이다. 자서전을 써야겠다는 베벨의 결심은 많은 부분 아내의 오명을 벗기고 그녀가 배너의 소설에 나오는 은둔한 정신병자가 아니라는 걸 보여주겠다는 바람에서 비롯되었다. 하지만 이 글을 읽어보니, 베벨은 밀드레드의 명예를 회복시키는 것보다 그녀를 완전히 특징 없고 안전한 인물로 바꿔놓는 것을 더 원했던 것 같다―베벨의 목소리를 만들어내기 위해 내가 당시에 읽었던 위대한 남자들의 자서전에 나오는 아내들과 똑같이 말이다. 밀드레드를 그녀의 자리로 돌려놓으려고.

어쩌면 해럴드 배너도 자기 나름의 방식으로 똑같은 일을 하려고 했는지 모른다. 왜 소설에 밀드레드의 망가진 모습을 그린단 말인가? 이건 『채권』을 처음 읽은 이후로 내가 자문하고 또 자문한 질문이었다. 밀드레드는 그토록 명석했던 게 분명한데, 왜 그녀를 미친 사람으로 만드나? 세월이 지나며 나는 여러 가지 답을 생각해보았지만—질투, 복수심, 단순한 악의—배너의 인생에 대한 자세한 내용을 몰랐기에 늘 같은 결론으로 돌아왔다. 배너가 밀드레드의 정신과 몸을 망가뜨린 것은 단지 그게 더 나은 이야기가 되기 때문이었다고(설령 밀드레드에게 모욕이 되고 결국은 배너 자신을 파괴할지라도, 그가 쓰지 않고서는 참을 수 없었던 이야기인 것이다). 배너는 역사 전체에 걸쳐 출현한 비극적 운명의 여주인공, 자신의 파멸을 구경거리로 내놓는 그런 여주인공이라는 고정관념에 억지로 밀드레드를 끼워맞췄다. 밀드레드를 그녀의 자리로 돌려놓으려고.

사람들이 가져다준 다음 상자에는 밀드레드의 자선재단에 관한 재정 기록이 들어 있다. 밀드레드의 다이어리에서 너무도 명백하게 느껴지는 음악적 열정이 앤드루 베벨이 그린 밀드레드의 아마추어적이고 그야말로 평범한 모습과 모순되듯, 이 서류는 밀드레드가 소극적이거나 무모한 인도주의자라는 생각에 문제를 제기한다. 여기에는 기부금이 누구에게 할당되는지 정확히 알 뿐 아니라 기부금을 활용해 자기가 후원하는 재단의 틀을 잡았던 사람이 있다. 그녀의 모든 기부금은 용처가 빡빡하게 제한되어 있는 것으로 보이며, 밀드레드는 모든 경우에 자기가 기부한 원금에서 발생하는 배당금을 어떻게 지출해야 하는지 구체적으로 지정해두었다.

모든 것이 보라색 잉크로 적혀 있다. 밀드레드는 내가 완전히 알아낼 수 없는 회계 체계를 사용했다. 내가 알아볼 수 없는 이유는 부분적으로 그녀의 손글씨를 읽기가 너무 어렵기 때문이지만(게다가 회계에 대한 내 지식은 오십 년 전 독학한 것이 전부다) 대체로는 밀드레드의 방법이 대단히 특이하기 때문이다. 이건 일반적인 대차대조표가 아니다. 그녀의 접근법을 보니 내가 쓰던 편집 기호가 생각난다. 그 기호는 나를 제외한 누구도 이해하지 못한다. 우리 둘 다 공식적인 교육을 받지 못했던 일을 처리하기 위해 각자의 도구와 체계를 만들어낸 것으로 보인다.

베벨이 내게 말해주었던 밀드레드의 기부금 외에도(뻔한 얘기지만, 이런 기부금은 오페라를 비롯한 유명 오케스트라 및 문화재단에 들어갔다) 그녀는 예술과 과학을 공부하는 학생들에게 장학금을 주었고, 도서관을 확장하거나 일련의 교부금을 내놨다. 시간이 지나면서, 그녀는 점점 대담해져 더 많은 기금을 직접 통제한다. 더 이상 도서관을 후원하지 않고, 도서관을 짓는다. 그녀의 장부에 적힌 날짜와 편지 몇 통을 보니 올버니 교향악단의 탄생은 그녀가 한 기부의 직접적 결과가 틀림없는 것으로 보인다.

1926년경부터는 대부분의 기부금이 밀드레드 베벨 자선기금을 통해 집행된 것으로 보인다. 이 시기에 그녀의 개인적인 재정 기록이 점점 줄어드는 이유가 이로써 설명될지 모르겠다. 앤드루가 아내를 위해 기금을 만들어주었다고 했던 말이 기억난다. 베벨은 그게 선물인 것처럼 말했다. 그의 이야기에서는 기금의 목적이 밀드레드의 충동적이고 혼란스러운 기부 방식에 어떤 체계를 잡아주는 것이었다. 베벨은 기금에 재산을 집어넣고 관리함으로써, 아내가 물 쓰듯이 하는 자선을 통제했다고 주장했다. 이 서류에서는 정반대의 경향이 드러난다—밀드레드는 사려 깊고 절제력이 강한 인도주의자로 보인다.

밀드레드가 주고받은 편지에 이른 나는 이런 편지가 밀드레드의 문서 대부분을 이루고 있다는 걸 알아챈다. 열여섯 개의 파일에 베벨 부인 앞으로 온 편지가 담겨 있다. 밀드레드가 쓴 편지는 한 통도 없다. 나는 거의 무작위로 봉투를 열어 내용물을 살펴본다. 대부분 감사 편지다. 피아노와 비올라, 바이올린을 기증해줘서 고맙다는 온 나라의 음악가들. 악기를 주고 악단을 후원해주어 고맙다는 작은 마을의 지휘자들. 도서관 분관을 세워주어 고맙다는 시장과 의원들. 트로이에 뉴욕주립대 인문학부를 세워주어 고맙다는 앨 스미스 주지사의 편지.

1929년 붕괴 이후로는 몇몇 편지의 내용에 변화가 생긴다. 그 모든 문화적 후원 외에도, 밀드레드는 경제 위기 때 모든 것을 잃은 사람들을 돕는 데 참여해왔던 게 분명하다. 그녀는 이제 주택 공급과 사업자금 대출에 강조점을 둔다. 공장과 가게, 농장의 주인들은 그녀에게 받은 도움이 자신에게, 자신이 속한 공동체에 얼마나 큰 의미였는지 알려주는 편지를 보냈다. 하지만 이런 편지는 그녀가 과거에 후원했던 바로 그 수혜자들—도서관, 음악 관련 단체, 대학—이 새롭게 쏟아부은 감사 편지에 비하면 그 수가 적다.

남은 상자가 몇 개밖에 없다. 배너가 소설에서 언급했던 것과 비슷한 일기장을 찾을 수 있으리라는 희망은 흐려져간다. 베벨은 그런 일기장이 애초에 존재하지 않았다고 주장했다. 설령 존재했더라도, 파괴되거나 이 수집품에서는 빠졌을 것이다. 하지만 그저, 밀드레드가 일기를 쓰지 않은 것이 사실일 수도 있다—일기 쓰는 습관도 그저 허구적 모습의 일부인 것이다.

수많은 달력과 공책에서 여러 페이지가 찢겨나갔다. (수가 적어진) 연주회. 짧고 해독할 수 없는 공식이나 계산식. 집에서 열린 작은 만찬회. 그런 손님 명단 중 세 곳에서 해럴드 배너의 이름을 봤다는 확신이 든다.

2

"아이다."

가는 세로줄무늬 정장을 입었지만 이상하게도 넥타이를 매지도,
모자를 쓰지도 않은 젊은 남자가 아파트 앞에서 나를 기다리고 있
었다.

"누구세요?"

"안에서 얘기하죠."

"누구세요?"

"문 열어요. 복도에서 얘기해요. 베벨 쪽 사람들한테 나랑 같이
있는 모습을 보이고 싶진 않을 테니까."

나는 주위를 둘러보았다. 저쪽 골목에는 아는 얼굴이 몇 명밖에
없었다. 나는 문을 열지 않고, 대신 내가 사는 건물의 푹 들어간 현
관 쪽 작은 틈새에 숨어서 이야기했다. 손마디 사이로 열쇠를 단검
처럼 쥐었다.

"아버지랑 남자친구가 위층에 있어요. 가까이 오면 소리지를 거

예요."

"아주 극적인데." 남자는 내게 손을 댈 생각이 없다는 걸 보여주려고 벽에 기대 두 손을 주머니에 넣었다. "짧게 말하죠. 내가 아는 대로라면 이렇습니다. 난 당신이 앤드루 베벨의 비서라는 걸 알아요. 당신이 일주일에 몇 번씩, 늘 오후에 그 사람 집으로 가서 저녁이 될 때까지 오랫동안 머무는 것도 압니다. 때로는 늦게까지 있죠. 난 당신이 베벨의 사무실에서 그와 단둘이 있다는 걸 알아요. 그 사람이 당신한테 자기 인생에 관해 말한다는 것도 압니다. 당신이 메모를 한다는 걸 알죠." 그는 자기가 한 말이 내게 어떤 영향을 주는지 보려고 잠시 말을 멈추었다. 나는 무표정하게 그를 보았다. "그게 내가 아는 겁니다. 그리고 내가 원하는 건 이거예요. 나는 당신이 쓰는 모든 글의 사본을 원합니다. 진짜를요. 알다시피, 우린 당신에 대해 꽤 많은 정보를 가지고 있습니다. 당신이 허풍을 떨면 알게 될 거예요."

"꺼져."

"곧 갑니다. 이렇게 하죠. 내가 원하는 걸 주면, 난 FBI에 당신 아버지의 공산주의적 신문이나 정치적 고민, 반미 활동에 대해 말하지 않겠습니다. 제기랄, 내가 아는 대로라면 당신이 아버지를 위해서 베벨을 염탐하는 것일 수도 있죠. 당신 아버지가 추방되는 걸 보면 안타까울 텐데요."

"너 누구야?"

"메트로폴리탄 애비뉴와 유니언 애비뉴 사이에 음료수가게가 있습니다. 당신이 나한테 줄 글을 가지고 수요일 한시 삼십분까지 그리로 나오지 않으면, FBI에 있는 친구한테 말할 거예요. 카피셰*, 파르텐자 양?"

그는 떠났다.

무릎이 후들거렸다. 폐 속에 숨막히는 공백이 생긴 것 같았다. 내 주먹에서 비죽 튀어나온 열쇠가 보였다. 두려움 이면에 끝을 모를 피로가 느껴졌다. 나는 자세를 가다듬고 아버지에게로 올라갔다.

* '알아들었냐'는 뜻의 이탈리아어.

3

이 말은 취소. 베벨한테 진실을 말해. 그게 최선이야. 정체 모를 사람이 베벨에 관한 정보를 원한다고. 협박당했다고. 위협당했다고. 하지만 베벨이, 딱히 터무니없는 것도 아니지만, 내가 이미 뭔가를 줘버렸다고 생각하면 어쩌지? 내가 그의 신뢰를 저버리지 않았다는 걸 어떻게 증명할 수 있을까? 생각해보니, 나는 사실 베벨에 관한 민감한 비밀을 하나도 모르고 있었다. 생각해보니, 우리 대화는 상당히 진부했다—우리는 그저 광범위하게 그의 인생을 이야기하고, 그의 사업상 거래 일부에 관해 애매하게 대화했다. 그리고 그는, 더욱 모호하게 아내에 관한 피상적인 이야기들을 해주었다. 그게 전부였다. 하지만 문제는 그게 아니었다. 나는 베벨이 준 서류에 서명했다. 그가 자기 사생활에 침입하는 사람들에게 무슨 짓을 하는지 알았다. 아버지와 나는 뭉개지고 삭제될 것이다.

"내 말이 지겹나?"

"죄송합니다, 회장님. 마지막 문장을 다시 말해주실 수 있을까요?"

"아니."

"정말 죄송합니다."

이 말은 취소. 나는 미안하다고 말하는 데 너무 질렸다.

"우리가 여기, 내 집에서 이런 시간에 만난데다가 차까지 마시고 있으니 지금이 내 여가 시간이라는 인상을 받을지도 모르겠군. 나 한테는 여가 시간이 없네."

나는 카펫을 내려다보며, 눈으로 그 미로 같은 무늬를 좇았다.

"다시는 그러지 않겠습니다."

"일반 독자에게 내 역할을 분명히 전달해야 해. 내가 없었으면, 쿨리지 시장이라는 건 아예 존재하지 않았을 거야. 대통령이 직접 그렇게 말했다고. 이 말은 취소. 나는 구멍을 메우고, 이것저것 만들어내고, 할 수 있는 한 오랫동안 투자자 대중을 도박꾼들로부터 보호해왔네. 그 결과가 역사상 가장 엄청난 상승장이었지. 그때까지 미국의 산업과 사업이 누린 가장 위대한 경기 부양책이었어. 1920년 경기 침체 이후 1927년까지 경제를 주의 깊게 살펴본 사람이라면 누구나 내 손길을 볼 수 있네. 시장 전체가 동조해 상승하도록 내가 핵심 주가를 올린 방법이라든지. 1922년의 유나이티드스틸, 볼드윈, 피셔, 스튜드베이커를 보게. 그게 호황의 시작이었어. 바로 그 지점이 말이야. 그게 나였네. 나였다고. 물론 그것도 음모로 여겨지지만. 알렉산더 데이나 노이스인지, 아니면 〈타임스〉에 있는 그자의 하수인 중 하나인지, 그때 일을 간단히 내 공으로 돌리는 대신 '비밀스러운 움직임'이라고 하더군. 이 말은 취소."

앤드루 베벨은 망설이지 않을 것이다. 아버지와 나는 뭉개지고 삭제될 것이다. 베벨은 심지어 협박 계획 전체가 내 아이디어라고 생각할지도 몰랐다. 내가 자신을, 베벨을 이용해 이득을 취하려고 격식을 차린 세로줄무늬 정장을 입었지만 넥타이는 매지 않은 남자 이야기를 지어냈다고 말이다. 그래, 베벨은 그렇게 생각할 가능성이 가장 컸다. 이게 다 내 짓이라고.

"말했지만, 그게 시작이었네. 하지만 우리가 정말로 살펴봐야 할 때는 1926년이야. 금융의 세계사 어디를 보든 1926년에 내가 거둔 것 같은 성공이 있나? 놀랍지도 않지만, 내가 사기를 쳤다는 비난이 있었어. 그런 비난이 머리가 단순한 기자들이 내 성공을 설명할 수 있는 유일한 방법이자 예비 소설가들이 내가 거둔 전례 없는 성공을 설명할 수 있는 유일한 방법이었네. 좋은 얘기지만, 취소. 그 해 내가 한 투자는 시장 전체에 걸친 거래에 관련되어 있었다는 얘기를 해야겠나? 어떻게 사기꾼이 그렇게 엄청난 규모의 주식을 떠안을 수 있지? 뉴욕 증권거래소에서 거래되는 모든 회사를 누군가가 뒤흔들거나 침입할 수 있다고 생각하는 것만으로도 우스꽝스럽네. 나는 나와 함께 이 나라 전체를 부양했어. 그런데 언론은 나한테 감사하기는커녕 나를 비방했지. 나는 그 시절의 번영을 촉진했을 뿐 아니라 상당 부분 선도했네. 그러니 공매도자들의 음모론적 합의에 관한 새대가리 같은 생각은 전혀 듣고 싶지 않아. 나한테 다른 사람들과 이야기할 시간이나 그럴 마음이 있는 줄 아나보지. 이 말은 취소."

하지만 시험일 수도 있었다. 어쩌면 베벨이 넥타이를 매지 않은 남자를 보내, 내가 얼마나 쉽게 무너지는지 알아보려 한 것일지도 몰랐다. 시험. 내가 어떻게 일처리를 하는지 알아보려는. 내가 얼마나 신의 있고 자립적인지 알아보려는. 만일 그렇다면, 적절한 응답은 무엇일까? 어쩌면 최선은 아무것도 보고하지 않는 것일지 몰랐다. 어쩌면 베벨은 내가 알아서 해내기를 바랄지도 몰랐다. 이 문제

를 직접 해결하는 것이다. 이 말은 취소. 넥타이를 매지 않은 남자
는 내가 처음 생각했던 것보다 더 강할 수 있었다. 어쩌면 그는 라
이벌 금융가가 보낸 사람일지도 몰랐다. 어쩌면 그는 정부 쪽 사람
일지도 몰랐다. 어쩌면 그는 자기가 FBI에 속해 있다는 사실을 숨
기려고, 미끼로 자기와 연줄이 닿아 있다는 가짜 친구를 언급한 것
일지도 몰랐다.

"사람들은 내가 1929년 10월 전에 손을 털었다고 비난하지. 뻔
하고 불길한 조짐을 본 게 내 잘못인가? 봐, 나는 1921년에 디플
레이션이 바닥을 쳤으니 가격이 반등하리라고 예상할 수 있었네.
내 말이 맞았어. 거기에서는 아무도 음모를 보지 못하는 듯하더군.
왜? 그야 내 예측이 마음에 들었으니까. 그런 다음 나는 이 년 뒤
우리가 경험한 상승과 성장을 예측했고 또 맞았네. 그런데 1929년
에는 내가 악귀라는 거야. 예측한 사건을 선동한 사람이 바로 나라
는 거지. 왜? 그냥 자기들이 들은 소식이 마음에 들지 않았으니까.
그래서 내가 무슨 파렴치한 공매도자 그룹을 이끌고 있다고 생각한
거네. 이 말은 취소."

내가 무슨 정보를 내놓을 수 있을까? 베벨의 공감. 몇 년 전에 언
론이 다룬 거래. 베벨이 전혀 몰랐던 것처럼 보이는 아내에 대한 모
호하고 비일관적인 이야기. 게다가 그 이야기는 어쨌든 금방 공개
될 터였다. 전부 베벨의 책에 나올 테니까. 게다가 그중 아주 많은
부분이 허구였다. 베벨은 내게 자신에게 어울리는 목소리를 만들
어달라고 했다. 내가 직접 지어낸 이야기로 아내에 관한 몇 가지 빈
칸을 채워달라고 했다. 그렇다면 아버지가 내 직업에 관한 자세한
내용을 알려달라고 밀어붙였을 때처럼, 넥타이를 매지 않은 남자
에게도 또하나의 허구를 지어주면 안 될까? 그래, 그게 해결책이었

다. 나는 진짜 베벨에게 허구의 베벨을 만들어주었다. 내 아버지에게도 허구의 베벨을 만들어주었다. 협박범에게도 허구의 베벨을 쉽게 하나 더 만들어줄 수 있었다.

"내 행동은 수많은 미국 기업과 제조사, 회사들이 주식 발행을 늘리고 자본화하는 데 도움이 됐네. 유나이티드스틸을 봐. 유나이티드스틸은 채권을 보통주로 바꿔서 부채를 완전히 해결했어. 그건 내 행동의 직접적 결과였다고. 이게 내 기록이야. 이게 내가 한 일이야. 이게 1929년의 붕괴를 견줘봐야 하는 맥락이네. 내가 시장에서 공매도를 할 수밖에 없었다면, 그건 나 자신만이 아니라 우리 나라의 금융 건전성을 지키기 위해서였어. 투기꾼떼와 정부 규제자들 양쪽으로부터 공격을 받으면서 말이지. 하지만 그건 나중에 얘기하지. 그땐 자네 상태가 좀 나아졌으면 좋겠군."

"정말 죄송합니다."

4

베벨의 말을 받아쓰고 다시 쓴다. 밀드레드의 인생을 만들어낸다. 넥타이를 매지 않은 남자에게 허구의 창작물을 지어준다. 나는 이후 며칠 동안 집안에 갇혀 있었던 이유가 일 때문이라고 나 자신을 타일렀다. 하지만 실제로는 두려움 때문이었다. 나는 책상을 창가에서 멀리, 구석으로 옮긴 다음 거기에서 타자기 위로 몸을 웅크린 채 이 이야기들을 힘들게 써나갔다.

그렇게 격리된 한 주가 끝나갈 때쯤, 나는 협박범을 위해 완전히 지어낸 이야기를 쓰는 것이 내가 베벨을 위해 지어내던 다른 이야기에 주된 영감을 불어넣는다는 걸 알게 되었다. 이 이야기들은 서로 영향을 미치고 서로의 재료가 되었다. 한쪽의 막다른 길이 다른 쪽에서는 트인 통로가 되었다. 넥타이를 맨 남자를 위해 사건들을 완전히 만들어내야 했기에, 나는 그 글에서 일부를 빌려다가 베벨의 자서전이나 밀드레드 묘사에서 가장 큰 장애물이 되었던 몇몇 틈새를 메울 수 있었다. 마찬가지로, 회고록에서 키워나갈 수 없었던 것이 협박범에게 보낼 글에 들어갔다. 내가 썼고 마음에 들었지만, 문체가 나머지 부분과 어울리지 않았던 문단들. 베벨이 잘라낸 장황한 기술적 나열. 내가 지어냈지만 베벨이 마음에 들어하지 않았던 사소한 곁가지 장면들—이 모든 문단과 글은 왜곡되고 무해하게 바뀌었으며, 바라건대 추적 불가능하게 변형된 뒤 협박범에게 줄 글에 짜여들어갔다.

이 모든 글을 동시에 쓰자니 연구 조사가 더 필요했다. 나는 벌써 내 붓질이 너무 광범위하며, 내 이야기에 독자들을 꾀어 자신들이 읽는 글이 진짜라고 믿게 하는 데 종종 사용되는 소소하지만 자세한 내용(평범한 물건, 구체적 장소)과 언어적 장식(상표 이름, 틀에 박힌 말)이 부족하다는 걸 알 수 있었다. 내키지 않았지만 집을 나서 뉴욕 공립도서관 본관에 가봐야 하리라는 사실을 마주했다. 잘 쓰지 않는 화장품 키트를 사용해 두꺼운 눈썹을 그리고 뺨을 붉게 칠한 다음 얼굴을 좀 늙어 보이게 하려고 애썼다. 또 스카프를 머리에 쓰고 턱 밑에서 묶은 다음 아버지의 헐렁한 우비를 걸쳤다. 그렇게 하면 더 나이들고 왜소해 보이는 데 도움이 됐다. 하지만 이 중 무엇도 지하철을 타고 맨해튼으로 이동하는 길의 고통을 덜어주지는 못했다. 나는 그동안 읽어온 수많은 추리소설 덕분에, 미행당한다는 생각이 들 때 할 수 있는 최악의 일이 뒤를 돌아보는 것이라는 걸 알았다. 스카프와 트렌치코트가 없어도 나는 땀으로 젖었을 것이다.

이번에도 아무런 체계가 없는 내 방식이 도움이 됐다. 나는 우드로 윌슨의 연설에서, 번영에 대한 로저 뱁슨의 기이한 논문에서, 윌리엄 재커리 어빙의 『자서전』에서, 허버트 후버의 『미국의 개인주의』에서, 헨리 애덤스의 『교육』에서(아마 위대한 남자들이 쓴 글

중 이 글이 유일하게 내가 재미있게 본 글이었을 것이다), 그리고 금융의 역사에 관한 수많은 글에서 자료를 가져왔다. 이중에서 가장 큰 영향을 끼친 것은 얼 스펄링의 『월 스트리트의 수수께끼 남자들』이었다. 탐정소설을 읽으며 자랐기에 나는 이 제목에 즉시 매력을 느꼈다. 이 책은 1929년에 쓰인, 여러 금융가에 대한 묘사 모음이었다. 제시 리버모어, 윌리엄 듀랜트, 피셔 형제, 아서 커튼, 앤드루 베벨…… 모두가 거기 있었다. 나는 그런 글에서 수많은 질문에 대한 답을 발견했으며, 수상쩍은 금융 투기를 설명해야 할 때마다 그 글을 자유롭게 인용했다. 〈월 스트리트 저널〉〈뉴욕 타임스〉〈배런스〉〈네이션스 비즈니스〉 등의 간행물에서 베벨의 거래를 다룬 글도 찾아보았다.

협박범에게 줄 베벨 이야기의 개인적 측면에 살을 붙이기 위해서는 허구에 의존해야 말이 될 것 같았다. 이번에도 나는 수많은 책의 제목을 받아 적고, 나중에 그 책들을 브루클린 공립도서관에서 빌렸다. 나는 시어도어 드라이저의 '욕망 삼부작'을 읽어보려 했으나, 『자본가』와 『거인』 절반밖에 읽지 못했다. 네이선 모로가 그려낸 불운한 은행업자와 중개업자들, 20년대의 지출 난장판에 관한 그의 설명이 내 글에까지 들어오게 됐다. 업턴 싱클레어의 『환전상들』에서는 베벨을 냉혹한 악당처럼 그려내는 방법을 배웠고 협박범에게 줄 글 전체에 흩뿌려진 온갖 사치품들에 관해 쓸 영감도 얻었다. 요트, 궁전 같은 사무실, 대저택.

이런 소설들은 약간 시대에 뒤떨어졌으므로, 나는 언론으로 눈을 돌렸다. 뉴욕 공립도서관에 보관된 〈포춘〉〈포브스〉 등 그와 비슷한 잡지 대부분은 금융업자와 산업자본가, 귀족적인 가문에 관한 개략적 설명을 길게 실었다. 모리스 레드야드, 굴드 가문, 앨버트 H. 위긴, 록펠러 가문, 솔로몬 R. 구겐하임, 로스차일드 가문과 제임스 슈파이어에 관한 이런 기사에서 나는 사업 거래의 자세한 내용과 저택에 관한 묘사, 여행 일정표, 호화로운 파티와 다양한 습관, 특이한 성격, 여가생활에 관한 내용을 찾아 베벨에게 적용했다. 이 잡지를 비롯해, 내가 들어본 적도 없는 사치품의 수많은 잡지 광고도 인용했다. 베벨은 기사가 모는, 12기통 항공기용 엔진이 달린 마이바흐 제플린을 타고 뉴욕을 돌아다녔지만, 글렌코브에 갈 때는 슈퍼 스포츠 들라주를 타고 시속 약 180킬로미터로 달렸다. 글렌 코브에는 최근 배스의 건선거에서 구매한 그의 300피트급 대서양 횡단용 디젤엔진 요트가 정박해 있었다. 이따금 그는 자가용 포커기를 타고 통근했는데, 이 비행기에는 응접실과 바가 딸려 있었다. 그곳에서 베벨은 보르도 그랑크뤼 와인을 홀짝였다.

밀드레드 이야기에 도움이 될 만한 책을 찾는 건 훨씬 더 어려웠다. 이디스 워턴, 어맨다 기번스, 콘스턴스 페니모어 울슨을 언급한 배너의 『채권』에 대한 평론을 읽은 뒤였기에 나는 즉시 그 작가들의 작품을 찾아보았다. 그러나 그들은 밀드레드보다 한두 세대 앞선 사람들이었으므로 그들이 만든 뉴욕의 무대나 유럽의 미국인 이민자 공동체는 시대에 뒤떨어지게 느껴졌다. 사서들에게 조언을 구한 뒤, 나는 에밀리 포스트의 『에티켓』부터 비냐 델마의 『못된 계집애』에 이르기까지 영감을 줄 것 같은 모든 책을 마구잡이로 읽어 나갔다. 나의 수박 겉핥기식 접근에 대해 이런 말을 할 수 있을지는 모르겠지만, 내 초점은 상황에 맞는 작품을 썼을 법한 현대 미국 작가들에게 대체로 맞춰져 있었다. 그중 돈 파월, 어설라 패럿, 어니타 루스, 엘리자베스 할랜드, 도로시 파커, 낸시 헤일 등 엄청나게 이질적인 작가들이 기억난다. 알고 보니 그중에서는 일부만이 내 작업에 관련되어 있었다. 그들 중 누구도 내가 밀드레드에게 주고 싶었던, 절제되었으나 부유한 분위기를 포착하지 못했다. 그러나 『언어 이전』에 썼듯이, 이 작가들 모두가 마음에 들었다고 할 수는 없어도 이처럼 강도 높은 탐구를 하며 발견한 작가 중 일부는 나의 개인적 정전의 토대가 되었다. 내 책에서는 그 작가들을 처음 알게 된 경위를 밝히지 않았지만 말이다.

(모든 버전의 글에서) 밀드레드에 관해 쓰는 것은 단연코 내가 한 일 중 가장 도전적인 일이었다. 나는 의지할 데가 전혀 없었다. 내가 읽은 책이 하나도 도움이 되지 않았듯, 베벨의 불분명하고 의도적으로 애매한 묘사는 밀드레드의 초상 핵심에 있는 공백을 더욱 깊어지게 할 뿐이었다. 뉴욕 음악계에서 밀드레드가 수행한 역할이 베벨이 기꺼이 인정하는 것 이상으로 중요했다는 건 분명해 보였다. 하지만 그녀가 배너의 소설에 나오는 또다른 자아 헬렌 래스크를 망가뜨린 심한 정신질환을 앓았다고 추정할 만한 근거는 전혀 없었다.

그녀에 관해 쓰는 모든 문장에서 내가 억눌러야만 했던 것이 두 가지 있다. 첫째, 그녀라는 인물의 부정할 수 없는 복잡성이었다. 이런 복잡성은 베벨의 혼동과 그녀의 이미지를 좀더 "접근 가능하게" 만들려는 시도 때문에 생겨났다. 둘째는 내가 최소한 어느 정도는 그녀의 시련을 이해한다는 나 자신의 확신이었다. 베벨과 함께 살다니. 그 숨막힘. 외로움. 모든 행동을 계산하고, 모든 충동을 억누르며.

이런 막다른 길에 다다라, 나는 해럴드 배너를 떠올렸다. 나는 그가 표현한 헬렌 래스크를 너무나 사랑했으며 그가 그린 다른 여성 캐릭터 몇 명에게서 영감을 얻을 수 있을지도 모른다고 생각했다.

내가 브루클린에서 출발할 때 느꼈던 두려움은 책과 잡지 사이에서 몇 시간을 보낸 뒤 사라졌을지 모르지만, 배너의 작품을 찾아 서류보관함에 들어 있는 도서 색인카드를 뒤져보면서는 그 두려움이 어마어마한 공포의 파도가 되어 돌아왔다. 나는 VAM-VAR 서랍을 앞뒤로 뒤져보며, 늘 같은 자리에서 멈추어 공백을 확인할 때마다 가슴이 철렁 내려앉는 것을 느꼈다.

밴, 윌리엄 하비.『제임스 하웰의 글에 관한 주석』. 1924.
배너루, 모리스.『로니에르, 사회극 1막』. 1926.

뉴욕 공립도서관이 무명 비평가의 알려지지 않은 에세이와, 전혀 유명하지 않은 프랑스 작가의 듣도 보도 못한 단막극은 소장하고 있으면서 그 두 이름 사이에 들어가야 할 작가의 작품은 단 한 권도 가지고 있지 않다니 믿을 수가 없었다. 배너는 없었다. 아무것도. 단 한 권도. 나는 사서에게 물어보았다. 사서는 소장 도서는 전부 색인카드에 적혀 있다고 말했다. 하지만 나는 세계에서 가장 규모가 크고 종합적인 장서 목록 중 하나에 해럴드 배너의 책이 한 권도 없다는 건 그야말로 불가능한 일이라는 걸 알았다. 배너의 초기 작품은 상당한 성공을 거두었고,『채권』은 다양한 평을 받았다. 설명은 하나뿐이었다. 베벨이, 이 도서관의 주요 기부자 중 한 명인 그가 현실을 조정하고 구부린 것이다.

혼란이란, 삼킨 물건이 하나씩 늘어갈수록 점점 더 빨리 도는 소용돌이다. 며칠 동안 멈추지 않고 일을 했기에 내게는 살림을 돌볼 시간이 남아 있지 않았다. 싱크대의 그릇과 바닥의 수건, 열린 깡통과 곰팡이가 슨 〈크로나카 소베르시바〉 과월호, 빵 부스러기와 썩은 사과 심, 파리와 지네, 잉크 얼룩이 묻은 걸레와 막힌 욕조. 아버지는 이중 어느 것도 조금이나마 거슬린다고 생각하지 않았다. 아버지는 필요한 공간을 치우고, 가재도구를 셔츠로 닦고, 샌드위치를 만들거나 한 페이지에 들어갈 활자 작업을 한 다음 모든 것을 놔둔 채 다른 곳으로 이동했다. 그 시기가 아버지에게는 축복받은 시절이었다. 아버지는 우리가 함께, 일을 하면서 시간을 보내고 있어서 행복해했다. 아버지가 기뻐했다는 것이 내가 그 시기에 대해 가진 유일하게 좋은 기억이다.

어느 날 오후 잭이 나타나 사과하고 설명하더니 요구했다. 나는 그가 말을 하게 놔둔 채 고개를 끄덕였다. 그가 말을 마치자 나는 잭에게 아파트를 둘러보라고 했다. 결국 눈물로 이어질 게 뻔한 솟구치는 분노를 억눌러 참으며, 나한테 그런 요구를 들어줄 시간이 있는 것 같으냐고 물었다. 잭은 실제로 아파트를 둘러보았다. 잭이 떠나려는 것 같다고 생각했을 때, 잭은 셔츠를 벗어 자기 가방에 집어넣더니 속옷만 입고 부엌을 청소하기 시작했다. 나는 잭에게서 이런 선물을 받으리라고는 전혀 기대하지 못했기에 감동을 받았다. 나는 잭에게 아무것도 할 필요 없다고, 괜찮다고 말했다—이런 상황에서 기대되는 모든 말을 했다.

"아니, 아니야. 얼른, 괜찮아." 그는 상냥하고 고집스럽게도 말했다. "넌 할일이 있잖아. 가. 이건 내가 처리할게."

나는 잭에게 입을 맞추었다. 이처럼 새로운 모습의 잭이 낯설었지만, 그에 대한 고마운 마음에 압도당했다. 그렇게 나는 아버지의 작업 공간을 지나 내 방으로 돌아갔다. 아버지는 인쇄기와 씨름하며, 손이 닿지 않는 어느 활자를 끼우려고 애쓰고 있었다. 나는 아버지에게 방금 잭이 왔다고 말했지만, 아버지는 내 말을 못 들은 체하고 기계에 욕을 하며 뭔지는 몰라도 애먹이는 부품에 계속 손을 뻗었다.

몇 시간 뒤 나는 가짜 글을 거의 완성했다. 그럴싸해 보였다. 나는 베벨이 자기 자서전에서 보통 편집해버리는 모든 전문용어를 담았으며(그는 늘 폭넓은 독자층에게, "일반인" 혹은 "평균적 독자"에게 자기 책이 읽혔으면 좋겠다고 말했다) 그것을 진짜 금융 투자로 추적해갈 방법이 도저히 없는 대단히 난해하지만 개연성 있는 헛소리로 왜곡해냈다. 나는 협박범이 잘 이해되지 않는 무언가를 좋아하리라고 생각했다. 이 모든 기술적 논문이 베벨의 인생에 관한 좀더 전면적인 이야기에 짜여들어갔다. 이 버전은 영화와 소설을 통해 소양을 쌓은 대부분의 사람들이 베벨 같은 거물에 대해 기대할 법한 모든 모습에 부합했다. 이 글에는 베벨의 집과 재산에 관한 화려하고 자세한 설명이 들어 있었다. 외국의 고위 관리와 리무진이 나왔다. 유럽과 팜비치로의 즉흥 여행도 있었다. 여배우와 샴페인, 상원의원과 캐비어도 나왔다. 추가로, 나는 개츠비에 나오는 마리 앙투아네트식 음악 감상실과 왕정복고 시대의 살롱, 매립식 욕조도 집어넣었다. 물론, 이 모든 것에 대한 권태감과 도덕적 불편함도 적당히 넣었다.

거의 저녁식사 시간이 되었다. 나는 아침도 먹는 둥 마는 둥 한 터였다. 다정한 잭과 아버지에게 뭔가 특별한 음식을 주면 좋을 것 같았다. 구운 닭고기라든지. 어쩌면 와인도 좀 곁들여서. 나는 마무리한 글을 둘둘 말아 우비 소매에 넣는 것으로 나갈 준비를 마쳤다. 아버지는 아직도 인쇄기 옆에 있었다. 나가는 길에, 나는 부엌에서 잠시 멈추었다. 잭은 훌륭하게 일을 해냈으며, 화장실로 이동해 타일 바닥에 무릎을 꿇은 채 욕조를 뚫으려고 애쓰고 있었다. 나는 잭의 머리에 입을 맞추고 저녁을 사오겠다고 말했다.

"이럴 때가 아니라는 건 알아." 그가 소심하게 고개를 들며 말했다. "네가 너무 바쁘기도 하고 그러니까. 하지만…… 네가 이 기사를 타자로 쳐줄 수 있을지 궁금했어. 〈더 선〉에 있는 사람한테 보여주려고 하거든. 타자로 치면 훨씬 더 나아 보일 거야. 급한 건 아니고. 여기에 가져왔는데, 네가 못한다고 해도……"

잭이 내게 직접적으로 도움을 요청하거나 내 능력을 인정한 건 그때가 처음이었다.

"당연하지! 너한테 필요한 일이라면 다 괜찮아. 오래 걸리지도 않을 거야."

"고마워. 훨씬 나아 보일 거야." 잭이 다시 말했다. "기사는 네 책상에 둘게."

나는 이 가게, 저 가게를 돌아다니며 머릿속으로 가짜 자서전을 검토했다. 몇몇 내용은 남부끄럽게 느껴져 삭제해야 할 듯했다. 내가 상투적으로 쓰는 몇 가지 표현이 눈에 띄어 바꿔야 했다. 지워버렸던 문단은 다시 생각해보니 효과가 좋아서, 아마 되살려야 할 것 같았다. 나는 편집할 내용을 잊기 전에 서둘러 집으로 돌아갔다.

잭은 아직 욕조 작업을 하고 있었다. 아버지는 여전히 인쇄기에 대고 욕설을 중얼거리고 있었다. 나는 쇼핑백을 조리대에 내려놓고 방으로 가 메모를 적었다. 잭의 기사가 들어 있는 봉투가 내 책상에 놓여 있었다. 나는 봉투를 열지 않고 놔둔 채 협박범에게 줄 글로 돌아갔다. 몇 문장을 고치고 문단을 한두 개 지웠다. 되살리고 싶었던 버려진 문단은 내 쓰레기통 위쪽에, 구겨서 뭉친 종이 중 하나에 적혀 있을 터였다. 나는 한 뭉치를 꺼내 펼쳤다. 비어 있었다. 또하나. 비어 있었다. 또하나. 비어 있었다. 버려진 페이지 대부분이 사라지고, 빈 종이로 바뀌어 있었다.

겁에 질리고 상심한 채 나는 저녁식사를 즐기는 척했다. 잭의 가방으로 계속 움직이는 내 시선을 붙잡기 위해 나는 내가 가진 모든 것을 동원해야 했다.

5

버린 종이를 도둑맞았다는 걸 알게 된 뒤 위로가 된 건, 그 내용
이 전부 협박범을 위해 작성하던 허구라는 것뿐이었다. 그 페이지
에는 앤드루 베벨의 정체를 드러내거나 나를 추적해올 만한 내용
이 전혀 없었다. 이런 깨달음 때문에 생겨난 안도감이 잭을 생각하
면서 든 분노와 슬픔보다 컸다. 이번에도 나는 내가 친구나 가족보
다 베벨을—베벨의 규칙과 표준, 위협을—더 많이 신경쓴다는 걸
알고 낙심했다. 나와 그토록 가까운 사람에게 배신당했다는 사실도
기밀 유지 조항을 위반했을 때의 결과에 비하면 중요하지 않게 보
였다. 이 사실에 두 배는 더 의기소침해진 건, 내 생각이 사실이었
기 때문이다. 친구를 잃는 것은 베벨의 분노에 맞서는 것에 비하면
아무것도 아니었다. 베벨의 힘은 그 정도였다. 그의 재산이 주변의
현실을 구부렸다. 그 현실에는 사람들이 포함되어 있었으며 세상에
대한 그들의 인식은 내 인식이 그렇듯 베벨의 부를 향해 끌려가는
중력에 포획되었다. 그 중력으로 휘어졌다.

베벨을 처음 만난 이후로 나는 그 힘을 밀어내야 한다고 느꼈다. 반항심 때문이 아니었다. 오히려 나는 나에 대한 베벨의 평가가 상당한 정도로 그의 어마어마한 영향력에 효과적으로 저항하는 나의 능력에 달려 있다는 것을 직감적으로 알았고, 곧 그 사실을 확인했다. 우리는 둘 다 (물론 이런 말은 틀림없는 과장이지만) 내가 두려움을 극복하고 배짱을 보이며, 심지어 사소한 문제를 놓고 그에게 맞설 수 있을 때의 만남을 가장 즐겁게 여겼다. 당연히 우아함만큼 결단력이 중요했다. 그는 무례함을 참아주지 않았지만, 약한 수준의 모호한 건방짐은 재미있어하거나 최소한 호기심을 느꼈다. 역설적이지만, 이런 경우에는 그의 뻣뻣한 태도가 약간이나마 녹아내리는 것 같았다. 나는 그 뻣뻣한 태도가 조롱을 당하는 것에 대한 뿌리깊은 두려움의 증거라는 걸 알게 되었다. 우리의 면담을 좀더 생산적인 방향으로 틀어갈 수 있었던 것도 이런 순간이었다.

나는 지난 만남 이후 잃은 존중심을 다시 얻기로 작정했다. 잭의 배신을 알아냈고 넥타이를 매지 않은 남자와의 만남도 다가오고 있었으므로, 앤드루 베벨을 내 편에 두고 도둑맞은 서류의 출간 가능성에 그가 어떻게 반응할지 아는 것은 대단히 중요했다.

"자네가 그린 베벨 부인이 꽤 만족스러웠다는 건 인정할 수밖에 없군." 그는 내가 새로 써간 글을 보더니 말했다. "정말이지, 꽤 만족스러웠네." 그는 다시 처음으로 돌아가 글을 한번 더 훑어보았다. "평소처럼 메모를 해주겠네." 그는 잠시 말을 멈추었다. "생각해보니, 밀드레드에게 어울리는 소일거리에 관해서 더 이야기해야 할지 모르겠군." 그는 검지를 입술에 대고 방을 둘러보더니 창가의 사이드 테이블에 놓인 꽃꽂이를 보았다. "꽃. 꽃에 대한 사랑. 밀드레드가 꽃을 잘 매치해서 전시했다는 등의 이야기 말이야. 소소한 장면으로 괜찮지. 가기 전에 가정부 클리퍼드 씨와 이야기하게. 클리퍼드 씨가 어떤 종류의 꽃다발을 묘사해야 할지 알려줄 거야. 자네에게 온실을 보여줄 수도 있고."

나는 필기에 몰입한 척하며 노트패드에서 고개를 들지 않았다. 지금은 당혹감을 드러낼 때가 아니었다.

"자네는 상상력과…… 여성으로서의 공감을 통해서 밀드레드의 사생활을 상당 부분 포착해냈네. 밀드레드는 사생활을 중시하는 사람이었으니, 그 얘기는 밀드레드의 인생을 대부분 포착했다는 뜻이야."

"감사합니다. 다름이 아니라, 베벨 부인의 사생활에서 자세한 내용을 더 풍부하게 담아내기 위해 오늘은 회장님과 이야기를 나누며 저택을 돌아보면 어떨까 생각했어요. 저는 저택을 잘 모르니, 회장님이 안내해주시는 대로 한번 둘러보면 대단히 귀중한 기회가 될 거예요. 방이나 그림에 대한 묘사를 가끔 끼워넣을 수도 있고요…… 회장님의 개인생활에 좀더 생생한 배경을 깔아주는 거죠. 베벨 부인의 개인생활이기도 하고요. 평균적인 독자는 이렇게 웅장한 저택을 들여다보는 걸 좋아하거든요."

나는 베벨을 약간 불편하게 만드는 데 성공했다—내 제안은 분명 좋은 것이었지만, 사생활에 대한 베벨의 집착을 거스르는 것이기도 했다. 내가 바랐던 것이 바로 그런 불편함이었다.

"뭐, 그래. 안 될 것 없지." 그는 정중한 태도로 망설임을 감추려 했다. 그가 나에게 예의를 지켜야겠다고 생각했다는 건 예상하지 못한 엄청난 승리였다.

"이 집을 드러내놓고 묘사하는 건 바라지 않는다는 것만 기억해주게." 그는 방에서 나서기 전에 말했다. "인테리어 취향이 고약해서."

그는 앞장서서 바닥이 대리석으로 되어 있는 전실로 돌아가 내가 "집의 진로"를 경험할 수 있도록 했다. 우리는 몇몇 직원들을 지나쳤다. 청소하는 사람들도 있었고, 스리피스 정장을 입고 스쳐지나가는 사람도 있었다. 지위와 상관없이 그들은 모두 우리에게서 시선을 돌렸다. 할일이나 하고 베벨은 모른 체하라는 지시를 받은 것 같았다.

처음에 그는 그림을 보여주었다. 그림 한 점 한 점 앞에 잠깐씩 멈춰서 도금된 액자에 붙은 명패를 가리키며 화가의 이름을 말해주고 다음으로 움직였다. 코로, 터너, 앵그르, 홀바인, 벨리니, 프라고나르, 베로네세, 부셰, 반다이크, 게인즈버러, 렘브란트. 나는 필기했다.

우리는 온실 쪽으로 창문이 나 있는 복도에 이르렀다.

"여기에 관한 이야기는 클리퍼드 씨에게 맡겨두지. 자네가 클리퍼드 씨한테 꽃에 관해서 물어볼 때 말이야. 난 식물에 대해서는 아는 게 없다네." 그는 온실 옆을 따라 걸어가며 말했다. "여기, 뒤쪽이 내가 매일 오후를 보내는 곳일세."

그가 문을 열어 커다란 사무실을 보여주었다. 사무실 옆에는 그보다 작은 작업 공간 몇 개가 붙어 있었다. 모든 방의 벽이 주식시세와 수학 공식이 빼곡히 적혀 있는 칠판으로 덮여 있었으며, 책상에는 십여 명이 지폐계수기 뒤에 앉아 파일과 책, 서류, 수많은 종이를 헤집고 있었다. 이곳의 분위기는 시내에 있는 베벨 투자회사 본부보다 조용했다. 거의 도서관처럼 느껴졌다.

"장이 마감된 다음에 여기에서 일이 시작되네. 사실, 나는 이게 진짜 일이라고 생각하는 편을 좋아하지. 이곳에서 얻은 결론이 나의 매매와 매일의 투자, 장기 계획에 영향을 주거든. 나머지는, 증권거래소 입회장에서 일어나는 일은 그저 이 방에서 이루어진 결정을 실행하는 것뿐이야. 자네가 보는 이 사람들은 다 통계학자와 수학자라네. 전국 대학에서 모집했지. 진정한 두뇌 집단이야. 이 사람들은 주가 기록과 산업 지표를 살펴보고 과거의 경향에서 미래의 추세를 예측하며, 대중 심리학에서 패턴을 찾고 더 체계적으로 투자하기 위한 모형을 설계하지. 내 시야에 들어 있거나 들어올 수 있는 모든 회사나 관심사에 관한 보고와 진술, 전망이 여기에서 평가된다네."

그는 내가 시선을 돌릴 수밖에 없을 때까지 내 눈을 들여다보았다. 지금도 나를 응시하던 파란 눈이 생각난다. 그는 내 눈동자에서 무언가를 뽑아내려 했거나, 눈동자를 통해 내 안에 무언가를 배치하려 했다.

"내가 경력을 쌓는 내내 직관은 늘 큰 도움이 되었네. 내가 명성을 얻은 건 많은 부분 그 덕분이야. 과학과 어마어마한 양의 데이터에 대한 객관적 해석을 이런 직관에 더한 것이 내 능력의 원천이네. 이런 독특한 조합이 내가 늘 티커 테이프보다 한발 앞서도록 해주었지." 그는 잠시 말을 멈추고 직원들을 훑어보더니 손목시계를 보았다. "우린 보통 아홉시 정각까지 일하네."

"저분들이 혹시 베벨 부인이 계실 때도 여기서 일했나요……?" 나는 요령 없는 질문을 하며 말끝을 흐릴 수밖에 없었다.

"당연히 아니지."

우리는 사무실 밖으로 나갔고, 베벨은 아무도 없는 1층을 가로지르며 나를 안내해주었다. 그는 엘크와 들소의 머리, 박제된 곰, 울부짖는 머리까지 전부 다 남아 있는 퓨마의 가죽을 비롯한 사냥 전리품이 걸린 응접실에서 의식적으로 잠시 멈추었다. 이 전리품들을 한 남자의 유화 두 점이 내려다보고 있었다. 왠지 자기 기분이 좋다는 걸 감추기 위해 어마어마한 노력을 들이는 것처럼 보이는 건장하고 다부진 남자였다. 왼쪽 그림은 사냥 복장을 완전히 갖춰 입고 소총과 축 늘어진 꿩 여러 마리를 들고 있는 모습을 담고 있었다. 오른쪽 그림에서 남자는 정장을 입고 손에 펜을 든 채 서류를 살펴보다 고개를 들고 있었다.

"자네도 알겠지만, 조상들에 관한 문단이 매우 마음에 들더군." 베벨은 방에서 나서기 전 말했다. "이제는 아버지의 얼굴을 묘사할 수 있겠지. 결국 저택을 돌아보자는 생각이 나쁘지 않았군. 생각이 나서 말인데, 가족사를 정말로 이해하려면 라 피에솔라나에 가봐야 하네. 우리 가문의 영혼이 깃든 곳이 거기니까. 내가 약속을 잡아두지."

"감사합니다. 큰 도움이 될 것 같아요."

베벨은 영영 약속을 잡지 않았다.

화랑, 오전용 거실, 홀, 작은 도서관, 서재 여러 곳, 식당 여러 곳, 휴식 공간. 베벨은 유달리 조용했고, 그의 힘찬 발걸음에서는 그가 구경을 끝내고 싶어한다는 티가 났다.

"지금은 우리 그림 여러 점을 여러 박물관에 빌려주고 있네." 그가 빈 벽을 향해 고갯짓하며 말했다. "대중이 그 그림들을 즐겼으면 좋겠다는 게 아내의 소원이었지."

"최근에 집을 바꾸신 부분이 또 있나요?"

"아래층 사무실과 빌려준 미술품을 제외하면, 당연하지만 아무것도 손대지 않았네. 밀드레드를 기억하려고."

우리는 2층으로 올라갔다. 무도회장, 더 많은 화랑, 침실 여러 곳. 음악 감상실도 있었지만, 그래 봐야 피아노와 하프가 있는 커다란 응접실일 뿐이었다—배너의 소설에 나오는 개인 콘서트홀과는 전혀 달랐다. 호화로운 책들이 손이 닿지 않는 높이에 꽂혀 있는 도서관은 책에 아무 관심이 없는 사람들을 위해 만들어진 곳이었다. 나는 그때까지도 베벨 부인의 가정적인 손길을 전혀 느끼지 못했다. 어쩌면 앤드루 베벨은 자신이 그녀에게 부여한 온순함을 따뜻함이라고 착각한 건지도 몰랐다.

베벨은 복도의 공원 쪽 문 앞에 멈추었다.

"이 방들이 밀드레드가 쓰던 곳이었네." 그가 엄숙하게 말했다.

우리는 밀드레드의 무덤 앞에 서 있기라도 한 것처럼 문지방을 바라보았다. 적절히 침묵을 지키고 난 다음이 내게는 용기를 내서 한번 더 신중한 건방짐을 발휘할 만한 순간으로 보였다.

"베벨 부인이 어떻게 사셨는지 보면 큰 도움이 될 것 같은데요. 부인의 소지품에서 아주 많은 영감을 얻을 수 있을 것 같아요. 작은 정보들, 소소한 매일의 물건들을 가져다가 이야기를 더 생기 있게 만드는 거죠. 더 믿음직스럽게요."

"집은 다 살펴봐도 되지만, 이 문만은 닫아두어야겠네."

"정말 죄송합니다. 저는 그냥……"

"사과할 필요 없어. 자네가 호기심을 느끼리라는 건 이해하네. 하지만 나 혼자만 간직하고 싶은 것도 있는 법이야."

베벨은 조용히 나를 데리고 저택을 돌았다.

"처음 몇 번 만났을 때 회장님이 어머니에 대한 어린 시절 기억을 말씀해주셨죠." 내가 마침내 말했다. "사랑 많은 성품 외에, 어머니와 밀드레드가 가진 공통점이 지성이라고 하셨어요. 두 분 다 아주 영명한 여성이었다고 하셨는데요."

베벨은 멈춰 서서 나를 보았다. 짜증처럼 보이는 감정으로 그의 눈이 흔들렸다. 하지만 이번만큼은 그의 성가심이 나를 향하지 않는 것 같았다. 그는 계속 걸어갔고, 나는 그를 따라잡았다.

"회장님은 밀드레드의 지성이 어떻게 드러났다고 생각하세요?"

"뭐, 알잖나. 수많은 사소한 것들을 통해서 드러난 거지. 이런 저택을 운영하는 건 쉽지 않은 일이야. 직원도 이렇게 많고 말이지. 물론, 밀드레드의 음악 취향도 그렇고. 하지만 그 얘기는 이미 했고, 책에 쓰일 만한 모든 사항을 다루었네. 그리고 솔직히 말해서, 내게 뒤지지 않으려면 꽤 재능이 있는 사람이어야 해." 그는 콧구멍으로 웃었다. "쉽지 않지. 나한테 뒤지지 않는다는 건 전혀 쉬운 일이 아니야. 혹시 이 얘기도 책에 넣겠나? 적당히 유머러스하게 말이야. 그건 그렇고, 자네도 그리 나쁘진 않다네, 알겠지만."

베벨을 자극하고 구석으로 몰아넣어야겠다는 욕구가 사라지면서 두 뺨이 붉어졌다.

우리는 마지막 층인 3층에 도착했다. 뒤쪽 전체가 하인용 공간이었다. 공원을 마주보는 앞쪽은 손님용이었다.

"아주 많은 사람이 오랜 세월에 걸쳐 여기 머물렀지. 대단히 유명한 사람도 많았네. 그중 몇 명의 이름을 책에 담아야 할지도 모르겠군. 독자들이 그런 얘기를 듣고 싶어할 것 같으니. 하지만 솔직히 말하는데, 밀드레드도 나도 손님이 오랫동안 머무는 걸 좋아하지는 않았네. 일상에 더 많은 사람이 끼어들수록 다들 우리에 대한 이야기를 퍼뜨릴 권리가 있다고 생각하거든. 나는 이 점을 늘 혼란스럽다고 생각했네. 친밀해지면 신뢰가 생길 것 같은데 말이지."

"회장님의 친구들조차 회장님과 사모님에 대한 소문을 퍼뜨렸다는 말씀이세요?"

"대체로 내 친구들이 그랬어. 나를 대화 주제로 바꿔놓을 자유가 바로 우정이라고 생각하더군."

지금이 그의 인생에 관한 가짜 이야기가 담긴 도둑맞은 서류가 출간될 경우 그가 어떤 반응을 보일지 알아볼 기회였다.

"모든 소문과 전해들은 말에, 배너와 배너의 소설에 대응하는 것처럼 강경하게 대응하시나요?"

"세상에, 아니지. 쓰레기 같은 석간신문에 실리는 모든 멍청한 소리에 반응을 보여야 했다면 사업을 돌볼 시간이 없었을 걸세. 모든 소문을 추적하고 부정하는 데는 너무 많은 시간이 들어. 하지만 배너는 다르지. 배너가 내 아내와 나에 대해 쓴 글은 달라. 그자가 끼치는 영향력의 범위도 다르고. 지금부터는 그자의 이름을 말하는 걸 피해주면 고맙겠군."

구경은 끝났다. 베벨은 아래층 사무실로 돌아갔고, 나는 밖으로 안내되었다. 도둑맞은 서류는 더이상 걱정되지 않았다. 어쨌거나, 나는 베벨에게 뒤지지 않을 수 있었다.

6

나는 안전한 곳을, 눈에 잘 보이고 문에 가까운 곳을 고르려고 음료수가게에 일찍 도착했다. 하지만 들어가자마자 똑같은 가는 세로줄무늬 정장을 입은 넥타이를 매지 않은 남자가 보였다. 그는 가장 외진 테이블에 앉아 선디 아이스크림을 먹고 있었다. 안은 대체로 비어 있었지만, 나는 아이들 몇이 카운터에서 밀크셰이크를 마시는 걸 보고 용기를 얻었다. 밀크셰이크를 마시는 아이들 주변에서는 너무 나쁜 일은 일어날 수 없었다. 나는 넥타이를 매지 않은 남자에게 다가가 그의 맞은편에 앉았다.

"그 안에 글이 들어 있어야 할 겁니다." 그는 손잡이가 긴 숟가락으로 내 핸드백을 가리키며 말했다.

"이걸로 끝이라는 걸 어떻게 알죠? 이번이 지나면 당신이 날 가만히 놔두리라는 걸 어떻게 알아요?"

"글쎄요, 아가씨." 그의 발음은 혓바닥으로 굴려대는 아이스크림 한 덩어리 때문에 엉터리였다. "날 믿는 수밖에 없죠."

문득, 음료수가게에서 선디 아이스크림을 즐기는 그를 보자 어떤 깨달음이 들었다. 원래의 영역에 있는 그를 본 지금, 이자가 비양심적인 신문사든, 정부든, 뭐든 높은 권력을 위해 일하는 공모자가 아니라는 걸 알 수 있었다. 이 녀석은 그냥 브루클린 꼬맹이였다. 단벌 정장을 입고 아이스크림을 먹는.

"있잖아." 나는 핸드백에 손을 넣었다. "여기 10달러 줄게."

그는 아이스크림을 먹다 말고 돈을 보더니 굳었다.

"난 누가 널 이리로 보냈는지 알아." 내가 말했다. "그 사람 이름을 말하면 10달러는 네 거야. 말하지 않으면 그냥 갈게. 네가 할 수 있는 일은 아무것도 없어."

"이봐요, 파르텐자 양. 우린 당신의 공산주의자 아버지에 대해 알고 있습니다. 당신이 만일……"

나는 자리에서 일어나 몇 걸음을 뗐다.

"잭이요." 그가 말했다.

나는 멈춰 섰다. 그 순간의 경험은 오늘날까지도 내가 증오심을 측정하는 기준으로 남아 있다. 나는 돌아가 테이블 옆에 서서 그를 내려다보았다.

"베벨에 대해서는 어떻게 알아냈어?"

"10달러 준다면서요?"

나는 그에게 돈을 주었다.

"잭이 당신을 미행했어요. 당신이 웬 남자 집에서 그 사람이랑 단둘이 있는 게 싫어서 뒤를 밟은 거죠. 그냥 누군지 보려고요. 그 저택의 주인이 누군지 알아내는 건 그리 어렵지 않았어요. 그런 다음에, 당신 집에서, 어쩌다가 당신이 베벨을 위해 타자로 치고 있던 글을 조금 읽게 됐죠. 베벨이 자기 인생 이야기를 쓰는 것 같았고요. 잭은 그 글을 신문사에 팔아야겠다고 생각했어요. 가장 많은 돈을 주는 회사에요. 커다란 특종으로 커다란 일자리를 얻으려는 거였죠." 그는 아이스크림을 가리키며 바보처럼 웃었다.

"잭한테 베벨이 지켜보고 있다고 말해. 방금 베벨이 날 보내서 확인하게 한 거야. 잭더러 나한테서 훔쳐간 글을 공개할 생각은 버리는 게 좋을 거라고 해. 베벨이 모든 걸 알고 있고, 잭을 잡으러 올 거라고 전해. 베벨이 잭을 망가뜨릴 거야. 난 베벨이 다른 사람들한테도 똑같이 하는 걸 봤어. 이 동네를 떠나라고 해. 지금 당장."

7

지난번 만남에서 베벨이 한 지시에 따라, 나는 클리퍼드 씨가 온실에서 내게 꽃을 보여줄 수 있도록 약속을 잡았다.

직원 대기실에서 만났을 때, 그녀는 내게 차 한 잔을 내주었다. 나는 차를 거절했지만, 어쨌든 그녀는 차를 내주었다. 첫날과 똑같았다. 한담을 조금 나눈 뒤 나는 이런 집에서 가정부가 하는 일이 무엇일지 잘 알 수 없어 그녀의 일에 대해 물었다. 그녀는 직원 대부분이 자신의 감독을 받는다고, 자신의 가장 큰 책임은 저택의 모든 것이 "자연스럽게" 돌아가는지 확인하는 것이라고 설명했다. 나는 집사도 그녀가 감독하는지 물었다. 아뇨. 그녀는 집사에 대해서는 우리 둘의 의견이 같다는 뜻이 담긴 눈빛으로 나를 보았지만, 그 얘기를 하려 들지는 않았다. 그녀는 우아하게 화제를 돌려 내 작업에 대해 물었다. 그녀는 내가 베벨 씨와 그렇게 오랫동안 대화하는 데서 깊은 인상을 받았다.

그녀의 친절함에 용기를 얻은 나는 지난 며칠 동안 어렴풋하게 고안해오던 계획을 실행하기로 했다.

"베벨 부인의 방부터 가봐야 하지 않을까요?"

"베벨 부인의 방이요? 꽃을 보여드리는 줄 알았는데요."

"네, 꽃이랑 베벨 부인의 방이요. 회장님이 베벨 부인에 관한 장을 마무리하고 계신데, 부인의 주변 환경을 묘사하라고 하셨어요. 그래서 베벨 부인의 방부터 시작하면 좋을 것 같아요. 그러면 나머지 내용의 분위기가 정해지지 않을까요?"

그녀는 잠시 망설였다.

"말이 되는 것 같네요." 그녀가 내 잔을 집으려고 허리를 숙였지만, 내가 먼저 잔을 집어 싱크대에 넣었다. "어머, 고마워요, 자기. 정말 다정하네. 갈까요?"

우리 발소리가 대리석 깔린 복도의 널찍한 공간에 또박또박 울려퍼졌다.

"베벨 회장님은 제가 베벨 부인에 관한 글에 여성적 느낌을 주었으면 좋겠다고 하세요. 베벨 부인의 일과에 대해서 좀더 알 수 있으면 도움이 될 텐데요. 혹시 해주실 이야기가 있나요? 베벨 부인의 일상에 관한 작은 이야기들이요."

"죄송해요. 저도 베벨 부인을 만나본 적이 있으면 좋겠지만, 그분이 돌아가신 뒤에 고용됐어요."

그녀는 계단을 올라가느라 숨이 찬 것 같았다.

"그렇군요. 여기서 일하는 분들 중에 베벨 부인을 아는 사람을 소개해주실 수도 있고요. 얼마 안 걸릴 거예요, 약속할게요."

우리는 긴 복도를 따라 걸어갔다. 두꺼운 카펫과 커튼이 우리의 목소리를 새침한 속삭임으로 줄였다.

"음, 그게, 우리는 모두 베벨 부인이 돌아가신 뒤에 고용됐어요.

장례식이 끝나고 얼마 지나지 않아 베벨 회장님이 이 저택을 팔기로 하셨거든요. 기억이 너무 많이 깃들어 있다고요. 제 생각에 회장님은 잠시 호텔에서 생활하셨을 거예요. 직원을 전부 해고하고 저택을 폐쇄하셨어요. 여러 달 동안 그랬죠. 일 년이었을지도 몰라요. 누가 입찰을 해도 거절하셨어요. 그러다가 결국, 적절한 제안이 들어왔는데, 그게…… 기억이 너무 많이 깃들어 있다고 하셨죠."

우리는 복도를 반쯤 가다가 멈췄다. 클리퍼드 씨가 숨을 골랐다.

"그 사람들은 저택을 허물고 무슨 끔찍한 아파트를 짓기로 했어요. 회장님은 그러실 수가 없었죠. 부인과 함께 만든 집이 사라지는 걸 보실 수가 없었던 거예요. 회장님은 다시 저택으로 들어와 새 직원들을 고용하셨어요." 그녀는 목소리를 낮추었다. "하지만 회장님이 어떤지 아시잖아요. 제가 여기 서서 회장님 일에 대해 떠들어대는 걸 원하지 않으실 거예요."

그녀는 가볍게 내 어깨를 잡고 계속 나아갔다.

"아무튼," 그녀가 평소의 목소리로 말했다. "다 왔어요." 클리퍼드 씨가 밀드레드의 방문을 가리켰다. "제가 알기로는 베벨 부인이 남겨두신 그대로일 거예요."

클리퍼드 씨가 문을 열었고 우리는 들어갔다.

나는 그런 공간을 한 번도 본 적이 없었다. 응접실과 드레스룸 사이의 침실은 각진 구름 같았다ㅡ전부 하늘색과 회색, 햇빛으로 이루어져 있었으며 어쩐지 오존 냄새가 났다. 직사각형인 침대. 정육면체인 침실용 테이블. 원형의 커피 테이블. 구석에는 깔끔한 곡선 몇 개가 자연스럽게 안락의자로 이어졌다. 이 모든 가구는 너무 기본적이어서, 내 기억 속에 아무 색깔이 없었던 것처럼 남아 있다. 단지 추상적인 선처럼 말이다.

거실도 똑같이 평온하고 잘 정돈되어 있었다. 책상과 의자는 책상이 책상이 되기 위해, 또 의자가 의자가 되기 위해 필요한 극히 최소한의 요소들로만 구현되어 있었다. 작은 조각상 몇 개가 있을 뿐 비어 있는 선반—그런 조각상은 전부 순수한 형태의 응결이었다. 가장 짧은 벽을 따라 수수한 책장이 놓여 있었다.

누군가 열린 문을 가만히 두드렸다. 하녀가 클리퍼드 씨의 도움이 필요하다고 했다.

"잠깐 갔다 올게요, 자기." 그녀는 하녀와 함께 떠나며 말했다. "다 둘러보고 나면, 온실로 데려갈게요."

나는 이 방 저 방을 오갔다. 이곳은 남편에게 "가정을 만들어준" 사람의 "부드럽고" "따뜻한" 공간이 아니었다. 연약한 어린 신부가 사는 곳이 아니었다. 집안의 나머지 공간과 대조를 이루는 이곳에는 수도원 같은 평온함이 깃들어 있었다—돌이켜보면, 나는 그것이 현대적이고 진정으로 전위적인 분위기였다고 생각한다. 몇몇 가구는 조용한 기능성에서 유래한 우아함을 띠고 있었다. 그 공간의 강렬함은 모든 사물이 (그리고 배치가) 논리적으로 꼭 필요하다는 느낌에서 나왔다.

나는 밀드레드가 된 것 같은 기분을 느껴보려고 하면서도 그게 무슨 뜻인지는 전혀 모른 채 돌아다녔다. 배너의 소설에 따르면 그녀가 평생 써왔다는 일기장은 흔적조차 없었다. 대체로 비어 있는 책장과 테이블만 있는 그 금욕주의적 방에는 물건을 숨길 곳이 별로 없었다. 바보처럼, 나는 그녀의 옷이 덮개에 덮인 채 옷걸이에 걸려 있는 옷장까지 들여다보고 코트 몇 벌의 소매와 주머니를 더듬어보았다. 그녀가 (나처럼) 글을 그 안에 숨겨놓기라도 했을까봐.

책장에 단서가 있을지도 몰랐다. 이곳의 책들 역시 읽힌 적이 없고, 펼쳐본 적도 없을 거라 확신했지만. 내가 틀렸다. 모든 책은 연필로 빽빽하게 밑줄이 그어져 있었고, 귀퉁이가 접혀 있었으며, 차나 커피 얼룩이 남아 있었다. 일부는 프랑스어로 되어 있었고, 독일어와 심지어 이탈리아어로 쓰인 책도 있었다. 비합리적이게도 이탈리아어를 보자 나는 밀드레드에게 친밀감을 느꼈다. 작가의 서명이 들어간 책이 많았다―당시에는 내가 모르던 이름이라 기억나지 않는다. 그중에 해럴드 배너는 없었다. 나는 책을 한 권 한 권 넘겨보고 밑줄이 그어진 문단들을 잠시 멈추어 살펴보면서, 그 책들이 독자에 관해 무언가 전해주기를 바랐다.

책상으로 가서 자리에 앉아 밀드레드가 매일 보았을 공원 일부를 바라보았다. 나무 밑에 벤치가 있었다. 내가 베벨과 처음 만난 다음 앉아서 봉급을 헤아려보던 곳이었다. 책상 서랍은 잠겨 있지 않았다. 문구, 압지, 연필. 압지가 내 관심을 사로잡았다. 압지는 수많은 단어와 숫자, 보라색 잉크로 겹치고 또 겹쳐지며 따라 쓰고 또 따라 쓴 기호들로 뒤덮여 있었다. 물론, 모든 것이 거꾸로였다. 나는 아버지와 아버지의 뒤집힌 진실에 대해 생각했다.

클리퍼드 씨가 돌아와 나를 데리고 꽃을 보러 가기 직전에 나는 압지를 주머니에 넣었다.

8

인편으로 전달된 편지는 타자기로 작성한 것이었고 간략했다. 하지만 그 편지를 몰개성적으로 만들기 위한 모든 것이 역설적으로 편지의 작성자를 두드러지게 했다. 저녁 초대장을 타자로 치고, 그런 식의 문구를 사용하라고 할 사람은 앤드루 베벨밖에 없을 테니까. 만날 시간 없음. 저녁 먹으며 작업. 옷은 차려입지 말 것.

그날 아침 봉투를 주고 간 운전기사가 저녁에 나를 태우고 이스트 87번가로 갔다. 리무진 뒷자리에 타는데, 검은 창문 너머로 시선이 느껴졌다. 다음날 동네를 이리저리 기어다닐 수군거리는 소리가 들리는 것만 같았다.

예전에 빵집에서 일할 때 손님 둘이 주고받는 유머러스하게 체념하는 듯한 대화를 엿들은 적이 있다. "더 나은 세상이 있지." 남자가 말했다. "하지만 거긴 더 비싸." 그 말장난이 기억에 남은 것은, 그 말이 아버지의 유토피아적 비전과 너무도 극적으로 달랐기 때문만은 아니었다. 그 말이 바로 부의 다른 세상 같은 속성을 지적했기 때문이었다. 나는 부의 그런 속성을 베벨과 시간을 보내며 확인했다. 나는 한 번도 그의 사치품을 탐내지 않았다. 사치품 때문에 위압감과 분노를 느낀 건 사실이었지만, 무엇보다도 그것들은 늘 내게 환영받지 못하는 이방인이 된 것 같은 기분이 들게 했다. 자리를 잘못 찾은, 다른 세상에 혼자 오게 된 지구인이라도 된 것 같았다—더 비싸고, 스스로 더 나은 곳이라고 생각하는 세상에.

하지만 그날 저녁, 베벨의 자동차 안에서 나는 처음으로 시원하게 쇄도해오는 사치를 느꼈다. 그냥 목격한 것이 아니라 느꼈다. 그리고 반했다.

나는 밤에 혼자 자동차를 타본 적이 없었다. 뉴욕은 두꺼운 창밖의 완벽한 고요 속에서 흘러다니며 썰물처럼 빠져나갔다. 등을 기대면 도시가 술 달린 벨벳 커튼 뒤로 사라졌다. 리무진의 승객이 누구일까 궁금해하는 보행자들이 신호등마다 들여다보았다. 그래서 이 상황의 이상함이 더욱 강조되었다. 나는 거리에 나와 있는 동시에 격리된 공간에 있었다. 마호가니 장식널보다도, 컷글라스 디캔터보다도, 수놓인 가구 덮개와 모자를 쓰고 흰 장갑을 낀, 파티션 반대편의 운전기사보다도, 너무도 호화롭게 느껴진 것은 공적인 장소에서 이토록 사적으로 존재한다는 기이한 역설이었다—이런 느낌은 갑자기 손댈 수 없고 약점도 없는 존재가 된 듯한 환상, 혹은 나 자신이나 다른 사람들, 이 도시 전체를 완전히 통제한다는 공상과도 같은 것이었다.

도착하자 운전기사가 나를 불쾌한 집사에게 넘겨주었고, 집사는 나를 저택 구경을 할 때는 본 적 없는 작은 식사 공간으로 데려갔다. 두 사람이 앉을 식탁이 차려져 있었다. 베벨은 무슨 서류를 들여다보느라 접시를 한쪽으로 밀어놓고 있다가 나를 마중하려고 일어나며 서류를 뒤집었다.

"이렇게 늦게 와주다니 친절하군. 마실 걸 좀 대접해도 되겠나? 샴페인?"

나는 망설임을 자제했다. 이 제안을 거절하는 데는 뭔가 겁쟁이 같은 면이 있었고, 받아들이는 데에는 어색한 면이 있었다. 게다가 나는 한 번도 샴페인을 마셔본 적이 없었다.

"아주 좋을 것 같네요, 감사합니다."

"좋아. 소심한 손님만큼 피곤한 존재도 없지."

베벨은 집사에게 턱짓을 했고 하인은 문을 닫고 나갔다. 우리는 식탁에 앉았고 나는 펜과 노트패드를 꺼냈다.

"자넨 달이 얼마나 멀리 떨어져 있는지 아나?"

베벨은 답을 원하지 않았다.

"약 238,000마일이야." 그가 말했다. "공황 때 시총이 얼마나 날아갔는지 아나? 대략 500억 달러라네."

그는 식탁에 놓인 접시와 은식기를 다시 정리하더니 나를 보았다. 어떻게 그랬는지, 내 얼굴은 혼란스러우면서도 열중한 모습으로 뒤틀리는 데 성공했다. 나는 그가 내게 그런 표정을 기대하리라고 생각했다.

"500억 달러어치의 지폐를 죽 이어붙이면 달에 열 번 갈 수 있어. 돌아올 수도 있고. 달까지 왕복 여행을 하는 거지. 그래도 잔돈이 꽤 남을 거야."

나는 정말로 믿을 수가 없어 그를 보았다.

"충격적이지?" 그가 고개를 끄덕이며 물었다. "내가 계산해봤네."

하지만 내가 당황한 것은 그 기이한 계산 때문이 아니었다. 베벨 때문이었다. 그는 이처럼 무의미한 말을 한 적이 한 번도 없었다.

내가 베벨 때문에 당황스러웠던 적도 없었다.

"500억 달러어치의 지폐는 지구 주위를 거의 195번 돌 수 있어." 그는 검지를 빙글 돌렸다. "지구를 거의 195번 돌 수 있다고. 1929년 10월에 주가 폭락으로 날아간 돈이 그렇게 많았단 말이네."

집사가 샴페인 한 잔이 올려진 금속 쟁반을 가지고 돌아왔다. 베벨은 술을 마시지 않았으니, 이제 내가 그 멍청한 소품을 억지로 마시게 될 터였다.

"공황의 규모가 그 정도였네. 그런데 그게 어떻게든 내 잘못이라고? 그런 대변동은 한 사람의 행동의 결과였던 적도 없고, 절대로 그렇게 될 수도 없네."

하녀 두 사람이 수프 그릇을 들고 들어와 정확히 동시에 우리 앞에 내려놓고 나갔다.

"한 국가의 번영은, 다름 아닌 공동선으로 알려진 것과 비슷해질 때까지 줄을 맞추는 수많은 사람의 자기애에 토대를 두고 있네. 이 기적적인 개인을 충분히 모아다가 같은 방향으로 행동하게 하면 그 결과는 집합적 의지나 공동의 대의명분과 매우 비슷해 보일 걸세. 하지만 이런 가공의 공익이 작동하는 동안에 사람들은 대단히 중요한 구분을 잊게 되지. 즉 나의 필요와 욕구, 열망이 상대의 모습을 비출 수 있다는 것이 우리에게 공통의 목표가 있다는 뜻은 아니라는 것 말이야. 그건 단지 우리에게 같은 목표가 있다는 뜻일 뿐이네. 이건 대단히 중요한 차이점이야. 나는 나한테 도움이 되는 한에서만 상대와 협력하네. 그 정도를 넘어서면, 그저 경쟁이나 무관심이 있을 뿐이야."

그는 수프를 얕게 두세 번 떠먹었다. 수프를 먹는 모습이 늙고 약해 보였다.

"상대의 이해관계가 우연히 나의 이해관계와 일치한다는 이유만으로 상대의 이해관계를 보호하는 데에는 영웅적인 면이 전혀 없네. 협동의 목적이 개인의 수익이라면, 협동을 연대와 혼동해서는 절대 안 돼. 동의하지 않나?"

그는 내 의견을 듣고 싶어한 적이 별로 없었다.

"그런 것 같네요." 나는 정말로 그렇게 생각한다고 생각했다.

"반면, 진정한 이상주의자들은 다른 사람의 복지를 자신의 이해관계에 비해서, 특히 자신의 이해관계에 반해서 신경쓴다네. 자기가 하는 일이나 그로부터 창출되는 이익을 즐긴다면, 정말로 자신이 아니라 타인을 위해 그 일을 한다고 어떻게 확신할 수 있나? 대의로 향하는 유일한 길은 자기희생뿐이야. 하지만 내가 말하지 않아도 알겠지. 자네 아버지의 원칙과, 아버지가 보여준 모범을 통해 알았을 테니까."

나는 글쓰기를 멈추었다. 베벨은 아버지의 정치 활동 이야기를 한 적이 한 번도 없었다. 우리를 판 사람이 잭일 리는 없었다—내가 잭의 공범을 통해 협박을 했으니까. 베벨은 나와 처음 면담을 한 이후로 내내 우리를 염탐해온 게 틀림없었다. 처음부터 알았을까? 나는 몸에 뭔가 할일을 주려고 유리잔으로 손을 뻗었다. 가까이에서 보니, 수면으로 연달아 빙글빙글 올라오는 진주 같은 기포의 소리가 들렸다.

"아, 잘못 아셨어요." 내가 말했다. "아버지한테 대의명분은 사치품의 하나예요. 아버지의 자기부정은 자만심의 뿌리인걸요."

나는 샴페인을 한 모금 마시고, 나한테는 없는 세속적인 태평함을 담아 유리잔을 내려놓으며 그 즉시 내가 아버지를 그런 단어로 표현함으로써 나 자신을 모욕했다는 걸 알았다. 샴페인을 마시면서. 며칠 뒤, 나는 나 자신의 말에 대답하며 공개된 장소에서 혼자 투덜거리게 된다. 신음하면서. 이마를 찌푸리면서. 몸을 움츠리면서. 나의 한심한 격언을 떠올리고 옮겨 적는 지금 이 순간도 나는 부끄러움을 느낀다.

베벨은 나의 뻣뻣한 태연함 이면의 괴로움을 눈치채고 즐거워했다. 나는 알 수 있었다.

"차우더 좀 먹게."

나는 차우더를 먹었다.

"물론, 자네는 이 모든 말의 결론을 알겠지. 오늘날 불황에 대해서 가장 시끄럽게 불평하는 자들은 애초에 그 불황을 일으킨 자들이네. 그 모든 자기중심적 개인들이 언론에 나와 불공정 행위가 있었다고 소리를 질러대지…… 빚을 내서 룰렛을 돌리던 그 모든 옹졸한 투기꾼들이 갑자기 정의와 공정의 수호자가 된 거야…… 1929년에 한 행위를 놓고 나를 공격했던 사람 중 자네 아버지와 비슷한 사람은 한 명도 없네. 자네 아버지는, 아무 죄가 없는 헌신적인 혁명가로서 처음으로 돌을 던질 수 있는 몇 안 되는 사람 중 한 명이라네."

하녀들이 다시 들어왔다. 천에 천이 스치는, 가라앉은 부스럭 소리. 은식기와 도자기가 부딪치는 조용한 울림. 하녀들은 그릇을 가져가고 삶은 닭고기와 아스파라거스, 완두콩이 담긴 그릇을 내려놓은 뒤 그 위에 화이트소스를 부었다.

"난 자네 아버지처럼 비타협적인 사람이라면 자네가 나 같은 사람 밑에서 일하는 데 반대할 줄 알았네."

하녀들이 나갔다.

"아버지는 일의 존엄성을 믿으세요." 나는 적절하다고 생각되는 정도의 반항심을 담아 말했다.

베벨은 심각하게 고개를 끄덕이며 예술가의 섬세한 손길로 닭고기 조각에 그레이비소스를 반반하게 발랐다.

"아무튼. 계속 이런 식으로 일할 수는 없다는 걸 알려줘야겠군."

나는 입에 있던 음식을 삼키려 했다. 말도 안 됐다.

"오후의 귀중한 시간을 내기에는 내가 너무 바빠. 자네도 아래층 사무실에 할일이 얼마나 많은지 직접 봤지."

"회장님, 이런 말씀을 드려도 될지 모르겠지만요. 언제든 편리할 때 딕터폰으로 목소리를 녹음하신 다음, 제가 녹취하고 편집을 하면……"

"그만." 그는 식탁 위의 물건 몇 가지를 이쪽저쪽으로 조금씩 옮겨 다시 배치했다. "자네를 위해서 가구가 갖춰진 아파트를 하나 임대했네. 여기에서 걸어갈 수 있는 거리지." 그는 나를 보더니 시선을 돌렸다. "그러면 개장 전이나 늦은 밤에, 오늘 저녁처럼 일할 수 있을 거야. 우린 진도가 너무 느리고, 책 출간 일정은 지나버렸네. 자네를 가까운 곳에 두면 도움이 되겠지."

나는 대답할 말을 찾지 못했다.

"이번주가 지나기 전에 그 아파트로 들어오면 되네. 물건 옮기는 데 도움이 필요하면 사무실에 전화하고. 자, 1929년과 그 이후의 불황 얘기로 돌아가지. 사람들은 범죄자와 악당을 원해. 그리고 사실, 범죄자와 악당은 존재하네. 연방준비은행 이사회 말이야." 그는 내 펜과 노트패드를 손짓으로 가리켰다. "이건 받아 적는 게 좋겠군."

9

아버지는 내가 계단을 올라오는 소리를 듣고 문을 열었다. 눈에 띄게 고통스러워하고 있었다. 나는 아버지가 리무진에서 내리는 나를 봤으리라고 확신했다. 그러나 아버지는 잭이 내 방에 둔 무슨 서류를 가지러 아파트에 들렀었다며 잭이 시카고의 어느 신문사에서 취업 제안을 받아 서두르고 있었다고 말했다. 회사에서 잭이 바로 일을 시작하기를 바랐으므로, 즉시 그리로 돌아간다는 것이었다. 너도 아는 얘기냐? 네, 나는 거짓말했다. 너무 갑작스럽지만, 잭을 생각하면 잘된 일이에요.

잭의 기사가 들어 있는 봉투를 빼면 내 방에서 없어진 건 아무것도 없는 듯했다. 나는 잭이 떠났다는 걸 알게 되어 마음이 놓였다. 뿐만 아니라, 덕분에 내 상황이 더 단순해졌다. 잭이 근처에 있었다면 베벨의 아파트로 이사하는 일은 발작적인 질투와 싸움으로, 결국에는 신파적인 이별로 이어졌을 것이다.

독립할 가능성이 생겼다는 점에 신이 났던 기억이 난다─거의

392

흥분했었다. 나는 독립한다는 생각조차 감히 즐겨본 적이 별로 없었다. 하지만 다른 신체적 감각이 이런 전율을 방해했다. 목에 상처가 난 것 같은 분노. 가슴에 멍이 든 것 같은 격분. 베벨은 내게 이런 새로운 방식을 제안한 적이 없었다. 자기 제안을 고려해달라고 부탁한 적도 없었다. 그냥 집을 빌리고, 내게 즉시 그리로 이사하라고 했다. 혼자 산다는 생각이 마음에 들기는 했으나, 내가 대수롭지 않은 존재로 받아들여지고 이리저리 명령에 따라 움직여진다는 건 모욕적이었다. 그렇더라도 그런 기회가 제시된 불쾌한 방식을 이유로 기회 자체를 거부하는 것은 허영심어린 동시에 어리석은 일로 보였다.

아버지가 내게 얼마나 의지하는지 알았기에 나는 감히 나가 산다는 공상을 오래 한 적이 없었다. 아버지는 점점 더 혼자 사는 능력을 잃어갔다. 혹시 내가 떠난다면, 나는 내 집세에 더해 아버지의 집세도 계속 내야 할 터였다. 돈만 문제가 아니었다. 아버지는 기본적인 일상의 할일을 처리할 능력이 있었던 적이 없었다―청소, 식사 같은 것들 말이다. 혼자 남겨지면 혼란이 아버지를 삼키고 익사시킬 터였다.

지금은, 나조차도 거의 믿을 수 없었지만, 돈은 더이상 문제가 아니었다. 베벨이 새로운 집의 집세를 내줄 테고 내 월급은 브루클린 아파트의 집세를 내고도 남는 수준이었다. 덕분에 나는 아버지를 돌보고 아버지의 수많은 욕구를 관리할 수 있으리라고 나 자신을 설득할 수 있었다―아버지 자신은 있는 줄도 모르는 욕구들 말이다. 나는 일주일에 몇 번 아버지에게 들러 상황이 지나칠 정도로 통제를 벗어나지는 않았는지 확인하기로 했다. 어쩌면 집주인에게 (아버지 모르게) 돈을 좀 주고, 가끔 들러 몰래 집안일을 해달라고 할 수 있을지도 몰랐다. 이런 기회는 두 번 찾아오는 게 아니었다. 나는 일단 자존심을 삼키고, 베벨이 자기 계획을 제안한 모욕적인 방식은 잊고서 그의 "제안"을 받아들여야 했다.

내 이해관계를 제외하면, 도저히 무시할 수 없는 중요한 고려 사항이 하나 있었다. 베벨은 내게 처음으로 아버지의 정치 활동 이야기를 꺼낸 뒤 이사하라고 했다. 그게 우연일 리 없었다. 어쩌면 베벨은 나를 집에서 떼어놓음으로써 모든 잠재적 위협을 통제할 수 있다고 생각하는 건지도 몰랐다. 아니면, 단지 내가 아버지와 자신 중 한 명을 선택하도록 만들고 싶은 걸지도 몰랐다. (지금은 이런 식의 생각을 할 만큼 베벨이 나를 신경썼을 리 없다는 걸 안다.) 그리고 물론 우리는 돈이 필요했지만, 나는 아버지가 아닌 베벨의 편을 들고 있는 나 자신을 한번 더 보게 되었다. 베벨을 기쁘게 하고 그의 요구에 따름으로써 아버지를 지키고 있는 것이라고 스스로를 타일렀지만, 전혀 기분이 나아지지 않았다.

나는 아버지를 버리고 적에게 가는 것이었다. 혐의는 명백할 것이고, 판결이 내려진 뒤에는 탄원할 방법이 없을 터였다. 벌써 아버지의 목소리가 들리는 듯했다. 월 스트리트가 네 머릿속에 들어간 거야. 네 상사라는 자가 널 세뇌한 거다. 그다음에는 옷과 헤어스타일에 관심을 두고, 휴가를 떠나고, 취미를 들이겠지. 나는 부르주아 아가씨가 되는 길을 걷게 될 것이다. 아니면 그보다 더 나쁜 길을 갈지도 몰랐다. 아버지는 세상 어떤 늙은이도 자기 말을 받아 적게 하겠다는 이유만으로 젊은 여자에게 아파트를 임대해주지 않으리라는 사실을 입에 올릴 게 틀림없었으니까. 싸움이 이어질 것이고, 그다음에 나는 입을 꾹 다문 분노의 몇 년이라는 선고를 그 자리에서 받게 될 것이다.

내 입장에 선 다른 사람들은 베벨의 의도를 걱정했을지도 모른다. 돌이켜보면 나 역시 그랬어야 할지 모르겠다. 하지만 베벨이 나를 애인으로 삼고 싶어한다는 생각을 떠올렸다가 즉시 기각해버린 게 기억난다. 베벨은 자기 몸을 적절하지는 않으나 참아줄 만한 우연한 존재로 보는 듯했다. 누구든 그 몸에 손대는 걸 그가 원했으리라고는 상상할 수 없다.

두려움, 욕망, 의구심, 모욕감. 아무것도 중요하지 않았다. 베벨의 계획에는 타협의 여지가 없었다. 일자리를 지키고 싶다면, 나는 업타운으로 이사해야 했다. 나한테 선택의 여지가 없다는 걸 알자 마음이 놓였다.

아버지와의 충돌을 연기하는 건 아무 의미 없는 짓이었다. 대체로 잠을 이루지 못한 채 하룻밤을 보낸 나는 아침을 먹으며 아버지에게 모든 이야기를 전했다(베벨의 이름과 내가 하는 일의 진짜 내용만 빼고 말이다). 아버지는 조용히, 눈을 내려뜬 채 들었다. 나는 말을 마쳤다. 우리는 각자의 커피잔을 들여다보았다. 자연스러운 침묵이 아버지의 얼음장 같은 분노 발작으로 굳어져간다고 생각한 바로 그때, 아버지가 식탁 너머로 손을 뻗어 내 손을 잡았다.

어렸을 때, 나는 아버지의 군은살 박인 손가락과 손바닥을, 오랜 세월 활자를 먹이고 연마제를 다루느라 굳어진 그 손을 매력적이라고 생각했다. 그 손은 아버지 신체의 일부인 동시에 사물처럼 보였다. 나는 아버지의 고무 같은 피부를 꼬집고 찔러보며 뭔가 느껴지냐고 물었다. 아버지는 늘 아무것도 느껴지지 않는 척하며 내가 만지는 줄도 몰랐다고 했다. 이건 아버지를 더욱 세게 꼬집으라는 신호였다. 나는 최대한 세게, 내 손가락이 떨리고 하얗게 질릴 때까지 꼬집었다. 아버지는 그냥 하품을 하거나 날씨 얘기를 하곤 했다. 아무 일도 일어나지 않았다는 것처럼.

"그런 생각은 못해봤는데." 아버지가 한참 만에 말했다. "내가 무슨 생각을 했는지는 모르겠지만, 이건 아니었어."

나는 아버지의 손을 더욱 꽉 잡았다.

"하지만 시간이 됐구나. 넌 현명하니까 네 판단을 믿는다. 내 생각이 너랑 다르더라도 말이야." 아버지는 고개를 들어 내 눈을 들여다보았다. "시간이 됐어. 아니, 지났지. 넌 떠나야 해."

이런 마지막 말과 함께, 아버지도 내 손을 더욱 꽉 잡고 나를 자기 쪽으로 당겼다. 나는 아버지의 손을 놓지 않은 채 자리에서 일어난 다음 식탁을 돌아가 아버지를 끌어안았다.

"알겠지만, 이런 시궁창도 괜찮다면 언제든 돌아와도 된다." 아버지가 말했다.

우리는 따뜻하고 우울한 분위기 속에서 그날을 함께 보냈다. 짧은 대화 이후 아버지에 대한 사랑이 솟구치긴 했지만, 내가 아버지와 함께 사는 아파트에 있다는 사실에 대해 뭔가 불쾌하고 실체 없는 느낌이 든 것도 사실이었다. 작별이 눈앞으로 다가왔으며 나 자신은 이차원적인 존재가 된 것만 같았다. 최대한 빨리 베벨의 요청에 따라야 한다는 압박감도 들었다―그리고 어쩌면, 다른 무엇보다도 새로운 집에 호기심이 생기고 들어가고 싶어 안달이 났는지도 모르겠다.

다음날 아침, 나는 아버지가 무슨 엽서를 배달하겠다며 밖으로 나가 있는 동안 짐을 싸기 시작했다. 아버지가 도와주겠다고 했지만, 나는 아파트에 가구가 갖춰져 있으며 몇 가지만 가져가면 된다고 설명했다. 당분간 왔다갔다할 테니까 여러 단계에 걸쳐 이사하는 것이 최선이라고 했다. 사실, 나는 아버지가 떠나 있는 동안 짐을 싸서 나가고 싶었다. 아버지에게 내가 떠나는 모습을 보는 상심을 경험하게 하고 싶지 않았다.

일할 때 입는 옷을 개고 책 몇 권과 세면도구, 처음 가져갈 물건을 아무거나 챙기고 나자 할일이 별로 없었다. 혹시 뻔한 걸 잊고 있지는 않을까? 어쩌면 아버지의 포스터를 한 장 가져가야 할지도 몰랐다. 새 아파트가 어떤 모습일지 모르겠지만, 아버지가 어린 시절에 내게 인쇄해준 바보 같고 사랑스러운 포스터 한 장이 있으면 바로 집에 와서 아버지와 함께 있는 듯한 기분이 들 터였다. 나는 아버지의 방으로 가서 아버지의 시시한 서류보관함 서랍을 살펴보았다. 헤이마켓 대학살을 기리는 팻말과 라퀼라 사교 클럽에서의 회합을 알리는 플래카드, 오래된 〈일 마르텔로〉와 〈라두나타 데이 레프라타리〉, 빵과 자유를 달라는 이탈리아어 전단지, 여러 공장에서 파업하는 노동자들에게 보내는 인쇄물, 아버지의 무정부주의 신문 과월호 몇 부가 들어 있었다. 이런 정치적 광고물과 게시물, 팸플릿과 서류 사이에 별 순서 없이 뒤섞여 있는, 아버지가 내 기분을 북돋워주거나 어린 시절에 내가 거둔 성취를 기념하려고 만든 아름다운 포스터 몇 장이 보였다. "아이다 파르텐자! 열 마리 사나운 사자들! 단 한 번 공연합니다! 이번주 목요일 캐럴공원에서!" "**호외!** 파르텐자 양, 승리의 3학년 종업!" 이때의 일들이 하나하나 만져질 듯 생생하게 떠올랐다. 눈이 촉촉해진 채로, 나는 계속해서 정리되지 않은 그 인쇄물들을 뒤지다가 거의 서랍 바닥에 이르렀을 때 그 종이들을 보았다.

편지 크기.

구겨진 자국이 남은.

타자로 친.

"e"에 잉크가 너무 많이 묻어나와서 멍든 눈처럼 구멍이 새까맣게 칠해졌다.

"i"에는 점이 안 찍힌 경우가 많았다.

10

팽팽한 덮개가 덮인 소파는 아무 냄새가 나지 않는 건물의 황토색 거실에 있고 그 건물은 다른 섬의 낯선 동네, 모르는 거리에 있었다.

베벨과 일하거나 우리의 면담에서 필기한 내용을 기록으로 옮기고 있지 않을 때면 내가 하는 일이라고는 그 단단한 소파에 앉아, 나의 새 아파트에서 도시 전체로 뻗어가는 동심원들을 머릿속으로 그리는 것뿐이었다. 공백을 감싼 공백. 그리고 다른 모든 것을 담고 있는 가장 큰 진공의 바깥쪽 테두리 바로 너머에 아버지가 서 있었다. 멀고, 작고, 난파당한.

내가 버린 원고를 아버지가 왜 훔쳤는지, 아버지가 그걸로 무슨 짓을 했으며 무슨 짓을 할 계획이었는지는 관심 없었다—어쨌든 그 원고는 가짜였고, 나에게 해를 입히거나 베벨의 심기를 거스를 수 없었다. 아버지가 동지들에게 "정보"를 자랑할 생각으로, 혹은 전단지에 그 내용을 인쇄할 목적으로 가져갔다고 해도. 내가 아는 것, 내가 느낀 것, 내가 신경쓴 것은 아버지가 더이상 나를 잡지 않는다는 것뿐이었다. 지저분하고, 독재적이고, 무책임하고, 변덕스럽기는 했지만 아버지는 늘 나를 붙잡았다. 어쩌면 아버지는 자신의 신념과 의지조차도 거슬러 나의 온 세상을 품었고 내 세상에 의미와 합법성 비슷한 것을 부여했다. 합법성이라는 단어는 아버지에게 적용했을 때 위태로운 의미가 될지 모르지만 말이다. 아버지는 너무도 자신감에 차 있는 혼돈이었다. 시간이 지나면서, 불가해한 변형을 통해 나는 우리가 함께한 삶의 오류투성이이고 불안정한 모든 것에서 안전함을 느끼게 되었다.

모든 것에도 불구하고, 나는 계속해서 아버지를 존경하고 우러러보기를 선택해왔다. 이제야 나는 그 선택이 얼마나 적극적이고 의식적인 것이었는지 깨달았다. 때로 아버지는 쉽게 그런 선택을 할 수 있게 해주었고, 그런 선택은 기쁨이었다. 그보다 많은 경우에, 아버지를 아버지로 여길 책임은 모두 내가 져야 했다. 한 해 한 해가 지나면서 나는 아버지의 결점을 변명했다. 아버지가 내 부모가 되도록 도왔다. 그리고 나는 힘겹고 복잡한 우리 인생을 사랑했었다. 아버지의 불투명하지만 굽히지 않는 원칙과 열정과 자유와 독립에 대한 그 거친 생각들 때문에 아버지를 사랑했었다. 하지만 지금은 아직 형태가 갖춰지지 않은 아버지에 대한 새 관념을 사랑할 방법을 찾아야 했다.

집에서 나오고 며칠 뒤 나는 아버지에게 짧은 편지를 보냈다. 예상한 것보다 일이 많아 주말까지 늘 출근해야 한다는 내용이었다. 일주일이나 이주일이 지나면, 사무실이 어느 정도 조용해지면 브루클린에 가겠다고 했다. "아빠가 그리워요." 끝에는 그렇게 썼다. 아버지는 그 말에 얼마나 깊은 의미가 있는지 절대로 모를 것이다.

하지만 잭은 그렇지 않았다. 잭이 내 서류를 훔치지 않았다는 걸 알게 됐지만 변하는 건 없었다. 잭을 억지로 이 동네에서 쫓아낸 것이 자랑스럽지는 않았으나 그가 나를 미행하고 누군가를 보내 이용하고 겁주려 했다는 점을 생각하면 그가 떠났다는 것이 안심됐다.

그 시절의 내 메모를 보아도, 내가 새로운 아파트로 이사하고 나서 베벨과 몇 번이나 만났는지는 명확하지 않다. 여섯 번? 아홉 번? 우리는 베벨이 의도한 것과 달리 아침에는 한 번도 만나지 않았다. 늘 저녁만 먹었다. 예외 없이 (또 내 의사는 묻지도 않고) 별개성 없는 식사에 곁들일 샴페인이 한 잔 나왔다. 두세 번은 베벨도 함께 술을 마시며 적당한 친밀함이라는 환상을 만들어냈다. 나는 베벨이 그 환상을 공유하지 않는다는 걸 알고 있었다.

어쩌면 베벨이 지쳐서 조금쯤 무방비 상태였기 때문일지 모르나 우리의 저녁 면담은 낮의 만남보다 훨씬 생산적이었다. 그는 내 작업물에도 더 수용적인 태도를 보이며, 첫번째 코스 요리가 나오기 전에 내가 건넨 페이지들을 훑어보고 마음에 든다는 듯 짧게 고개를 끄덕이면서 이따금 소소한 의견을 달았다. 대체로 그는 사업 거래에 관한 부정확한 내용을 교정하고 밀드레드에 관한 문단들을 계속해서 편집했다. 그의 주된 관심사는 자신의 금융 투자와 아내에 대한 묘사를 최대한 "일반 독자"가 이해할 수 있는 내용으로 만드는 것이었다. 그는 내게 자신의 수학적 재능에 초점을 맞춰야 한다고도 말했다. 그 재능이 경력을 쌓는 데 매우 중요했다고 했다. "신동"으로 사는 놀라움과 어려움, 예일대학교 킨 교수 밑에서 보낸 시절, 금융 모델 개발─이런 것들이 모두 아주 자세하게 설명되는 한편, 폭넓은 독자가 읽을 수 있도록 평이하게 전달되어야 했다.

저녁을 먹으면서 하는 면담으로 베벨이 좀더 호의적으로 변해

글쓰기에 속도가 난 면도 있지만, 내가 마침내 베벨에게 만들어준 목소리에 들어가 굳이 생각하지 않고도 베벨식 말투로 유창하게 글을 쓸 수 있게 된 것도 사실이었다. 가짜 이야기를 쓰느라 했던 노력 덕분에 나의 글쓰기는 굴레를 벗어났고, 나 자신에게 허용하는 창작의 범위도 넓어졌다. 그 결과 내 문체와 회고록 전체가 좀더 자신감 있게 되었다. 그게 베벨이 늘 요구해온 바였다. 새로운 속도에 맞춰, 우리는 베벨이 스스로 설정한 마감인 연말에 책을 완성할 수도 있게 되었다.

우리의 마지막 저녁식사에는 끝이라는 무게감이 실려 있지 않았다. 우리 둘 중 누구도 서로를 다시 보지 못하게 되리라는 걸 몰랐기 때문이다. 나는 늘 그렇듯 베벨이 식탁에서 일하는 모습을 보았고, 그는 늘 그랬듯 내가 들어가자 서류를 뒤집었다.

"오늘밤은 파르텐자 양과 함께해야겠군." 내가 관례상 마시는 샴페인을 가지러 가는 집사에게 베벨이 말했다.

"책이 갖춰가는 꼴이 마음에 든다고 할 수밖에 없겠어. 나의 성취가 명확한 순서에 따라 펼쳐진 걸 보니 보람차네." 습관대로, 그는 밀리미터 단위까지 따지는 듯한 그 손가락으로 식탁 위의 물건 일부를 옮겼다. "일반 대중이 내가 이룬 성취나 우리 나라의 최근 역사에서 그런 성취가 차지하는 자리를 이해하는 데 이 회고록이 도움이 되리라 믿네. 나는 1929년 이후로 악당 취급을 받았지만, 대중도 나의 행위를 통해 그 질서가 유지됐다는 걸 알아챌 수밖에 없을 거야. 지금은 다른 누군가가 그 질서를 구해냈다고 생각하지만."

"다른 누군가요?"

"말할 필요도 없지만, 대통령 이름은 언급도 하지 말아야지. 반목이야 내가 신경쓸 가치도 없는 일이지만, 그 함의는 책에 충분히 분명하게 드러나야 하네." 그는 손등으로 식탁을 쓸었다. "내 메시지의 핵심은 개인의 회복력이야. 근성 말이지. 전달해야 하는 중요한 사실은 그것 하나, 즉 내가 이룬 것은 내 손으로 이루어냈다는 것뿐이네. 혼자서. 완전히 혼자서. 그리고 부분적으로는, 그 점이 내가 공황 때 모두에게 증명한 것이라 생각하네. 상황이 어떻든 개인이 활동할 공간은 언제나 있어."

"음…… 완전히 혼자는 아니셨어요. 회장님의 조상들도 있고…… 부인도 옆에 계셨잖아요. 베벨 부인이 회장님을 구하셨다고 하셨는데요."

그는 즉시 짧은 연설 때문에 얻은 추동력을 잃었다.

"그렇게 말했지." 그는 손가락 사이로 소금통을 돌려댔다. "참 맞는 말이야. 밀드레드의 모습을 복원하는 것 이상으로 만족스러운 일은 내게 없네. 이번에도 게인즈버러와 부셰의 그림에 나오는 꽃다발 이야기를 다룬 사랑스러운 문단을 써준 자네에게 감사해야겠군."

집사가 술을 가지고 들어왔다가 나갔다.

"자네의 건강을 위하여." 베벨은 내 쪽으로 거의 잔을 들어올리지도 않고 말하더니 술을 마셨다. "왜 좀더 자주 마음놓고 이걸 마시지 못하는 거지?" 그는 와인을 향해 말하는 것 같았다.

"부인은 어떠셨어요? 샴페인을 좋아하셨나요?"

그는 콧구멍으로 웃었다.

"코코아를 마셨지. 아내가 부린 사치는 그것뿐이었어. 계절과 상관없이." 그는 억눌린 미소를 지으며 입술을 안쪽으로 집어넣었다. "아내의 소박한 기쁨이었네." 그는 고개를 끄덕였다. "열정적으로 좋아하기도 했고. 아주 어린 시절에 길들여야 한다고 배우는, 그 뻔

뻔하게 신나는 마음을 아내는 언제까지나 유지했다네."

밀드레드의 삶과 성격에 관한 아주 작은 조각에도 굶주려 있던 나는 노트패드에 펜을 댔다.

"내가 책을 별로 좋아하지 않는다는 건 자네도 알겠지만, 밀드레드가 방금 재미있게 읽은 소설 이야기를 해주는 걸 듣는 건 정말 즐거웠네." 그는 소금통으로 다시 관심을 돌렸다. "살인사건 미스터리였지. 당연히 그냥 소일거리였어. 하지만 아내는 언제나 탐정들을 꾀로 앞서려고 했다네. 자세한 내용 하나하나와 모든 정보를 기억했다가 줄거리 전체를 내게 말해주곤 했지. 책 한 권이 저녁식사 시간을 온통 차지할 수도 있었어. 고백하는데, 나도 아내를 통해 그 바보 같은 추리소설들을 좋아하게 되었다네. 그만큼 열정적이었거든. 그 이야기를 할 때면 아내의 눈이 반짝였어. 때로는 아내를 보는 게 너무 즐거워서 내 접시의 음식이 차갑게 식을 정도였지. 그걸 알고 우리가 얼마나 웃었는지……"

내가 취하지 않았다는 걸 나는 알고 있었다. 하지만 그게 가장 먼저 떠오른 설명이었다. 나는 펜을 내려놓고 베벨을 보았다. 그는 여전히 소금통을 돌리고 있었다. 그건 내 이야기였다. 저녁을 먹으며 탐정소설 이야기를 다시 하는 것. 베벨은 내 글에서 그 내용을 읽었다. 그건 "여성적 손길"을 활용해 가정적인 일화를 만들어달라는 요청에 따라 내가 밀드레드에게 만들어준 장면 중 하나였다. 나는 아버지와 함께하던 저녁식사에서 그 장면을 본떴다. 아버지는 내가 브루클린 공립도서관 클린턴 스트리트 분관에서 빌려온, 최신 도러시 세이어스나 마저리 앨링엄 책 이야기에 넋을 놓고 귀기울였다. 그런데 지금 베벨이, 내 얼굴에 대고 내 이야기를 하고 있었다.

이후 오랜 시간이 지나는 동안, 나는 직장에서든 사생활에서든 무수히 많은 남자들이 내 아이디어를 자기 것인 양 내 앞에서 되풀이해 말하는 경험을 했다—처음에 그 생각을 떠올린 사람이 나라는 걸 내가 기억하지 못할 것처럼 말이다. (어떤 경우에는 그들의 허영심이 기억을 가리는 바람에, 그들이 선택적인 기억상실에 힘입어 양심에 한 점 부끄럼 없이 문득 떠오른 깨달음을 자기 것이라고 주장할 수 있었는지도 모르겠다.) 그리고 당시에, 어린 나이에도 나는 이런 기생적 형태의 가스라이팅을 잘 알고 있었다. 그러나 누가 우리 가족 이야기를 자기 이야기인 것처럼 말한다니?

"대체로 나는 아내가 알려준 단서로 사건을 해결했지만, 아내에게는 티를 내지 않도록 신경썼네." 베벨은 잔을 들고, 다시 한번 혼자 미소 짓는 듯하더니 더 길게 술을 들이켰다. "나는 늘 어떤 비서나 집사를 의심하다가, 밀드레드가 실제 살인자가 누구인지 밝히면 놀란 척했네."

이건 내가 베벨의 회고록에 적어넣지 않은 내용이었다. 나는 용의자가 누군지 모르는 척하고, 상대를 아이 취급하며 틀린 게 분명한 용의자를 지적하는 내용을 밀드레드와 베벨에 관한 내 이야기에 집어넣지 않았다. 하지만 이것은, 내가 방금 읽은 소설을 아버지에게 말해줄 때마다 아버지가 한 바로 그 행동이었다. 아버지는 늘 나의 가짜 단서들을 성실하게 따라온 다음 범인이 버릇 나쁜 양아들이나 모욕을 당한 여자 후계자일 거라고 말했다. 그러는 내내 아버지가 나를 상대로 장난을 친 것뿐이라는 걸 이제야 알게 되다니 당혹스러웠다. 베벨의 생각이 아버지와 똑같은 방식으로 돌아가는 걸 보자 두 배로 우울했다. 내가 만들어준 허구의 세계에, 베벨은 현실에서 아버지가 나를 대했던 것과 똑같은 방식으로 아내에게 반응하는, 자기가 만든 장면을 덧붙였다.

우리는 식사를 마쳤고, 처음이자 마지막으로 두 잔째 샴페인을 마셨다. 베벨은 자주 그랬듯 자기가 최근에 거둔 그 많은 성공에도 불구하고 그의 전성기가 지났고 사업에 대한 그의 접근법이 시대에 뒤떨어졌다고 주장하는 사람들을 맹렬히 비난했다. 그런 다음, 우리가 이미 다룬 자기 인생의 몇몇 순간들을 다시 찾았다. 그는 늘 자신의 개인적 이해관계가 국가의 복지와 일체를 이루었음을 강조했다. 이런 반복은 1922년부터 그가 거둔 특별한 성공과, 1926년까지 거슬러올라가는 거의 초인적인 예지력, 그리고 당연하게도 그로부터 이어지는 1929년의 사건들이 중심이었다. 베벨의 위대한 천재적 손길이(그를 세상에서 가장 부유한 사람으로 만드는 동시에, 시장의 건강하지 못한 경향을 교정한 그 재능이) 대중적 이미지에 그토록 큰 손해를 입혔다는 건 "기이한 역설"이었다. 그는 이것이 자기가 져야 하는 십자가라고 생각했으며, 역사가 그 부당함을 깨달을 때까지 품위 있게 기꺼이 십자가를 지겠다고 했다.

당시에는 이 모든 이야기가 불필요하게 반복되는 것으로 느껴졌고, 나는 그때가 여태까지의 면담 중 가장 비생산적인 시간이었다고 생각하며 저택을 나섰다. 유일하게 눈에 띄는 것은 밀드레드의 탐정소설에 관한 그의 가짜 이야기였다. 내 기억을 표절당하는 데는 엽기적인 폭력성이 있었다.

하지만 머잖아, 이 저녁식사의 대단히 사소하고 반복적인 면까지도 의미로 젖어들게 됐다. 그때 마신 두번째 샴페인은 작별의 건배로 기억될 것이다. 베벨이 몇 차례 다루었던, 상당히 지루한 사건 재검토가 코다처럼 울리게 된다—그의 회고록의 주요 모티프는 마지막 한 문장에 짜여들어간다.

나는 늘 그랬듯 필기한 내용을 타자로 치고 편집하며 이후의 며칠을 보냈다. 이사한 지 이 주쯤 흘렀을 때였는데, 여전히 내 아파트의 손님인 것만 같은 기분이었다. 어느 쪽을 마주보는 건지도 모르는 채 한밤중에 깨던 일. 수위와 이웃들에게 겁 비슷한 것을 먹었던 일. 아무것도 내 것이 아니기에 모든 것을 사용하지 않고 깔끔하게 보관하려 노력하던 일. 나 자신을 아버지와 화해시키려 노력하는 와중에, 나는 아버지의 포스터 한 장을 벽에 걸었다. "아이다 파르텐자! 열 마리 사나운 사자들!"

11

우리가 마지막으로 함께 저녁을 먹은 지 닷새쯤 뒤였을 것이다 (베벨은 우리가 주중에 하던 면담을 취소하자는 전갈을 보내왔다). 그때 나는, 나도 모르는 사이 아버지에게 줄 주머니칼을 샀던 서드 애비뉴의 어느 가게를 나서고 있었다. 진열되어 있는 그 칼을 여러 번 보았고, 알 수 없는 이유로 늘 그 칼에 끌렸다. 곧은 칼날에 뿔 손잡이가 달린 그 칼은 기만적인 방식으로 투박했다—단순한 디자인에 엄청난 우아함이 감춰져 있었다. 나는 아버지가 그 칼을 무척 좋아하리라는 걸 알았고, 그날 아침에야 드디어 가게에 들어갔다. 우리는 이렇게 오래 떨어져 있던 적이 없었고, 만났을 때 이야기할 만한 이런 물건이 있으면 일이 좀더 쉽게 풀리리라 생각했다. 아버지가 칼을 보고 신이 난 모습을 보면 내가 얼마나 화가 나고 상처받았는지 잊게 될지 몰랐다.

가게 주인은(그 가게에서는 주방용품, 철물, 문구, 잡동사니를 팔았다) 이탈리아 사람이었으며, 나는 그에게서 주머니칼이 실제로 칼라브리아*산 단검이라는 걸 알게 되어 기뻤다. 그는 이게 우연이 아니라고 우겼다. 내 마음속 어느 부분이 칼을 알아봤으리라는 거였다. 칼이 나를 소리쳐 불렀고, 나의 이탈리아적 본능이 응답했다는 것이다.

여름의 마지막 헐떡이는 숨결이 가을의 첫 호흡과 섞여들었다. 바로 지하철을 타는 대신 공원을 따라 걷다가 59번가에서 브루클린으로 가는 전철을 타면 좋을 것 같았다. 나는 렉싱턴 애비뉴를 건너다가 구석의 신문가판대를 힐끗 보았다.

"뉴욕 금융업자 앤드루 베벨, 심장마비로 사망"

서너 걸음을 걸어간 뒤에야 그 말을 이해하고 신문가판대로 돌아갔다. 〈뉴욕 타임스〉 1면에 적힌 말이었다. 모든 신문의 1면에 비슷한 말이 적혀 있었다.

〈더 선〉: "죽음이 앤드루 베벨을 데려가다"

〈아메리칸〉: "위대한 금융업자 앤드루 베벨, 62세로 사망"

〈포스트〉: "거대 은행 제국의 지배자 앤드루 베벨 사망"

〈일 프로그레소〉: "앤드루 베벨 에 모르토"**

〈월 스트리트 저널〉: "앤드루 베벨 62세로 사망"

〈헤럴드〉: "베벨, 죽다"

그래야겠다고 생각한 것도 아닌데, 나는 엄청난 속도로 베벨의 저택을 향해 가기 시작했다. 이상하게도 다음번 신문가판대에서 그의 사망 소식을 확인하게 되리라고 생각했던 게 기억난다. 나의 빠른 걸음은 골목을 지날 때마다 한 번이나 두 번쯤 종종걸음으로 바

---

* 이탈리아 남부의 항구도시.

** '앤드루 베벨 사망'이라는 뜻의 이탈리아어.

뀌었다. 내가 느낀 건 슬픔이 아니라 설명할 수 없는 긴박함이었다.

이스트 87번가에 접어들자마자 뭔가 이상하다는 게 분명해졌다. 평소보다 조금 빠르게 움직이는 사람들이 평소보다 조금 많았다. 파크 애비뉴를 건너 매디슨 애비뉴에 이르렀을 때, 나는 긴박하고도 불명확한 나의 임무를 완수하는 것이 불가능하리라는 걸 깨달았다. 뛰어다니는 기자들, 호기심어린 행인들, 경찰관들이 피프스 애비뉴를 향해 나아가며 거리 끝에, 베벨의 저택 현관 바로 앞에 무질서한 줄을 이루고 모여 있었다. 그곳에 가면, 사람들이 나를 돌려보낼 게 분명했다.

조용한 혼란이 이후의 며칠을 일그러뜨렸다. 나는 여러 대목을 옮겨다니고 무작위로 문단을 뽑아 교정하고 새로운 장면을 만들어내고 버리면서, 베벨이 어떻게 편집할지 상상하면서 계속 베벨의 회고록 작업을 했다. 내 타자기 뒤쪽 벽에 밀드레드의 압지를 기대 놓았다. 거꾸로 된 보라색 글씨는 여전히 아무 답도 내놓지 않으려 했다.

한편, 베벨의 죽음에 관한 기사가 계속 언론에 나오기는 했으나 기사의 길이는 점점 짧아졌고 위치도 신문 안쪽 더 깊은 곳에 묻혔다. 아무도 사인에 문제를 제기하지 않았지만(갑작스러운 심장마비. 사망 서너 시간 이후 본인 방에서 발견. 쓰러졌을 때 주변에 누군가 있었다면 살 수 있었음), 그의 재산에 관해서는 벌써 의견 차가 나타나고 있었다. 직계가족이 아무도 없으므로 그는 대부분의 재산을 자선재단에 남겼다. 나는 우리가 나눈 대화를 통해 이 점이 베벨에게 대단히 중요했다는 걸 알고 있었다—이는 사람들이 그를 위대한 인도주의자이자 후원자로 기억하도록 하는 종지부였다. 베벨의 유언장은 스스로 자신의 "유산"이라 불렀던 것의 초석이었다. "유산"이란 그의 회고록 마지막 장의 제목이기도 했다. 하지만 내가 베벨과의 면담에서 알게 되었으며 나중에 그의 돈을 놓고 벌어진 다툼에 관해 읽어 확인하게 된 바에 따르면, 재산에 단 한 명의 주인만 있는 경우는 드물었다. 수많은 이해관계와 당사자들이 돈에 묶여 있다. 부富란 화강암 덩어리라기보다 수많은 지류와 갈래가 있는 강 유역에 가깝다. 쌓여만 가는 권리 주장과 관련자, 채권자, 투자자 들의 소송으로 베벨의 재산은 동결됐다. 그 재산의 엄청난 부분이 수십 년 동안 이처럼 법적으로 어중간한 상태로 남아 있다가, 1970년대 후반에야 정리가 되었다. 그 시기가 베벨의 저택을 마침내 박물관으로 바꿔놓은 개조가 시작된 때였다.

매일 나는 사무실 사람들이 전화를 걸어서 가지고 있는 메모와 서류를 전부 넘기고 즉시 아파트를 비우라고 요구할 줄 알았다. 그런 일은 전혀 일어나지 않았다. 너무 갑작스러운 죽음을 맞았기에 베벨이 이런 면에서 어떤 준비도 해두지 못한 게 틀림없었다. 하지만 베벨을 만나기 전에 나를 면담했던 셰익스피어 씨에게서는 전화가 왔다. 우리는 몇 마디 진부한 말로 짧게 충격과 슬픔을 표현했다. 잠시 침묵이 흐른 뒤, 나는 그가 아파트 얘기를 꺼내리라고 확신했다. 하지만 그는 우리의 면접에 대해 이야기했다. 나의 능력과 유창함이 기억난다며, 즉시 나를 고용하고 싶다고 했다. 나는 그의 비서에 관해, 내가 그를 만났을 때 비서로 일하던 사람에 대해 물었다. 셰익스피어 씨는 그건 걱정하지 말라고 했다. 나의 새로운 자리가 실망스럽지 않을 거라면서. 내가 제안을 받아주면 기쁘겠다고 했다. 물론 충분한 애도의 기간을 가진 뒤에 말이다. 나는 문득 그의 말투에서 존중하는 기미를 읽었다. 나의 능력이나 유창함 때문이 아니었다. 그는 단지 베벨의 개인 비서를 원할 뿐이었다.

나는 일자리를 받아들였다. 대체로는 아버지와 다시 함께 사는 것이 완전히 불가능한 일이었기 때문이다.

아버지를 찾아가는 일을 더는 늦출 수 없었다. 아버지에게 주려고 산 칼을 가지고 렉싱턴 애비뉴를 따라 걸어가는 길은 마치 지난주의 사건을 얄팍하게 재연하는 것처럼 느껴졌다. 지하철은 불안으로 가득했다. 내가 거는 가장 큰 기대는, 아버지가 베벨의 죽음 이야기를 꺼내는 것이었다. 평범한 상황에서라면 아버지는 결코 그런 사건을 언급하지 않을 테니, 어떤 식으로든 그 사건을 언급한다면 암묵적으로 죄책감을 인정하는 셈일 터였다―내게서 가져간 서류를 통해 내가 앤드루 베벨과 관련이 있다는 걸 알았음을 인정하는 것일 테니 말이다. 절대로 사과하지 않는 남자에게는 그 정도도 대단한 일이었다.

아버지는 장난스럽게 호들갑을 떨며 나를 맞이했다.

"천재 딸의 귀환이로군! 아, 네가 아버지를 완전히 잊은 줄 알았다. 거의 희망을 놓아버렸어!"

힘센 포옹, 따가운 입맞춤. 아버지는 의자에서 공구와 쓰레기를 밀어내더니 그 의자를 내게 권했다.

"분명 업타운에 있는 네 아파트만큼 좋지는 않겠지. 온다고 말했으면 정리라도 해놨을 텐데."

집은 무시무시해 보였다. 위험하고도 돌이킬 수 없을 만큼 더러웠다. 광기의 냄새가 났다. 하지만 이 모든 점은 그 순간 내가 아버지를 향해 느꼈던 사랑을 더 깊어지게 할 뿐이었다. 그 사랑은 동정심과 너무도 꼭 얽혀 있어서, 나는 그날 이후 둘을 구분할 수가 없었다.

나는 아버지에게 선물을 주었고 아버지는 포장지를 풀었다.

"아! 안 돼, 안 돼, 안 돼, 안 돼!" 아버지는 뒤로 물러나며 치즈 껍질과 못, 낙엽이 뒤섞인 더미에 상자를 떨어뜨렸다. "몰랐니? 이런 건 알아야지. 이건 아주 불길한 거야. 최악이다."

"불길하다고요?" 나는 억누를 수 없을까봐 걱정이 되어 약간 웃으며 짜증을 감췄다. "정말요? 불길하다고요? 무슨 무정부주의자가 그래요?"

드디어 그 말을 하니 마음이 놓였다. 아버지의 신념이라는 얇은 거품을 터뜨리는 데서 오는 만족감. 나는 그때조차도 이런 행동이 아버지가 서류를 훔쳐간 데 대한 사소한 (그리고 불충분한) 형태의 복수라는 걸 알고 있었지만, 그래도 기뻤다. 이건 아버지에 대한 도발이기도 했다. 아버지는 과연 나한테 저지른 짓에도 불구하고 상처받은 사람 노릇을 하며 입을 다물고 토라질까?

"아니, 아니, 아니, 아니." 놀랍게도 아버지의 목소리에는 분노도, 적개심도 없었다. 그저 진지한 걱정만이 어려 있었다. "어떤 사람한테 칼을 준다는 건 그 사람과의 관계를 끊겠다는 거야."

"뭐라고요?"

"그래. 내가 이 칼을 받으면 운이 나빠질 거다. 우리가 싸우게 될 거야. 우리 둘의 연결이 끊어져."

나는 아버지의 작은 미신들이 단지 고향에서부터 가져온 유물이라고 생각했다. 아버지가 가져온 다른 전설과 일화, 요리법처럼 말이다. 하지만 아버지는 이 문제에 관해 이상할 만큼 진지해 보였다. 나는 어깨를 으쓱하며 상자를 집어들려고 했다.

"잠깐." 아버지가 말했다. "해결책이 있어. 돈이야."

나는 아버지를 보았다.

"돈이라고." 아버지가 다시 말했다. "내가 너한테서 칼을 사는 거지. 그렇게 해결하는 거야. 그러면 선물이 아니니까." 아버지는 주머니를 뒤져 내게 동전을 내밀었다. "여기. 1페니를 받고 그 멋진 칼을 팔아주겠니?"

나는 동전을 받았다. 아버지가 상자를 집어들었다.

"아, 이것 좀 봐라!" 아버지는 활짝 웃으며, 엄지로 칼날을 더듬어보았다. "전에 이런 게 있었는데. 기억나니? 네가 그 칼로 화살을 깎아서 만들었어. 아주 오래전이지. 하지만 이 칼이 훨씬 낫구나. 멋진 작품인데. 아주 비쌌겠어. 무척 고맙구나, 얘야."

우리는 칼을 사용해 살라미 소시지와 치즈를 좀 자르고, 예전처럼 카운터에 서서 수다를 떨며 먹었다―나는 겨우 보름 전에 집을 나왔지만, 아버지와 보낸 시간은 이미 옛 시절이 되었다. 베벨 이야기는 한 번도 나오지 않았다. 그날도. 그 이후로도.

나는 우리를 구해준 그 동전을 지금도 가지고 있다.

IV

열람실은 어두워지고 사람도 없어졌다. 여기저기에 빛의 섬이 드문드문 있을 뿐이다. 나는 남아 있는 열람객들이 모두 여자라는 걸 눈치챈다. 그들은 미술책을 들여다보고 있다. 느슨하고 넓게 손을 움직이는 걸 보니, 그중 한 명은 책상에 펼쳐놓은 책에서 그림을 베끼는 것 같다. 나는 여기 있는 사람 중 단연코 나이가 가장 많다.

그러자 베벨이 죽은 이후 나의 나머지 청춘이 생각난다. 학교에 다닐 돈을 모으며 셰익스피어 씨 밑에서 일하던 짧은 시기. 시립대학에 다니던 시절. 톰프슨 스트리트에 있던 나의 사랑스러운 싸구려 아파트. 작가로서의 내 첫 일자리(본윗텔러에서 광고 카피라이터로 일했다). 처음으로 발표한 내 소설. 그건 〈패럴렐 리뷰〉에 실린, 딱히 기억에 남지 않는 사회적 사실주의 단편소설이었다. 〈투데이〉에 실린, 출신은 서로 다르지만 전쟁으로 고아가 된 네 소녀에 관한 첫 기사. 거의 완전하게 주목을 끌지 못한 해럴드 배너의 죽음. 〈마드무아젤〉에서의 직장생활. 나의 첫 책.

작가로서의 인생을 시작한 이 초기 단계에 나는 아버지와 가까이 지냈다. 아버지는 베벨이 죽고 십이 년 뒤에 돌아가셨다. 끝이 가까워졌을 때 아버지는 전적으로 내게 의지했다. 밀드레드의 인생을 오랫동안 돌이켜보고 난 지금, 아버지를 생각하니 이번에도 배너의 소설에 나오는 밀드레드 베벨의 가상 인물인 헬렌 래스크의 문제 많은 아버지, 브레보트 씨가 떠오른다. 문학적 등장인물을 통해 우리가 서로 연관될 수는 없다는 걸 알면서도 나는 밀드레드에게 친밀감을 느낀다.

그녀가 누구였는가 하는 질문은 늘 나를 성가시게 했다. 밀드레드가 배너의 책 마지막 장에 나오는 정신 나간 여자일 리는 없었다. 그녀가 베벨의 미완 회고록에 나오는 것처럼 중요할 것 없는 그림자가 아니라는 것도 처음부터 알고 있었다. 밀드레드의 서류를 살펴보고, 그녀의 남편이 나더러 만들어달라고 했던 "접근 가능한" 등장인물과 그녀가 얼마나 근본적으로 다른지 알게 된 이후로는 베벨이 그런 거짓말을 지어내게 도움을 준 나 자신을 용서할 수가 없다. 그 회고록이 완성되거나 출간되지 않았다 해도 말이다.

나는 마지막 상자의 서류들을 훑어본다. 베벨 부인 앞으로 온 더 많은 편지들. 더 많은 장부들. 나는 주의력을 잃는다. 피곤하다. 가계부를 펼친다. 몇 안 되는 항목은 자선기금에 관련된 것으로 보인다. 내게는 손글씨를 해독할 힘도, 불가사의한 회계 시스템을 알아낼 인내심도 없다. 내가 할 수 있는 일은 장부를 획획 넘기는 것뿐이다. 그러다가 나는 장부 중간에 끼워져 있는 얇은 노트를 발견한다. 그 노트를 꺼내자 줄이 쳐진 종이에 어렴풋한 직사각형 자국이 남는다. 얇은 노트의 표지에는 밀드레드의 글씨로 "선물先物"이라고 적혀 있다. 처음 몇 페이지는 찢겨나갔다. 남은 페이지에는 보라색 잉크로 쓴 짧은 문단들과 외떨어진 문장들이 남아 있다. 노트를 절반쯤 넘기자 눌러놓은 나뭇잎이 하나 나온다. 아니, 나뭇잎의 유령이라고 해야 맞을 것 같다—창백하고 붉은 틀 안의 반투명한 잎맥.

하루의 다양한 시간 옆에 글이 적혀 있다. 글을 읽지 않고도 그게 일기장이라는 걸 알 수 있다. 글씨는 다른 서류보다 훨씬 작고 촘촘하며 더더욱 읽기 어렵다. 이 일기장을 해독하려면 며칠이, 심지어 몇 주가 걸릴지도 모른다—내가 내용을 조금이나마 알아볼 수 있다면 말이지만.

나는 서류 사이에 그 일기장을 숨겨 가방에 집어넣으면서 나 자신에게 놀란다. 내가 살면서 해본 다른 도둑질은, 밀드레드의 방에서 그녀의 압지를 챙겨왔던 것밖에 생각나지 않는다. 그러니 거의 반세기 뒤에 두번째로 밀드레드의 글을 훔친 셈이다. 나는 어렴풋하게, 압지가 일기장의 어느 페이지와 일치할지도 모르겠다고 생각한다.

하지만 이건 절도가 아니라고, 나 자신에게 말한다. 이것은 수십년이라는 시간 지연을 거친 대화다. 이 페이지들은 평생 누군가 읽어주기를 기다려왔다. 읽힐 수만 있다면 말이다.

나 자신의 오만함이 거슬린다—여기에 쓰인 말이 나를 향한 것이라고 느끼다니. 내게 이 노트를 가질 자격이 있다고 나 자신을 이토록 쉽게 설득할 수 있다니. (누가 나보다 밀드레드를 더 잘 알겠나? 심지어 나는 나 자신의 과거로 밀드레드의 과거를 만들기까지 했잖은가? 그렇다면 우리 둘은, 약간 삐딱한 방식으로, 연결되어 있는 것 아닌가?) 밀드레드도 내가 이 서류를 갖기를 바랐으리라는 나의 확신이 신경쓰인다. 그런데도 자리에서 일어나 사서들에게 고맙다고 인사하고 건물을 나서 밀드레드 베벨의 일기장을 내 가방에

넣은 채 추운 바깥으로 향한다. 이제야 그녀의 목소리를 듣게 되다
니 얼마나 멋진 일인지 생각하면서.

선물 先物

밀드레드 베벨

AM

간호사의 짙은 억양에 왠지 내 영어가 부적절하게 느껴진다. "손을 좀 댈게요." 일단 손을 대면 그녀는 적극적이다. 그녀의 손에는 목소리에 없는 권위가 있다. 이렇게 온순한 사람에게서 어떻게 이런 힘이 나올 수 있을까? 나는 이마를 아래팔에 대고 엎드린 채 간호사가 내가 보지 않는 사이에 어떤 변신을 하는 건 아닌가 궁금해한다. 최소한, 간호사의 얼굴은 힘을 쓰느라 변할 게 틀림없다. 일을 마치고 나면, 간호사는 장뇌향이 깃든 산들바람으로 부풀어올랐다가 알프스의 허브향처럼 느껴지는 향기를 한 번 훅 끼치며 잦아드는 이불을 덮어준다. 닭살이 돋는다. "그럼," 그녀는 나를 검사대에 내버려두고 부스럭거리며 떠나기 전에 늘 그렇게 속삭인다. 그곳에서 나는 물체가 되고자 시도하고 때로 성공한다.

PM

여기서는 내가 입기 전에 옷을 덥혀둔다. 이런 호사를 예전에도 알
았다면.

AM

별것 아니지만 가차없는, 빵 부스러기로 가득한 침대의 괴로움.

머리가 아프다.

AM

이렇게 오랜만에 다시 일기를 쓰니 좋다. 그래도 내 두꺼운 티쇠르
공책이 그립다.

런던에서 책 상자가 도착했다. 신이 났지만 오래가지는 않았다. 읽
을 수가 없다. 페이지에서 내 눈까지 오려면 단어가 의미를 떨어뜨
려야만 하는 것 같다.

PM

교회 종소리. D F♯ E A. 이 소리를 뒤집은 답이 이어진다. A E F♯ D.
가장 전통적인 종소리다. (빅벤의 소리와 같을까?) 5음 음계의 단
순성이라는 면에서 구식인 이 음은 우리 음악의 과거 대부분을 축
약한다. 음색의 위계, 대칭, 긴장, 방출. 하지만 여기서는 E 종소리

가 더 크고 + 다른 음보다 오래간다. 약간의 플랫이 대단히 절묘하게 들어가 있다. 호출/응답 모티프가 우리의 역사를 담고 있다면, 묘하게 맴도는 저 아홉번째 소리는 우리 음악적 미래의 소리다. D에 스치는 저 소리는 공기를 진동하게 만든다. 아래팔 털에 그 진동이 느껴진다.

교회를 본 적은 없다.

AM

앤드루가 취리히에서 전화했다. 내 건강을 엄청나게 걱정하는 척하면서 사업에 관해 질문한다. 앤드루가 나를 진심으로 걱정한다는 건 아니까 그런 작은 수작은 봐줄 수 있다.

한 시간도 채 못 돼서 그가 다시 전화를 건다. 아빠 같은 지시 + 관심을 기울이려는 시도, 자기가 없어도 내가 나아가게 해줄 엄격한 지도를 해주려는 시도.

벌써 우유 + 고기 식단이 질린다.

AM

새롭고 냉정하며 단호한 고통. 내 몸속이 밖으로 빠져나오려고, 안에서 도망치려고 하는 듯하다.

간호사에게는 말하지 않을 생각이다. 모르핀을 쓰고 싶지 않다.

EVE

이제 읽을 수 있다. 새로운 책 상자를 살펴보았다.

"어둠 속 항해"를 읽기 시작했다. 서인도제도에서 어린 시절을 보낸 웨일스(?) 작가인 듯. 일종의 회고록 같다.

"꼭짓점 다섯 개짜리, 반짝이는 밝은 빨간색 잎사귀가 달린 고무로 만들어진 식물. 시선을 뗄 수 없다. 그 잎사귀는 자랑스러워하는 듯하다. 자신이 영원히 계속되리라는 걸 아는 것 같다."

"오케스트라가 앞으로 어떤 선율이 흐를지 늘 알 수 있는 노래, 말하자면 미리 들을 수 있는 푸치니와 그 비슷한 유의 곡을 연주했다."[*]

멋진 표현이다. 클래식 음악의 형태를 잘 담아냈다. 전개가 형식에 전부 내재되어 있기에 거의 들을 필요도 없는 음악. 리스가 글에서 표현했듯, "앞으로 어떤 선율이 흐를지 늘 알 수 있다". 이런 음악은 피할 수 없는 미래를 저절로 만들어낸다. 이런 음악에는 자유의지가 없다. 그저 실현이 있을 뿐이다. 운명적 음악. 내가 매일 듣는 종소리와도 같다. D F$^{\#}$ E A라는 식물은 귀에 들리기도 전에 A E F$^{\#}$ D의 싹을 틔우고 + 자란다.

AM

모르핀

---

[*] 위의 두 문장은 모두 진 리스의 소설 『광막한 사르가소 바다』에서 인용한 것이다.

EVE

다시 모르핀. 마취제는 기분이 좋을 수 있지만 (깰 때는 우울 + 짜증이 느껴지지만, 난 진정제를 맞는 게 좋다) 이야기로 전하자면 당연히 따분하다. 파라디 아르티피시엘*에 관한 이야기는 전혀 읽고 싶지 않았다 + 나 자신의 마취 상태에 대해 쓰고 싶은 마음도 없다.

PM

오늘 AM에 A**가 Z***에서 돌아왔다. 피곤해 보였다. 나를 위해 깜짝 소풍을 준비했다. 숲 옆에 텐트를 마련했다. 소풍에 사람 + 가구가 지나치게 많았는데도 A는 불편해했다. 모욕감이라도 느끼는 것처럼 잔가지 사이로 들어오는 햇빛을 계속 바라보았다. 존재하지도 않는, 얼굴에 붙은 벌레를 쳐댔다. 하지만 다정하게 나를 돌보았다. 심지어 농담도 시도했다. 내 치료의 세부 사항과 간호사실의 정치질에 관한 흥미로운 이야기를 확인한 뒤, 살금살금 화제를 돌려 취리히 거래에 관한 이야기를 꺼냈다. 그에게는 질문을 단정적인 진술처럼 하는 방법이 있다. 나는 그가 K, G, T를 계속 보유하는 건 현명하지 않은 일이라는 걸 깨닫게 해주었다. 그러자 그는 오전에 전화를 걸어 방향을 바꾸어야겠다는 결론에 이르렀다.

---

* '만들어진 천국'이라는 뜻의 프랑스어.
** 앤드루 베벨을 말함.
*** 취리히를 말함.

점심을 먹고 난 후 그는 텐트에서 잠들었다. 나는 잠시 빠져나가 짧은 산책을 했다. 요즘에는 혼자 있는 경우가 거의 없다.

하늘을 배경으로 삼은 바위의 모습이 지구라는 구 전체가 눈이라는 구에 들어 있는 듯한 환각을 일으킨다.

다람쥐의 노련한 손가락, 꽃잎의 향기로운 빛깔, 새의 얼굴에 새겨져 있는 돌부리, 그 새가 날아오른다는, 사랑스럽게도 믿을 수 없는 사실. 삶의 모든 기이함은 기나긴 일련의 돌연변이를 통해 일어난다. 내 안에서도 세포들이 돌연변이를 일으키고 있다. 그 세포들이 나를 죽이지 않는다면 무엇으로 바꾸어놓을지 궁금하다.

EVE
"멀리 떨어진 곳에서 나는 글을 쓰는 펜을 지켜보았다."*

AM
아픔

PM
외출. 숲 가장자리까지 멀리 갔다.

---
* 『광막한 사르가소 바다』에서 인용.

428

자연은 내 기억보다 늘 덜 야하다. 취향이 나보다 훨씬 낫다.

AM
거의 못 잠.

A가 다시 Z로 떠났다. 부분적으로는 사업 때문이지만, 부분적으로는 내 병을 참을 수 없기 때문이다. A는 자주 내 병에 화를 낸다(물론, 그 병은 내 안에 있다). 이제야 내가 이 모든 일을 얼마나 엉망으로 관리해놨는지 알겠다. 전에 여러 번 썼던 그 방법을 썼어야 했다. A가 통제권을 쥔 사람은 자기라고 믿도록 그를 올바른 방향으로 부드럽게 조금씩 밀고 갔어야 했는데. 암에 대해 알게 되자마자 A에게 몸이 좋지 않다고 말하고, A의 의사들이 질병을 "알아내고" + A에게 책임을 맡길 수 있도록 해주었어야 했다(어차피 할 수 있는 일도 없는 마당이니). 그 모르게 한 테스트 + 검사로 뒷받침되는 절망적 진실을 알려준 게 실수였다. A는 슬픈 정도를 넘어서서 방향을 잃은 것 같다. 그런 다음에 나는 이곳으로 오자고 했다. A는 의무적으로 따랐다. 난 한 번도 A가 도움을 주게 두지 않았다.

말도 안 되는 메뉴:
타피오카로 걸쭉해진 소고기 수프
고기 젤리
우유

PM

나는 간호사와 불완전한 독일어로 이야기한다. 간호사는 고집스럽게 불완전한 영어를 쓴다. 우리는 둘 다 이게 완전히 자연스러운 일인 척한다.

AM

온천을 하러 갔다 온다. 날씨가 어떻든 하루에 두 번씩, 지나치게 많은 수행원들을 데리고.

파라셀수스가 이 스파의 첫 의사로 1535년에 근무했고 + 온천의 치유 효과에 대한 논문을 썼다는 걸 방금 알게 됐다. 파라셀수스에 대해서는 아무것도 모르지만, 아버지가 연금술, 장미십자회 + 등등과 관련해 그 이름을 꺼냈던 건 기억난다.

내가 혹시 스위스에서 보내던 어느 해에 아버지를 통해 이 요양원과 파라셀수스가 연관되어 있다는 걸 알게 되었는데, 그런 정보를 억누르고 있었던 건지 궁금해진다. 그래서 다른 곳이 아니라 이 요양원을 무의식적으로 고른 걸까? 아니면 그냥 우연일까? 알 방법은 없다. 하지만 자연의 마지막 수수께끼가 이곳에서 밝혀지다니 얼마나 어울리는 일인지!

마사지. "그럼."

앤드루가 취리히에서 전화했다. 콜베 작품에 접근할 가장 좋은 방법이 궁금하다고 한다. 콜베 작품을 얻을 방법은 렌바흐 화랑을 통하는 것밖에 없다고 말했다. 내가 설명하자 그의 머릿속에서 모든 것이 맞춰지는 소리가 들린다.

정말로 우리끼리 지내게 된 지금에야 그 + 내가 얼마나 외로웠는
지 알겠다.
　그가 지겨운 게 아니다. 그가 곁에 있을 때의 나라는 사람이 질
린다.

편두통

EVE
AM
뉘 상 팽*

AM
A가 Z에서 전화했다. K + L에 관한 추가 질문. 그에게 "차우베르
베르크"** 한 권을 가져다달라고 했다. 마침내 이곳에서 그 책을 읽
게 되다니 재미있을 것이다. 스위스의 모든 유명한 스파 호텔 나이
트스탠드 서랍에서 그 책이 보일 법도 한데.
　오랫동안 목욕했다.

_____

* '끝없는 밤'이라는 뜻의 프랑스어.
** 토머스 만의 소설.

PM

고통만큼 사적인 건 없다. 고통은 오직 한 사람에게만 영향을 미친다. 하지만 누구에게?

"나의 고통"이라는 말에서 "나"는 누구인가? 고통을 주는 사람인가, 겪는 사람인가?

"고통"은 고통을 가한다는 뜻일까, 겪는다는 뜻일까?

AM

모르핀

EVE

잔인한 짓을 했다. 모르핀 + 고약한 후유증 탓으로 돌리고 싶다. Z에서 돌아온 A가 차를 마시러 왔다. 대화 주제를 찾기 힘들어하더니 결국 라 피에솔라나 얘기를 했다. 우리가 그곳에서 더 많은 시간을 보냈으면 좋았을 걸 그랬단다. 그곳에 내게 보여주고 싶은 장소가 너무 많다고. 가족의 역사 등등. 거기에 좀더 자주 가기만 했어도, 라고 했다.

키치. 이 단어의 적절한 영어 번역어가 생각나지 않는다. 원본과 가깝다는 걸 너무도 자랑스럽게 여기는 나머지 그런 유사성에 창의성 자체보다 큰 가치가 있다고 믿는 사본. "이건 정말……랑 똑같잖아!" 실제 감정을 압도하는, 기분의 사칭. 감성을 압도하는 감상벽. 키치는 사람 눈 속에도 있을 수 있다. "노을이 그림 같아!" 지금은 인공물이 절대적 기준이기에 원본(노을)이 가짜(그림)로 바꿔어야 한다. 그래야 후자가 전자의 아름다움에 대한 척도가 될 수 있으니까. 키치는 늘 역전된 형태의 플라톤주의다. 모방을 원형보다 값지게 여긴다. 그리고 어떤 경우에든, 이는 미적 가치의 인플레이션과 연결되어 있다. 가장 나쁜 형태의 키치, 즉 "세련된" 키치에서 드러난다. 엄숙하고 장식적이고 웅장한 키치. 그것은 과시적이고, 자신이 진정한 것과 결별했음을 오만하게 선언한다.

나는 A에게, 라 피에솔라나에 손에 꼽을 정도로밖에 가지 않은 이유가 바로 그것이라고 말한다. 그곳이 모방하는 "토스카나"의 부적합성은 키치의 대전당과도 같다.

이렇게 말할 때 나를 휩쓸던, 솟구치던 생기가 부끄럽다.

위의 글을 쓴 뒤 나는 A의 방으로 사과하러 갔다. A는 내가 무슨 말을 하는지 몰랐다고 말했고 + 매우 상냥했다. 우리는 조용히 잠시 앉아 있었다. 어느 정도 용기를 끌어모으더니, A는 팔찌를 주고 싶은데 괜찮겠느냐고 물었다. 방금 있었던 일을 생각하면 보석과 관련된 문제에 내가 평소 취하는 입장을 유지하는 건 무신경한 일로 보였다. 나는 미소 지었다. A는 밝아지더니 + 주머니에서 상자를 하나 꺼냈다. "잘됐군! 벌써 가져왔거든!" 백금으로 만든 가느다란 팔찌다. 빛이 바래면 멋질 것 같다.

PM
A가 Z로 떠났다.

내가 지금 이 자리에 있다는 걸 나 자신에게 믿게 만드는 데 엄청난 노력이 든다.

몸이 마사지, 온천, 식사, 눕히기를 당했다.

AM

머리. 배.

마사지.

PM

편지. 친구들에게서 예상치 못했던 소식을 들어 신이 났다. 다들 편지를 써서 미안하다고 + 여우 같은 소리를 한다. 내가 어디에 있을지 누구에게도 말하지 않았으니까. (이번만큼은 내 비밀 중 하나를 안전하게 지키지 못한 것이 기쁘다.) 집에서 짐을 보내왔다. 자선기금에 관한 좋은 소식이 있었다. 사업 관련 편지 몇 통은 읽은 뒤 없앴다. HV가 보낸 긴 편지 두 통. 그는 NY의 재미있는 소문 + 찌라시에 관해 썼다. (이 동네 괴짜들에 대해서도 말해줘야겠다!) TW가 보낸 편지에 무척 행복했으나 그 내용을 보고 슬퍼졌다. 베르크가 형편이 쪼들려 어쩔 수 없이 보체크(3 vols., 250파운드) + 가곡 모음곡(125파운드)을 팔 수밖에 없었다고 한다. 베르크가 이런 처지에 빠질 수밖에 없었다니 마음이 무너질 듯하고 + 분노가 인다. TW에게 당장 4x 가격으로 악보를 사서 의회도서관에 기증하라고 지시했다. TW는 "당신의 늙고 충직한, 지겨운 인간"이라고 서명했다. 그걸 보고서야 미소가 떠오른다. 어머니. 어머니의 과시적인 걱정에 응답하려면 오후 시간이 전부 들어갈 것이다. 어머니한테는 모르핀을 잔뜩 맞은 다음에 편지를 써야 할 것 같다.

AM

온천욕을 하고 돌아왔다. 체온과 같은 온도의 온천에는 뭔가 역겨운 점이 있다. 다른 사람이 목욕한 물에 들어가는 것 같다. 천 갈래의 시내가 층층이 쌓인 반짝이는 바위를 가르고 지나가며 치유력이 있는 광물을 뜯어내고, 그 광물이 내 모공으로 들어온다고 상상하려 했지만 실패했다. 그냥 온천욕을 그만해야 할지도 모르겠다.

과일주스. 베리 + 루바브.

PM

뜨뜻한 햇빛 아래 긴 의자에 누워 이불로 몸을 싸고 90분 동안 의무적으로 쉬었다. 하루 중 가장 멋진 시간이다.

공기가 프렌치호른 같다.

AM

동물들의 외로움.
내가 바라는 바.

PM

치통에 꼼짝 못하겠다. 어금니가 빠지려 한다.

엿들은 내용: "가장 매력적인 쓰레기."

EVE

처음으로 식당에서 저녁식사를 해보려 했다. 물론, 내가 들어가자 시선 + 숙덕거림이 전해졌다. 저런 시선이 얼마나 혓바닥처럼 느껴지는지. 늘 그렇다. 콕토와 함께 자리에 앉았다. 몇 페이지 읽자 기분이 나아졌다. 하지만 콩소메가 나오자, 내 나이 또래의 프랑스인 여자가 자리에서 일어나 우정에 관한 지나치게 감상적인 시를 읊는다("아미티에"*가 "쇼콜라티에"와 운율을 이루는 시다). 그 직후에 다른 환자가, 피아노로 직접 반주를 하며 슈베르트의 송어 비늘을 벗기고 창자를 꺼낸 뒤 대가리를 쳐버린다. 재미있다. 한 소녀가(환자? 면회객?) 러시아어로 아카펠라를 부른다. 갑자기 나는 짜증스러움에 눈이 먼다. 모두가 그 아이에게 매료되는 걸 보니 분노가 인다. 충격적이고 불균형적일 정도로 화가 난다. 소녀의 목소리에 뒤이어 누군가가 만돌린 같은 것으로 떨리는 소리를 낸다. 분노가 점점 더 치민다. 이런 "예술적 순간" 덕분에 다른 곳에 간 듯한 기분을 느끼거나, 이 모든 것의 우스꽝스러움에 즐거워하는 식사하는 사람들. 눈에 띄지 않고 빠져나가기가 불가능했다. 땀이 나고 숨이 차고 기절할 것만 같다. 최대한 눈에 띄지 않게 일어나 떠난다.

---

* '우정'이라는 뜻의 프랑스어.

436

혓바닥들.

나는 미쳐가는 와중에도 대단히 선명하게, 나 자신에게 무슨 일이 일어나는지 이해했다. 그건 반복되는 어린 시절 한 장면의 왜곡된 형태였다. 부모님과 함께 이곳, 스위스에 왔던 일. 여행자들 + 전 세계 이민자들과 함께한 저녁식사. 그 이후의 공연. 때로는 그럭저럭 봐줄 만한 예술가가 왔지만, 못 견딜 정도로 열정적인 아마추어들이 그보다 더 자주 왔다. 그들 하나하나가 결국 나라는 주요 구경거리로 이어졌다.

어머니는 조명을 어둡게 하고 + 손님들에게 서로 다른 책에서 몇 문장을 읽도록 했다. 그러면 내가 다양한 순서로 그 내용을 다시 말했다. 때로 어머니는 카드 한 벌을 가져와 내가 다른 기억력 묘기를 벌이도록 했다. 수학이 늘 주요 공연이었다. 어머니는 손님들에게 나한테 던질 질문 + 문제를 생각해내라고 했다. 사람들에게는 수학적 상상력이 없으므로, 계산은 대체로 지루하고 + 겉보기에만 복잡했다. 취조가 이어지는 과정에서 관객들은 늘 변했다. 즐거워하다가 사람을 죽이려 들었다. 어떤 이유에서인지 그들은 나를 무너뜨려야 한다고 느꼈다. 자기 머리로 감당 못할 문제를 생각해낸다는 불가능한 노력을 하느라 눈을 가늘게 뜨고 + 씩 웃는 그들의 얼굴이 일그러졌다. 그들은 내가 그들의 부조리에 무너져내릴 때까지 계속했다. 모든 일이 다 끝나면 그들은 내 뺨을 꼬집고 + 머리를 쓰다듬으며 자비로운 승자라도 된 것처럼 내 노력을 축하했다.

나는 11살이었다. 이런 일은 약 1년 동안 계속됐다. 내가 더이상 어린애처럼 보이지 않았기에 끝났다.

이 일을 온전히 누군가에게 말한 적은 없다. A와 결혼한 이후로는 특히.

AM

위의 "고백"을 다시 읽으니 일기에 대해 생각하게 된다. 어떤 일기는 쓴 사람이 죽고 난 뒤 한참이 지나서 발견되리라는 암묵적 희망으로 쓰인다. 멸종된 생물의 화석처럼. 또 어떤 일기는 덧없는 단어하나하나가 읽히는 순간은 오직 쓰일 때뿐이리라는 믿음에서 쓸 때잘 써진다. 또다른 일기는 미래의 글쓴이 자신을 향한 것이다. 자신이 부활하리라는 가능성을 열어놓은 증거다. 그런 일기는 각자 "나는 ~였다" "나는 ~이다" "나는 ~일 것이다"라고 선언한다.

지난 세월 동안 내 일기는 이런 범주 사이를 오가며 떠돌았다. 미래가 얄팍하게만 남은 지금도 그렇다.

마사지

PM

간호사가 내 머리를 스펀지로 닦아내고 내 두 손과 발을 델 듯이 뜨거운 물에 집어넣는다. 목욕 수건도 끓는 물에 적셔 막대기로 꾹 짠다음 내 목에 얹어놓는다. 수건이 식으면 겨자 잎으로 바꿔놓는다. 이 모든 방법은 원시적이지만 두통을 조금 덜어준다. 한동안은.

EVE

초조한
발작적인
초조한

438

AM

거의 못 잤다.

알 수 없는 식이상의 이유로 과일 주스를 주지 않았다.

PM

앤드루 돌아옴. Z에서의 결과로 좋아했다. (평소 그러듯) 이제는 그게 자기 "직관"의 결과라고 한다. 그에게 쏘아붙이지 않으려고 신경을 써야 했다. 모르핀 약효가 떨어져간다. 성가시다.

AM

하얗게 밤을 새웠다.

A가 과일 금지 조치를 해제했다. 그가 Z에서 가져온 오렌지, 귤 + 복숭아로 훌륭한 주스를 만들었다.

편지를 썼다. 겨우 2가지 혹은 4가지 음밖에 못 내는 속박에서 풀려나지 못하는, 눈에 보이지 않는 새들 때문에 정신이 산만해진다. 조류학 지식이 어느 정도 있었으면 좋겠다.

PM

편지를 많이 보냈다. 어머니, PL, 프랜, HV, G. D에게 보내는 편지 봉투에 사업 관련 서신에 관한 답장을 몰래 담았다.

간호사에게 편지 꾸러미를 건네주면서, 내 모든 편지가 길을 가고 있는 중에 죽어가는 나 자신을 생각했다. 편지 한 장 한 장이 유령이다.

AM

살날이 손에 꼽을 만큼밖에 남지 않았다는 걸 알지만, 모든 하루가 진짜 숫자로 헤아려지지는 않는다.

새 책들 중 "르 샹 뒤 몽드"가 있다. 두 챕터 읽고 포기. 지오노의 단순함에는 어딘지 극도로 단순화된 면이 있다. 자연 + 원시적 상태에 대한 그의 향수가 왠지 부정직하다. 우리가 자연을 잃은 것을 거의 즐거워하는 것 같다. 그래야 자기가 그 상실을 얼마나 깊이 슬퍼하는지 보여줄 수 있으니까. 그러고 보니 삐딱하게, 슈티프터의 "분테 슈타이네"가 생각난다. 나도 그 작품을 좋아할 수 있으면 좋겠다.

좋아하고 싶은 게 너무 많다. 스크랴빈, 굴, NY……

PM

명함

마사지

EVE

A가 방금 사랑스러운 행동을 했다. Z 호텔에서 현악사중주단을 고용해 도서관에서 작은 연주회를 열었다. 호텔 웨이터도 데려오고 간식 + 주스도 가져왔다. 집과 똑같이. 악장 + 내가 모르는 다른 사람들도 초대했다. 짧고 뻔한 프로그램. 비발디 "봄"의 축약본에 이어 J. 슈트라우스 + 다른 빈 작곡가들의 "클라이네 나흐트무지크"를 연주했다. 그래도 A의 행동에 무척 감동받았다.

선곡은 진부했지만 음악가들이 일류라는 건 분명했다. 그들은 너무도 많은 사람의 발길이 닿아 닳아빠진 그 레퍼토리에서도 무언가를 "발견"하는 데 성공했다. 공연이 끝난 뒤 그들에게로 가 한담을 나누었다. 힌데미트 밑에서 공부한 비올리스트. 페라인 소속으로 연주했던 첼리스트. 바르크츠와 정기적으로 협연하는 제2바이올린 연주자. 이들은 모두 베를린에서 만난 사이로, 히틀러가 총통이 된 이후 그 도시를 떠났다. 진정한 예술가들과 이야기한다는 건 얼마나 멋진 일인지! 뭐든 필요한 게 있으면 나를 찾아오라고 했다. 첼리스트가 수줍어하면서도 그들 모두를 위한 미국행 편도 표 + 비자는 어떻겠느냐고 했다. 나는 이미 비자를 받은 것이나 다름없다고 생각하면 된다고 했다.

내가 음악가들과 이야기하는 동안 A는 방 뒤쪽에서 나를 바라보았다. 금욕적으로 심통을 낸다. 집에서와 똑같다.

AM

A가 Z에 갔다.

배

간호사와 함께 숲 가장자리까지 걸었다. 나무 몇 그루가 세월에 삐
걱거린다. 기분좋은 푸르름. 따뜻한 이끼 무더기에 손을 대고 눌렀
다. 그것이 다시 천천히 봉긋해지며 내 흔적을 지우는 모습을 지켜
보았다.

통증에 꼼짝할 수 없었다. 나무 밑에 누워야 했다. 풀, 잎사귀, 이끼
위에 마지막으로 누워본 게 언제인지 기억나지 않는다. 간호사의 무
릎에 머리를 기댔다. 간호사가 머리카락을 쓰다듬어주었다. 땅에서
달콤하고 축축한 소리 + 냄새가 올라왔다. 주름 없는 하늘을 배경
으로 구름이 모여 있다. 내가 흘린 눈물이 고통 때문인 줄 알았겠지.

EVE
머리

마사지를 받기가 어려워진다. 촉감 때문이다. 거절해서 간호사 기
분을 나쁘게 만들고 싶지 않다.

AM
소음에서 음악이 시작됐다. 긴 여행 끝에 집으로 돌아가고 있다.

PM

불쾌하던 어금니를 잃었다. 구멍이 아물 시간이 없을 것 같다.

EVE

아르두이니의 최신작을 읽고 있다. 밀레투스의 탈레스에 관한 멋진 시다.

Il

greco che

fece entrare tutta

Cheope nella propria ombra*

AM

주스. 루바브, 베리, 민트.

엿들은 말: "내가 익명으로 여기 와 있다는 걸 모두 알고 있어."

나른함

---

* '쿠푸의 모든 사람을 그들 자신의 그림자로 들어가게 한 그리스인'이라는 뜻의 이탈리아어. 이때 쿠푸는 이집트 제4왕조의 파라오 이름이다.

PM

A가 방금 Z에서 (또) 전화해 조언을 구했다. 콜베, 렌바흐, 런던, NY, 기타 등등, 기타 등등, 기타 등등, 기타 등등. A는 늘 그러듯 의구심을 깊이로, 망설임을 분석으로 오해한다.

나는 정신이 몽롱해졌다.

"듣고 있어?"

그는 자신의 긴 질문에 이어진 나의 긴 침묵 속에서 통화가 끊어졌다고 생각했다.

"아니." 내가 말했다.

그 말이 내게 준 안도감을 설명할 수 없다. 세상 모든 아편을 써도 그만은 못했을 듯.

"여보세요?"

사실이다. 나는 그 자리에 없었다.

"내가 못된 놈이군." 그가 말했다. "당신 쉬어야 하는데."

"난 이걸 너무 오래 해왔어. 이제 그만해."

둘 사이의 침묵은 늘 공유된다. 하지만 둘 중 하나가 그 침묵을 소유하고 다른 하나와 나누는 것이다.

"하지만 당신은 이걸 삶으로 여기잖아." 그가 결국 말했다. "당신은……"

그는 자기가 한 말을 후회했다.

"바로 그거야. 이제 그게 끝났어."

나는 우리가 또 한번의 침묵에 발목을 잡히기 전에 조용히 전화를 끊는다. 그러면 그것 말고는 아무 할말이 없다는 뜻이 전달될 것이다.

EVE

A와 대화를 나눈 뒤로 잠을 이루지 못했다. 위의 글을 다시 읽었다. 너무 길다. 시작은 1922년이었다. 그때 A는 교향악단에 기부하라며 주었던 소액으로 내가 자기 기금보다 더 나은 수익을 올린 것을 보았다. 내 장부를 살폈다. 나한테 설명하라고 했다. 몇 주 뒤, 자기도 내 접근법을 시도해보았지만 실망스러운 결과를 얻었다고 했다. 자기 작업을 보여주었다. 살펴보니 그저 내가 했던 일을 훨씬 더 큰 규모로 복제했을 뿐이었다. 시장 충격을 고려하긴 했지만, 그 모든 일을 생기 없고 인공적인 대칭적 감각에 따라 했다. 아무 박자감 없이 맞는 음정만을 누른 격. 자동 피아노처럼. 나는 A의 규모에 어울리는 새로운 스케치를 해주었다. 그 방법이 통했다.

우리는 그 일이 있기 2년 전에 결혼했다. 평화롭고 존중어린, 기빠지는 기간이었다. 애쓰지 않아도 되는 순간은 거의 없었다. 우리는 서로를 신경썼지만, 신경을 쓰는 건 부담스러운 일이다. 우린 서로의 기대라고 생각되는 것을 충족하기 위해 최선을 다했고, 그러지 못했을 때는 좌절감을 억눌렀으며, 똑같은 노력을 당하는 입장이 됐을 때는 절대 마음놓고 즐거워하지 않았다. 우리가 머잖아 예의를 차리는 관계가 된 것은 놀랍지 않은 일이다. 예의에서 벗어나는 우아한 방법은 없다.

음악 + 자선사업으로 바쁘게 지낸 것이 도움이 됐다. 이사회 회의 + 기부. 집에서의 연주회. 새로운 친구들. 이 모든 것이 나를 A에게서 멀어지게 했으나, A는 오히려 부추겼다. 따로 보내는 시간 덕에 함께하는 시간이 나아진다는 걸 알았기 때문이다.

일단 균형이 맞춰진 뒤에는 괜찮은 삶이었다. 어쩌면 그런 식으로 영원히 계속 살 수도 있었을 것이다.

하지만 그가 내 장부를 본 이후로, 우리는 일종의 협력을 시작했다. 그가 내게 투자의 규칙을 가르쳐주었다. 나는 그에게 그런 규칙의 경계선 너머로 생각을 넓히는 방법을 보여주었다. 나는 일에서 엄청난 즐거움을 느꼈다.

처음으로 우리는 진정한 동반자가 되었다. 그리고 인정할 수밖에 없지만, 행복했다.

내가 자금에 온전히 접근할 수 있게 되자 그 결과는 거의 즉각적으로 나타났다.

숫자가 너무 커서, 자연계 바깥에는 그런 숫자를 적용할 수 있는 존재가 거의 없었다.

사람들은 앤드루 + "그의 손길"에 대해 경탄하며 이야기했다.

우리는 서로를 보완했다. 그는 내 도움을 받지 않고는 자기 주위에 생겨나는 신화를 유지할 수 없다는 걸 알았다. 나는 그를 통하지 않고서는 그토록 높은 곳에서 투자를 할 수 없었다. 한동안 우리는 둘 다 이런 동맹을 즐겼다.

하지만 머잖아 불균형이 명백해졌다. 그가 내게 가르칠 수 있는 것(도구, 절차, 대차대조표 분석 등등)은 유한한 반면 내 영역은 한도가 없었다. 규칙 + 정의는 고정돼 있다. 조건 + 그에 대한 우리의 반응은 매시간 변화한다. 그가 자본을 제공한 건 사실이었다. 하지만 1년쯤 지나자 나는 그 이상을 갚았고, 이론적으로는 독립할 수 있었다.

우리는 각자의 역할로 분리됐다. 복화술사가 있는 곳에는 인형이 있는 법이다. 얼핏 듣기에는 후자가 전자보다 나쁘지만 실제로는 그렇지 않다. 그는 지시를 듣기 싫어했다. 나는 점점 더 그림자 속으로 밀려나고 + 오직 그를 통해서만 말하는 게 싫었다.

1926년에 모든 것이 무너져내렸다. 그 시절에, 나는 그게 우리 결혼생활의 끝이라고 생각했다. 시간이 지나면서 그때가 정말로 결혼생활이 시작된 때라는 걸 알았다. 맹세를 한 상대보다는 맹세 자체에 더 헌신하게 될 때가 진정한 결혼생활이라고 생각하게 됐으니까.

전에 너무 여러 번 그랬지만, 나는 고백의 유익한 효과를 과소평가했다! 이 글을 쓰고 나면 잘 수 있을지도 모르겠다.

PM

A가 내 옆 소파에 잠들어 있다. 아직 여행복 차림이다. 어제 오전, 경이로운 고통을 느끼며 깼다가 모르핀을 맞은 이후로 내가 쭉 잠들어 있었던 게 틀림없다.

A를 봤을 때 가장 먼저 든 생각은 이 공책이었다. 건드리지 않은 듯했고, 내가 서랍에 놔둔 바로 그 자리에 있었으며, 펜도 똑같은 각도로 놓여 있었다. 지금은 자선재단 장부 안에 숨겨두었다. 어쨌든, 그는 한 번도 내 손글씨를 읽지 못했다.

이불에 내 발에 드는 햇빛 얼룩. 기분좋다가 축축해진다.

나한테서 냄새가 난다.

EVE

소고기-수프. 중탄산나트륨.

마사지가 지나치다. 간호사에게 그만해달라고 했다. 안 된단다. 근육에 필요하다고.

AM

내가 금팔찌를 차고 있는 걸 보고 A가 기뻐했다. Z 등등에 관한 이야기는 하지 않았다.

나는 휠체어에서 그를 내려다본다. 참 이상한 문장이다.

그는 만족하는 듯 보인다. 내 옆의 긴 의자에 드러누워 "타임스"를 한 장 한 장 넘기고 있다.

난 휠체어를 원하지 않았다. 하지만 간호사가 고집을 부렸다. 간호사 말이 맞았다.

사랑스럽고 형태 없는, 신문의 부스럭거리는 소리.

만년설을 걸친 튀어나온 절벽, 헐벗은 파란색 산등성이, 톱니 같은 모서리 + 뿔 모양의 봉우리가 사방에서 계곡을 둘러싸고 있다. 보이는 곳에 길은 없다. 들어가는/나가는 길이 있다고 믿기 어렵다. A에게 나를 이곳에 묻어달라고 해야 할까? 어쩌면 종이 있는 교회 묘지에?

PM

엿들은 말: "촛불 하나 켜놓고 보기에도 아까운 게임이었어."

EVE

내 입속 딸기는 살아 있는 것일까?
아니면 태어나지 않은 것들이 점점이 박혀 있는 딸기의 살점은 이미 죽은 것일까?

AM

잠들지 못하는 밤이 끝나고, 최근 콜레트 작품을 보고 있다. 늘 그
렇듯 감탄할 만하지만, 결혼생활에 관해 읽을 힘이 없다. 울프 신작
을 집어들었다. 엘리자베스 배럿 브라우닝의 코커스패니얼에 관한
전기문이다!

EVE

A가 축음기를 가져왔다. 즐거운 척했다. 그 무엇도 제대로 된 소리
가 나지 않는다.

AM

EVE

어릿광대Droll!

나는 아담이다, 이브. 미쳤나, 내가I'm Adam, Eve. Mad, am I?
D F# E A / A E F# D

PM

"플러시"*를 읽고 있다. 개의 시점이 일관적이지 않아서 집중이 깨
지긴 하지만, 탁월하다. 개가 침대 신세를 지고 있는 여주인에게 사
랑하는 마음으로 복종하는 모습이 경이로울 만큼 숨막힌다.

EVE

울프가 브라우닝에게 보내는 배럿의 편지를 인용한다. "당신은 파
라셀수스이고, 나는 은둔자야. 배짱이란 배짱은 모두 선반에서 끊
어져 헐렁하게 늘어진 채, 발소리와 숨소리에도 덜덜 떠는." 왜 다
들 갑자기 파라셀수스 타령이지?

"파도" "플러시" …… VW의 다음 책이 무엇일지 궁금하다. 세 권
의 제목을 합치면 문장이 될 수도 있겠다!

---

* 버지니아 울프의 소설로, 위에서 말한 코커스패니얼의 전기문이다.

450

AM

아픔. 그래도 날씨는 인정 많다.

마사지가 소극적인 형태의 미용체조로 바뀌었다. 간호사가 나 대신 내 팔다리를 움직여준다.

　"나의 의지"에 관해 아는 게 얼마나 적은지 생각하게 된다. 나는 다리를 움직이고 싶다. 그러면, 나는 다리가 움직이는 것을 의식한다. 하지만 다리를 움직인 것은 무엇인가? 익명의 전기적 자극 + 움찔거리는 근육의 총합이 내가 되는 순간이 언제인가? 그 힘을 "나"라고 부르는 게 옳은가? 나의 참여에 관해, 간호사가 내 다리를 움직이는 것과 다리가 "저절로" 움직이는 것의 차이는 무엇인가?

편두통. 뜨거운 물, 스펀지 목욕, 찜질.

PM

A가 Z에서 돌아왔다. 나를 위해 다른 누군가가 되려고 최선을 다한다. 그래 봐야 나한테 남은 시간이 얼마나 적은지 강조될 뿐이다.

　그의 뻣뻣한 부드러움에는 어딘지 사랑스러운 면이 있다. 하지만 그가 (자기도 모르게) 자신을 위한 미래 기억의 가방을 꾸리고 있다는 느낌이 든다. 내가 떠나면, 그것이 A가 떠올릴 장면이 될 것이다. 그는 내 베개를 바로잡고 내 뺨을 어루만지는 자신의 손을 보게 될 것이다.

EVE

불면증. 위에서 A에 대해 했던 생각은 A보다 나에 대해 더 많은 것을 알려준다.

어쩌면 며칠 전에 시작했던 고백을 끝내는 것이 우리 둘 모두에게 면죄부를 줄지 모르겠다.

적어도 내가 오늘밤 잠이 들게는 해줄 것이다.

나는 1922년과 1926년 사이에 거미줄을 짰다. 수학에서 "끈적함"을 발견한 것이다. 그 거미줄의 교점 + 뒤엉킨 부분은 사방으로 뻗어나갔다. 결과를 복제할 수 있었다. 내가 짠 거미줄은 모든 것을 끌어당기는 적용 가능한 모형이었다. 심지어 3차원적인 것으로 변했다.

나는 나 자신의 지시에 따랐다.

그 시절 우리의 수익은 베벨 가문이 원래 가지고 있던 재산을 압도했다.

나는 끈적임 원칙 + 거미줄 구조를 A와 무수히 여러 번 의논했다. 그는 내 설명을 따라오는 척하거나 인내심을 잃었다. 내 잘못이다. 수학을 설명하는 데는 늘 어려움을 겪었다. 하지만 이로써 A의 적개심이 더 강해졌다.

우리는 많은 돈을 벌어들일수록 사이가 멀어졌고 + 앙심을 품었다.

그는 남성성을 잃은 것 같다고 말한 적이 있다.

나는 그의 허영심을 역겹다고 느꼈다.

하지만 우리의 기이한 협력은 이어졌다. 나는 과정에 집착했고 그는 결과에 중독됐다. 하지만 그것이 내게 오직 지적인 활동일 뿐이었다고 주장하는 건 정직하지 못한 일이다. 나는 그 안에서 깊은

452

야망의 우물을 발견했다. 그로부터 어두운 연료를 시추했다.

이 시기가 끝나갈 때쯤(26년 초?) 나는 증권거래소에서 점점 커져가던 결함으로 관심을 돌렸다. 우리의 거래 + 이윤이 늘어갈수록 점점 두드러지던 그 결함이란, 거래량이었다.

급등 때나 폭락 때는 티커가 늘 한참 뒤처졌다. 바닥의 매도가와 티커 액수 사이에는 최대 10포인트까지 격차가 발생할 수 있었다.

나는 이런 지연을 내 것으로 만들기로 했다.

지나치게 큰 물량을 거래하고 + 대중의 광기가 폭발하도록 부추김으로써 나는 그런 지연을 만들어냈다. 티커는 나를 따라오지 못했고, 몇 분 동안 나는 미래를 소유했다.

앤드루는 전설이 되었다. 다들 그가 통찰력 있는 사람, 신비로운 인물이라고 생각했다.

진실은, 이 모든 것을 가능하게 한 것이 구식 + 압도당한 기계였다는 것이다.

중개업자들은 쏟아지는 주문을 따라가지 못했다.

그러면 중개업자들의 밀린 주문을 전화로 입회장에 전달하는 사무원들도 뒤처졌다.

그러면 모든 주문이 실행되기까지 기다려야만 했다.

그러면 갱신된 시세가 티커 키보드 관리자에게 전달되었고, 이 역시 밀렸다.

그러면 이미 한발 늦은 시세의 발표와 그에 근거한 새로운 주문 사이에 시간 차이가 더 벌어졌다.

그러면 지연의 주기가 처음부터 다시 시작되고, 더 커졌다.

이처럼 결함이 있는 메커니즘이 차익을 낼 기회를 만들어냈다.

전에는 이런 지연에서 이득을 취할 생각을 아무도 하지 못했다니 해괴한 일이다.

나는 그런 기회를 최대한으로 활용했다.

지나가는 말로, 언젠가 나는 A에게 우리의 금융 시스템 전체가 4명에게 달려 있다고 했다. 모든 시세를 뉴욕 증권거래소 티커에 입력하는 키보드 관리자들 말이다. 시장 전체를 무릎 꿇리는 데는 그중 1명이면 충분했다.

나는 4명의 키보드 관리자 중 1명에게 뇌물을 줘서, 기계에 입력하기 전에 모든 시세를 달라고 요구하는 상황을 상상해보라고 했다. 그러면 시간 지연 덕분에 들키지 않고 이런 정보를 활용할 수 있다고.

몇 주 뒤, 앤드루는 바로 그런 일을 했다.

티커 테이프를 보면 분명했다.

이런 작전은 겨우 몇 달밖에 진행되지 않았다. 하지만 그는 헤아릴 수 없는 돈을 벌어들였다. 앤드루 베벨의 신화는 그가 신이 될 때까지 자라났고.

나는 그를 범죄자라고 불렀다. 그는 내가 자기 성공을 견딜 수 없는 거라고 했다.

우리는 약 2년 동안 서로에게 거의 말도 하지 않았다.

AM

A가 Z로 떠났다.

무기력한 미용체조.

PM

내 밖의 고통이, 둘러싼 산맥처럼, 흰 거품이 사납게 이는 파도와 같이 부풀어오르다가, 석화된 직후 부서진다.

AM

모르핀에서 깼다.

이곳은 환영으로 가득찬 것 같다.

PM

A가 Z에서 돌아왔다. 누가 사중주단의 비자를 처리하고 있다고 말한다.

EVE

불면. 짜증스러운 소리, 어색한 기억, 아픈 곳, 불평을 찾는 데는 실패하는 적이 없다.

AM

엿들은 말: "욍 비자지 콤 윈 브리오슈."*

---

* '브리오슈 같은 얼굴'이라는 뜻의 프랑스어.

PM

음악 속 종소리 몇 가지:

마술피리. (하지만 악단석에서 들려오는 첼레스타 소리는 나한테
전혀 종소리처럼 느껴지지 않는다)

파르시팔?

토스카 (아침 기도)

교향악. 환상곡.

말러의 거의 모든 교향곡? 4번의 썰매 종소리가 무척 사랑스럽다.

퍼커션에서 멜로디로의 도약이 음악을 선사시대에서 역사시대로
끌어냈다.

뼈로 만든 종.

대퇴골이 정강이뼈보다 낮은 소리가 날 게 틀림없다.

EVE

기억의 도플러효과. 과거 사건의 주파수는 그 사건이 우리로부터
빠르게 멀어지면 달라진다.

AM

모르핀 없이 편히 쉰 밤. 내 잠을 소유했다는 데서 이상한 자긍심을 느낀다.

편지를 씀.

약간 나아졌다. 하지만 완전히 괜찮다는 게 어떤 기분이었는지 잊고 살았음을 깨닫게 될 뿐이다.

PM

증권거래소 종소리는 한 번도 들어본 적이 없다.

AM

오늘은 언어가 짜증난다.

PM

일기 쓰는 사람은 괴물이다. 글을 쓰는 손과 읽는 눈이 다른 몸에서 나온다니.

EVE

엿들은 말: "그냥 척하는 척을 하는 거야."

이 페이지들을 살피는 사람은 내가 종에 미쳐 있는 줄 알 것이다. 여기에 오기 전에는 종소리에 대해 생각해본 적이 없다. 지금도 내가 종소리에 별 신경을 쓰는지 잘 모르겠다. 그냥 종이 계속 울린다.

대체로 과일

편두통

할 수 있는 일이 별로 없다

PM

종소리에 귀가 먹은 콰지모도는 종 치기를 좋아한다.

AM

아픔

침대에서 나오지 못함

PM

A가 작은 선물들을 가지고 Z에서 돌아옴. 애초에 간 줄도 몰랐다.
베리 몇 개.

EVE

주스에서 기쁨이 느껴지지 않는다

AM

아픔

머리

AM

아픔

AM

아픔

AM

나아짐. 외출. 진주 같은 하늘의 껍질 아래 계곡이 돌로 감싸여 있다. 연체동물의 몸속.

낡아빠진 하이네 책 발견.

엿들은 말: "그 여잔 수영하는 법을 잊었어."

PM

간호사는 단 한 번도 명랑한 모습을 꾸며내지 않는다. 동정하는 기색도 드러내지 않는다. 내가 어떤 기분인지 아는 척하지도 않는다. 그녀를 친구라고 부르는 것은 그녀의 냉담한 보살핌이라는 품위를 모욕하는 일이 될 것이다. 그렇더라도.

EVE

내 방에서 하이네를 큰 소리로 읽었다. 모든 음절에서 슈만의 소리가 들린다.

AM

아픔
흐릿함

PM

먹는다는 행위의 격렬함을 거의 견딜 수가 없다.

AM

간호사에게 머리를 잘라달라고 했다. 스펀지와 뜨거운 목욕 수건, 석고로 늘 젖어 있으니까. 간호사는 거절했다. 내가 가위와 편지 봉투를 여는 칼로 직접 자르기 시작했다. 전에는 간호사가 겁먹은 모습을 본 적이 없으므로, 나는 멈췄다. 우리가 서로를 보았을 때 그녀가 내 눈에서 뭘 보았는지는 잘 모르겠지만, 간호사는 나더러 기다리라고 말하더니 나갔다. 제대로 된 가위를 가지고 돌아왔다. 어떻게 자를 건지도 물어보지 않았고, 살짝만 다듬어 나를 달래려고도 하지 않았다. 가윗날이 내 머리뼈 가까운 곳을 싹둑 자르는 게 느껴졌다.

PM

할랜드의 최신작을 방금 읽었다. 완벽한 모르핀. 소설. 작품을 완전히 쫓아가지 못하는 기분을 즐겼다.

테이블 위 유리잔에 뭔가 기적적이고 + 슬픈 점이 있다. 물이 수직 원통 안에 규율되어 들어가 있다. 원소를 상대로 우리가 거둔 승리의 암울한 장관.

EVE

라 캄파넬라.*

---

* '종소리'라는 뜻. 리스트가 편곡한 피아노곡 제목으로도 유명하다.

내 상황의 좋은 점은, 다시는 파가니니, 후멜, 베를리오즈, 파데레프스키, 퀄터, 생상, 토스티, 프랑크, 린드너, 오펜바흐, 엘가, 뒤보셰, 라흐마니노프에게 시달릴 위험이 없다는 것이다.

AM

엿들은 말: "아니, 아니. 텍사스 오데사야."*

PM

A가 Z에서 돌아옴. 자른 머리를 보고 놀람. 화를 내려고 노력. 경이로운 듯 나를 봄.

EVE

A가 나와 커피를 마심. 내일 Z로 떠난다. 칭찬할 만한 자제력을 보이며 사업 관련 질문을 하나도 던지지 않았다. 감동 + 고마움. 내 옆에 누워달라고 했다. 우리는 손을 잡았고, 둘만의 차분한 고독 속에서 천장을 바라보았다.

내가 A를 기분좋게 해줄 때 내면에 솟구치는 행복감을 나는 믿지

---

* 오데사는 미국 텍사스의 도시이기도 하지만, 우크라이나의 항구도시 이름이기도 하다. 또 2차대전 이후 나치 요인을 도피시킨 비밀 조직의 이름도 오데사였다.

않는다.

PM

클라우-벨의 최신 소설을 읽는 데 성공했다. 짧음. 아마 완벽한 듯.

책과 음악, 예술을 감상할 때 나는 늘 감정 + 우아함이 있는지 살폈다.

AM

새로운 펜촉. A가 Z로 떠남. 아주 바쁜 남자의 절제된 고통이라는 자기만족을 과시하면서.

티커에 관해 말다툼을 한 이후 오랫동안 서먹해졌을 때 그가 보이던 행동이 생각난다. 그때도 나는 지금처럼 사업에서 물러났다. 그때도 그는 지금처럼 진정성 있는 성실함을 과시하며 숨으려 했다. 우리는 저택에서 한 번도 우연히 마주치지 않았다. 공적인 장소에서만 서로 말했다. 그는 거의 모든 시간을 사무실 + 피에솔라나에서 보냈다.

나 자신을 음악 + 자선사업에 쏟아부었다. 처음에는 호기심에 그의 일을 따라 했다. 안전하고 합리적이고 튀지 않고. 머잖아 흥미를 잃었다. 사업과 나의 유일한 연관성은 자선기금을 운영하는 것뿐이었다.

돌이켜보면, 사업적으로 협력하던 시기를 제외하면 우리가 진정으로 함께 시간을 보낸 적은 없었다. 우린 서로에 대해 아는 것이 별로 없다. 거의 아무것도 모른다.

여러 면에서 우리는 우리 결혼의 초창기로, 협력하기 전으로, 멀리서 함께하는 방법을 배웠을 때로 돌아간 듯했다. 그러나 우리 사이의 틈새는 넓어졌고 그게 나쁘지 않았다. 상황이 다시 제자리를 찾았다. 난 이런 예의바른 서먹함이 지금부터 우리의 인생이 되리라고 생각했다.

하지만 그때 탈진이라는 이불이 나를 내리덮었다. 대단히 이상한 건, 그 이불이 무게로 나를 숨막히게 하는 동시에 해괴하게도 안락한 느낌을 주었다는 것이다.

일어날 수 없었다. 언제든 일어나 앉으면 내가 망가질 것 같다고 느꼈다. 골절에 대한 지속적 두려움. 부러지는 것에 대한.

묵직한 피로에 굴복하는 것만이 유일하게 안도감을 주었다.

결국, A는 내가 몸져누웠다는 걸 알았다. 처음에 잠깐씩 나를 만나러 왔을 때는 대수롭지 않다고 여기고 + 짜증을 냈다. 계속 내 "신경"에 대해 물었다. 그의 질문은 걱정한다기보다 어디 한번 아프다고 말해보라고 도발하는 듯했다.

그가 관심을 기울이게 만드는 데는 공이 들었다. 그는 내가 얼마나 살이 빠졌는지 알고서야 진심으로 걱정했다.

처음에 의사는 아무것도 발견하지 못했다. 신경쇠약증이라고도 했다. 진정제는 맞지 않았다.

내가 약해지자 A는, 그토록 오랜 시간이 흘러서야, 억울함 + 질투라는 느낌을 꺼뜨릴 수 없었음을 드러낼 수 있게 되었다. 덕분에 나는 내가 그에게 베풀어주지 않은 용서가, 나의 꼭 쥔 주먹 안에서 악의어린 자존심으로 결정화되었다는 걸 알 수 있었다.

그때가 우리가 함께 보낸 최고의 시간이었을지 모른다.

1929년 초, 융합된 2가지 사건이 이처럼 위태로운 조화를 깨뜨렸다. 사실 사건도 아니었다. 둘 다 미래에 일어날 일이었으니까. 차라리 2가지 예측이라고 해야겠다.

1번째로 나는 그해가 끝나기 전에 시장이 붕괴하리라는 걸 깨달았다.

2번째는 나의 암 진단. 그에 따르면 나는 시장 붕괴 후 얼마 지나지 않아 죽을 터였다.

PM

신부가 질척한 위로의 말을 건네러 왔다.

신은 가장 흥미로운 질문에 대한 가장 흥미롭지 않은 대답이다.

종소리, 종소리, 종소리. 징글맨이다.

이불의 햇빛 얼룩. 빛의 모든 입자가 태양에서 내 발까지 여행해 왔다. 그렇게 작은 것이 어떻게 이렇게 멀리까지 왔을까? 가까이에서 보면, 광자의 흐름은 유성우처럼 보일 것이다. 내 발이 그 흐름을 가지고 장난한다. 규모에서 느껴지는 현기증(광자와 나와 별 사이의 우주)은 죽음의 맛보기다.

내 상태를 드러내지 않은 채, 나는 앤드루에게 다시 금융에 관한 조언을 조금씩 하기 시작했다. 내가 유능했기에 그는 나를 기꺼이 다시 받아들였다. 하지만 경계하는 기색이 있었다. 때로 나는 그가 내 생각을 받아들이게 할 새로운 방법을 찾아야 했다. 내 아이디어는 일단 앤드루의 생각이 되어야 했다. 호출과 응답. 내가 그에게 D F# E A를 주어, 스스로 A E F# D를 떠올릴 수 있도록 하는 것이다.

대실패가 임박했는데도 그는 내 계획에 회의감을 보이며, 시장은 충격을 방지할 수 있다고 계속해서 말했다. 하지만 나는 재앙이 그저 시간문제라는 걸 알았다. 나는 공매도 입장을 취하기 시작했다.

9월 초, 몇 달 동안 자산 가치를 상승시켜온 나는 그 자산을 유동화해 갑작스럽게 처분했다.

투자자들은 가치를 보존하기 위해 쇠퇴기에 주식을 팔기 시작했고, 이는 뻔하게도 1929년 10월 마지막 주의 결과로 이어졌다.

자세히 설명할 필요는 없다. 붕괴에 대한 대부분의 설명은 일반적으로 옳다. 단, 내 이름만 빠져 있다. 이 한 가지 오류에 대해서는 고마움을 느낀다.

보이지 않는 교회에서 들려오는 큰 종소리.

나의 1929년 계획은 종소리 모티프와 무척 비슷했다.

공매도란 시간을 거꾸로 돌리는 것이다. 과거가 미래에 스스로 존재하게 하는 것이다.

역행 혹은 회문*과 같다.

D F# E A / A E F# D.

거꾸로 연주한 노래.

하지만 시장을 거슬러가면 모든 것이 물구나무를 선다. 주가가 떨어질수록 이윤이 커지고 그 반대도 참이다.

모든 손실이 소득이 되고 모든 상승이 하락이 된다.

노래의 모든 간격이 뒤집힌다. 위아래가 바뀐다.

장3도 올라간 진행(D F#)은 장3도 내려간 진행(D B♭)이 되고, 온음 내려간 진행(F# E)은 온음 올라간 진행(B♭ C)이 되며 5도 하행(E A)은 그에 비례하는 상행 도약으로 이어진다(C G).

---

* 앞에서 읽으나 뒤에서 읽으나 똑같은 단어나 어구.

D F# E A가 D B♭ C G가 된다.

단, 거꾸로.

역전의 역전.

역으로, 물구나무를 세워서 연주한 노래.

호출과 응답.

"오케스트라가 앞으로 어떤 선율이 흐를지 늘 알 수 있는 노래, 미리 들을 수 있는 곡을 연주했다."

1929년에는 모두가 D F# E A를 들었고, 미리 들으며 A E F# D를 생각했다.

하지만 D F# E A를 들었을 때, 내 머릿속에 울리는 응답은 G C B♭ D이다.

29년에는 어떤 종소리도 내 머릿속에서 조종弔鐘을 울리지 않았다.

그러나 돌이켜보면, 이것은 내가 인지하고 + 생각한 것에 대한 정확한 비유인 듯하다.

내가 시장을 상대로 건 도박은 거꾸로, 또 뒤집혀서 읽힐 푸가였다.

모든 목소리가 원래 모티프의 수직적 + 수평적 비추기의 결과로 일어나는.

음악의 헌정*의 근본적 형태.

아니, 어쩌면 그보다 쇤베르크의 피아노를 위한 모음곡이라고 하는 게 나을지도 모르겠다.

---

* 바흐가 작곡한 푸가.

나는 마법을 믿지 않지만, 시장 붕괴 이후에 일어난 암의 악랄함은 우연처럼 느껴지지 않았다.

결국 앤드루에게 병에 관해 이야기해야 했다.

앤드루는 내가 사라지는 것보다 자신의 외로움을 더 걱정하는 듯했다. 그래도 그는 좋은 동반자였다.

29년의 황폐화 이후, 나는 회복 계획을 짜려고 노력했다. 대부분의 돈을 쥐버렸다. 하지만 너무 아팠다. 흐려져갔다. 연달아 실패하는 치료에 진이 다 빠졌다. 앤드루가 여러 가지 기여를 했다. 도서관과 병동 + 대학 강당을 흩뿌렸다. 그가 내 이름으로 이런 빵 부스러기를 던져준다는 걸 알고 당황한 나는 다시는 내 이름을 쓰지 말라고 부탁했다.

A가 내 옆 의자에 잠들어 있다. 늙었다.

수십 년은 여기 있었던 것 같다. 시간이 느려진 걸까, 빨라진 걸까?

모든 물체가 활동이다.

이 그릇은 모습을 과시하는 데 모든 힘을 써버렸다.

클라우벨의 작품을 읽은 뒤로는 거의 읽은 게 없다. 서덜랜드의 2부작 소품을 읽는 것도 버겁다.

"자신이 스스로 생각하던 사람이 아니었음을
알았을 때의 안도감을 상상해보라"

주스가 평소보다 달다.
이제 사람들이 나를 다르게 본다. 나는 자기들 중 한 명이 아니라는
듯이.

어린 시절의 내 목소리를 들을 수가 없다. 대화는 전체가 기억나는
데 내 목소리가 어땠는지 생각나지 않는다.

아픔

눈 뒤쪽이 깔끔하지 않게 변해간다

아픔ill
언제까지till
여전히still

안에서 무언가가 갉아먹는다

일어나보니 왼쪽 발목에 깁스가 채워져 있다.

모르핀을 맞힌 나를 움직이다가 부러뜨렸다.

기억도 통증도 없다.

간호사가 해고됐다.

다시 불러오라고 요구했다.

그녀는 이제 여기에 있다.

괜찮은 발이 이따금 석고에 닿는다. 깁스에 들어 있는 발은 모른다.

내가 하지 않은 모든 일에 대해 생각한다고 말할 때

그 생각의 내용은 정말이지 무엇일까?

더는 목욕하지 않는다. 간호사가 오드콜로뉴를 내 발가락 + 관절
안쪽에 발라준다. 시원한 화상.

A의 조바심.

다시 밖에 나와 무척 좋다
세상에 안겨 있다

하지만 눈을 깜빡일 때마다 산이 사라진다

고사리 안의 고사리 안의 고사리 안의 고사리

새들이 가득한 나무들

가장자리가 붉어져가는 몇몇 잎사귀
라 포브 아고니 데 푀이*
하나를 여기에, 고통 속에 매달려 있도록 잡아두다

---

* '나뭇잎의 괴로움'이라는 뜻의 프랑스어.

종 모양 유리 덮개 안에서는 종이 울리지 않는다

지금부터는 그 무엇도 기억이 되지 않으리라는 것을 아는 데서 오
는 무시무시한 자유

콧노래가 내 머릿속에서만 들린다는 걸 깨닫기까지 조금 시간이 걸
린다
파장이 없는 소음도 소리일까?

간호사가 방금 내 손톱을 깎았다. 깎으면서 먼지를 불어 날린다

사물에서 단어들이 벗겨진다

잠을 들락거린다. 검은 천 밑에서 나왔다가 다시 사라지는 바늘처
럼. 실이 꿰어지지 않은 채.

더없이 소중한 도움을 준 뉴욕 공립도서관의 학자 및 작가를 위한 컬먼 센터와 화이팅 재단, 맥다월, 야도, 예술가 기금에 언제까지나 감사합니다.

누구와도 비할 수 없는 세라 맥그래스와 리버헤드의 모든 분, 특히 진 딜링 마틴, 제프 클로스케, 메이-지 럼에게 진심으로 감사합니다. 빌 클레그, 매리언 듀버트, 데이비드 캄부, 릴리 샌드버그, 사이먼 툽에게도 끝없는 고마움을 전합니다.

이 프로젝트의 다양한 단계에서 너그럽게 지원해준 론 브리그스, 헤더 클리어리, 세실리 다이어, 앤서니 마드리드, 그라시엘라 몬탤도, 유니스 로드리게스 퍼거슨, 호마 자가미에게도 감사를 전합니다.

특히 몇몇 친구들이 이 책을 더 나은 책으로 만들어주었습니다. 파블로 베르넨고, 브렌던 에클스, 로런 그로프, 게이브 하바시, 앨리슨 매클린, 제임스 머피에게 헤아릴 수 없을 만큼 큰 빚을 지고 있습니다.

너무도 긴 세월 동안, 제이슨 풀퍼드와 폴 스타시는 나의 대화 상대이자 미숙한 초고를 엄하게 읽어주는 독자로서 오래도록 고통 받았습니다. 여기에 표현할 수 없을 만큼 신세를 졌습니다.

앤, 엘사…… 두 사람에게 적절한 감사의 말을 전하려면 다른 책을 한 권 더 써야 할 것입니다.

『트러스트』를 읽고 가장 먼저 떠오른 생각은 "역사는 승자의 기록"이라는 흔한 명구였다. 같은 사건을 경험하더라도 경험한 사람의 입장에 따라 기록은 다르게 쓰이고, 여러 가지 기록 중에서 살아남아 유일한 진실인 것처럼 취급받는 '역사'가 되는 건 그중 승자의 이야기라는 이 구절을 다각적으로 다뤄보는 것이 작가 에르난 디아스의 주된 관심사였던 것으로 보인다.

무엇보다 소설의 구성에서 그 테마가 드러난다. 총 4부로 구성된 이 소설의 1부는 소설 속 현실의 억만장자인 앤드루 베벨의 냉혈한 같은 면모를 폭로하겠다는, 소설 속 소설가 해럴드 배너가 쓴 작품이다. 이 작품에서는 앤드루 베벨의 아내인 밀드레드 베벨이 헬렌이라는 가명으로 등장한다. 그녀는 매우 총명하고 재기가 있었지만 결국 정신병원에서 생을 마감한 비극적인 인물로 그려진다.

2부는 앤드루 베벨의 미완성 자서전이다. 이 책에서 앤드루 베벨은 뛰어난 사업가 집안의 피와 재산을 물려받아 가문의 재산을 엄청나게 증식시킨 천재 투자자로 그려지며, 그의 아내 밀드레드 베벨은 음악과 소설 읽기, 꽃꽂이 등을 좋아하는 가정적이고 몸이 약하며 순종적인 여성으로 묘사된다.

3부는 앤드루 베벨의 미완성 자서전을 대필한 작가, 아이다 파르텐자의 회고록이다. 파르텐자는 앤드루 베벨의 비서로 일하면서 그가 불러주는 내용을 토대로 하되 그녀 자신의 경험을 추가하고 원고를 땜질하거나 대패질하는 방식으로 앤드루 베벨의 자서전을 써나간다. 이후 원로 작가가 된 파르텐자는 당시의 경험을 회고하며 앤드루 베벨이 해럴드 배너가 퍼뜨린 '왜곡된 이야기'를 자기 나름의 방식으로 고치려 했다는 사실을 폭로한다. 그가 온갖 자금력을 동원해 해럴드 배너의 작품과 작가로서의 인생 전체를 삭제해버리고 자신이 구성한 새로운 밀드레드 베벨만을 존재하게 만들었다는 것이다. 이때 소름 돋는 부분은, 앤드루 베벨이 아이다 파르텐자의 개인적 경험을 훔쳐다가 밀드레드 베벨이라는 인물을 만들어내는 데 사용했다는 점이다.

이처럼 파르텐자가 기억하는 앤드루 베벨은 텍스트의 힘을 누구보다 잘 알고 있는 한편, 돈과 권력을 이용해 그 텍스트가 오직 자신의 이야기를 전하게 할 수 있다고 믿는 인물이기도 하다. 그런 면에서, "역사는 승자의 기록"이라는 생각을 누구보다 잘 대표하는 인물이라고 할 수 있다. 파르텐자는 그런 앤드루 베벨의 음모에 가담해 밀드레드 베벨의 삶을 왜곡한 자신에 대해 죄책감을 느끼는 한편, 밀드레드 베벨이 정말 어떤 인물이었는지 궁금증을 느낀다.

4부는 아이다 파르텐자가 발견했다고 하는 밀드레드 베벨의 일기다. 이 일기에서는 밀드레드 베벨이 사실 앤드루 베벨을 이면에서 움직이던 투자의 천재이자 대단히 안목이 높은 현대음악의 후원자였다는 사실이 드러난다. 그녀의 지성은 취미 차원에 머무는 것이 아니라, 실질적인 영향력과 힘을 발휘하는 것이었다.

밀드레드 베벨의 일기는 앤드루의 성공 신화를 한층 더 박살낸다. 밀드레드가 당시 주식시장의 허점을 발견하고 이러저러한 방법으로 주가를 조작하면 위험할 수 있겠다는 말을 했는데, 앤드루 베벨이 바로 그 점을 악용해 큰돈을 벌어들였다는 점이 밝혀지기 때문이다. 이 일로 부부 사이는 냉랭해지고, 밀드레드는 시장 붕괴에 끼친 자신의 간접적 영향을 반성하는 의미로 다양한 복지 사업을 벌였다. 이와 같은 일련의 사건을 통해, 앤드루 베벨은 주식시장의 허점을 스스로 발견하지 못했다는 점에서 밀드레드보다 예리하지 못한 인물일 뿐 아니라, 밀드레드와는 달리 그 허점을 악용했다는 점에서 도덕적으로도 열등한 인물임이 드러난다.

앤드루 베벨의 가면을 부숴버린다는 점에서는 이 일기가 해럴드 배너의 소설과 비슷하다. 그러나 '드라마보다 더한 현실'은 해럴드 배너의 상상력에 한계가 있었음을 드러낸다. 해럴드 배너는 그저 앤드루 베벨이 도덕적으로 파산한 인물일 뿐 그에게 투자자로서의 재능은 있을 거라고 생각했다. 여성에 대한 신파적 고정관념에서 벗어나지 못했기 때문인지, 밀드레드 베벨이야말로 진짜 실력자였음을 미처 상상하지 못했다. 그가 상상하지 못했던 건 밀드레드의 투자 실력만이 아니다. 해럴드 배너의 상상과 달리 밀드레드 베벨은 정신병에 걸린 것이 아니라 암에 걸린 채 끝까지 남편에게 조언하며 죽음을 의연하게 받아들인다. 그녀는 가엾고 딱한 존재가 아니라 영웅적 숭엄함을 느끼게 하는 인물이다.

밀드레드 베벨에 관한 소설, 그녀의 남편이 쓴 자서전, 그 자서전을 쓴 작가의 폭로, 밀드레드 베벨 자신의 일기 등 네 가지 텍스트가 제시되는 순서 때문에 독자는 『트러스트』 전체를 밀드레드 베벨에 관한 진실을 찾아가는 추리소설처럼 읽게 된다. 실제로 이 작품은 충분히 그런 재미를 준다. 동시에, 이 모든 텍스트를 읽다보면 독자는 자연히 텍스트의 힘을 실감하며 텍스트를 독점하고자 하는 첨예한 싸움을 의식하고 과연 '무엇이 진실인가'라는 보다 근본적인 질문 또한 던지게 된다.

사실, 『트러스트』의 마지막 부분이자 4부 밀드레드 베벨의 일기 마지막 부분이 그런 의구심을 더욱 키운다. 이 텍스트는 밀드레드 베벨의 일기 형식을 띠고 있지만, 그녀가 죽음을 맞이하는 순간에 가까워지면서 점점 일기 형식을 조금씩 벗어난다. 결국 그녀가 죽기 직전, 의식이 어두워지는 순간까지 기록된 이 텍스트는 밀드레드 베벨의 독백이지만 '일기'는 아닌 무엇이 된다(죽기 직전의 인간이 일기를 쓸 수는 없으니까!). 그리고 여태껏 텍스트를 통한 현실의 재창조와 그 권한을 놓고 벌어지는 치열한 다툼을 목격해온 독자 입장에서는 그렇다면 과연 그녀의 독백을 기록한 사람, 그 텍스트의 창조자는 과연 누구일지 생각해보게 된다(이런 고민의 연장선상에서 『트러스트』의 작가 에르난 디아스에게로 시선이 향한다. 그의 의도가 무엇인지, 그가 만들고자 한 텍스트는 무엇인지에 대해서 말이다).

생각해보면, 우리 중 자기가 죽는 순간을 자신만의 언어로 기록할 수 있는 사람은 아무도 없다. 사실은 우리가 '살아 있는' 순간에 대해서도 우리 자신이 말할 권리는 그렇게 폭넓게 주어지지 않을지도 모르며, 대단히 유창한 언변과 시끄러운 확성기를 가진 사람이라도 마지막 순간에는 나의 이야기를 다른 누군가의 상상력에 맡겨야 한다.

그런 점에서 우리 삶의 어느 한 부분은 확정적으로 다른 사람들의 것이다. 어떤 '작가'의 개입과 그 작가의 의도를 읽는 독자의 시선에 노출될 뿐 아니라, 오직 그런 방식을 통해서만 존재할 수 있다. 인간은 죽으면서 공동체의 소유물이 된다. 그렇기에 그 사람의 삶에 관한 텍스트는 그 사람 자신만이 아니라 그 텍스트를 만들고 향유한 사람들에 관해 많은 것을 보여준다.

해럴드 배너의 다소 감상적인 작품과 앤드루 베벨의 거창하지만 완성되지 못한 자서전, 밀드레드 베벨의 이야기를 쓰되 미국의 인종적 다양성과 페미니즘의 이슈 등 자기 현실의 문제를 함께 다룬 아이다 파르텐자의 이야기 등은, 그러므로 밀드레드 베벨의 삶을 탐구하거나 재구성하려는 노력일 뿐 아니라 해럴드 배너, 앤드루 베벨, 아이다 파르텐자나 그들이 살아간 시대에 관한 추리를 하게 하는 단서이기도 하다.

한 가지 더. 『트러스트』 안의 모든 작품은 각각의 텍스트를 읽어나가며, 또 이 모든 작품을 모아둔 『트러스트』를 읽어나가며 여러 가지 감정을 느끼고 상념을 품게 되는 독자로서의 나 자신, 또는 그런 나 자신을 만든 공동체에 관해 생각해볼 단초이기도 하다. 사실 이 말은 모든 문학작품, 나아가 모든 글에 대해 공통적으로 할 수 있는 말이겠으나, 『트러스트』의 특별한 점은 우리가 그 사실을 전면적으로 의식하게 한다는 데 있다.

결국 에르난 디아스는 『트러스트』를 통해 밀드레드 베벨의 삶을 추적하고 있지만, 사실은 우리 자신에게 묻고 있는 걸지도 모른다.

어떤 텍스트를 읽을 때마다. 다른 사람의 삶에 관한 이야기를 접할 때마다 당신의 머릿속에 작성되는 텍스트는 어떤 것이냐고.

이 책을 읽는 당신은 누구이며, 어느 시간과 장소에 살고 있느냐고.

강동혁

옮긴이 **강동혁**
서울대학교 영문학과와 사회학과를 졸업하고 동 대학원에서 영문학 석사학위를 받았다. 옮긴 책으로 『먼 곳에서』 『그후의 삶』 『타이탄의 세이렌』 『토피카 스쿨』 『올드 스쿨』 『이 소년의 삶』 『밤의 동물원』 『일곱 건의 살인에 대한 간략한 역사 1, 2』 『워터 댄서』 『프로젝트 헤일메리』 『레스』, 해리 포터 시리즈 등이 있다.

문학동네 세계문학

트러스트

1판 1쇄 2023년 2월 24일 | 1판 13쇄 2024년 8월 30일

지은이 에르난 디아스 | 옮긴이 강동혁
기획·책임편집 윤정민 | 편집 이현자 홍유진
디자인 최윤미 이원경 | 저작권 박지영 형소진 최은진 오서영
마케팅 정민호 서지화 한민아 이민경 안남영 왕지경 정경주 김수인 김혜원 김하연 김예진
브랜딩 함유지 함근아 박민재 김희숙 이송이 박다솔 조다현 정승민 배진성
제작 강신은 김동욱 이순호 | 제작처 (주)상지사P&B

펴낸곳 (주)문학동네 | 펴낸이 김소영
출판등록 1993년 10월 22일 제2003-000045호
주소 10881 경기도 파주시 회동길 210
전자우편 editor@munhak.com | 대표전화 031) 955-8888 | 팩스 031) 955-8855
문의전화 031) 955-1927(마케팅) 031) 955-2634(편집)
문학동네카페 http://cafe.naver.com/mhdn
인스타그램 @munhakdongne | 트위터 @munhakdongne
북클럽문학동네 http://bookclubmunhak.com

ISBN 978-89-546-9167-3 03840

잘못된 책은 구입하신 서점에서 교환해드립니다.
기타 교환 문의 031) 955-2661, 3580

www.munhak.com